民國文化與文學^{研究}^{文叢}

十 編

李 怡 主編

第 **1** 冊

由蘇曼殊看晚清民初文學轉型

黃 軼 著

國家圖書館出版品預行編目資料

由蘇曼殊看晚清民初文學轉型／黃軼 著 — 初版 — 新北市：
花木蘭文化事業有限公司，2018〔民107〕
目 2+240 面；19×26 公分
（民國文化與文學研究文叢 十編：第 1 冊）
ISBN 978-986-485-518-6（精裝）
1. 蘇曼殊 2. 中國文學 3. 文學評論
820.9   107011798

特邀編委（以姓氏筆畫為序）：

ISBN- 978-986-485-518-6

9 789864 855186

丁 帆	王德威	宋如珊
岩佐昌暲	奚 密	張中良
張堂錡	張福貴	須文蔚
馮 鐵	劉秀美	

民國文化與文學研究文叢
十 編 第 一 冊   ISBN：978-986-485-518-6

由蘇曼殊看晚清民初文學轉型

作　　者	黃軼
主　　編	李怡
企　　劃	四川大學中國詩歌研究院
總 編 輯	杜潔祥
副總編輯	楊嘉樂
編　　輯	許郁翎、王 筑　美術編輯 陳逸婷
出　　版	花木蘭文化事業有限公司
社　　長	高小娟
聯絡地址	235 新北市中和區中安街七二號十三樓
	電話：02-2923-1455／傳真：02-2923-1452
網　　址	http://www.huamulan.tw 信箱 hml 810518@gmail.com
印　　刷	普羅文化出版廣告事業
初　　版	2018 年 9 月
全書字數	221776 字
定　　價	十編 14 冊（精裝）新台幣 26,000 元

由蘇曼殊看晚清民初文學轉型

黃軼 著

作者簡介

　　黃軼，上海師範大學教育部重點學科基地都市文化研究中心、人文與傳播學院教授，博導。教育部新世紀優秀人才支持計劃入選者。曾任臺灣東吳大學客座教授。中國作家協會會員，中國現代文學學會理事。

　　長期從事中國近現代文學轉型研究、鄉土小說研究及生態批評。在《文學評論》、《文藝研究》等發表論文 90 餘篇，多篇被《新華文摘》、《中國社會科學文摘》等轉載。出版有專著《傳承與反叛》、《現代啓蒙語境下的審美開創——蘇曼殊文學論》、《風雨飲冰室》、《中國當代小說的生態批判》、《新世紀鄉土小說的生態批評》等多部，合著有《中國鄉土小說的世紀轉型研究》等。

提　　要

　　《由蘇曼殊看晚清民初文學轉型》一書試圖以 20 世紀文學整體研究爲理論基礎之一，試圖打通近現代文學研究的條塊分割狀況，把蘇曼殊放在晚清民初社會歷史背景、文化思潮、文學觀念、哲學流派下進行考察，從宏闊的視角對蘇曼殊的創作和翻譯進行歸納，運用文化背景分析、文本互涉分析、比較分析、風格分析等，並參以適當的考辨，來構築文化史上堪稱「不可無一，不可有二」的蘇曼殊作爲一個自覺的文學家的全貌，對其藝術上、精神上的豐富性、多元性做出更爲合理的闡釋。

　　該書從「譯界之虹——蘇曼殊文學翻譯及文學轉型意義」、「浪漫之橋——蘇曼殊與五四浪漫抒情派文學」、「『鴛蝴』之渡——貫通雅俗之間的蘇曼殊小說」、「現代之省——蘇曼殊與清末民初研究的文化反思」等幾個角度，盡力還原和探索作爲文藝家的蘇曼殊在晚清民初中國文學審美形態從古典向現代轉型過程中的文學影響和文學史價值，並通過蘇曼殊的文學精神：文學作爲「情感個人」的言說，呈現那個過渡時代的學問饑荒、信仰危機以及國家倫理與個人倫理之間的張力，來推衍晚清民初中國知識分子在從傳統士人向現代知識分子過渡過程中文化身份的宿命承擔。

在民國史料中重新發現現代文學
——《民國文化與文學研究文叢》第十輯引言

李 怡

　　研究中國現代文學需要有更大的文學的視野，也就是說，能夠成為「文學研究」關注的對象應該更為充分和廣泛，甚至是更多的「文學之外」的色彩斑斕的各種文字現象「大文學」現象需要的是更廣闊的史料，是為「大史料」。如何才能發現「文學」之「大」，進而擴充我們的「史料」範圍呢？這就需要還原現代文學的歷史現場，在客觀的「民國」空間中容納各種現代、非現代的文學現象，這就叫做「在民國史料中重新發現攜帶文學」。

　　但是這樣一個結論卻可能讓人疑竇重重：文獻史料是一切學術工作的基礎，無論什麼時代、無論什麼國度，都理當如此。如果這是一個簡單的常識，那麼，我們這個判斷可能就有點奇怪了：為什麼要如此強調「在民國史料中發現」呢？其實，在這裡我們想強調的是：文獻史料的發掘、整理並不像表面上看去那麼簡單，並不是只需要冷靜、耐性和客觀就能夠獲得，它依然承受了意識形態的種種印記，文獻史料的發掘、運用同時也是一件具有特殊思想意味的工作。

　　對於現代文學學科而言，系統的文獻史料工作開始於 1980 年代以後，即所謂的「新時期」。沒有當時思想領域的撥亂反正，就不會有對大量現代文學現象的重新評價，就不會有對胡適等自由主義作家的「平反」，甚至也不會有對 1930 年代左翼文學的重新認識，中國社科院主持的「文學史史料彙編」工程更不復存在。而且，這樣的文獻史料的發掘整理也依然存在一個逐步展開的過程，其展開的速度、程度都取決於思想開放的速度和程度。例如在一開

始，我們對文學史的思想認識和歷史描述中出現了「主流」說——當然是將左翼文學的發生發展視作不容置疑的「主流」，這樣一來至少比認定文學史只存在一種聲音要好：有「主流」就有「支流」，甚至還可以有「逆流」。這些「主」「次」之分無論多麼簡陋和經不起推敲，也都在事實上為多種文學現象的出場（即便是羞羞答答的出場）打開了通道。

即便如此，在二三十年前，要更充分地、更自由地呈現現代文學的史料也還是阻力重重。因為，更大的歷史認知框架首先規定了那個時代的社會性質：民國不是歷史進程的客觀時段，而是包含著鮮明的意識形態判斷的對象，更常見的稱謂是「舊中國」「舊社會」。在這樣一種認知框架下，百年來的中國文學發展史常常被描繪為一部你死我活的「階級鬥爭史」，是「新中國」戰勝「民國」的歷史，也是「黨的」「人民的」「正義」的力量不斷戰勝「封建的」「反動的」「腐朽的」力量的歷史。

這樣的歷史認知框架產生了 1980 年代的「三流」文學——「主流」「支流」和「逆流」。當然，我們能夠讀到的主要是「主流」的史料，能夠理所當然進入討論話題的也屬於「主流文學現象」——就是在今天，也依然通過對「歷史進步方向」「新文學主潮」的種種認定不斷圈定了文獻史料的發現領域，影響著我們文獻整理的態度和視野。例如因為確立了「五四」新文學的「方向」，一切偏離這一方向的文學走向和文化傾向都飽受質疑，在很長一段時期中難以獲得足夠充分的重視：接近國民黨官方的文學潮流如此，保守主義的文學如此，市民通俗文學如此，舊體詩詞更是如此。甚至對一些文體發展史的描述也遵循這一模式。例如我們的認知框架一旦認定從《嘗試集》到《女神》再到「新月派」「現代派」以及「中國新詩派」就是現代新詩的發展軌跡，那麼，游離於這一線索之外的可能數量更多的新詩文本包括詩人本身就可能遭遇被忽視、被淹沒的命運，無法進入文獻研究的視野，例如稍稍晚於《嘗試集》的葉伯和的《詩歌集》，以及創作數量眾多卻被小說家身份所遮蔽的詩人徐舒。再比如小說史領域，因為我們將魯迅的《狂人日記》判定為「現代第一篇白話小說」，就根本不再顧及四川作家李劼人早在 1918 年之前就發表過白話小說的事實。

同樣的情況也出現在文學思潮的認定框架中。過去的文學史研究是將抗戰文學的中心與主流定位於抗日救亡，這樣，出現在當時的許多豐富而複雜的文學現象就只有備受冷落了。長期以來，我們重視的就僅僅是抗戰歌謠、「歷

史劇」等等，描述的中心也是重慶的「進步作家」。西南聯大位居抗戰「邊緣」的昆明，自然就不受重視。即便是抗戰陪都的重慶，也僅僅以「文協」或接近中國共產黨的作家爲中心。近年來，隨著這些抗戰文學認知的逐步更新，西南聯大的文學活動才引起了相當的關注，而重慶文壇在抗戰歷史劇之外的、處於「邊緣」的如北碚復旦大學等的文學活動也開始成爲碩士甚至博士論文的選題。這無疑得益於學術界在觀念上的重大變化：從「一切爲了抗戰」到「抗戰爲了人」的重大變化。文學作爲關注人類精神生活的重要方式，最有價值的恰恰是它能夠記錄和展示人在不同生存境遇中的心靈變化。

在我看來，能夠引起文學史認知框架重要突破的原因就在於我們的現代文學史觀正越來越回到對國家歷史情態的尊重，同時解構過去那種以政黨爲中心的歷史評價體系。而推動這種觀念革新的，就是現代文學研究的「民國視野」的出現。中國現代文學發生於民國，與民國的體制有關，與民國的社會環境有關，與民國的精神氛圍有關，也與民國本身的歷史命運有關。這本來是個簡單的事實，但是對於習慣於二元對立鬥爭邏輯的我們來說，卻意味著一種歷史框架的大解構和大重建——只有當作爲歷史概念的「民國」能夠「祛除」意識形態色彩、成爲歷史描述的時間定位與背景呈現之時，現代歷史（包括文學史）最豐富多彩的景象才眞正凸顯了出來。

最近 10 來年，現代文學研究出現了對「民國」的重視，「民國文學史」「民國史視角」「民國機制」「民國性」等研究方法漸次提出，有力地推動了學術的發展。正是在這樣的新的思想方法的啓迪下，我們才眞正突破了新中國／舊中國的對立認知，發現了現代文學的廣闊天地：中國文學的歷史性巨變出現在清末民初，此時的中國開始步入了「現代」，一個全新的歷史空間得以打開。在這個新的歷史空間中，伴隨著文化交融、體制變革以及近代知識分子的艱苦求索，中國文學的樣式、構成和格局都發生了巨大的變化。具體而言，就是在「民國」之中發生著前所未有的嬗變——雖然錢基博說當時的某些前朝遺民不認「民國」，自己在無奈中啓用了文學的「現代」之名，但事實上，視「民國乃敵國」的文化人畢竟稀少——中國的「現代」之路就是因爲有了「民國」的旗幟才光明正大地開闢出來。大多數的「現代」作家還是願意將自己的夢想寄託在這樣一個「人民之國」——民國，並且在如此的「新中國」中積累自己的「現代」經驗。中國的「現代經驗」孕育於「民國」，或者說「民國」開啓了中國人眞正的「現代」經驗「新中國」與「民國」原本

不是對立的意義，自清末以降，如何建構起一個「人民之國」的「新中國」就是幾代民族先賢與新知識階層的強烈願望。可惜的是，在現實的「新中國」建立之後，為了清算歷史的舊賬，在批判民國腐朽政權的同時，我們來不及為曾經光榮的「民國理想」留下一席之地。久而久之「民國」就等同於「民國政府」，「民國」的記憶幾乎完全被北洋軍閥、國民黨反動派所淤塞，恰恰其中最值得珍惜的部分──民國文化被一再排除。殊不知，後者也包含了中國共產黨及許多進步文化力量的努力和奮鬥。當「民國文化」不能獲得必要的尊重，現代中國文學（文化）的遺產實際上也就被大大簡化了。

民國時期的中國文學也是民國文化當然的組成部分，當文化的記憶被簡化甚至刪除，那麼其中的文學的史料與文獻也就屈指可數了。在今天，在今後，現代文學文獻史料的進一步發掘整理，就有必要正視民國歷史的豐富與複雜，在祛除意識形態干擾的前提下將歷史交還給歷史自己。

嚴格說來，我們也是這些民國文獻搜集整理的見證人。民國文獻，是中華民族自古代轉向現代的精神歷程的最重要的記錄。但是，歲月流逝，政治變動，都一再使這些珍貴的文獻面臨散失、淹沒的命運，如何更及時地搜集、整理、出版這些珍貴的財富，越來越顯得刻不容緩！十五年前，我在重慶張天授老先生家讀到大量的民國珍品，張先生是重慶復旦大學的畢業生，收藏多種抗戰時期文學期刊和文學出版物。十五年之後，張老先生已經不在人世，大量珍品不知所終。三年前，我和張堂錡教授一起拜訪了臺灣政治大學的名譽教授尉天聰先生，在他家翻閱整套的《赤光》雜誌。《赤光》是中國共產黨旅法支部的機關刊物，由周恩來與當時的領導人任卓宣負責，鄧小平親自刻印鋼板，這幾位參與者的大名已經足以說明《赤光》的歷史價值了。三年後的今天，激情四溢的尉先生已經因為車禍失去行動能力，再也不能親臨研討現場為大家展示他的珍藏了。作為歷史文物的見證人，更悲哀的可能還在於，我們或許同時也會成為這些歷史即將消失的見證人！如果我們這一代人還不能為這些文獻的保存、出版做出切實的努力，那麼，這段文化歷史的文獻就可能最後消失。為了搜求、保存現代文學文獻，還有許許多多的學人節衣縮食，竭盡所能，將自己原本狹小的蝸居改造成了歷史的檔案館，文獻史料在客廳、臥室甚至過道堆積如山。中國社科院文學所的劉福春教授可謂中國新詩收藏第一人，這「第一人」的位置卻凝聚了他無數的付出，其中充滿了一位歷史保存人的種種辛酸：他每天都不得不在文獻的過道中側身穿行，他的

家人從大人到小孩每一位都被書砸傷劃傷過！民國歷史文獻不僅銘記在我們的思想中，也直接在我們的身體上留下了斑斑印痕！

由此一來，好像更是證明了這些民國文獻的珍貴性，證明了這些文獻收藏的特殊意義。在我們看來，其中所包含的還是一代代文學的創造者、一代代文獻的收藏人的誠摯和理想。在一個理想不斷喪失的時代，我們如果能夠小心地呵護這些歷史記憶，並將這樣的記憶轉化成我們自己的記憶，那就是文學之福音，也是歷史之福音。

民國時期的中國文學是色彩、品種、形態都無比豐富的「大文學」。「大文學」就理所當然地需要「大史料」——無限廣闊的史料範圍，沒有禁區的文獻收藏，堅持不懈的研究整理。這既需要觀念的更新，也需要來自社會多個階層——學術界、出版界、讀書界、收藏界——的共同的理想和情懷。

2018 年 6 月 28 日於成都

目
次

緒論：中國文學審美現代性的開啓

　　19世紀末到20世紀初，中國思想文化界急劇變動的態勢用「狂飆猛進」來形容可能最爲恰切，異邦新知新觀的傳入與本土傳統的交鋒，本土傳統在自身演進的過程中所產生的裂變與重組，使清末民初一代知識分子的宇宙觀、社會觀、生命觀在潮起潮落中跌宕，新的人格理想的建構面臨著轉型期的各種困惑，新的文人群落和文藝變局也便在矛盾糾葛中醞釀萌生。蘇曼殊和王國維正屬於這變局中的佼佼者。蘇曼殊（1884.9～1918.5）短暫的一生適逢其時。在20世紀文學史、佛教史、繪畫史上，蘇曼殊的名字似乎富有眩惑的魅力——他的「斷鴻零雁」的生涯、「披髮長歌」的壯懷、「白馬投荒」的執著、「以情證道」的虛妄、「沿門拖缽」的苦行、「行雲流水」的浪漫、「冥鴻物外」的放達、「此志落拓」的抱憾……，對於一撥又一撥文人永遠是「剪不斷、理還亂」的千千結；他的「言辭孤憤」的雜論、「靈月鏡中」的詩格、「哀感頑豔」的說部、「事辭相稱」的譯作、「自創新宗」的繪事……，對於一代又一代學子永遠有解讀不盡的召喚力。很多學者對這個在文學史上習慣歸入近代的文學家做過較深入研究且有著文立說，如早期的章太炎、柳亞子、柳無忌、楊鴻烈、張定璜、周作人、郁達夫、陳獨秀、陳子展……；近期的任訪秋、裴效維、馬以君、李歐梵、陳平原、宋益喬、邵迎武等；在日本、香港和臺灣，也有不少學者做過或正在做著蘇曼殊研究，如增田涉、飯家郎、梁錫華、慕容羽軍等，這是一支強健的隊伍。

　　蘇曼殊駕鶴西去是在五四文學革命方興未艾的1918年5月，這場文學革命的主將例如陳獨秀與蘇曼殊有過很深的交往，1916年蘇曼殊的小說《碎簪記》就發表在改組後的《新青年》上，這是張揚新思想新文學的本刊第一篇

創作小說。魯迅、周作人等也都曾經與蘇曼殊有過或深或淺的文學因緣，劉半農更是把蘇曼殊當作西方浪漫主義詩歌翻譯和研究的前輩向其問教。在蘇曼殊圓寂之後，劉半農有《悼曼殊》等詩 8 首、沈尹默有《讀子谷遺稿感題》等詩詞 8 首、劉大白有《十七年十二月十六日訪曼殊塔》詩 4 首，抒哀悼之情，表仰慕之意，尤其讚歎曼殊上人孤潔高標的人格魅力。具有浪漫情懷的新文學作家大都並不是因為信佛才崇仰這位詩僧，他們喜歡浸潤在蘇曼殊詩文作品那種淒清豔麗的情緒中，喜歡那種「個人性」的歌哭所彌漫的憂傷情調。如被魯迅稱作當時「中國最為傑出的抒情詩人」〔註1〕的馮至，他對曼殊同情、欽佩、喜愛之至，於曼殊示寂五週年紀念之日做《沾泥殘絮》；熊潤桐在《蘇曼殊及其燕子龕詩》中，稱讚蘇曼殊的詩「不即不離，全以真誠的態度，寫燕婉的幽懷，不染輕薄的氣息，不落香奩的窠臼，最是抒情詩中上乘的作品」，他把曼殊遺詩當作自己「最好的朋友」〔註2〕。田漢曾把蘇曼殊與法國十九世紀最偉大的抒情詩人魏爾倫等人相提並論，稱許他們同是絕代愁人，「才能同作這樣絕代傷心的愁句」〔註3〕。

但是，讀者、作家欣賞歸欣賞，冷靜旁觀的文學史家對蘇曼殊的取捨一直很尷尬。1920 年代，梁啟超作了《清代學術概論》、胡適在《申報五十年紀念增刊》上發表《五十年來中國之文學》，對於晚清詩人推崇的只有鄭珍和金和，後來胡先驌在《評胡適〈五十年來中國之文學〉》中加進了高心夔、江湜等人，而蘇曼殊始終沒有一個位置。這些史類論著的發表成為一批新文學作家追懷蘇曼殊的導火索，在他們看來為半個世紀中國文學立傳的文章，不應該沒有新文學陣營無論在人格精神上或是在文藝理想上都引為同仁的蘇曼殊。那時正當五四的帷幕剛剛降下，具有浪漫氣質的新文學作家似乎還沒來得及反思這場如火如荼的新文化運動可能存在的盲目性因素，面對著資產階級上升時期的人文精神與強大的封建人文語境之間巨大的落差所造成的阻抑，曾經願望把民族和國家揹在自己肩膀上的激昂澎湃的熱血冷卻下來，受挫的蒼涼感驟然而降，魯迅所謂「文學文學，是最不中用的，沒有力量的人

〔註1〕 魯迅：《中國新文學大系‧小說二集‧導言》，《魯迅全集》第 6 卷，第 242 頁，人民文學出版社 1981 年版。

〔註2〕 熊潤桐：《蘇曼殊及其燕子龕詩》，《蘇曼殊全集》（四），北新書局（上海）1928 年版，中國書店 1985 年影印本。

〔註3〕 田漢：《蘇曼殊與可憐的侶離雁》，柳亞子編：《蘇曼殊全集》（四），北新書局（上海）1928 年版，中國書店 1985 年影印本。

講的」，其中的況味值得揣摩。於是，有人才開始了對「文學」之爲「文學」的思考。

實際上在 20 世紀初，當梁啓超首倡的新文學功利觀把文學的政治歷史功能推向極致的同時，非功利的文學觀也開始了探尋鑄造新的藝術特質和審美品格的步伐。正如後世學者所辨析的：「作爲構成新文學歷史的重要維度，兩方面在對立互補中共同承擔並完成著新文學的創造與發展。」〔註4〕但是長期以來，學術界以歷史價值、工具理性的單向度訴求評價 20 世紀中國文學，把古與今、進步與落後的「二元對立」的思維模式視爲文學研究的基本模式甚至唯一模式，忽略了文化──文學中多重價值範疇和多種文學形態的實際存在，文學研究從結構形態到話語方式籠罩著「整體敘事」的元話語性質，意識形態敘述形成的線型結構造成了諸多「盲點」。

不被看好又常被提起似乎是歷來相信「因緣」的蘇曼殊一份不盡的人間因緣。所謂「成也蕭何敗也蕭何」，在以「革命」爲主線或以「政治」爲軸心的文學史上，蘇曼殊總是一個無法無視的角色；而在肯定其「愛國」、「革命」、「民族主義」的同時，單單薄薄地掛在那裡，還要有一個結結實實的批判尾巴，例如北京大學 1955 年所編《中國小說史稿》稱：蘇曼殊「在小說中竭力追求『悲慘』，有時故意製造辛酸，欣賞極爲頹廢傷感的情緒，影響很壞。從藝術上看，蘇曼殊的小說結局往往是公式化的，人物大都沒有個性。但由於作者很有文學修養，又善於捕捉人物的心理變化，寫景狀物也細緻入微，這就使作品具有很大麻醉性。蘇曼殊的作品對『鴛鴦蝴蝶』派文學有較大影響，作用是反動、消極的。」〔註5〕這套文字並非完全沒有道理，不過它從思想意義上全盤否定了蘇曼殊的作品，而且「殃及池魚」地連他良好的文學修養，以及在小說敘事現代轉型過程中富有創闢性價值的「心理描寫」和「寫景狀物」都成了故意害人的「麻醉劑」，倒也未必公允。

「現代性」作爲 20 世紀文化的元話語，操縱了 20 世紀末的文化反思和文化批評。「現代性的歷史就是社會存在與其文化之間緊張的歷史。現代存在迫使它的文化站在自己的對立面。這種不和諧恰恰正是現代性所需要的和

〔註4〕 孔範今主編：《二十世紀中國文學史》（上編），第 172～173 頁，山東文藝出版社 1997 年版。

〔註5〕 北京大學中文系一九五五級《中國小說史稿》編輯委員會編：《中國小說史稿》，第 405 頁，人民文學出版社 1973 年版。

諧。」〔註6〕20 世紀的總體框架也就是現代性的無邊視域，現代性的多元價值也就決定了現代性認識的多重視角。現代性既有著哈貝馬斯所說的「自我確證」的內在要求，也有著通過不斷的自我質疑、自我批判以達到自我更生的力量、衝動和可能〔註7〕。對「現代性」話語本身的追問和反思日益成為我們這個時代最主要的主題。上世紀 80 年代末以來，伴隨著中國文化界對於現代性反思的逐漸深入，文學批評界對於以往過於激進的文化姿態和意識形態話語模式開始進行重新思考，文學史研究提出「回到現場、觸摸歷史」的努力方向，在我認為其目的即在於發掘那些被我們既往的文學史所忽略或者被曲解而具有豐富生命力的資源，這些資源是文學歷史「實在」存在的因素，是觸及歷史癥結和文學脈絡的關節點，但正因其「關節」位置所自然蘊涵的「歷史感」和「現實感」份量，它們曾經被疏忽了或者相反——是被揮霍了。蘇曼殊無疑就是這類資源中的一部分。蘇曼殊對於中國文學從古典形態向近現代形態轉換的創闢作用也就在此時開始引起一些研究者的重視，如李歐梵在《中國現代作家的浪漫主義的一代》、楊義在《中國現代小說史》、陳平原在《20 世紀中國小說史》中都充分肯定了蘇曼殊文學這一方面的價值。在這些研究的推動下，蘇曼殊「新文學前驅者」的定位似乎已經成為越來越多人的共識，他的文學是中國文學現代轉型之初較為典型和優秀的文本，突出反映了辛亥革命前後中國企望作為的知識分子的心路歷程：欲望啓蒙、追隨革命，以及期間的諸多悖論性苦惱與抉擇。蘇曼殊曾被稱為中國古典文學殿軍時代的「末代文人」，那麼從中國文化和文學現代轉型的研究視野來看，他卻是 20 世紀文學的創闢者之一——從「末代文人」到「創世文人」這個視角的轉換呈現給了我們壯麗的景觀。

當然，以上只是從比較寬泛的研究而言。其實，新時期以來的每位研究者都試圖對蘇曼殊這樣一位清末民初特立獨行的「奇人奇才」的思想、創作和文化交流做出自己的把捉和理解，而系統精審地對其文藝成就做出評價、特別是對其在中國文學「現代性」轉換中的作用做出細緻而恰當定位的著述至今還付之闕如，對蘇曼殊文學深層次的個性化主體性研究還很缺乏。究其

〔註6〕 鮑曼：*Zygmunt Bauman, Modernity and Ambivalence*，第 10 頁，Cambridge: Polity Press，1991 年版。

〔註7〕 哈貝馬斯：《現代性的時間意識及其自我確證的要求》，載《學術思想評論》1998 年第 3 期。

原因，即近世「以科學爲術，合理爲神，功利爲鵠」的文學史觀和「方法論」做派至今在中國很有市場，細分起來有以下幾點：

第一，意識形態化的批評觀以政治審美、道德審美代替藝術審美。長期以來大陸和臺灣 20 世紀文學研究界對「革命」一面的強調，導致對蘇曼殊所謂的「虛無主義」與「頹廢主義」的批判；而以道德主義的批判來代替文學批評在中國文學批評史上由來已久，「道德救世」的批評模式彌久而長興。第二，長期以來以「啓蒙」和「革命」爲鵠的的新文學對通俗文學的拒斥和對其價值的偏狹理解。蘇曼殊小說《斷鴻零雁記》一直被稱爲「鴛鴦蝴蝶派」小說的鼻祖，周作人認蘇曼殊爲鴛鴦蝴蝶派的「大師」〔註8〕，這些評價本來不含貶抑。而新文學陣營對鴛鴦蝴蝶派或者說對都市通俗文學的批判自然也把蘇曼殊掃進了所謂的「末流」。第三，白話文學思維模式嚴重干擾了對蘇曼殊文學價值的公允評價。五四新文學以白話文爲中國文學唯一正宗的「活文學」，其他文學都是「死文學」，胡適更把白話文學視爲千百年來中國文學唯一的目的地，「一千年來，白話的文學，一線相傳，始終沒有斷絕。……近五年的文學革命，……老老實實的宣告古文學是已死的文學，他們老老實實的宣言『死文字』不能產生『活文學』，他們老老實實的主張現在和將來的文學都非白話不可」〔註9〕。語言的白話化應該說確實是中國文化現代化過程中一件劃時代的壯舉，一定意義上講，語言形式的變革是標舉五四新文化運動成就的重大例證之一。但不關涉文本的精神內涵，而只視白話文學爲唯一有理由存在的文學，這種武斷的思維模式影響了幾代學者，蘇曼殊的文言創作自然也被打進了「死文學」。所以，蘇曼殊至今在文學史上的定位仍然陷於兩難境地：文學研究的歷史理性、語言理性信仰所造成的對於通俗文學價值內涵的遮蔽，從「政治小說」到「辛亥革命」小說再到「鴛鴦蝴蝶派」小說過渡性現代轉型的兩個支脈即通俗文學和新文學（包括強調歷史價值和審美價值的兩種文學方向）兩套評價體系始終沒有引起學界的充分理解和足夠重視，對通俗文學一概而論的拒斥立場不能廓清文學家蘇曼殊到底留給後世的是什麼；一元論的價值體系所造成的對於新文學發生的傳統源流的遮蔽，對蘇曼殊古典性或民族性的強調和批判也不能釐清蘇曼殊小說的審美價值和對五四

〔註8〕 周作人：《答芸深先生》，見柳亞子編：《蘇曼殊全集》（五），第 126～129 頁。
〔註9〕 胡適：《五十年中國文學的變遷大勢》，見胡適、周作人《論中國近世文學》，第 5 頁，海南出版社 1994 年版。

浪漫主義文學的開啓作用。以前的文學史強調的是他作爲 20 世紀第一個革命文學社團南社詩人「革命」的一面，批評其小說表現的「消極遁世」和「浪漫風格」，而現在更多的邊緣性研究則糾纏於其「宗教情結」、「凡塵留戀」、「身世困惑」、「情感挫折」等。即便是倡導「雅俗」雙翼的「俗文學」學派，對蘇曼殊也存在有誤讀。

當前中國文學史觀念的整合與轉型研究意味著破除長久形成的狹隘、封閉的「二元對立」的文學史觀、確立文學研究的現代理性精神，從而在新的歷史視野中建構現代文學史的新結構、新形態。文化作爲一種表意實踐，通過符號及其意義的傳遞構成社會意識形態和價值觀念，表意實踐的轉換是藝術的功能從傳統社會向現代社會轉變過程中出現的除了風格和主題外另一深刻的變化，審美現代性正體現了這種轉換。審美現代性作爲現代社會中審美關係的反映、產物，與現代性存在多元一體的關係：審美現代性是現代性的產兒，即現代性孕生審美現代性；審美現代性是現代性的叛逆和批判者；審美現代性是現代性的重建者和超越者，這一辨證立場使得審美現代性這個命題富於思想的張力和開放的空間。這一審美轉換具體體現在審美態度上。審美態度在東西方表現著不同的思路和方法。在西方，注重思考審美理論的純粹性和形而上學性，在東方常常表現爲審美態度和藝術人生的相互轉化，強調其形下的一面。「三界革命」（詩界革命、文界革命、小說界革命）時期的梁啓超及五四人的現代性主題往往以日常生活的批判和深層文化啓蒙爲對象，暴露傳統日常生活模式的慣性和日常主題的沉淪性，憂切遠遠大於審美，治病療傷的主題先行從根本上妨礙了文學現代性純粹的審美進程，而與其同時，王國維和蘇曼殊分別在理論上和文學實踐上開啓了中國文學現代化的另一條思路。現代知識分子運用西方美學觀念與美學思想梳理傳統美學和美育教育並付之創作實踐，無疑預示了審美思想轉變的到來。正因爲現代性的開放性、多元性結構，更因爲中國現代性發展的遲滯，我這裡所理解的中國文學審美的現代實現與西方審美現代性所強調的「反現代性」美學意識形態既有一致，又有出入。美學的現代化作爲文學現代性追求的一元，既有對啓蒙現代性的超越，又強調二者的互動互補，或者可以說我認爲中國的審美現代轉化跟社會學意義上的關聯更少，而是把屬於感性美學的藝術立場、對歷史功利觀念的疏離所形成的個人化的抒情性和寫意性，以及文學作爲現代知識分子「個人價值」的實現和自我的道德肯認、對抗平庸世俗和以文化的姿態

參與中國現代精神締造及其對抗中呈現的悲劇精神和美學風範，作爲現代文學審美追求的主要內涵。從這一層面來說，在所有的美學形態中，美學的再生形態在中國現代美學中最富有原創性並最具有思想史意義，這一「再生」是進步意義上的。

中國審美現代性的萌芽離不開西學的土壤和翻譯文學的啓發。王國維進入西方文論世界和他閱讀翻譯西方作品密切相關。王國維在東文學社學習時，偶然看到社中老師田岡佐代治文集中引用的康德、叔本華哲學，對此產生了極大興趣。因爲偏愛康德、叔本華、尼采的思想，他開始學習德文，並通過借助工具書並參照日文譯文讀懂了叔本華。本來他打算把從事哲學研究作爲終生志業，後來發現自己情趣愛好更在文學與美學，於是轉到文學、美學方面的研究。王國維認爲當代的「西學東漸」正如古代佛學傳入中國，它激活了中國文化之創造，他的這一見識無疑是有其深刻性的。學術的現代性的反思與批判，使他的思想獲得一種專業性知識。王國維看到，國家雖然有別，但智力人人之所同有，宇宙人生之問題，人人之所不得解，惟有通過哲學學術之探索而求解決。他以爲過去傳入的西學，少有形而上之學，而多爲形而下之學，所以，他開始引進形而上的西方哲學美學思想。

1904 年，王國維在《教育叢刊》刊發《〈紅樓夢〉評論》一文，正值梁啓超諸人倡導小說界革命。王國維從叔本華的欲望說和痛苦說出發，認爲個體人生、群體社會、民族國家，這一切都是「欲生之心」的產物，生活的本質是無時不在的欲望。但因爲欲望的本質是無法滿足的，人必須超越於生活的欲望，在純粹的審美境界中獲得精神的昇華和滿足，「故美術之爲物，欲者不觀，觀者不欲；而藝術之美所以優於自然之美者，全存於使人易忘物我之關係也」〔註10〕。《〈紅樓夢〉評論》「第一個將西方美學引進中國，第一個用美學方法研究古典名著，第一個對《紅樓夢》的『精神』和『美學上之價值』等問題作了比較系統的探討和評價」，「《〈紅樓夢〉評論》更大的價值在於，王國維在文章裏借題發揮，說了些他希望說的話。」通過讀《〈紅樓夢〉評論》這個文本，我們有幸遭遇了王國維的思想和思路，並通過王國維來進入 20 世紀初的閱讀，甚而整個 20 世紀文藝才顯得不再單調乏味。在《文學小言》一文中，王國維認爲：「文學者，遊戲的事業也。人之勢力用於生存競爭而有餘，

〔註10〕 王國維：《王國維評論》，見《王國維文學美學論著集》，北嶽文藝出版社 1987年版。

於是發而爲遊戲。」這等於他接受了席勒、康德、叔本華等人的文學、美學的「遊戲說」。在《人間嗜好之研究》一文中，他認爲「文學美術亦不過成人之精神的遊戲」，「遊戲」非關實利。隨後，在《古雅之在美學上之位置》一文裏，王國維說：「美之性質，一言以蔽之曰：可愛玩而不可利用者是已。雖物之美者，有時亦足供吾人之利用，但人之視爲美時，決不計其可利用之點。其性質如是，故其價值亦存於美之自身，而不存乎其外。」王國維從解決欲望出發，提出了「超功利」的「形式之美」，「可愛玩而不可利用者」正是美的本質屬性，美在自身，而不在其外。這種文學美學觀念強調了文學的審美特性，非關功利性的一面。隨後，王國維寫了《論古雅之在美學上之位置》，從解決欲望出發，提出了「超功利」的「形式之美」。他把美的形式分爲兩種，第一形式是客觀對象本身所具有的純粹的形式的和諧美，第二種形式即爲古雅，是創作過程中的形式化的結果，將主體感悟的第一形式形式化爲客觀物態。王國維提出「實踐之方面，則以古雅之能力能以修養得之，故可爲美育普及之津梁。雖中智以下之人，不能創造優美及宏壯之物者，亦得由修養而有古雅之創造力；……故古雅之價值，自美學上觀之，誠不能及優美與宏壯，然自有教育眾庶之效言之，則雖爲其範圍較大，成效較著可也。」這裡，王國維倡導了「審美人生論」。王國維提出的文學「遊戲說」、悲劇說觸動了我國原有的政教型的傳統文學觀，也和當時改變了方向、服務於政治改良的啓蒙文學觀判然有別，顯示了文學藝術的獨立與自主。顯然，與梁啓超以文學作爲啓蒙工具而達到開啓民智不同，王國維的文藝觀較多的脫離了政治而偏向審美，他的美學理想描畫的理想人格是個體的生命倫理而不是社會的政治倫理。王國維把文學作爲一種學術對待。在王國維看來，學術之爭論，只有是非眞僞之別，所以應把學術視爲目的，而非手段。「故欲學術之發達，必視學術爲目的，而不視爲手段而後可」，「學術之發達，存於其獨立而已」，所以「一面當破中外之見，而一面毋以爲政論之手段」。涉及當時之文學，在他看來，「亦不重文學自己的價值，而唯視爲政治教育之手段，與哲學無異」。經過德國哲學、美學的一番洗禮，王國維把其思想融會於中國文學、美學研究，提出了與傳統詩學大相徑庭的新的文學、美學觀。

由此我們看到，美學思想的現代性轉換以個體性和主體性爲內核，它是審美——藝術現代性的總稱，它既代表審美體驗上的現代性，也代表藝術表現上的現代性。陳寅恪曾著文談及王國維治學有三個方面的貢獻，其中之一

是「取外來之觀念，與固有的材料互相參證。凡屬於文藝批評及小說戲曲之作，如《〈紅樓夢〉評論》及《宋元戲曲考》、《唐宋大曲考》等是也」；又說，這些著作「足以轉移一時之風氣，而示來者以軌則」。在現代性的諸個方面，審美的現代轉換是非實用或非功利的，但這種非實用屬於「不用之用」，「夫文章者，國家精神之所寄也。精神而盛，文章即以發皇；精神而衰，文章亦足以補救，故文章雖非實用而有遠功者也」〔註11〕。「非實用」恰恰指向了現代性的核心——中國人對民族與自身的感受性體驗及其藝術表現。相對於梁啓超啓蒙現代追求的吶喊，王國維的聲音似乎是微弱的，其實他並不是孤軍作戰，與王國維理論出籠的同時，蘇曼殊開始了他在創作實踐上對於現代性意義上文學審美的追求。這正是本書的核心論題。蘇曼殊的凸現「提示了重新清理20世紀，特別是世紀初文學與思想的必要性」〔註12〕。

　　蘇曼殊最初征服讀者的當然是他真誠的人品和文品。「真誠」在某點上意味著非常個人化的敘述，因為真誠本身就是「個人」的，所以真誠的敘事有時甚至僅僅就是自己的，但這並不妨礙文學的力量與價值，恰恰相反，真正有力量、有價值的文學作品往往就是這種非常個人化的真誠的文字，正如郁達夫在談到新文化運動的意義及其對文學的作用時曾發表過的見解：「五四運動的最大的成功，第一要算『個人』的發現。從前的人，是為君而存在，為道而存在，為父母而存在的，現在的人才曉得為自我而存在了。……若是沒有我，則社會、國家、宗族哪裏會有？」〔註13〕當逐漸走出感性的撫摩，進而通過對蘇曼殊作品細緻的閱讀進入一種理性的把捉，筆者分明地看到了他在中國文學現代轉型史上作為一個過渡者的意義。風花雪月的蘇曼殊不應該是蘇曼殊的主體特徵，詩僧、情僧、畫僧、革命僧的蘇曼殊或者是某些論者譁眾的喧囂，或者是特意指認了他的某個側面，以稍顯單薄的藝術的、審美的姿態參與文化歷時性建構的文學家的蘇曼殊才真正代表蘇曼殊流傳於世的理由，他以他的文字呈顯了他對於文藝的觀念和生命個體的審美立場，成為「個人的發現」的新文學的源泉。自此而言，五四浪漫主義思潮中個人主義的泛濫，那過分的病態和虛情的審美趨向，蘇曼殊也自然是不能免責的。

〔註11〕 周作人：《論文章之意義暨其使命及中國近時論文之失》，載《河南》雜誌第4號（1908年5月）、第5號（1908年6月）。
〔註12〕 程文超：《1903前夜的湧動》，第147頁，山東教育出版社1998年版。
〔註13〕 郁達夫：《中國新文學大系·散文二集·導言》，良友圖書印刷公司1935年版。

　　正是基於這樣的認識，本書以當今學界公認的 20 世紀文學整體研究為理論基礎之一，試圖打通近現代文學研究的條塊分割狀況，把蘇曼殊放在 20 世紀初社會歷史背景、文化思潮、文學觀念、哲學流派下進行考察，運用文化背景分析、文本互涉分析、比較分析、風格分析等，並參以適當的考辨，來構築文化史上堪稱「個案」的蘇曼殊作為一個自覺的文學家的全貌，嘗試對蘇曼殊無論藝術上或是精神上的豐富性、多元性做出更為合理的闡釋，從宏闊的視角對蘇曼殊的創作和翻譯進行歸納，盡力還原和探索作為文藝家的蘇曼殊在 20 世紀初中國文學審美形態從古典向現代轉型過程中的文學影響，並對其重要的文學史價值提出理論批評，並通過蘇曼殊的文學精神：文學作為「情感個人」的言說，呈現那個過渡時代的學問饑荒、信仰危機以及國家倫理與個人倫理之間的張力，從而推衍 20 世紀初中國知識分子在從傳統士人向現代知識分子過渡過程中文化身份的宿命承擔。

第一章　文化衝突中的審美人生

1980 年代末期以來，大陸、臺灣以及香港出現了一大批「蘇曼殊傳記」或「評傳」類作品，日本和美國也有幾個版本，例如李蔚的《蘇曼殊評傳》（社會科學文獻出版社 1990 年版）、邵盈午的《蘇曼殊傳》（團結出版社 1998 年版）、王長元的《沉淪的菩提——蘇曼殊傳》（長春出版社 1995 年版）、香港朱少璋的《燕子山僧傳》（獲益出版事業有限公司 1997 年版）、柳無忌（美）的《蘇曼殊傳》（1972 年英文版，北京三聯書店 1992 年版中譯本）等等。這些著作各從不同的側面對蘇曼殊短暫而複雜的一生進行了有益的梳理，無疑爲後來者的蘇曼殊學術研究在資料準備以及認知角度上提供了參照。但通過對蘇曼殊文學文本以及書信的詳細讀解，我認識到要眞正釐清蘇曼殊在各種矛盾糾葛中的身份與思想本相，這裡需要對其生涯做重新清理。

第一節　身份言說：生平交遊與文化參與

一、童年歲月（1884.9～1896.3）

蘇曼殊出生於日本繁華富庶的商埠橫濱，名戩，號子谷，小名三郎，後改名元瑛、玄瑛。在他十幾年的文藝生涯中，用過大量的別名和筆名，有博經、曼、英、雪蝶、雪、飛錫、宗之助、糖僧、燕影、燕子山僧、燕、阿瑛等 51 個名號〔註1〕。

〔註1〕 馬以君：《蘇曼殊年譜》，見馬以君編：《蘇曼殊文集》，第 783 頁，花城出版社 1991 年版。

　　關於蘇曼殊的身世血統問題，對其著作收集、整理和研究做出卓著貢獻的柳亞子曾根據曼殊親手交與的署名日僧「飛錫」的《〈潮音〉跋》和曼殊帶有自傳性的小說《斷鴻零雁記》，斷曼殊爲日本人，「父宗郎，不詳其姓。母河合氏，以中華民國紀元前二十八年甲申，生玄瑛於江戶。玄瑛生數月而父歿，母子煢煢靡所依。會粵人香山蘇某商於日本，因歸焉。」〔註2〕1939 年，柳亞子根據新的材料寫成《蘇曼殊傳略》，認爲蘇曼殊乃蘇傑生和一叫「若子」的日本下女所出，但產後不到 3 個月，她就跑回老家去了，蘇傑生之日妾河合氏便把曼殊撫養起來。〔註3〕之後蘇曼殊研究歷史上另一個重要人物羅孝明根據和蘇曼殊同父異母妹妹蘇惠姍的通信〔註4〕，蘇曼殊身份問題才大白於世：蘇是一個中日混血兒，父蘇傑生，廣東省香山縣（即中山縣，現歸珠海市）人。蘇傑生在 1862 年 18 歲時爲承繼父業到日經營蘇杭匹頭，後來在橫濱英商茶行擔任買辦，性格豪俠，往來與中日之間，交遊甚廣；深諳經商羅業的玄機，生意順暢，故家資一度頗爲殷豐。他在來日前娶有正室黃氏。當時居日華僑不管是否從故籍攜帶妻妾，都多與日婦同居，如果感情融洽，形同配偶。蘇傑生也未能免俗，娶有日妾河合仙，後來又納中國人大、小陳氏爲妾。河合仙之妹、18 歲的河合若子曾經到姐姐家幫忙家政，蘇傑生愛戀其年輕貌美、天性純眞，與之私通。若子生下曼殊 3 個月，一因身份窘迫，又迫於父母催促返鄉和大陳氏常做河東獅吼而離開蘇傑生，把嗷嗷待哺的孩子交由河合仙撫養，各方對此隱而不談。蘇曼殊幼年時期，跟隨義母河合仙以

〔註2〕　柳亞子：《蘇玄瑛新傳》，見柳亞子編《蘇曼殊全集》（一），第 1 頁，中國書店 1985 年影印本。

〔註3〕　柳亞子：《蘇曼殊傳略》，見柳無忌編《蘇曼殊研究》，上海人民出版社 1987年版。

〔註4〕　柳無忌編：《蘇曼殊研究》（人民文學出版社 1987 年版）錄蘇惠姍《亡兄蘇曼殊的身世——致羅孝明先生長函》（原載臺灣 1978 年第 2 期《傳記文學》）信：「不數月，若子即產生曼殊。暫依外祖父母居住，撫養三年。三母陳氏生二姊惠齡巳三歲，三姊惠芳兩歲，四姊惠芬巳一歲，到這時嫡母及三庶母俱見連年生女，未得男孩，深爲感歎。先父因見狀，趁此機緣揭曉巳有親生子藏於外室。」

　　關於蘇曼殊親生父母都是日本人一說收入 1928～1929 年北新書局《曼殊全集》，柳亞子引爲一大遺憾，後推翻前論，做《蘇曼殊傳略》和《重訂蘇曼殊年譜》，載 1933 年《普及本曼殊全集》。而「北新本」誤導至今猶在，如對蘇曼殊詩多有喜愛並給予極高評價的謝晃先生在《1898 百年憂患》中（第 150頁）仍引舊說，認爲蘇是日本後裔。

及外祖父母生活在橫濱和東京，基本上那是他一生中最幸福的時光。他不知就裏，一直視河合仙爲生身母親，一生對其懷有深厚的情感和深切的思念，不過這種中外混血的身份和被生身父母遺棄的因緣也前定了蘇曼殊成人後在文化血統和生理血統之間的雙重掙扎。

蘇傑生在 1888 年終於打破種種顧慮，公開認領了蘇曼殊，將其由外祖父所起的日本名字宗之助改爲「亞戩」。歸屬一個大家族的開始也便埋下了使他短短 35 年人生孤旅任飄零的種子。1889 年，蘇曼殊隨同黃氏回到廣東老家，開始一段極度壓抑和痛苦的童年歲月，這在他心靈背景上留下了最爲深重的陰影。蘇曼殊 7 歲進入簡氏大宗祠鄉塾從清末舉子蘇若泉開蒙，直到 13 歲。剛回廣東，曼殊曾過了一段相對妥帖的日子，但隔膜的父親、生身的母親和情深的養母均居住在日本，族人中種種關於他身世的猜測已時有謠傳。3 年後，蘇傑生因生意失利返歸故里，把兩個中國妾帶回廣東，河合姐妹並未相跟，這給一直盼望見到母親的蘇曼殊悲慘一擊。當時蘇家因貪圖虛名，毫無節制地捐款受封，漸呈敗相。蘇傑生在生活的網織中並沒有給予這個蘇家三郎多少可貴的親子之情，而大陳氏從來就沒有停止過在家族中散播針對這個不幸孩童的流言，促成家族成員對其強烈歧視。1896 年，身患熱病的蘇曼殊被以「預其不治」爲名，拖進柴房而待斃，多虧有族人憐其孤苦，悉心照顧，使其免於一死。而觀其飄泊流離、困窘寂寥的終生，其不死，幸，亦是不幸。

蘇曼殊在《斷鴻零雁記》中曾經借乳母之口道說自己早年這段遭遇境況：「吾（三郎之乳母）既見擯之後，彼（三郎之嬸嬸）即詭言夫人（三郎之生母）已葬魚腹，故親友鄰舍，咸目爾爲無母之兒，弗之聞問。」在中山市「流水淙淙白鶴港」度過的這寄人籬下的 6 個春秋裏過重的生存體驗不可磨滅地留駐於曼殊的記憶庫存中，對他一生的整個生存狀態、獨特的個性稟賦、遭際命運和心路歷程，具有決定性的作用，它鑄成了蘇曼殊憂鬱敏感自卑中含帶強烈自尊、自閉自戀自憐中夾雜自戕自欺憤世嫉俗的性情，飄零、感傷、主情、任運成爲他的思維方式甚至人生審美方式，再加上以後諸種國族與人生失望，使蘇終其一生無論在現實中還是在作品中都企圖尋找和幻化、紀實與虛構個人情感上「根」的依託。

二、求學與革命時期（1896.3～1903 年底）

1896 年，蘇曼殊終於結束了夢魘一般的瀝溪生活，隨同姑母到上海投

奔經營舊業的父親，自此，這個飄零人便和這個東方大都市結下了深緣。父親將他送到了一所教會學校，西班牙籍的英文教授羅弼・莊湘博士像慈父一樣關愛曼殊，而且幫助他打下了比較堅實的英文功底，為他以後的翻譯、編輯和教書事業創造了前提，蘇曼殊以後出版譯詩集《文學因緣》、《拜倫詩選》、《潮音》，在南京江南陸軍小學、祇洹精舍等校館任英文教習都得益於此。但在當時曼殊的日子並不好過，1897 年，蘇傑生和大陳氏先後回老家，將曼殊託付別人，過多物只留下一床棉胎。此地一別，也成了曼殊與父親的永訣。

日本明治維新、特別是甲午一役後，經濟和軍事力量迅猛飛進，如日中天，中國「天朝王國」的自尊旋被這個小小島國所轟毀，對待日本的認識丕變，留學日本蔚為風潮。1898 年初春，曼殊隨表兄林紫垣赴日本橫濱求學，在離開日本十年之後又重回出生地。蘇曼殊先後進入三所學校，接受比較正規的現代教育。首先是大同學校。大同學校由旅居橫濱的華僑創辦，康有為為該校題辭，康的四名學生包括梁啓超等都出任教員。學校以「國恥未雪，民生多艱，每飯不忘，勖其小子」十六字為標語口號，「學生受此興奮教育之薰陶，咸具救國思想」。〔註 5〕曼殊最初「性質魯頓，文理欠通，絕未顯其頭角。該校於文學上只間採用昭明文選之論文書啓為課本，於詩賦詞章概未講授，以故出身該校鮮有以文學見稱者」〔註6〕。但是曼殊很快取得巨大進步，且在繪畫方面頗露天才，1901 年年僅 18 歲即在該校助教美術，且被梁啓超作為優秀生選入夜間中文班深造。蘇曼殊在充滿儒學思想和愛國主義氛圍的大同學校受到了最初的民族精神的感染，這應該說是他以後產生「救世」思想並付諸行動的一個直接契機。在大同另外一件事情是 1900 年曼殊愛讀《紅樓夢》，又加上感歎身世飄零，恰遇協助辦理表嫂喪事，產生禪念，潛回廣東流浪至梁啓超老家新會縣崖山慧龍寺投贊初大師剃度，之後旋回日本。〔註7〕

〔註 5〕馮自由：《革命逸史》（初集），第 50～51 頁，中華書局 1981 年版。

〔註 6〕馮自由：《革命逸史》（初集），第 168 頁，中華書局 1981 年版。

〔註 7〕關於蘇曼殊出家的時間和地點眾說紛紜，有以下六種說法較有代表性：一、「遭陳少白冷遇」說，裴效維堅持此論；二、陳少白「安排秘密任務、導演出家」說，羅建業主張此論；三、因「苦悶而出家」說，柳亞子提出此論；四、「對革命失望」說；以上四論均認為蘇曼殊在 1903 年到香港後產生出世之念，遂而出家。五、「特殊身世、早歲剃度說」，不少文學史著作如任訪秋《中國近代文學史》等持此議；六、本書觀點參照馬以君編《蘇曼殊年譜》，見《蘇曼殊文集》第 791 頁，花城出版社 1991 年版。

　　戊戌變法失敗後，這場政治運動的餘波頗盛於中國留日群體，一些社團首領在大同學校發動了學潮。大同危機發生後，即 1902 年畢業前夕，蘇曼殊轉入早稻田大學高等預科中國留學生部。此間費用只有林紫垣每月供應十元，捉襟見肘，只能住最簡陋的學生公寓，時以白飯為食，夜不燃燈。曼殊恃才傲物，物質上的拮据實際上困擾了他終生。在他成名後，有錢時他大肆揮霍，無錢時當掉衣服，竟「窮至無褲」〔註8〕，在他信件中常常有向朋友借款的文字。這年經馮自由介紹，蘇曼殊加入了揭櫫民族主義的「青年會」。青年會是近代中國留日學生第一個革命組織，提倡「排滿」和「反帝」，以喚起民眾的民族自覺。

　　蘇曼殊「嗣加入青年會，漸與各省豪俊遊，於是文思大進，一日千里」〔註9〕。與蘇曼殊關係密切者就有孫中山、章太炎、劉師培、陳獨秀、陳少白、梁啓超、魯迅、黃侃、章士釗、黃興、黃節、楊仁山、李叔同、柳亞子、黃賓虹等等，這些都是在 20 世紀思想史、文化史上有重要影響的人物。柳亞子在《重訂蘇曼殊年表》中載：1902 年「冬，加盟於青年會，始識秦效魯（毓鎏），葉清漪（瀾），陳仲甫（由己）諸人」。認識陳獨秀可以說是蘇曼殊加入青年會最大的收穫，當時陳獨秀在成城學校學習，蘇曼殊在早稻田大學學習。他們性格特徵和處事方式迥然相異：一個率真任性、愁緒滿懷，時而遊弋於世間，時而冥鴻於世外；一個執拗倔強、時有偏激，終生執著於現實，屢遭頓挫而不悔。但在蘇曼殊短暫的生涯中，年長 4 歲的陳獨秀可謂他的良師兼益友，指導他作詩譯文，幫助他走上了文學之路，他在《〈文學因緣〉自序》中稱陳獨秀為「畏友仲子」。

　　1903 年 3 月，陳獨秀遭遣返國，輾轉到當時中國的文化中心上海，與章士釗、張繼等共同創辦號稱「蘇報第二」的《國民日日報》。陳被逐回國給留日學生很大震動，蘇曼殊轉入振武（成城）學校改習陸軍也就在這年春季。蘇曼殊在該校與劉三成為至交，現存曼殊 171 封信有 53 封就是寄給劉三的。是時，俄國進兵我國東三省，留東學生聞之大憤，組成「拒俄義勇隊」，後改組為「軍國民教育會」，蘇曼殊也簽下了自己的名字。此後的蘇曼殊進入人生旅居地最繁多、思想上最活躍、交遊上最廣泛、創作上最豐富的時期，他燦

〔註8〕　蘇曼殊：《雜記》，見馬以君編：《蘇曼殊文集》，第 462 頁，花城出版社 1991年版。

〔註9〕　馮自由：《革命逸史》（初集），第 166 頁，中華書局 1981 年版。

爛的生命激情在如磐的黑夜迸發出絢美的光彩。曼殊對政治活動的熱情惹起了林紫垣的憂慮和不滿，軟硬兼施把蘇曼殊送上了返回中國的「博愛丸」號輪船。航行中，曼殊回味 20 年人生中的百般屈辱，懷著無限悵恨給林紫垣發出了「前途茫茫，無所歸依，有志難伸，弗如一死」的僞「遺書」。這個棄兒從此宣告了與蘇氏家族的決絕，成了一個眞正意義的無根人。

　　蘇曼殊回到滿目瘡痍的祖國，繼續自己救世和自救的悲壯行旅。他先以教育自立，回國後立即協助朋友組織創辦吳中公學社。1903 年 9 月，當他得知陳獨秀等在辦《國民日日報》就來到上海，任英文翻譯。蘇曼殊現存最早的詩作《以詩並畫留別湯國頓》（二首）10 月 7 日即以蘇非非爲筆名發表在《國民日日報》附張《黑暗世界》上。這一階段的蘇曼殊是最激進昂揚的，他在組詩中以誓不帝秦的魯仲連和勇刺秦王的荊軻自況，表達反抗外侵和推翻滿清的豪情。隨後他又刊出了斥責不關心國事民瘼、「把自己的祖宗不要，以別人之祖宗爲祖宗」者的《嗚呼廣東人》和鼓吹無政府主義暗殺活動的《女傑郭耳縵》以及文學翻譯《慘世界》。曼殊從此如魚得水，開始了自己的文學生涯。12 月初，《國民日日報》因內訌而停刊，蘇與同住的陳獨秀、章士釗、何梅士不辭而別，沿長江西上，到長沙幾所學堂任教。年底，蘇曼殊造訪香港《中國日報》社陳少白。風流儒雅、性格狂狷的陳少白雖年紀尚在四十左右，但在革命派中是唯一可以和孫中山稱兄道弟的元老。當曼殊來訪時，他和維新派論戰正酣，情懷抑鬱，自然對曼殊有所慢待；恰值上海「涉外公堂」對「蘇報案」作出判決，對章太炎、鄒容「擬科以永遠監禁之罪」，連日來諸多不順一齊湧蕩起心頭的感傷，蘇曼殊難奈英雄無用武之地的寂寥，悄悄潛回內地，虛託趙氏子在一破廟拜一老僧爲師，揀得一故去師兄之度牒，從此以「博經」爲法名，自號「曼殊」。但是對於艱辛異常的行腳化緣，曼殊確實難以忍受，重新回到了香港《中國日報》社。作爲革命志士，他一旦受挫就意興闌珊，未能克盡匹夫之責；作爲剃度僧人，此時他願力不堅，不堪僧家生活之苦，自責自怨時常湧上心頭。也就是此時，壓抑難耐的蘇曼殊聽到近來保皇頗勤的康有爲即將離港，志士的熱血又灼熱了曼殊的胸懷，他向陳少白借取手槍欲以行刺，但遭到了拒絕。蘇曼殊一腔熱血頓時冰封，他開始對民族復興和自我實現有了新的見解，革命救國的夢想幻滅了，一個西行求法的念頭在他心中越來越清晰和迫近。

三、藝術生命蓬勃期（1904 初春～1913.8）

　　1904 年初春，蘇曼殊第一次效法歷史上的高僧大德法顯、玄奘，隻身萬里做白馬投荒客，勞勞行腳沿蜀身毒道到達暹羅、錫蘭、馬來西亞、越南等地。馮自由考查曼殊之用力於詩及古文辭，當在加入青年會以後，「迨遁跡佛門，益旁通佛典，思想玄妙，迥非吳下阿蒙之比矣。其文字始見於上海國民日日報，尋而詩文並茂，名滿天下」〔註10〕。所以不少後來者均以 1903 年爲曼殊人生的轉捩點。1903 年確實是曼殊人生中重要的一個年頭，這一年他行動、思想、交遊上變局非常大，而且開始步上文壇，但筆者認爲 1904 年這次遠遊是蘇曼殊思想初成和藝術生命的轉折點。在日本求學間的蘇曼殊是熱心地追隨民族革命，出家爲僧只是其感情上、生活上遭遇難以排解的憂慮時的權益之計，或者說是向佛天性，甚至可以說是思想並不成熟時的義氣之舉；在文藝創作上，1903 年的作品，無論是詩文還是小說翻譯以至畫作，都是一些急就之章，烈火奔流地表達了他激進的民族意識和革命激情。而進入 1904 年，他在心理選擇上初步告別狂飆突進的「革命時代」，眞正鄭重地爲自我尋求人生定位，在個人理想的設計上開始自覺地向佛學研究和文藝創作轉型，濟世拯道的熱願並沒有稍減，但其國族關懷的方式已經從「披髮長歌覽大荒」的義俠行動轉向相對沉靜穩健的文化改造和創新。這次遠遊對蘇曼殊以後的佛學和文學造詣影響深巨，在住錫暹羅龍蓮寺期間，他交遇暹羅著名佛學家、該寺住持喬悉磨長老，長老「意思深遠，殷殷以梵學相勉。」〔註11〕從此，蘇曼殊眞正開始究心梵學，研讀佛典，其帶有強烈禪佛色彩的、浪漫感傷、主觀性靈的文藝美學風格逐漸形成，並很快以詩人、畫家和佛學家而立世和名世。

　　成年後的蘇曼殊應該說一直試圖以出世的情懷做著入世的文章，大乘佛教「菩薩行」的救世觀念、現代型知識分子對生命個體價值尊嚴的追求，使他積極用世、勇猛精進又淡泊利祿、孤傲狷介。在這大約 10 個年頭，他任教的學校除了 1903 年蘇州的吳中公學、唐加巷小學外，先後還有湖南實業學堂（1905）、南京陸軍小學（1905）、長沙明德學堂（1906）、蕪湖皖江中學（1906）、安徽公學（1906）、蕪湖皖江中學（1906）、南京祇洹精舍（1908）、爪哇嗏啲中華學校（1909～1912）。以民主革命和啓蒙宣傳論，1907 年在《民

〔註10〕馮自由：《蘇曼殊之眞面目》，見《革命逸史》（初集），第 168 頁。
〔註11〕蘇曼殊：《〈梵文典〉自序》，見柳亞子編：《蘇曼殊全集》（一），第 119 頁。

報》增刊《天討》上發表主題爲「反清排滿」的五幅繪畫,與章太炎、陳獨秀、劉師培、陶冶公和日人幸德秋水、印人缽邏罕(或譯爲波邏罕)發起成立旨在「反對帝國主義,期使亞洲已失主權之民族,各得獨立」的「亞洲和親會」;爲秋瑾詩詞集撰序;1908 年,在留日學生同盟會河南分會機關刊物《河南》上發表意欲激發中原人民民族熱情的四幅畫作;翻譯大量西方浪漫主義詩歌;1912 年主《太平洋報》筆政、加入文學社團「南社」;1913 年 8 月,發表《釋曼殊代十方法侶宣言》即俗稱《討袁宣言》。佛學方面他願力莊嚴,除了 1904 年他到南洋諸地遊歷、學習梵文,1907 年初,他「顧漢土梵文做法,久無專書」〔註12〕,在東京埋頭著譯《梵文典》;1908 年,蘇曼殊應楊仁山邀請前往南京祇洹精舍出任金陵梵文學堂英文教員,親聆楊老講經,成爲佛學界名重一時的人物。同時,隨著他佛學上造詣的逐日深厚,他在文學藝術上的才華不可遏制地顯現出來,創作了大量名噪文壇、盛傳不衰的詩歌、繪畫、翻譯、筆記及序跋,其最受稱譽的是《本事詩》和《吳門》。這其中非常重要的兩項事業是其對西方浪漫主義詩歌的譯介和小說《斷鴻零雁記》的發表,奠定了他的文學家地位。1907 年,當時在文壇還沒有什麼影響的魯迅在日本東京籌措出版文藝雜誌《新生》,曾邀請已經名譽鵲起的蘇曼殊作爲同人。

　辛亥革命使蘇曼殊的思想經歷了很大波折,但針對他的藝術而言,眞正大的變局卻在其後。1911 年 12 月,身在爪哇的他聽到武昌起義的消息後興奮不已,在給朋友的信中寫到:「邇者振大漢之天聲,想兩君都在劍影光中,抵掌而談。不惠遠適異國,惟有神馳左右耳。」「『壯士橫刀看草檄,美人挾瑟請題詩。』遙知亞子此時樂也。」〔註13〕當蘇曼殊「檢燕尾烏衣典去,北旋漢土」,孫中山已經辭去大總統之職、袁世凱出任臨時大總統,章太炎北上事功。疏懶無趣、流連於山光水色、杯酒歌妓之間,在 1912 年以前的蘇曼殊並不是沒有,就在前邊兩封豪情滿懷、狂歌走馬風格的信中,他仍然表達了「遄歸故國,鄧尉山容我力行正照」,「與……南社諸公,痛飲十日,然後向千山萬山之外聽風望月,亦足以稍慰飄零。亞子亦有世外之思否耶?」,而歸國後這一階段,蘇曼殊更是遊冶歡場。對於章太炎「興致不淺」的冷嘲熱諷和「不

〔註12〕蘇曼殊:《〈梵文典〉自序》,見柳亞子編:《蘇曼殊全集》(一),第 119 頁。
〔註13〕蘇曼殊:1911 年 12 月 18 日《致柳亞子、馬君武》、《致柳亞子》,見《蘇曼殊全集》(一)。

慧性過疏懶，安敢廁身世間法」的辯述〔註14〕，是曼殊一貫的人格立場和立身之道，他是願望以「我佛慈悲」的救世觀來看待這次改朝換代的，「何黨何會」只不過是實現匡扶人心世道的「方便法門」。4 月，蘇曼殊加入了南社，並應邀入聘《太平洋報》主筆，在 1913 年他還創作了 25 首詩作、6 幅繪畫，與其創造力最旺盛的 1909 年相當。

四、藝術生命的沉落（1913.9～1918.5）

　　眞正使蘇曼殊走向徹底心灰意懶的並不是南北議和，而是二次革命的失敗。1913 年 7 月孫中山發起二次革命，8 月蘇曼殊發表《釋曼殊代十方法侶宣言》（世稱《討袁宣言》），劍拔弩張地申斥袁氏一年來「擅操屠刀，殺人如草」的罪行，並且聲言：自己雖託身世外，言善習靜，「亦將褫爾之魄」！但 9 月 1 日二次革命即宣敗北，蘇曼殊遭通緝走避西湖。自此後，主客觀各因素，蘇曼殊藝術才情漸漸委頓，除創作了 5 部篇製較短、與前此的《斷鴻零雁記》風格頗同的寫情小說外，詩文繪事都日益荒疏了，富有強烈個性主義色彩的浪漫主義詩歌翻譯也再無續篇。

　　蘇曼殊一直徘徊於佛門與紅塵之間，集僧冰情火於一爐，在出世與入世的矛盾間搏擊掙扎是他留給後人的基本印象。即便是積極進取的人生階段，他也是集禪僧、文士、酒徒、煙鬼、狎客……於一身，常常身披袈裟而沉溺青樓酒肆，也常常西裝革履而誦經說禪。對於親情，他認爲「范滂有母終須養，張儉飄零豈是歸」；對於愛情，他「總是有情拋不了，袈裟贏得淚痕粗」；對於世情，他「極目神州餘子盡，袈裟和淚伏碑前」，但是他又時常企圖「越此情天，離諸恐怖」，渴望像一般佛徒一樣「懺盡情禪空色相，琵琶湖畔枕經眠」。多重人格糾結纏繞著多愁善感的蘇曼殊，使他總是無法安神平心，感歎「濁世昌披，非速引去，有嘔血死」〔註15〕。因此，他對於自己的身體不加珍惜，經常大吃花酒、狂吞冰飲、猛嚼糖果肉食以自戕；又因天生羸弱，經常病痛纏身，不斷出現「肝跳症、生瘡、腦病、洞瀉」等等各類雜症，這反過來又加劇了他對於世事的厭倦。民初評論家王德鍾對此曾做過一番精彩分析：

　　　　美人香草，豈眞文士之寓言；醇酒婦人，大抵英雄之末路。蓋雄心欲耗，聊慷慨乎絲奮肉飛；而壯志難灰，或嗟唶乎酒欄燈闌。

〔註14〕蘇曼殊：1912 年上海《答蕭公書》，見《蘇曼殊全集》（一），第 241 頁。
〔註15〕蘇曼殊：1908 年 5 月 7 日《與劉三書》，見《蘇曼殊全集》（一），第 206 頁。

> 玉唾壺擊碎春燈，汗流浹背；鐵綽板歌殘夜月，泣下沾襟。志士窮
> 途，幾點血淚，無處可揮，不得已而寓之舞衫歌扇間耳。〔註16〕

至歲尾，蘇曼殊患下嚴重的腸疾，以後多數時間在日本休養，但「河山信美非吾土」〔註17〕，有時他回上海、蘇杭遊歷。這段時間他和新文學界有不少交往。1915 年，陳獨秀與章士釗在上海創辦《甲寅》雜誌，曼殊做小說《絳紗記》和《焚劍記》連載其上。1916 年，陳獨秀《青年雜誌》改制為《新青年》，在第二卷 1-6 號上，刊有一則相同的《通告》，特意指出「更名為《新青年》且得當代名流之助，……允許關於青年文字，皆由本志發表。嗣後內容，當較前大有精彩。此不獨本志之私幸，亦讀者諸君文字之緣也」，蘇曼殊與胡適並列「名流」之列。第三號、四號上即連載了該雜誌創刊以來第一篇創作小說即蘇曼殊的《碎簪記》。接著在五號上胡適發表了著名的《文學改良芻議》。作為後來五四運動掌舵者之一的陳獨秀與蘇曼殊的詩詞唱答以及陳對蘇詩藝文心的看重，無疑給曼殊極為良好的影響和促進，蘇曼殊後來被新文學界所接受除了其文學價值因素，與陳獨秀的推介也洵非無關。1918 年 5 月 2 日，文章風流海內外的一代名僧蘇曼殊「鬢絲禪榻尋常死」，臨終遺言：「但念東島老母，一切有情，都無掛礙。」友人無限感喟地哀挽其「千秋絕筆真成絕」〔註18〕，而就是在這個 5 月，魯迅標誌著中國現代白話體小說誕生的《狂人日記》在《新青年》第 4 卷第 5 號刊出。在南社發起人陳去病張羅下，孫中山「賻贈千金」，徐懺慧慨然割讓西湖孤山片地；1924 年 6 月，在蘇曼殊靈柩寄存上海廣肇山莊六年後，終於遺體登穴。

　　現在，曼殊墓、塔已下落不明，在原墓址上有一石碑，碑文比較客觀地總結了曼殊的一生，對其文學創作及翻譯成就多有強調：

> 蘇曼殊（1884～1918），原名玄瑛，廣東中山縣人。曾留學日本，
> 回國後任教師、編輯等職，擅詩文、小說，精通多國語言，法國雨
> 果的《悲慘世界》首先由他翻譯到中國，後在惠州長壽寺出家為僧，
> 法號曼殊。他一生浪跡天涯，顛沛清貧，因病早逝於滬。柳亞子等
> 集資建曼殊塔於此處，1964 年遷墓雞籠山。

〔註16〕王德鍾：《與柳亞子書》，柳亞子、高旭、陳去病、胡樸安等編《南社叢刻》
　　　　第 14 集，揚州：江蘇廣陵古籍刻印社 1996 年版。
〔註17〕蘇曼殊：1913 年 12 月京都《與葉楚傖書》，語本魏時王粲《登樓賦》，見《蘇
　　　　曼殊全集》（一），第 275 頁。
〔註18〕柳亞子：《戊午五月哭曼殊》，見《蘇曼殊全集》（五），第 324 頁。

第二節　思想再論：啓蒙嘗試與佛禪肯認間的審美抉擇

　　蘇曼殊不是一個簡單平面的人物：作爲一個敢於率十萬法侶發出「討袁」獅吼的革命者，作爲一個「總是有情拋不了」的情僧，作爲一個「故國傷心只淚流」的愛國詩人，作爲一個自創新宗、在日月遲暮還渴盼到意大利學習美術的畫家，作爲一個天縱詩情、以綺麗的文筆感染了無數青年、無論臧否都無法割捨的小說家，作爲一個詩酒風流的名士才子和任性自由的知識分子，他有著多重矛盾心態。他和上世紀初的太多思潮都有著千絲萬縷的聯繫，而任何既定的模式都套不住他。正是由於蘇曼殊思想的多維性，才產生了各種闡釋的可能和空間。

　　一種是意識形態話語體系對其革命家的身份認同。大部分南社成員及其後代和不少近代文學研究領域的學者都認爲蘇曼殊的一生是積極進取的，批評其脫離人民大眾，他們旨在強調「南社」作爲第一個革命文學社團的意義與歷史價值的同構性，反駁對曼殊作「頹廢的文人」的指責。柳亞子曾說：「曼殊的正統思想，可以分幾方面講：關於種族方面，他的民族觀念，是十分熱烈的。……關於政治及社會方面，他也非常急進。……關於宗教方面，他是很看不起耶教徒的。」〔註 19〕馬以君認爲：「蘇曼殊的各種行動，都圍繞著愛國主義這一核心去展開的」，「蘇曼殊是一個相當清醒的現實主義革命家和文藝家」。〔註 20〕裴效維說：「蘇曼殊的主導思想是於當時資產階級革命運動相一致的，並始終自覺地爲這個革命服務的」，「蘇曼殊不僅在革命思想方面與其他革命黨人相伯仲，而且弱點方面也有共同點，即由於蔑視人民大眾，因而顯得軟弱無力」。〔註 21〕曾經有論者爲 1903 年蘇曼殊從日本突然回中國剃度找到一個消除疑點的理由，即對蘇的行爲強加一種儒家式的道德釋意：蘇對於民族革命和家庭都是既忠且孝的個體，他企圖以和尚身份掩蓋革命者的身份，既可全己，也可全家。

　　也有學者在啓蒙主義話語框架下認爲蘇曼殊是中西文化糾合中最終成爲文化落伍者，這方面的代表著述是 1990 年百花文藝出版社出版的邵迎武的《蘇

〔註 19〕柳亞子：《蘇和尚雜談》，見《蘇曼殊全集》（五），第 134 頁，中國書店 1985年影印本。

〔註 20〕馬以君編：《蘇曼殊文集》，第 50 頁，花城出版社 1991 年版。

〔註 21〕裴效維：《蘇曼殊研究中的幾個問題》，見時萌主編：《中國近代文學研究集》，中國文聯出版公司 1986 年版。

曼殊新論》。邵氏從現代心理學出發，通過對作為詩僧的、鬥士的、凡人的、情僧的蘇曼殊的抽繹，理性地剖析身處中西文化衝突中的蘇曼殊人格的複雜性、多面性，強調其既不能在感情上與西方文化融為一體，又不情願重新審視傳統文化，認為在「歷史」喚醒了蘇曼殊的生存意識時，並沒有喚醒他的哲學意識和文化意識，傳統的思維模式和宗教思想的鉗制下，「曼殊無力在中西文化的劇烈衝突中作出符合歷史走向的選擇」。該書以五四啟蒙主義的立場為價值座標，把蘇曼殊與梁啟超、魯迅等政治啟蒙或文化啟蒙的代表性人物相比較，指出蘇曼殊「缺乏一種從歷史和理性的高度對中西文化進行整體把握的自覺意志，缺乏一種『將彼浮來』為我所用的主體意識，所以始終不能在兩種文化衝突中達到理性認知的心態平衡」，「承擔起過渡時代所賦予的除舊佈新和自我啟蒙的雙重任務」。〔註22〕

　　黃永健用穩健的立論和縝密的論證，為我們提供了當前蘇曼殊思想研究另一條很有價值的路徑——佛門高僧，史心寬平，每多恕詞。「蘇曼殊不僅於『色中悟空』，『情中求道』，他的整個人生大致是在一種『率性而為』的自由純真狀態下追求『無著』、『無執』、悟入『真如』的過程，而這種悟入的方式和途徑又和歷代禪僧迥然有別（比如其以情證道），因此，他的種種看來不可理喻的舉動更具複雜性，根據其終極價值取向，參照禪門個性主義和自由主義的傳統，以及歷來狂僧悟道行為表現，我們不妨將他看作是近現代背景下的一位禪門高士。」〔註23〕黃氏所指出的「不可理喻的、更具複雜性」的舉動即為蘇曼殊一生中的種種狂怪行為，包括一次次虱身情網，皆可視為他的佛教「離相」和修習禪悟過程中的「諸境」。他一生基本上置身在主體心境中，即便在他自己所說的「冰」與「炭」的煎熬中如何掙扎，在「出世」與「入世」、「方外」與「紅塵」之間怎麼徘徊，他都試圖窺破色相，悟入真如，有時因情慾糾纏而自我譴責；有時極端悲愁而以淚洗面；有時甚至自戕身體而求得心理平衡，但他作為禪僧的最後一道防線始終未破。在文藝上，不但蘇曼殊的詩歌、繪畫、小說帶有濃鬱的禪佛色彩，就連他編選的詩歌翻譯集子也都用佛學名詞命名，如《文學因緣》、《潮音》、《漢英三昧集》。

　　以上幾解都從一個認識側面突入對蘇曼殊這一生命實體的闡釋，都是難

〔註22〕邵迎武：《蘇曼殊新論》，第23～24頁，第83～84頁，百花文藝出版社1990年版。

〔註23〕黃永健：《蘇曼殊詩畫論》，第34頁，中國社會科學出版社2001年9月版。

能可貴的探索，而我更傾向於認爲蘇曼殊思想有一個漸進定型的過程，也就是說他從革命的熱望、啓蒙的宏願、佛禪的肯認，最終走向了文學的審美抉擇，他在各種衝突對抗中傾向了追求藝術人生。

從「革命」的、「愛國」的角度去框定蘇曼殊顯然是暫時的倫理舉措。20世紀文學在其發展的絕大多數時段不可能天馬行空，它不得不從其他文化系統中獲得支持，並與之相互滲透，從而使自己成爲一個有邏輯依據的文化體系。被郭沫若讚譽爲「集中了當時的時代歌手」的南社，作爲辛亥革命前著名的革命文學團體，吸收了當時許多有影響的詩人和小說家，以詩載道是他們基本的價值選擇。所謂一時代之文章，必受一時代之影響。其影響有順受，即韓昌黎所謂和其聲以鳴國家之盛；有反感，其弱者則有變風變雅之作，強者則有弔民伐罪之辭。南社文學乃「反感」之文學，所以掊擊清廷，排斥帝制，大聲以呼，振其聲聵。民族國家的建立與個人自由方面的矛盾實際上是任何走向現代的弱國子民所必然面對的困惑選擇。劉納在分析清末思想啓蒙和辛亥革命時說：「先進的人們突破了傳統觀念中國家與個體之間不可缺少的中間層次——家族，而直接以『國民』的概念將個體生命與國家聯繫起來」，但是「『國民』並不屬於自己，他屬於『國』，屬於『群』」。〔註24〕因此，南社革命文人「屈己就群」、民族至上、國家至上的觀念很顯著。在深層意識上，南社諸子仍然有很強的政治依附性，就像古代不少浪漫主義詩人一樣，他們雖然面對群小能高蹈遺世，清醒地意識到自己的人格尊嚴，但是其飄逸豪放或披肝瀝膽的詩篇傳達出的依然是渴望「明君」賞識而成爲「賢相」、實現自我興國安邦之雄才大略的心聲，這也正如魯迅對南社文人在辛亥革命後所謂消沉略顯尖刻的經典注解：

> 希望革命的文人，革命一到，反而沉沒下去的例子，在中國便曾有過的。即如清末的南社，便是鼓吹革命的文學團體，他們歎漢族的被壓制，憤滿人的兇橫，渴望著「光復舊物」。但民國成立以後，倒寂然無聲了。我想，這是因爲他們的理想，是在革命以後，「重見漢官威儀」，峨冠博帶。而事實並不這樣，所以反而索然無味，不想執筆了。〔註25〕

〔註24〕劉納：《嬗變——辛亥革命時期至五四時期的中國文學》，第266～267頁，中國社會科學出版社1998年版。

〔註25〕魯迅：《三閒集·現今的新文學概觀》，人民文學出版社1981年版。

　　早期的蘇曼殊無疑也是民族國家觀念的擁護者，他改頭換面的《慘世界》翻譯確實傳達著革命的嚮往，可蘇曼殊所念念不忘的家國實際上是對一種更能維護和實現個人自由的人文生態的期待，是現代知識分子的共同理想。在對群體與個體的認識上，蘇曼殊明顯超前於南社諸君而更雷同於五四一族。在他思想的成熟期，他參加同盟會、興中會、光復會以及秋社等革命組織的活動，但他從來沒有正式加入這些組織中的任何一個，也從來沒有以革命者自居，唯一真正加入的組織是「南社」這樣一個文學性社團。他在《南社叢刊》上發表的作品迥異於南社其他成員的「革命」風貌，完全像是一個感傷的文學青年的生命審美。章士釗的評價是中肯的：「一時南社廣詩才，著個詩僧萬象開。」曼殊畢竟接受過比較正規的西式教育，對於西方極端「主我」的浪漫主義詩人倨傲縱逸、剛健抗拒的自由精神情有獨衷、極高崇贊；另外，其從小遭遇遺棄、備受淒苦的身世也使他內心早已埋下了「衷悲疾視」、「我獨屬我」的任性種子。

　　我很認同《蘇曼殊新論》對蘇曼殊在文化悖論中的艱難抉擇的分析和批評，但是，以啓蒙主義的標準來框定蘇曼殊，也有值得商榷之處。文化啓蒙主義是新時期的主導性文學史觀念，它以啓蒙文化價值觀把文學現象設定在啓蒙與救亡、文化與政治對峙變奏的框架內。確實，歷次「文學革命」的高漲都與文化啓蒙主義有著密切關係，以人之尊嚴與個性主義倡導爲文化內涵和價值指歸的創作，也畢竟更爲貼近文學與人類生存的實質性關聯。在整個20 世紀文化史、文學史上，啓蒙主義的高歌雖然曾經遭遇政黨倫理的打壓和國家意志的強暴，但至今依然表現著彌足珍貴的堅韌力，五四的精神依然傳承在有公共良知和文化敏感的知識分子中。蘇曼殊在早期創作和翻譯時確實有引進歐洲文化、開啓國民思想之主觀願望，特別是對拜倫等西方「摩羅詩人」的推介所起到的豁蒙的意義即是一個實證，以致到了 1920 年代，魯迅等還不斷追憶蘇曼殊的拜倫詩翻譯帶給他們的反叛的精神砥礪，這一點我們在本書有關「翻譯文學」的一章再詳加評說。不過，「在另一方面，則是泛啓蒙化傾向的發生，將凡是具有較明顯之生命文化內涵及人性感召傾向的創作，統統納入『啓蒙』的範圍」〔註 26〕，具體到蘇曼殊，恰恰即是如此，即便後人多麼期待他在辛亥革命後能勇毅地接續他早期的實踐，堅定文化啓蒙之路，

〔註26〕孔範今：《論中國文學的現代轉型與文學史重構》，《文學評論》2003 年第 4
　　　期。

但從他絕大部分的詩歌和小說文本內涵看，正如前文所言，蘇曼殊在啓蒙的主觀願望和主體意識方面是欠缺的，像梁啓超那種欲望通過「三界革命」給沉睡中的「龍鍾民族」注入新的活力，由「新民」以致實現「少年中國」的鳳凰涅槃；或者他並沒有像魯迅等對國民性有著深切體認的文化人那樣有很清晰的啓蒙立場，對於文學的救世價值有著「兩間餘一卒，荷戟獨彷徨」的孤獨與奮爭，在蘇曼殊這些都是極其缺乏的。對傳統文化的反戈與依戀，或者對西洋文明的張揚和拒斥在他都是非理性的心態下，對國家、民族、社會與人生的悲劇式認知以及撕心裂肺的痛楚更大程度上由自我的生存感悟和心靈需求出發。因而，蘇曼殊的啓蒙主義一定程度上是後世啓蒙話語情景下闡釋學主題學意義上的，而文本本體意義上的不佔主導。既然如此，如果一定要拿一套嚴格的啓蒙主義的標準來套蘇曼殊，確實勉為其難。他的價值當在別處。

　　若從「離相」出發，建立立論基點，認為蘇曼殊是近代禪門高士也有再探討的必要。談論佛教文化與現代知識分子的糾葛，我們應該清醒的是我們一直是在一種「反教」的話語秩序下發論的。晚清反教話語的構成和產生更多的是地方傳統與國家權力互相妥協的結果，而20世紀以來的反教話語則更多地使用了國家權力話語所界定的內涵，這影響了我們對不少歷史人物的思想確認。對於蘇曼殊，歷來論述即便認同其佛子身份，總強調其在入世與出世間的兩難，而黃永健的立論實在有獨闢蹊徑於荒野之感。僅憑蘇曼殊對內典之深習、對昌興佛學之力勤，定其為「把從寶誌和尚以來的中國大乘禪學精神推向了一個極致」〔註27〕的禪門高士名實相符。而我想糾纏的正是所謂的蘇曼殊「主體的心境」到底是什麼？是什麼妨礙了他「窺破色相，悟入眞如」？我們還從晚清佛學的勃興開始。易代文人的「遺民情結」疏散的方式各個朝代有所不同，但自佛教內傳以來，佛門似乎是常見的一種逃藪。明清易代之際文人「逃佛」是引人注目的遺民行為，歸莊有「良友飄零何處邊，近聞結伴已逃禪。」〔註28〕但是，即便在同世逃禪，也有不同的心理背景。有人可能「性近於禪」，遭遇變亂而從初志，所謂「當鍾石未變之先，已得意忘言，居然孤衲。蓋學焉而得其性之所近，正是本色。」〔註29〕在晚清，佛學成為「思想界一伏流」，「所謂新學家者，

〔註27〕黃永健：《蘇曼殊詩畫論》，第44頁，中國社會科學出版社2001年9月版。
〔註28〕《歸莊集》第1卷，第48頁，上海古籍出版社1984。
〔註29〕黃宗羲：《張仁庵先生墓誌銘》，《黃宗羲全集》第10冊，第444頁，浙江古籍出版社1992。

殆無一不與佛學有關係」〔註30〕，遠遠不只是「遺民情結」，還有西潮的衝擊，晚清佛學的勃興有各種因素：第一，佛學復興是一種文化復興，含帶著重建社會與思想基礎的嘗試：民族革命必然要以民族文化的認同爲指歸，以佛教的「業感緣起」詮釋、整合西學，本土化的佛教被認爲是中國傳統的一部分，以抗衡基督教文化的擴張。在對抗基督教擴展中刺激了佛教發展，佛學救國的烏托邦理想和啓蒙救國、革命救國一樣，成爲「救亡圖存」的探索途徑，正如梁啓超倡導政治小說時一廂情願認爲「小說乃治世之良方」；第二，清末民初價值眞空，人事無常，修短殊列尚且不可逆料，何況朝代遞變、家國興廢、社會失序，啓蒙與革命均重視文學的工具理性，而闕失了世俗層面的終極關懷，精神上的漂泊無依使世紀初的知識分子普遍渴求皈依，佛學普世關懷進入眞空負壓；第三，佛者即覺者，與信賴神靈救贖的宗教不同，佛教以自我覺悟爲本，自我修煉，不依他力，符合現代知識分子的人格理想，自然更能貼近正由傳統向現代轉型的知識者的內心精神所寄。

　　正是在佛學復興的思潮中，很多知識分子都與佛學產生了或深或淺的「交誼」，表面看來佛學有中興之勢，但「依附以爲名高者出焉」，「今日聽經打坐，明日黷貨陷人」，「爭取縷衣，則橫生矛戟。弛情於供養，役形於利衰。……趨逐炎涼，情鍾勢耀」。〔註31〕蘇曼殊之「逃禪」如果說起始含有一時憤激之所爲，有外鑠而非皈依之披緇，但也很有些「性近於禪」、蘊之有素的意思，當他一旦接觸了深奧的佛義，這時才眞正是「緣學入佛」、登堂入室。蘇曼殊胸懷「佛日再暉」之志，深感佛學眞髓已經凋敝，「恐智日永沉，佛光乍滅」〔註32〕，但蘇曼殊治學於亂世，確實是一份「如人飲水，冷暖自知」的特殊人生經驗，「高處不勝寒」的孤獨正如黃宗羲憶及當年治勾股學時的情景：「余昔屛窮壑，雙瀑當窗，夜半猿啼倀嘯，布算簌簌，自歎眞爲癡絕。」而恐怕最大的孤獨乃「及至學成，屠龍之伎，不但無所用，且無可與語者。」〔註33〕最終蘇曼殊也發現自己迴天無力，佛學對他心靈的庇護意義又突出起來。人們在談論蘇曼殊的皈依佛教時總是和章太炎、李叔同相較。章太炎作爲舊民主主義革命時期的著名思想家和宣傳家，雖然對蘇曼殊曾經產生過深刻影響，但蘇曼殊在《〈梵文典〉自序》提出自己著述的目的：「非謂佛刹圓音，

〔註30〕梁啓超：《清代學術概論》，第99頁，上海古籍出版社1998。
〔註31〕梁啓超：《清代學術概論》，第99頁，上海古籍出版社1998。
〔註32〕蘇曼殊：《敬告十方佛弟子啓》，《蘇曼殊文集》，第266～272頁。
〔註33〕《黃宗羲全集》第10冊，第36頁，浙江古籍出版社。

盡於斯著，然溝通華梵，當自此始。但願法界有情，同圓種智。」所以，「章太炎作爲資產階級革命派的理論家，只是把鼓吹佛教作爲革命事業的一個部分，而蘇曼殊卻有意無意地把改革、振興佛教當作自己的事業。」〔註34〕蘇曼殊在佛學追求上既不同於「用宗教發起信心，增進國民之道德」〔註35〕的實用主義的佛學救國，也不同於小乘佛教的李叔同的個人修爲，也並非眞正傳統意義上的「普度眾生」。他是主觀上想把佛學作爲一種學問，作爲文化工程的一部分，客觀上佛學又是他心靈的休憩地，而並非一種宗教信仰。隨著蘇曼殊交遊面越來越廣，漸漸認識到佛義的精奧，梵文作爲歐洲諸文字之源的重要意義，研習印度文字和文學，佛教在他不純然是一種精神向度上的避風港，重譯佛經等成爲他反抗平庸人生的生命追求。

從蘇曼殊交遊的長長名單上，可以見出他屬於那個風雲鼓蕩的時代知識分子的精英階層。面對傳統文化的失落、異域文化的植入，這些知識精英在中西文化夾擊下、在價值觀的選擇上做著艱難的探索；加上才情、個性、經歷的差異，在新舊學衝撞的文化轉型中，每個個人的判斷和決定都顯得那麼曲折。蘇曼殊積極投身危機中的中國知識分子尋找意義和價值的行列，做過各種嘗試和努力，但他人生理想深層結構的落腳點既不在宗教的「得道成佛」，也不在國家倫理話語內江山社稷的宏偉藍圖，更不在革命功成名就後重現所謂的「漢官威儀」，佛教是他所願有所爲的一項「平實」的事業，是一種自我實現的追求，是渴望變革、運用佛教來拯救世道人心、力倡眾生平等的文化途徑。所以本質上說，蘇曼殊的「向佛」是一種拒絕現實平庸、追求生存夢想的審美抉擇。佛學終究要作爲心靈的棲息地，他渴望在其間獲得生存的抱慰。如果說少年的蘇曼殊歸佛是由於其純眞摯性的氣質，在「江山固宅」淪落的現實面前，社會價值的失序，個人生活的窘迫，使他無法平靜的生活，所以他選擇佛門作爲生命的皈依，而進入文學創作以後的蘇曼殊宗教也並不是他的僞飾，他是眞誠地渴望沉浸在禪宗的境界之中。他的一生都在醞釀這種力量，這個「醞釀」當然不是「超脫輪迴」，在蘇看來佛可以命名存在，因爲佛的智性永恒告知人的來路、生存本眞的苦相以及去路即解脫，使存在有一種皈依感。很多人說他逃禪是爲了逃避俗累、託身暫棲，但實際上他逃向

〔註34〕張海元：《蘇曼殊學佛論釋》，《學術研究》1993年第5期。
〔註35〕章太炎：《建立宗教論》，見劉夢溪編：《中國現代學術經典・章太炎卷》，北京教育出版社1996年版。

禪是想在其間找到「個我」，即禪宗所謂的「自性」：「全心即佛，全佛即人，人佛無異」。蘇在短暫的時間內生吞活剝了西方的個人主義思潮，「自由平等」的觀念是個人生命債權意識的覺醒，與大乘佛教的「我心即佛」在他內心是二而一的，其對生命形態形而上的個性追求在當時可謂空谷足音。

但是問題並不是這麼簡單。這裡一個特別需要弄明白的話題浮現了：究竟是印度文化的哪些部分吸引了蘇曼殊？是嚴格意義上的佛教文化嗎？綜觀曼殊一生的翻譯和創作，可以發現真正讓曼殊投入情感和精力的不是真正意義上的佛教文化，而是「微妙瑰奇」的印度文學。他終生沒有翻譯出一本經書，卻一直在譯介印度文學中那些在世界文學史上都堪稱「經典」的詩歌和戲劇（這一點我們將在「蘇曼殊翻譯」一章展開充分論述），由此我們毫不遲疑地斷言：即便主觀上蘇曼殊多麼渴望成為在佛學方面深有造詣的學者，他終究是以文學家的審美觀進入了印度文化空間的。在蘇的時代，西方思想界諸神退隱，在東方，佛也早被凡人舞弄成一個面目全非的庸俗的字眼，這是蘇所極其悲憤的。蘇曼殊試圖走出過宗教向社會組織、社群之家中尋找安身立命之所，但是「過分」的清醒使其對社會生活的污濁極為敏感和失望。他的根的強烈意識激勵他盲動地對抗西方，當他試圖想在東方尋根時，他又感到對話的困惑，並不能做到將西方的個人主義自由去蕪存菁、冥化入東方的圓融自在、此在與世界渾然一體，也就是說，在那樣一個歷史情境，我們還沒有理由希望蘇曼殊找到西方哲學與東方佛禪之間的可能性「約會」，二元對立的思維圖式，對於主體的強調，阻礙他走向對「世界——我——佛」一體的體悟。蘇曼殊在多重角色的張力網中衝撞掙扎，這便是阻隘他「悟入真如」的關鍵。他在文化選擇上不是從認同對方出發，而是從對方看到了被認同的可能，或者說，他認同的不是對方的奧義，而是感到被一個容易接受他的世界所吸引。表面上看蘇曼殊的矛盾是多元文化並夾下文化理念的衝突與困惑，在社會政治方面表現為入世與出世的矛盾，在倫理人情上表現為向佛與人倫情愛的矛盾，在國家與民族問題上表現為開通與根本的矛盾。但有一點是不矛盾的，他在一切問題上努力維護的是現代個人的生存空間和尊嚴，也就是說歸根結底的矛盾不在於他自身的文化選擇，而在於那是一個人心失衡、價值失序的社會，他不得不在掙扎中自衛與自慰。他所期望的「眾生平等」已經蘊涵了太多現代知識分子的個人倫理確證，他所渴望的革命未來的「家國想像」是「壯士橫刀看草檄，美人挾瑟索題詩，⋯⋯向千山萬山之外，

聽風望月」，這洩露了他內心作爲一個文人天性中浪漫幼稚的特質。他認識不到「革命是痛苦，其中也必然混有誤會和血，決不是如詩人所想像的那般有趣，這般完美」〔註36〕。他的革命、向佛、創作，在整體上是一種「逃往自由」，「逃往自由」首先是從個體的處境、個人的心靈隱痛出發，表現個體在社會中的無助和無奈；他一次次陷入愛情的漩渦，愛得熱烈且眞誠，而當面對愛情實際出路的抉擇時，他選擇痛苦的逃避。他把宗教本質理解爲一種對平庸化的排斥，但藝術審美在本質上又與宗教對抗，它是反抗中世紀宗教理性的結果，爲了追求自由而爲善，然而善與善的衝突卻導致自由的失去，不得不以逃遁來換取心靈的自贖，最終構成了在抉擇權上屬於強者的心靈悲劇，這些無疑帶著性格悲劇的味道。他的那些「精英式」的家國想像的毀滅、宗教期待的虛妄，以及愛情神話的破解，一層層遞解著一個悲劇的展開和收束。

　　總之，我們自然不能否認，蘇曼殊曾經是披髮長歌的革命者；也曾把佛學作爲一種文化事業渴望成爲佛學家，甚而執著追求「斷惑證眞、悟入眞如」，努力向高僧大德的目標邁進；更曾經試圖以體現西方人文精神的浪漫主義詩歌來啓蒙民智。但蘇曼殊終究沒有成爲名垂青史的革命家，沒有成爲像他的朋友陳獨秀、魯迅那樣的堅定的啓蒙主義者，也沒有成爲章太炎所期待的「佛教界的馬丁‧路德」，更沒能「斷惑證眞、悟入眞如」成爲佛門高士。在以西方話語爲中心的啓蒙時代、「歷史進化論」的文化氛圍中，蘇曼殊充滿了憂悒和恐懼，在開啓民智的「政治化」文藝觀的天下他對文學「載道論」的未來深懷疑慮和不安。但是他「昇天成佛我何能？……尚留微命做詩僧」的詩句已明言了自己對自己的定位：一是詩者，一是僧者，而第一個問句對「成佛」的質疑，顚覆了「僧」的價值定位，因而實際上蘇曼殊在此強調的是「詩者」。他的「多少不平懷裏事，未應辛苦作詞人」和「詞客飄零君與我，可能異域爲招魂」都注重文學家的自我身份定位。他最終以藝術的、審美的力量，而不是政治的、啓蒙的、也不是宗教的力量參與了審美現代轉化的文化工程；換言之，作爲一個富有浪漫氣質和才情的知識者，他最注重文學家的自我身份定位，並最終以「審美主義」的文藝家的姿態切入了中國文化的建構。他在文化衝突中的掙扎與徘徊體現了一個具有現代生命意識的知識分子對情感

〔註36〕魯迅：《對於左翼作家聯盟的意見》，見《二心集》，人民文學出版社 1981 年版。

自我包括文化自我的維護和張揚。禪宗主張「不立文字，教外別傳，直指人心，見性成佛」，而蘇曼殊是主張立言的，文學創作成為他最後的逃亡地，他以自己的感悟建立了他的文藝審美觀，參與了中國文學現代轉型的歷史進程。

第三節　文本重解：抱慰生存悖論中的個體掙扎

在歷史的霧靄中重新翻檢蘇曼殊生平與交遊的「老照片」，釐清蘇曼殊思想與身份的脈絡，目的在於能夠更好地對他的作品進行有效解讀。對於蘇曼殊的文學，歷史的誤讀曲解和附會剪裁已經夠多。

蘇曼殊的文學誕生在梁啓超的「文學革命」和南社的「革命文學」的夾縫中，他去世又是在新文化運動的前期、五四的前夜，也可以說他的文學生長於世紀初兩次啓蒙運動的間隙。「開啓民智」追求的是文學與歷史同構的文藝觀，文學從載「封建」之「道」轉向載「啓蒙」之「道」，而啓蒙的個人性指歸和啓蒙在民族社稷上的烏托邦理想要求的統合性是一種悖論，像五四真正體現了「人的發現」的文學不在新文化運動的高潮而在五四運動落潮後的文學研究會、創造社、湖畔詩社以及新月社等文學團體一樣，蘇曼殊的文學成為晚清啓蒙運動落潮後體現了最初的個人覺醒的文學，當然他在表達上是憂悒的、不充分的。我們來看作為後來者的郁達夫等能夠多麼明確地聲明自我主張和觀念，郁達夫說：「五四運動的最大成功，第一要算『個人』的發現。從前的人，是為君而存在，為道而存在，為父母而存在，現在的人才曉得為自我而存在了。」〔註 37〕易白沙在《我》中聲言：「救國必先有我」。〔註 38〕可見，「個體」於五四人物思想中是絕對在「群體」的國家、民族、家族之上的，但在蘇曼殊其時還不可能有這麼理智清明、理直氣壯的表達。從通俗文學這方面看，娛樂消遣的通俗文學在晚清產生後，能夠在民初燃成燎原之勢，其中有一個因素即為啓蒙對個體「人」的發現促成了文藝從社群之家的文以載道轉向個人之家的生存自慰。所以，如果我們能夠正視維護藝術立場的純文學與現代通俗文學都關涉到現代個體的「人」的發現，都是文學從外部環境到內部結構的衍化的結果——當然純文學和通俗文學在發展的過程中會產生對五四啓蒙精神的脫節甚至背離，走向單純的趣味主義的方向，這當是另

〔註37〕郁達夫：《中國新文學大系‧散文二集‧導言》，《郁達夫全集》第 6 卷，第 194頁，浙江文藝出版社 1992 年版。

〔註38〕易白沙：《我》，《青年雜誌》第 1 卷第 5 號。

一個話題——我們就不難理解它們是中國文學現代轉型的兩條並行的支脈。

　　在現代文學史上，蘇曼殊似乎是無法歸屬的「另類」，他與中國文學現代轉型的兩大支脈都有關涉。在一個事實上宗教衰落的時代，我們看到蘇曼殊是以一個現代審美主義者的姿態進入佛教和文藝的，佛學曾經喚起蘇曼殊作為「個體」的理想之夢，這個烏托邦理想融入了他太多的心靈寄託，他的「同圓種智」已經含有將主體從現代社會工具理性籠罩中救贖出來的意義，審美似乎替代了宗教本身而具有世俗的救贖功能，成為一種對抗解構了存在、解構了詩意生存的現代理性的文化手段，也就是說審美成為了生存意義的提供者，一方面向人們敞開了科學技術無法提供的關於生存的思考；另一方面又把人們帶回到「本真」的領域，遭遇到自己的感性身體、欲望和情緒，這正是審美救贖的深義所在。〔註39〕在宗教——形而上學佔統治的前現代社會，藝術與宗教存在著緊張關係，藝術性是不具備任何獨立價值，皈依宗教是一種純粹的人生觀信仰或者出於生存的需要，而近代的宗教反叛古典寧靜，渴望動作，面臨著將人類的本質特性從因技術的統治而極度萎縮的威脅中拯救出來的願望，在不自覺中帶著對現代性的反思和背叛。這正是西方審美現代性的一脈即浪漫主義文學藝術的源頭。在中國，在審美救贖的表述中，對感性的回歸和關注也是審美古今嬗變的一個重要價值取向。在 20 世紀以前的中國文學史上，很少有文學家歌哭任情、率真自為猶如曼殊，也很難找出哪些文學家的文字猶如曼殊的文字一樣感性地強調作家主體的個體本位，將內心深處自戀與自抑的雙重身份表達得那麼飽滿；而很多的時候我們會發現蘇曼殊混淆了「個人」和「文藝」的邊界，文學既是他生存的實在，又是他生存的夢想；可能蘇曼殊對於文學的期待太「功利」了，他在文字中找回現實中不能實現的夢想，把被現實擠壓得變形的「個人」放在文學中以實現心靈的完滿。

　　說到蘇曼殊的現實與夢想，我們有必要弄明白蘇曼殊一再表述的所謂「難言之恫」的問題，它牽連到對於蘇曼殊文本佛性與人性衝突的主題的理解。1909 年冬，蘇曼殊在前往爪哇的途中染病，正好碰到了自己早年在上海求學時的英語老師莊湘以及其女雪鴻，「女詩人過存病榻」，曼殊感歎「予早歲披剃，學道無成，思維身世，有難言之恫」。〔註40〕託名「學人飛錫於金閣寺」、

〔註39〕參見貝爾：《資本主義文化矛盾》，三聯書店 1989 年版。
〔註40〕蘇曼殊：《題〈拜倫集〉》，見馬以君編《蘇曼殊文集》，第 37 頁，花城出版社 1991 年版。

寫於 1911 年的《〈潮音〉跋》，更是極盡寫「身世有難言之恫」。關於「難言之恫」這個問題，總結起來大概有這樣幾個「謎底」：

（一）血統問題：柳亞子最早提出了蘇曼殊的「難言之恫」就是血統問題的觀點。之後的《蘇曼殊傳略》，雖然對「曼殊是日本人宗郎的血胤」的說法給予否定，但仍然堅持：「他對於自己的血統問題是十分懷疑的。有懷疑而假設，便產生了《〈潮音〉跋》和《斷鴻零雁記》。結果，《〈潮音〉跋》沒有登到《潮音》上面去，他自己也不能承認這假設是否確當。至於《斷鴻零雁記》，那是小說，自然便無顧忌地發表了。這就是他所謂『身世有難言之恫』的原因。」至今也仍然有學者認同柳亞子早期「曼殊的日本血統，照我說當然是無可疑的」的論斷，李蔚根據今存《〈潮音〉跋》原稿將「難言之痛」之「痛」劃掉改為「難言之恫」，指出：「按『恫』有二義，一為『痛』，一為『恐懼』。原稿始抄為『痛』，後改為『恫』。這說明曼殊是在『恐懼』的意義上使用『恫』字的。從小沒有父親，提起身世，令人恐懼。」「從小沒有父親」即指宗郎早歿，留下了曼殊成遺腹子。

（二）生理問題：曼殊一生中和數位女性交往過密，柳無忌《蘇曼殊及其友人》中「曼殊的女友」羅列有「雪梅、靜子、馬玉鸞、尹維峻、百助、金鳳、花雪南、張娟娟等」〔註 41〕；馬以君編注、柳無忌校訂的《蘇曼殊文集》中收錄蘇曼殊的大量雜記，其中提到的女性特別是妓女姓名就有 50 多個，其中從 1903 年到 1912 年一向身披袈裟、以「老衲」自稱的曼殊結交的名妓就有金鳳、花雪南、百助眉史、賽金花、陳彩雲等數十人〔註 42〕。女友這麼多，李歐梵根據蘇「晚居上海，好逐狎邪遊，姹女盈前，弗一破其禪定」〔註 43〕，推測出入花叢、其意「不在花亦不在酒」，「人謂衲天生情種，實則別有傷心之處」〔註 44〕的蘇曼殊有生理上的難言之隱，即所謂其「身體有難言之恫」，而非「身世有難言之恫」〔註 45〕。臺灣學者劉心皇在《蘇曼殊大師新傳》裏也持此論。

〔註 41〕柳無忌：《蘇曼殊及其友人》，《蘇曼殊全集》（一），第 62 頁。

〔註 42〕參見馬以君編：《蘇曼殊文集》，第 458 頁，花城出版社 1991 年版。

〔註 43〕柳亞子：《蘇玄瑛傳》，見《蘇曼殊全集》（四），第 153 頁，中國書店 1985 年影印本。

〔註 44〕蘇曼殊：《馮春航談》。

〔註 45〕參閱李歐梵：《中國現代作家的浪漫一代》(*The Romantic Generation of Modern Chinse Writers*) 第 4 章，第 70 頁，Harverd Univ. Press 1973 年版。

　　（三）佛心與世情的衝突：有學者認爲每當蘇曼殊要逃離一樁感情糾葛時，即強調自己早歲出家的比丘身份，言「思量身世，有難言之恫」，不能婚配，如《斷鴻零雁記》第一章文：「然彼爲知方外之人，亦有難言之恫」，第十五章文：「然余固是水曜離胎，遭世有『難言之恫』」，所以「難言之恫」是指其佛門弟子的身體規訓，即「佛心與世情的衝突，尤其是佛心與愛情的衝突。……曼殊歸依佛門，也一心以振興、發揚我國的佛教文化爲己任。……可是，他又是一個『天生情種』，一生爲情所纏繞，爲情所困惑。……再者，對於母親的思念和孝敬也是他不能擺脫的情緣。情擾佛心，學道不成，佛心與世情的矛盾衝突，構成了蘇曼殊難言的苦痛」〔註46〕。

　　這三種觀點似乎都有道理，但我覺得還值得推敲。首先，無論蘇曼殊是日本後裔還是中日混血，不應該成爲他拒絕愛情和婚姻的有效理由。在當時而言，如果是日本人，對其生活可能益處大於弊害。羅建業在 1980 年 3 月 3 日自香港給柳無忌的信中做過推測：「曼殊的自認是日本人，這是他的狡獪，欲藉以愚弄當時的北洋軍閥，因爲冒充僧人雖可掩人耳目，不若進而混充日本人更可期待得外交上的庇護。」〔註47〕從該信中可以看出，如果說蘇是「完全的日本人」，在對外交往上只能更爲便利，不管蘇曼殊內心不適或者痛苦，既然更爲便利，怎麼能作爲他不能擁有家庭的「難言之恫」？另外混血兒身份在當時的中日交流中是一個時代產物，蘇並沒有必要迴避，也不能構成影響其終生的「難言之恫」。馮自由在《革命逸史》中曾記有「曼殊十六歲，在橫濱大同學校讀書時，教員陳蔭農嘗因某事語乙班學生曰『汝等誰爲相子（Ainoko）者舉手？』於是舉手者過半，曼殊亦其中之一人」，「日語相子，即華語混血兒或雜種之謂。旅日華僑咸稱華父日母之混血兒曰相子，曼殊固直認不諱」。〔註48〕可見，曼殊對於混血兒出身的姿態。至於推斷蘇曼殊有生理之隱痛，這更是難以實證的臆測。況且，在佛家來說，「斷惑證眞，刪除豔思」、「以情求道」，本是佛子修煉的方法之一。「佛心與世情的矛盾衝突，構成了蘇曼殊難言的苦痛」的觀點可能混淆了因與果。把佛規援引爲不能接受

〔註46〕丁富生：《論蘇曼殊的「難言之恫」》，載《齊齊哈爾師範學院學報》1998 年 4 期。

〔註47〕羅建業認爲蘇曼殊根本沒有出過家。參看《蘇曼殊出家之謎》。此信未公開發表，現存於馬以君先生處，此處轉引自馬以君《生母·情僧·詩作》，見《中國近代文學研究》（第一輯），廣東人民出版社 1983 年版。

〔註48〕馮自由：《革命逸史》（初集），第 166 頁，中華書局 1981 年版。

愛情的理由，這是蘇小說顯在的敘事動力之一，但佛規本身並不造成「越此情天，離諸恐怖」的「恐怖」即「情」。《斷鴻零雁記》中日僧可以有家室，為什麼三郎照樣拒絕靜子？在蘇曼殊的一生，佛與情的對抗確實是一個很突出的生存困境，但佛心與世情的矛盾衝突是「遭世有難言之恫」造成的「果」，而不是「因」，不是緣起。

根據書信、詩歌、小說等裏面的表達，聯繫蘇曼殊在感情問題上的取捨，我認為早年親生父親不肯相認的「棄兒」身份、特別是其「私生子」身份所造成的對於世俗人生、庸常生活的恐懼，特別是由這恐懼所形塑的生命悲劇意識是其「難言之恫」的根底，這種悲劇意識也成為他文學創作的審美特徵之一。蘇曼殊終生鑽在一個謎中，不能辨識生母與養母，自己認作生母的養母后來又再次嫁人，正是這種身份使他產生強烈的挫折感。所以，「這個自小就失去母愛的混血兒，父親、母親及養母遠在異國，有家但這個家如同冰窟，有親但親人遠隔天涯，以至他從少年時代起，寄人籬下，自嗟身世，有『難言之恫』」〔註49〕。1904年蘇曼殊居住香港期間，當得知父親病危渴望一見時，他遂以行囊空空為由託辭未歸。關於該舉，有人認為是蘇曼殊考慮到自己革命之身恐連累家人的理智選擇，有人認為是蘇曼殊對於父親的深怨未解，我想潛在的隱衷即為：一直在內心對自己身世懷疑的蘇曼殊想揭開一個謎，但是他又害怕謎底的揭穿，他不敢也不想面對父親臨終時極其可能的真相告白。而且，對蘇曼殊來說，這不僅是一個生母與養母之別、生父與養父之分，還有一個文化血統問題：他到底是純粹的日本人還是中日混血兒？「無家又無國」是他切膚的感受。更為重要的是，蘇曼殊自己身在佛門，佛門是他獲得精神安慰的庇護盔甲，他「馬背銀鐺、行腳飄零」的生活不可能負擔妻兒家庭，而被拋棄的孩子遭遇白眼的命運他深有感受，要有圓滿的人間生活，就必須放棄世外比丘身份。即便放棄，但如他的父親不在佛門，也照樣不能處理好家庭。親情和婚姻在他覺得是很不可靠的，他難以克服這種生活陰影的糾纏，致使他對婚姻恐懼，一次次「越此情天，離諸恐怖」。換句話說，悲劇的生命意識已經化入他的血脈之中，對於生命個體的主體欲望與客觀現實衝突之結果的悲劇性認知先入為主地攫住了他的精神。

從更深的文化心理上說，他的父親代表的世俗家庭生活給他所帶來的屈辱使他誇張了俗世的庸常和人生的無奈，逃離成為他的定向思維，這種逃離

〔註49〕黃永健：《蘇曼殊詩畫論》，第6頁，中國社會科學出版社2001年9月版。

也正是一種對於平庸的拒絕，逃離世俗的愛情和逃往禪佛是二而一的。波德萊爾認爲現代性就是「過度、短暫、偶然」〔註 50〕，短暫與永恒是一種辨證關係。蘇曼殊作品的人物那麼強烈地渴望愛情，又以身世有「難言之恫」逃離愛情，他們的決絕是「最有情人的無情舉」，這一潛在的文化心理結構正是對於永恒的審美追求。在蘇曼殊看來，愛情只有在兩心相悅中才有價值，一旦走向世俗的性和婚姻，愛情也就變得庸常，對於愛的決絕正是使常人短暫的愛情變得永恒。如他所言「愛情者，靈魂之空氣也。……我不欲圖肉體之快樂，而傷精神之愛也」〔註 51〕。蘇曼殊臨終前的「一切有情，都無掛礙」既是一個佛徒修成的境界，也是一個擁有頹廢情懷的亂世文人逃離佛規的境界。先在的釋門身體規訓與社會對佛子的習見是他無法擺脫的「世情」，阻止他從愛情走向婚姻；而阻止他走向愛情圓滿的還有婚姻的社會規定性——愛情的結果是婚姻，在他看來，婚姻是一種過重的責任，也是一種心靈自由和愛情美感的寂滅。他渴望與排拒，期待與絕望，似乎不屬於任何社群也不屬於任何家族，在旁觀者看來他是行雲流水、收縮自如、風流浪漫，其實內心充滿了失落和迷茫，這才是他眞正的「難言之恫」吧。

　　周作人「很不義氣」地談到蘇曼殊的愛情：「我疑心老和尚始終只是患著單相思（自然這也難免有點武斷），他懷抱著一個永遠的幻夢，見了百助靜子等活人的時候，硬把這個幻夢罩在她們身上，對著她們出神，覺得很愉快，並不想戳破紙窗討個實在：所以他的戀愛總沒有轉到結婚問題上去，他們對他的情分到底如何，或是有沒有，也都不知道。」〔註 52〕這個後來坐在苦雨齋裏品著苦茶的知堂老人眞算說對了，我們完全沒有必要知道那些「弱水三千」的女主人公是否實在，因爲無論實在與否，蘇曼殊所欲望「自敘」的都是「情感的實在」。類似的創造在當代也不乏其例，下面我們來引用張賢亮一段話爲證：

　　　　有人看我的小說寫了一個個愛情故事，以爲我在苦難中一定有不少愛情的溫馨，而其實恰恰相反。我說我一直到三十九歲還純潔得和聖徒一樣。我希望在座的男士們不會遭遇到我那種性壓抑的經歷。我的小說，實際上全是幻想。在霜晨雞鳴的荒村，在冷得似鐵

〔註 50〕波德萊爾：《現代生活的畫家》，《波德萊爾美學論文選》，第 485 頁，人民文學出版社 1987 年版，郭宏安譯。

〔註 51〕菊屛：《說苑珍聞》，《蘇曼殊全集》五，第 261 頁。

〔註 52〕周作人：《曼殊與百助》，見《蘇曼殊全集》（四），第 394～395 頁。

> 的破被中醒來，我可以幻想我身旁有這樣的女人。我撫摸著她，她
> 也撫摸著我；在寂寞中她有許多溫柔的話語安慰我的寂寞。寂寞孤
> 獨被喧鬧得五彩繽紛。這樣，到了我有權利寫作並且發表作品的時
> 候，我便把她們的形象一一落在紙上。〔註53〕

美國精神分析學家卡倫‧霍爾奈指出，遭受挫折感折磨的文人往往會借助文
學想像來補償缺陷感、軟弱感和無價值感。作爲詩人，蘇曼殊呼喚拒絕愛情
的庸常化，又以藝術喚起對高雅的愛情失落的懷舊或想像，哀歎和對抗一個
平庸的、物欲橫流的「現在」的侵蝕。他在他的現實中追求的是情感個人的
實現，然而各種文化衝突使他措手不及，而在文學中，他返樸歸眞，退隱淡
泊，即便焦灼、掙扎、困獸猶鬥，那也是人性的本眞——包括夢幻。蘇曼殊
在創作中獲得自我精神的緩壓和挫折感的釋放，生活的審美於是昇華爲藝術
的審美。文學使蘇曼殊擁有了一種類似於最健康、最有價值的「高峰體驗」
的感覺，這種高峰體驗可能是激昂、亢奮、擴張，而另一面更可能是平和、
寧靜、順從、守護，這些體現在創作中的生命體驗近乎實現了蘇曼殊在宗教
中渴望「羽化」、「圓寂」的傾向。這就是我對他的詩和小說神秘、混沌、陶
醉、不自覺的愛情悲劇的認識。許多偉大哲人反覆詠歎著理想的審美生存方
式，王爾德認爲「眞正的藝術家是那些像他的藝術品的人」，尼采認爲「藝術
的本質在於生存的完美」，海德格爾認爲藝術是「詩意的生存」，福柯定義爲
「審美的生存」。總之，「常人以非自立狀態與非本眞狀態的方式而存在」，「此
在可能木然『受著』日常狀態，可能沉浸到日常狀態的木然狀態之中去」〔註
54〕。在藝術中，藝術家處於自由的、個性化的、本眞的生存狀態，否定和超
越常人生活的日常性，愛情想像的烏托邦對抗了平板的現實，個性化的審美
趣味抗拒了平庸和物欲，用變化的短暫「現在」來消解一成不變的「過去」，
以藝術的創造性來對抗主流文化的平庸，新奇的崇拜、短暫的美的追求是一
種特殊的對庸常的拒斥與否定，趨向於打破日常生活平庸限制的內在衝動—
—這即是蘇曼殊的文學，他的自敘是他向自己也向「他者」的傾訴。

　　在嚴峻的時世下，藝術當然不能對時代毫無責任，不過如果藝術在履行
自己的種種「服務」職責時忘記了自己是什麼，也未必是好事，犧牲文學本
身的特性來論文學這是「文學的悲劇」。在中國近現代歷史上，這些悲劇的演

〔註53〕張賢亮：《習慣死亡》，第 90 頁，百花文藝出版社 1990 年版。
〔註54〕海德格爾：《存在與時間》，第 157 頁、第 437 頁，三聯書店 1987 年版。

出形式多端，但亦有共同的軌跡可尋，謝冕把其總結爲三個方面：「一、尊群體而斥個性；二、重功利而輕審美；三、揚理念而抑性情。」〔註55〕我認爲，在中國文化與文學現代轉型的初途，王國維從理論上、蘇曼殊從實踐上進行的是向現代轉型的另一種創闢努力：文學審美的現代轉換。始自曼殊的翻譯和創作，到文學革命時期創造社再到京派的沈從文和廢名是其中的一個支脈；從都市文化與通俗文學這條線上，從《海上花列傳》到「鴛鴦蝴蝶派」、「禮拜六」派再到張恨水等則是另一審美立場和審美形態。他們都是被歷史功利主義文學不看好的對象。我這裡無意評說哪一種文學理想更爲「理想」，更有資格作爲「現代」或者「現代文學」的注腳，而只能說在對「現代」的審視中，無論是標榜「爲藝術而藝術」的所謂純文學，還是傳遞著民族大鄉愁意識、探索人性根本的現代審美主義文學，或者是一邊重新開掘晚明「以情抗理」的文學古道、一邊「力求能切合現在潮流，……以現代現實的社會爲背景，務求與眼前的人情風俗相去不甚懸殊」〔註56〕的通俗文學，它們也都體現出了與歷史文化的同構性，只是同構的價值維度與啓蒙文學和革命文學不盡相同。

　　蘇曼殊生活在一個雅俗文學混沌的時代，他的文學貫通於雅俗之間，但無論他哪一種創作，都體現了他對人性和人生的審美關懷、對個性自由的禮讚和追求、對生命個體尊嚴和意義的維護。蘇曼殊在晚清政治啓蒙和辛亥革命文學的夾縫中探索了或者說找回了一種文學的「質」：個人情感是文學的主體部分，而不是邊緣部分，對於生存體驗的表達和撫慰是文學的中心，文學是作家對生存本體的個性言說。無論是蘇曼殊具有「清新的近代味」的古體詩，還是促動了浪漫主義小說的萌動與勃興和鴛鴦蝴蝶派的最終形成的寫情小說，特別是他的對於拜倫、雨果等西方文藝家的引進，都體現了蘇曼殊作爲「情感的個人」的現代話語權欲，他以他的文學抱慰生命悖論中個體的掙扎，因爲文學在普遍意義上是個人的，這一審美理想也就隱喻了對於民族和人生的改造。但正因爲蘇曼殊的文學是一種個人歷史的回溯和哀婉，一種個體空間的審美意義上的想像與重構，其中也就暗含了對於啓蒙之道上傳統文化之精華隕落的傷感，這種「質」對新文學系統本身也是一種寶貴的資源。

〔註55〕謝冕：《輝煌而悲壯的歷程》，即《百年中國文學總系・總序一》，山東教育出版社 1998 年版。

〔註56〕趙苕狂：《花前小語》，載《紅玫瑰》第 5 卷第 24 期（1929 年 9 月刊）。

在中國文學現代轉型的初程，蘇曼殊的文學成爲現代審美主義追求的一枝報春花。

當然客觀地說，遺憾也正在於此：棄子的零餘感使蘇曼殊特別渴望一種認同的撫慰，他過分沉溺於悲情的表達，「說」的動感代替了「思」的活躍，欲望的傾訴有時埋沒了他的純摯本色。這一頹廢感傷的特色也傳染給他的後來者們，既成爲該派的審美風格，成就了浪漫抒情的卓越，也成爲其被人詬病的所在。

第二章　晚清譯潮中的蘇曼殊文學翻譯及轉型意義

　　在國際文化交流史上，恐怕沒有什麼藝術形式比翻譯的中介作用更為有效。一般認為，中外文化交流史上出現過三次翻譯高潮〔註1〕：從漢末開始，印度的佛教經典陸續由胡僧輸入中國，這是中國引進外來文化的第一次翻譯高潮。佛教哲學在中國思想界發生了深遠影響，並且促進了道家和儒家哲學的發展。翻譯佛經中的文學因素對隋唐文學文體、語言、內容、思想都發生過不少影響，阿含部的佛教經典，催生了我國六朝志怪小說和唐傳奇；變文、彈詞和各種說唱文學，導源於高座講經和梵唄。第二次翻譯高潮大約在公元16世紀末至18世紀初，西方耶穌會傳教士到中國進行宗教活動，傳教的同時也向中國介紹一些自然科學知識，特別是意大利傳教士利瑪竇與我國近代科學的先驅人物徐光啟（1562～1633）、楊廷筠（1557～1627）、李之藻（1565～1630）、葉向高（1559～1627）等人合作，翻譯了向為中國士大夫所鮮知的西方天文、曆算等自然科學書籍。明代萬曆、天啟年間，西方來華傳教士曾經將《意拾喻言》（即 *Aesop' Fable*，《伊索寓言》）介紹到中國，19世紀40年代，英國人羅伯特・湯姆（Robert Tom）和一位中國人合譯了一部更為完整的《意拾喻言》。在當時《意拾喻言》是作為教義宣傳品，而不是以文學譯入。嚴格意義上的所謂中國翻譯文學應當是指中國人在國內或國外用中文翻譯的外國作品。19世紀70年代，中國政府開始向國外派遣留學生，這些最早有機會「睜眼看世界」的學子便以中文譯本介紹、輸入外國的自然科學和人文科

〔註1〕　也有學者認為有兩次翻譯高潮，參見施蟄存：《近代文學大系・翻譯文學集・導言》，上海書店 1995 年版。

學，推動中國政治制度和社會文化的改革，也就是從此時起，中國才有了真正意義上的西洋文學作品的翻譯。近代一位對西學有著濃厚興趣的有識之士馮桂芬最早在《採西學議》和《上海設立同文館議》中從理論上闡發翻譯的重要意義，並主張設立專門的翻譯機構。19 世紀末到 20 世紀初這一段時期，是中國文化史上繼翻譯佛經以後的第三次翻譯高潮。

清末民初第一次啓蒙運動時期翻譯文學潮流的興起有其深刻的政治、哲學、文化以及文學背景及因素。中國在甲午戰爭中的失敗可能是自鴉片戰爭以來對知識者階層觸動最深、影響最大的歷史事件，如梁啓超在《戊戌政變記》中所言：「喚起吾國四千年之大夢，實自甲午一役始也。」爲了推動維新變法運動的發展，全面系統地引進西方新思想、新觀念，以新民新政，在學術上不得不先來個「新文藝」。梁啓超提出「三界革命」，完全是在一個開放性的世界視野下提出的，域外文學的啓發是一個最直接和強力的觸媒。

翻譯過來的西洋小說從內容到形式都給中國作家及讀者以耳目一新的感覺。魯迅在《〈域外小說集〉序》中說：「異域文術新宗，自此始入華土。使有士卓特，不爲常俗所囿，必將犁然有當於心，按邦國時期，籀讀其心聲，以相度神思之所在。則此雖大濤之微漚與，而性解思維，實寓於此。」〔註2〕中國近代第一部翻譯小說應當說是蠡勺居士（蔣子讓）1873 年初翻譯的《昕夕閒談》，發表於近代第一個文藝雜誌《瀛寰瑣記》第 3 期至 28 期。「林譯小說」對當時文壇形成的強大衝擊波是學界屢有所論的。1899 年，素隱書屋出版了林紓以「冷紅生」爲筆名翻譯的法國作家小仲馬的《巴黎茶花女遺事》，這是歐洲文學名著輸入中國的第一部，而且取得了極大成功，著名翻譯家嚴復即感慨「可憐一卷《茶花女》，斷盡支那蕩子腸」〔註3〕。胡適說：「林紓譯小仲馬的《茶花女》，用古文敘事寫情，也可以算是一種嘗試。自有古文以來，從不曾有這樣長篇敘事寫情的文章。《茶花女》的成績，遂替古文開闢一個新殖民地。」〔註4〕歸納起來，這部譯書帶給中國文學界的影響至少可以歸爲三點：

〔註2〕 魯迅：《〈域外小說集〉序》，見《魯迅全集》第 10 卷，第 155 頁，人民文學出版社 1981 年版。

〔註3〕 嚴復：《甲辰出都呈同里諸公》，見《嚴復集》第 2 冊，第 365 頁，中華書局1986 年版。

〔註4〕 胡適：《五十年來中國之文學》，見胡適、周作人：《論中國近世文學》，第 28頁，海南出版社 1994 年 9 月版。

第一，它征服了中國讀者，也使中國文人改變了對外國文學的錯覺，認識到西洋不僅有自然科學和社會科學的書籍，也有如《紅樓夢》般優秀的文學傑作；

第二，《茶花女》向中國文學界最早帶來了西洋小說的創作技巧和藝術手法，如第一人稱敘事、書信穿插、倒敘等，特別是其愛情悲劇的文體格局，對中國小說創作不無啓發；

第三，《茶花女》對於虛偽的道德觀念的抗議、對於愛情純眞的追求，還有熱情眞誠、富有自我犧牲精神的瑪格麗特這一女性形象，無疑讓仍然被傳統道德囚禁的知識青年心靈騷動。

《茶花女》在掀起一個譯介西方文學作品高潮的同時，也極大程度地影響了隨後一個時期中國作家的創作，出現了許多抗議當時中國社會的權勢人物、封建婚姻制度和道德觀念摧殘年輕人美好情感的小說。如徐枕亞在《玉梨魂》一書第二十九章石癡的信中即自比爲「東方仲馬」，他對《茶花女》愛情思想極大的認同是不言而喻的；鍾心青的《新茶花》通過描寫名妓武林林與項慶如的眞誠感情遭到京中要員王尙書破壞的悲劇，揭露了封建惡勢力的猙獰無道。

翻譯文學是研究 20 世紀文學發生發展的重要參照系。晚清民初翻譯文學推動了中國文學的革故鼎新，中國文學世界化的趨勢正是在清末民初翻譯文學熱潮中啓動的。在 20 世紀文學史上佔有一席之地的作家，正是在翻譯文學耳濡目染下成長起來的。在五四以前，外國著名作家如拜倫、雨果、席勒、歌德、高爾基、普希金、萊蒙托夫、托爾斯泰、馬克·吐溫、狄更斯、司各特、契訶夫的作品幾乎都有譯本，可以說在 20 世紀初有影響的文化人都參與了當時翻譯西著的文藝思潮，他們在成就自己從一代儒生成長爲一代職業作家的同時，也爲五四新文學的誕生培養了一代有閱讀經驗的讀者群體。文體的變革特別是小說的位移正是在翻譯文學影響下由古典向現代形態轉化，西方的創作技巧也直接催發了中國文學的敘事轉型，爲「五四」一代實現文體自覺做了有力鋪墊；文學的啓蒙現代性和審美形態的現代轉換、中國比較文學也導源於西方文學理論和文本譯介。研究這一時期的作家創作，避而不談翻譯問題是不夠全面和客觀的，這一點已經爲學界越來越多的研究者所認同，特別是對於像蘇曼殊這樣生活在中國藝術新舊交替的關口、精通數種外文、以翻譯走上文壇、集創作與翻譯於一身的文藝家。

　　我們還以《茶花女》爲例。像當時的許多青年文人一樣，蘇曼殊對於茶花女這個人物也非常喜愛，甚至以茶花女爲自己的一些不良習慣開脫，在給朋友的信中，他寫著「日食摩爾登糖三袋，此茶花女酷嗜之物也」〔註5〕，但是蘇曼殊精通英文，讀的是外版原著，自然對於《茶花女》的把握更爲融通。在上海做撰述人期間，幾家報紙登出他要重譯《茶花女》的廣告。《太平洋報》在「文藝消息」欄中的兩次報導分別爲：

　　　　「林譯《巴黎茶花女遺事》爲我國譯入譯本小說之鼻祖，久已名重一時。項曼殊攜小仲馬原書見示，並云：『林譯刪節過多，殊非完璧。得暇擬復譯一過，以飽國人。』必當爲當時文學界所歡迎也。」

　　　　「曼殊重譯《茶花女遺事》，前日報端已略言之。漢文譯本已兩見，乃並曼殊之譯而三矣。今以天生情種，而譯是篇，吾知必有洛陽紙貴之聲價也。」〔註6〕

從這些媒體報導的聲勢，我們也可以對當時蘇曼殊在譯界的聲譽有所感受。柳無忌稱譽蘇曼殊爲中西文化交流的先驅，陳子展在《中國近代文學之變遷》一書中對蘇曼殊翻譯也相當肯定。但是長期以來，研究界恰恰忽略了在蘇曼殊文學生涯中佔重要地位的文學翻譯成就的梳理，有價值的研究文章非常有限。因此，對蘇曼殊的翻譯成就和其在20世紀初審美現代轉型方面的史學意義、特別是對其譯學思想進行全面的梳整和釐定，是蘇曼殊研究一件很有必要也很有價值的開拓性工作。

第一節　蘇曼殊翻譯的三大板塊

　　蘇曼殊的翻譯大致分爲三個階段，或者說三個板塊：小說翻譯；西方浪漫主義詩歌翻譯；印度文學及佛學經典翻譯。

一、初步譯壇：《慘世界》「醉翁之意不在酒」

　　蘇曼殊是憑藉《慘世界》而走上譯壇的，這是《悲慘世界》最早的中譯本，雖然當時的他是「醉翁之意不在酒」。關於《慘世界》，一直以來有兩個爭論的熱點，至今也尚無定論。第一點即爲《悲慘世界》的譯者爲誰，第二是該小說到底是翻譯還是創作。這些問題的來源在於《慘世界》最初的三個

〔註5〕　壬子七月日本《與某君書》，見《蘇曼殊全集》（一），第253頁。
〔註6〕　李蔚：《蘇曼殊評傳》，第306頁，社會科學文獻出版社1990年9月版。

版本。該小說第一回到十一回最早在 1903 年 10 月 8 日到 12 月 1 日連載於上海《國民日日報》[註7]，標題爲《慘社會》，署名是「法國大文豪囂俄（按：雨果）著，中國蘇子谷譯」。登到第十一回時，該報因內訌而停刊，該小說也中斷。1904 年，蘇曼殊已經離開上海赴泰國，上海鏡今書局陳競全經過與蘇曼殊的好友陳獨秀商榷，將它以單行本印行，並改名爲《慘世界》，署名「蘇子谷、陳由己（按：陳獨秀）同譯」，並且從十一回的未完本改成了十四回的足本。曼殊逝世後的 1921 年，他的故友胡寄塵將鏡今版本在泰東圖書局翻印，刪去囂俄和陳由己的名字，署爲「蘇曼殊大師遺著」，並且改名爲《悲慘世界》，現在這一名稱成爲雨果該部小說中文本的定名。前兩個版本的署名導致了譯著者的問題，第三個版本的署名導致了譯或著的問題。

任訪秋斷定此書是蘇曼殊的翻譯小說，而且認爲是蘇與陳合譯的，因此「不多評論」[註8]；馬以君、邵迎武等也均持此論，認爲屬於翻譯小說[註9]。裴效維對此看法頗不以爲然，覺得「這是很可惜的，而且事實上這種看法已經對蘇曼殊的評價產生了一定的影響」，認爲「既不是翻譯小說，更不是『合譯』小說，而是蘇曼殊借翻譯之名，取材於雨果的《悲慘世界》和晚清社會的一部創作小說」。裴效維一向是強調蘇曼殊的愛國主義和革命思想的，斷言這部書的做法「並非蘇曼殊故弄玄虛，而是一種時代的產物，是革命者和進步人士在清庭的反動統治下所採取的一種鬥爭策略」[註10]。把該書看作「改譯創作」的當然不僅裴效維一人，浙江人民出版社出版的陳平原編選的《蘇曼殊小說集》和長江文藝出版社出版的《現代文學名家作品精選》都收錄了《慘世界》，無疑是偏重以創作視之的。

我這裡把它放在翻譯部分論述出於以下考慮：（一）從蘇曼殊最早發表時的署名看，在主觀上他是作爲翻譯作品的。（二）蘇曼殊當時的「亂添亂造」在我看，除了功利性的社會召喚意識，還有其他原因，他開始是準備好好翻譯的，這就是第一回到第六回，譯到第七回，一則出於他慣常沒有長久性，

[註7]　據《蘇曼殊全集》（二），第 272 頁，該翻譯小說原名《慘社會》，1904 年上海鏡今書局刊成單行本，共 14 回，改名《慘世界》。1921 年上海泰東圖書局翻印時改爲《悲慘世界》。

[註8]　任訪秋：《蘇曼殊論》，《河南師範大學學報》，1980 年第 2 期。

[註9]　參閱馬以君《燕子龕詩箋注》第 138 頁、邵迎武《蘇曼殊新傳》第 305 頁、黃永健《蘇曼殊詩畫論》第 38 頁。

[註10]　裴效維：《蘇曼殊研究中的幾個問題》，見時萌主編《中國近代文學研究集》，中國文聯出版公司 1986 年 4 月版。

二則因為他當時的中文底子還正在磨礪的過程中，按部就班地翻譯也有些吃力，我們從章士釗的敘述可以知道此言不謬，章行嚴介紹曼殊1903年在《國民日日報》任職時，「學譯囂俄小說，殊不成句，且作字點劃，八九乖錯，程度在八指頭陀之下」，所以就「對原著者很不忠實」的「加以穿插」〔註11〕；甚至後來覺得創作似乎比翻譯更為輕鬆，而且也能夠更直接更暢快地表達自己的革命主張，所以索性岔開原著，自我發揮起來。（三）在 20 世紀文學史體系的建構上，長期以來存在著重創作、輕翻譯的價值趨向，前邊所述的「不多評論」和「很可惜」多由此出。

關於《慘社會》的譯者，我認為是蘇曼殊，「合譯說」現在似乎沒有根據。作為當事人的陳獨秀表達過這樣的意見：

> 《慘世界》是曼殊譯的，取材於囂俄的《哀史》（按即《悲慘世界》），而加以穿插。我曾經潤飾了一下。……而我的潤飾，更是媽（馬）虎到一塌糊塗。……當時有甘肅同志陳競全在辦鏡今書局，就對我說：「你們的小說，沒有登完，是很可惜的。倘然你們願意出單行本，我可以擔任印行。」我答應了他，於是《慘世界》就在鏡今書局出版。並且因為我在原書上潤飾過一下，所以陳君又添上了我的名字，作為兩人同譯了。〔註12〕

陳獨秀只承認「潤飾」之功，那麼《國民日日報》登出前十一回停刊，並不等於作品沒有完稿，鏡今本多出的三回應當是曼殊留下的稿子。柳無忌說：「曼殊與仲甫交誼最深，在學問方面，亦頗受仲甫的影響。曼殊所譯的《慘世界》，由仲甫潤飾過；曼殊在此期間（按：任《國民日日報》翻譯時期）開始學作詩，也有仲甫指導。所以在《〈文學因緣〉自序》中稱他是『畏友仲子』，且常有詩畫送給他。」看來，柳無忌也認為陳獨秀只有潤飾之功。

在今天，中國人已經十分熟悉雨果《悲慘世界》原著的故事：故事發生在 19 世紀的法國，作品通過對男主人公冉阿讓一生不幸的描述，反映了下層勞動者的悲慘遭遇，揭露了那個悲慘世界的非人道本質。作為一部純粹的翻譯小說的文學價值言，蘇曼殊的譯本在當今可能已經沒有什麼可取之處了，但從這個譯本我們可以瞭解當時小說界革命的影響，瞭解蘇曼殊早期以及那

〔註11〕 柳亞子：《記陳仲甫先生關於蘇曼殊的談話》，見柳亞子等編：《蘇曼殊年譜及其他》，第 283 頁，上海科學技術文獻出版社 2014 年版。

〔註12〕 柳亞子：《記陳仲甫先生關於蘇曼殊的談話》，見柳亞子等編：《蘇曼殊年譜及其他》，第 283 頁，上海科學技術文獻出版社 2014 年版。

一代知識分子革命的思想狀貌，以及他是如何邁步走上文壇的，這些對於今天的文學創作和文學思考都會有不小的啓迪。

首先是翻譯與創作間造成的極大張力，例如運用影射手法造成了強烈的中國文化語境。故事本身、發生地、人物都用影射手法指涉中國，「尙海」諧音「上海」，人名「明白」字「男德」，諧音「明白難得」，「吳齒」字「小人」諧音「無恥小人」，滿周苟、范桶分別諧音滿洲狗、飯桶等等，在寄寓褒貶的同時，也給讀者以極大的閱讀快感。利用漢字諧音達到諷刺批評效果是曼殊善用手法，在同時期爲吳中公學社同事包天笑做扇面《兒童撲滿圖》，構思奇特，廣爲好友談議。據包天笑回憶：「有一次，我購得一扇頁，那是空白的。他持去爲我畫，畫了一個小孩子，在敲他的貯錢瓦罐，題之曰『撲滿圖』（按：撲滿者，據《西京雜記》，乃小兒聚錢器也，滿則撲之。）。但這個『撲滿』兩字，有雙重意義。」〔註13〕

《慘世界》譯本通過人物之口，抒發了譯作者對中國傳統文化驚世駭俗的批判：

> 那支那國孔子的奴隸的教訓，只有那班支那賤種奉作金科玉
> 律，難道我們法蘭西貴重的國民，也要聽那些狗屁嗎？

這可是在大刀闊斧批判傳統儒教的五四前十幾年！我們是否可以說，1903 年是近現代文學史上的「譴責年」，晚清四大譴責小說同時登場，吳沃堯《二十年目睹之怪現狀》始發於梁啓超創辦的《新小說》第 8 號，李寶嘉《官場現形記》始發於上海《繁華報》，劉鄂《老殘遊記》刊行於《繡像小說》，曾樸《孽海花》刊行在留日江蘇同鄉會《江蘇》上。而《慘世界》的富有意味之處在於他沒有把社會的黑暗腐朽完全歸咎於滿清政治，還鮮明有力地指出了人們身上所滲透的封建毒素、特別是奴性哲學是影響社會進步、民主發展的原因之一，「國民性」的問題在這裡也有了端緒。

其次，蘇曼殊借翻譯來表達其革命思想，他比當時的譴責作家具有更強烈自覺的民主意識。例如蘇曼殊在譯作中杜撰了這樣一段話：

> 那范財主道：「世界上總有個貧富，你又什麼不平呢？」
> 男德道：「世界上有了爲富不仁的財主，才有貧無立錐的窮漢。」
> 范財主道：「無論怎地，他做了賊，你總不應該幫著他。」
> 男德道：「世界上對象，應爲世界人公用。那注定應該是那一人

〔註13〕　包天笑：《釗影樓回憶錄》，香港大華出版社 1971 年版。

的私產嗎？那金華賤不過拿世界上一塊麵包吃了，怎麼算是賊呢？」

范財主道：「怎樣才算是賊呢？」

男德道：「我看世界上的人，除了能做工的，仗著自己本領生活，其餘不能做工，光靠著欺詐別人手段發財的，哪一個不是搶奪他人財產的蠹賊呢？」

蘇曼殊和當時的知識分子一樣，認爲滿清政府「獨夫民賊，還要對那主人翁，說什麼『食毛踐土』，『深仁厚澤』的話」，其統治是造成貧富不均、爲富不仁、人性墮落、道德淪喪的主要原因，所以「非用狠辣的手段，破壞了這腐敗的舊世界，另造一種公道的新世界，是難救這場大劫了」。他將原作中冉阿讓的名字譯爲「華賤」，在第六回華賤受到主教的善待後，作品從第七回另起爐竈塑造了與統治者不共戴天、嫉惡如仇的反抗者男德。男德這一形象是中國 20 世紀文學史上最早的、也是塑造得比較豐滿、比較成功的革命者形象，在 20 世紀初文學中也許我們不能再找到第二個。雖然比《慘世界》早一年，梁啓超在《新中國未來記》中也塑造了一個革命者黃克強，但他只是一個對革命理論「紙上談兵」的演說家而已，其生動豐滿遠不及男德。

再者，這是一部白話語言小說，無疑更有利於作品思想的傳播。《慘世界》開篇第一回第一段是這樣的：

話說西曆一千八百十五年十月初旬，一日天色將晚，四望無涯。一人隨那寒風落葉，一片淒慘的聲音，走進法國太尼城裏。這時候將交冬令，天氣寒冷。此人年紀約摸四十六七歲，身量不高不矮，臉上雖是瘦弱，卻很有些兇氣；頭戴一頂皮帽子，把臉遮了一半，這下半面受了些風吹日曬，好像黃銅一般。進得城來，神色疲倦，大汗滿臉，一見就知道他一定是遠遊的客人了。

如果不提名道姓寫著「蘇子谷」的名字，我們在今天讀來也許還認爲是哪位當代作家的文字！

當然從翻譯的「信」言，蘇曼殊用了世俗的回目，這是翻譯者最極端的變化方式的症狀；其不顧原作內容而生發編造更是極端──即便當時譯介之風如何混亂，對蘇曼殊之半譯半做的方法，我們也不能苟同，但他「無意插柳柳成蔭」，可以說，現在《慘世界》譯本作爲一個文化語碼的價值超出了其他價值。「所有的翻譯本身都是在兩種文化背景之間進行居中調停的工作，如果要對翻譯進行滿意的描述，兩種文化都需要考慮進去……，翻譯中的變化可以用一般

的術語。說每個譯本在兩極之間，一極是全方位的保存，另一極則是全方位的同化。關於保存，我是指譯者努力嘗試進行複製——或者至少是在可能的情況下再現——原作的看得出的特徵。通常情況下他這樣做是出於這樣的信念，即特徵對於一種欣賞至關重要。關於進行積極同化，我是指作者通過對原作的修改，使之變成為一般讀者所熟悉的形式。當然這些都是極端的例子，大部分的翻譯作品都處於兩者之間，既非徹底的保存，也非徹底的同化。」〔註14〕

蘇曼殊在翻譯《慘世界》的同時，還寫有兩篇文辭激烈、筆鋒犀利的論文《嗚呼廣東人》和《女傑郭耳縵》。我們若參照來讀解，可能對他當時的翻譯動機會有所助解。前者起筆「吾悲來而血滿襟」，從廣東人的「開通」，大罵那些辱沒祖宗、背棄國家的「細崽洋奴」，「當那大英大法等國的奴隸，並且仗著自己是大英大法等國的奴隸，來欺虐自己祖國神聖的子孫」。所以，翻譯《慘世界》、並且翻譯成如此一個模樣的《慘世界》的誘因當是其時的蘇曼殊仍然滿懷著「排滿」的革命豪情，另外像當時許多接觸了西方各種社會變革思潮的青年人一樣，無政府主義思潮也反應在了蘇曼殊的譯文和雜論如《女傑郭耳縵》中。只要隨便挑出一段來，我們就可以看出蘇曼殊的「醉翁之意」在於「中國時局」，如第八回寫男德接到一封信件說是「有一位志士從尚海來」，希望一見，男德尋思：「尚海那個地方，曾有許多出名的愛國志士。但是那班志士，我也都曾見過，不過嘴裏說得好，實在沒有用處。一天二十四點鐘，沒有一分鐘把亡國滅種的慘事放在心裏，只知道穿些很好看的衣服，坐馬車，吃花酒。還有一班，這些游蕩的事倒不去做，外面卻裝著很老成，開個什麼書局，什麼報館，口裏說的是藉此運動到了經濟，才好辦利群救國的事，其實也是孳孳為利，不過飽得自己的荷包；真是到了利群救國的事，他還是一毛不拔。」這分明是借他人之口，抒自己心中塊壘。

清末民初小說勃興與梁啟超「新小說」運動有著內在關聯，《慘世界》翻譯恰值梁啟超發表《論小說與群治之關係》之後一年，也是「新小說」革命的一個果實。雖然梁啟超在企圖利用小說「開啟民智」時是把小說作為政治方面的「變法之本」〔註15〕，其實這也是文藝上的求變之本。「利俗」的、「婉闡曲喻」的、「淺而易解，樂而多趣」的小說在西方社會具有「移風易俗」的

〔註14〕韓南（Harvard University，Patrick Hanan）：《談第一部漢譯小說》，見陳平原、王德威、商偉編：《晚明與晚清：歷史傳承與文化創新》，湖北教育出版社2002年版。

〔註15〕梁啟超：《變法通議‧變法不知本原之害》，《時務報》第3冊。

作用，啓蒙者便選擇小說作爲最主要的啓蒙工具。晚清「小說界革命」「醉翁之意」在於文學與政治聯姻，但卻極力提高了小說和小說家的文場地位，小說被視爲開通民智的津梁、涵養民德之必需，從文學文體的邊緣成爲文體中心，以之輸入「國家思想」。「開啓民智」對於小說的工具性厚望、對培養國民積極進取的精神和豪邁陽剛的氣質的注重，要求與之相應的小說風格。梁啓超之所以用「革命」二字來指稱文學變革，目的不僅在於表達反叛傳統認識、力求使小說成爲文體之正宗的強勁姿態，而且也要求小說之「魂」的改變。那個時代文學風尚的理想是英雄主題、尚武小說，許多關注小說之工具作用的文人、政客，多認爲中國以往文學「言情談故刺時志怪者，架棟汗牛」〔註16〕，「兒女氣多，風雲氣少」，提倡把「描寫才子佳人旖旎冶遊之情」的小說主題改爲「好武喜功，宏揚拓邊開釁……剛毅氣旺，具丈夫態度」〔註17〕的小說。梁啓超甚至把中國國力上的弱敗歸罪於優雅裕如、總是吟詠征旅之苦的中國古典詩詞，「四面楚歌」當然讓人垂首失志；小說戲劇更多靡靡之音，令人氣奪神喪。在翻譯理論上，大部分文章認爲我國小說起筆平淡無奇，應該學習泰西小說「憑空落墨，恍如奇峰突兀」〔註18〕的開局氣勢。這種對小說主題的改造、對陽剛之美的追求，是「開啓民智」的思想對於文學觀念的作用。新式學堂的創辦和外派留學生，東漸的西學帶來了新型的教育內容、方式，人文主義思潮的傳入，培養了一批具有自主意識的新型知識分子，他們主張新的小說不爲流經傳史，而爲了培養國民積極進取的精神和豪邁陽剛的氣質。我們完全有理由說這些導源於「開啓民智」的小說創作思想是近代思想史上人的價值觀念轉換、新舊人格理想更替的肇始；梁啓超以小說「改良群治」，與五四時期文學研究會「文學爲人生」的文學觀一脈相承。「開啓民智」要求新的便於「喚醒和拯救」的語言表達形式，這是對舊文學詩文韻雅的強勁反撥，導致了新型語言觀念的形成。「開啓民智」以啓蒙性爲鵠的，要求對於民眾的召喚力，所以「開啓民智」的新小說不再推崇典雅，不再爲怡情養性，要求文字適合於普通國民認讀，促使文學語言的「白話化」，以致爲五四時期進一步通俗化發展在理論和實踐上探索了路子。梁啓超認爲古代統治階級用科舉制度大力推廣「五經四書」，但《水滸傳》、《三國演義》、《紅

〔註16〕周樹人：《月界旅行・辨言》，日本東京進化社1903年版。
〔註17〕飲冰：《論小說與群治之關係》，《新小說》第1號。
〔註18〕知新事主人：《毒蛇圈・譯者識語》《新小說》第8號。

樓夢》等小說的讀者遠遠多於經書，就是因爲這些小說是用「俗語」寫成的。小說原出自民間，它的固有特徵即是「俗」。「白話體，此體可謂小說之正宗。……欲通俗逯下，則非白話不能也。」〔註 19〕所以文學家多從民眾的需要和接受力探討小說語言的規律，當時的許多報刊雜誌都以文章的「易傳不易傳」作爲錄用標準：「書中所用之語言文字，必爲此種人所行用，則其書易傳。其語言文字爲此族人所不行者，則其書不傳。」〔註 20〕從另一方面來說，爲了影響民心、改良群治，小說家不得不使用粗人看得懂聽得進的「白話」；而且提倡白話小說者，在其內心未必眞的看重或看得起白話小說，只不過是把小說當作古時的「經國之大業、不朽之盛事」的「文章」來做；他們的知識結構也決定了他們做不好白話小說，所以當時的白話小說顯得粗淺俗陋。

　　《慘世界》就是這樣一篇表現了世紀初政治倫理與審美寄予的浪漫主義傾向的作品。在當時的譯壇，翻譯和創作的分野似乎並不重要，重要的是「措意於其命意」〔註 21〕、「關切於日時局」〔註 22〕，推動愛國熱忱和革命意願。至於截長補短、改名換姓，甚至刪易任情、另起爐竈都不鮮見。這就是當時的「意譯」習尚。其原因一與當時對翻譯的政治期待有關，二與譯者和讀者外文水平和欣賞習慣有關，三與翻譯界的拜金主義有關。別人且不論，我們可以對照一下魯迅兄弟此時的譯作。也就在《慘世界》刊出的 1903 年，魯迅譯述的《斯巴達之魂》出版。該小說寫在溫泉關一役中，三百斯巴達將士抗擊數倍於己的波斯侵略軍，幾乎全軍覆沒。一位幸存者的妻子爲自己的丈夫全身而歸深感屈辱，吻劍而死，男子幡然悔悟，終於戴罪殺敵，壯烈殉國。小說洋溢著強烈的愛國主義和英雄主義精神，充滿了浪漫主義氣息，與《慘世界》異曲同工。和《慘世界》同樣，這也是一篇無法從嚴格意義上分清是翻譯還是創作的作品。除《斯巴達之魂》外，魯迅的《月界旅行》的問題也不少，將原來的 28 章改爲 14 回，把不適合中國人口味的地方刪除，甚至把原著者凡爾納張冠李戴，成了「美國碩儒查理士·培倫」；在另一篇譯作《地

〔註 19〕管達如：《說小說》，《小說月報》，第 3 卷第 5、第 7 至 11 號。

〔註 20〕幾道、別士：《本館附印說部緣起》，《國聞報》，光緒二十三年（1897 年）十月十六日至十一月十八日。

〔註 21〕轉引自陳福康：《中國譯學理論史稿》，第 165 頁，上海外語教學出版社 1992 年 11 月版。

〔註 22〕任公：《譯印政治小說序》，《飲冰室合集》第 2 冊，第 3 頁，上海中華書局 1936 年版。

底旅行》中，凡爾納又成了「英國人威男」！魯迅在 1934 年回憶當年的翻譯，說：「年青時自作聰明，不肯直譯，回想起來眞是悔之已晚。」〔註23〕

《慘世界》無論從主題思想、行文風格、情節結構、人物塑造還是從白話語言形式諸方面來講，都是對當時翻譯界意譯時尚的有力注解，後半部分的改寫更是如此，眞可謂「不達目的死不休」，這也正說明了蘇曼殊登涉文壇之初是懷有革命豪情的。

二、狂飆突進中的浪漫主義詩歌譯介

晚清以降，中國思想文化界對嶄新的宇宙觀、世界觀、社會觀、生命觀、文藝觀的要求使他們迫切地「別求新聲於異幫」，對西洋文學的翻譯蔚成大觀，前文我們曾經談到在「小說爲文學之最上乘」的新觀念影響下，譯介小說蔚然成風。小說的譯介對中國知識界、創作界產生了極大衝擊和推動作用，西洋的詩歌隨著這股翻譯潮流也被譯介到中國，但一則因爲中國是詩歌的老大帝國，文人們認爲在此領域域外詩歌無法匹敵；二則因爲詩歌翻譯較其他文體難，所以詩歌譯介很少。正如在小說翻譯上，人們看重國勢強盛的英國、法國和德國，我國漢譯最早的英文詩歌以 1871 年王韜與張芝軒合譯的《普法戰紀》中的法國國歌《馬賽曲》和德國的《祖國歌》爲代表〔註24〕，而 19 世紀英國文學中的浪漫主義詩人的作品備受青睞。

隨著蘇曼殊在詩壇和畫壇以及佛教界名聲大騷，特別是在他告別了《慘世界》時期峻急的功利性的文藝觀、開始注重文學審美功能以後，到 1907、1908 年，他也進入了文學譯介的高產期。他在翻譯方面用力最勤的正是對於西方浪漫主義詩歌的譯介，這也是他能夠躋身清末民初譯林名宿的重要條件，同時也體現了他從萬丈豪情的「革命」熱望轉向文學「啓蒙」願景的線索。他先後出版過四個翻譯集，下面我們分別做一簡單評介。

蘇曼殊出版的第一個集子是英譯漢詩集《文學因緣》，1908 年日本東京博文館印刷，上海群益書社翻印時改名爲《漢英文學因緣》。它是近現代以來中

〔註23〕 魯迅：《致楊霽雲信》，見《魯迅全集》第 12 卷，第 409 頁，人民文學出版社 1981 年版。

〔註24〕 1868 年，董恂翻譯了美國詩人亨利·朗費羅（Henry Langfellow）的《人生頌》，但是，這個譯本是董恂參照英國人威妥瑪的漢語譯文而不是英文原文重新翻譯的。因此不能視爲嚴格意義上的中國近代翻譯文學。參看：錢鍾書：《漢譯第一首英語詩〈人生頌〉及有關二三事》，見《錢鍾書集·七綴集》，生活·讀書·新知三聯書店 2002 年版。

國最早的中英詩歌合集。本書蒐集的英譯漢詩非常廣泛，包括 Candlin 所譯《葬花詩》，法譯《離騷》、《琵琶行》，James Legge（理雅各）博士翻譯的《詩經》全部和伯夷、叔齊詩《采薇歌》、《懿氏繇》、《擊壤歌》、《飯牛歌》，百里奚妻詩《琴歌》，箕子詩《麥秀歌》、《箜篌引》、《宋城者謳》，古詩《行行重行行》，杜甫詩《春望》等，《詩經》中《靜女》、《雄雉》、《漢廣》等篇。某些譯詩還同時收集了 Middle Kingdom 的譯本；《谷風》、《鵲巢》還收集了 Francis Davis 的譯本，「以證異同」。Giles 翻譯的李白的《春日醉起言志》、《子夜吳歌》和杜甫的《佳人行》，班固的《怨歌行》、王昌齡的《閨怨》、張籍的《節婦吟》、文天祥的《正氣歌》，還有 Mercer 的《採茶詩》等。蘇曼殊選印的其餘各篇散取群集，沒有傳譯者姓名。

　　蘇曼殊出版的第二個翻譯詩歌集子是《拜倫詩選》，這也是我國翻譯史上第一本外國詩歌翻譯集。1907 年，魯迅在《摩羅詩力說》中，首次論及了拜倫、雪萊的思想和創作，曼殊因《拜倫詩選》成為將西方浪漫主義詩人拜倫的詩歌翻譯到中國來的第一人。這本詩集包括了《哀希臘》、《贊大海》、《去國行》等四十多首抒情詩傑作〔註 25〕，確實是石破天驚的創舉。關於這本集子我們需要多費一點筆墨。《拜倫詩選》有三個問題需要釐清：（一）《拜倫詩選》的出版情況歷來是曼殊研究一大公案。蘇曼殊生活在那樣一個動蕩不安的時代，他一生又過著托缽遊歷、動定不居的生活，況且作品多發行於國外，他創作的大量文稿和畫作都不得存世，今存最早《拜倫詩選》版本為 1914 年出版，署「日本東京三秀舍印刷，梁綺莊發行」。此書底頁注：「戊申（1908 年）九月十五日初版發行，壬子（1912 年）五月初三日再版發行，甲寅（1914 年）八月十七日再版發行。」但前兩版的本子從未發現，故柳亞子、柳無忌懷疑是否有過 1908、1912 年本。《〈拜倫詩選〉自序》篇尾曼殊注為「光緒三十二年」即 1906 年，柳亞子認為曼殊所云「光緒三十二年」（1906）當為「宣統元年」（1909）之誤，「戊申」（1908）當為「己酉」（1909）之誤，「但不知玄瑛於此書編成及出版之年歲，何以一誤再誤，殊不可解，豈此中別有玄虛耶？恨不能起地下問之矣。」〔註 26〕馬以君則據之斷定：《拜倫詩選》「當時

〔註 25〕和蘇曼殊並稱為詩歌翻譯「三大家」的馬君武在 1914 年朱少屏印行的《君武詩集》，也只有譯詩 38 首，辜鴻銘的譯詩有英國古律己的《古舟子詠》和柯伯 63 節的長詩《癡漢騎馬歌》。

〔註 26〕柳亞子：《蘇曼殊新傳考證》，見《蘇曼殊研究》，第 38 頁，上海人民出版社 1987 年版。

出版未遂，1911 年併入《潮音》，……後於 1914 年 9 月，《拜倫詩選》以單行本問世。」〔註27〕朱少璋在《曼殊外集》中也指出：「據實有資料考證，1908年版的《拜倫詩選》從未出版；目前能看到此書的最早版本爲 1914 年版。」〔註28〕但鑒於以上研究者均爲推論，而 1914 年版書底頁「注」爲唯一確證的材料，本書爲尊重詩選編者蘇曼殊當初意見爲原則，暫時仍以該「注」爲準。

（二）關於蘇曼殊開始翻譯拜倫詩時間，歷來爭執頗多。《〈拜倫詩選〉自序》篇尾曼殊注爲「光緒三十二年」即 1906 年，有研究者認爲蘇譯拜倫在 1906 年已經完成了《去國行》、《贊大海》、《哀希臘》，缺少成書時的《星耶峰耶俱無生》，「曼殊再粗心也不可能將『宣統元年』誤爲『光緒三十二年』」，「細讀曼殊《自序》」，可知「柳亞子忽略了成書所需要的『過程』以及成書與出版之間的間隔，將成書與出版的時間都輕率地定在 1909 年，並因此更改蘇曼殊其他活動和著述的時間，這是有違歷史真實的。」〔註29〕不過該文的「細讀」並沒有給出充分的證據證明被「更改」的活動和時間指什麼，也是值得質疑的。楊仁山開設祇洹精舍在 1907 年，蘇在 1908 年 10 月 5 日於杭州《致劉三》中寫有「茲金陵開設梵文學堂，今接仁山居士信，約瑛速去」和 11 日所寫在祇洹精舍情況，查對《〈潮音〉自序》中言：「去秋，柏林（原譯白零）大學教授法蘭居士遊秣陵，會衲於祇洹精舍。」「比自秣陵遄歸將母，病起胸膈，濡筆譯拜倫《去國行》、《贊大海》、《哀希臘》三篇」，可見，1906 年已經譯完上述三篇是不合史實的。黃侃說：「（曼殊）景仰拜倫爲人，好誦其詩。余居東夷日，適與同寓舍，暇日輒翻拜倫詩以消遣。」〔註30〕考黃侃居日時間，可知蘇曼殊翻譯拜倫的詩大約始於 1907、1908 年居日本時。現在可資爲證的是 1908 年編選的《文學因緣》和在《民報》發表的《娑羅海濱遁跡記》中已有其所譯《星耶峰耶俱無生》。

（三）《留別雅典女郎》的譯者問題。陳子展文聲卓越的《中國近代文學之變遷》在談論曼殊譯詩時說：「我愛看他譯的《留別雅典女郎》，我尤愛他譯的《去國行》。」〔註31〕施蟄存編選的《中國近代文學大系·翻譯文學集》

〔註27〕馬以君編：《蘇曼殊文集》，第 300 頁。
〔註28〕朱少璋編：《曼殊外集：蘇曼殊編譯集四種》，第 183 頁，學苑出版社 2009 年版。
〔註29〕余傑：《狂飆中的拜倫之歌》，載《魯迅研究月刊》1999 年第 9 期。
〔註30〕黃侃：《鑴秋華室說詩》，見柳亞子編《蘇曼殊全集》（五），第 237 頁。
〔註31〕陳子展：《中國近代文學之變遷》，第 90 頁，上海古籍出版社 2000 年 12 月版。

（上海書店 1991 年版）內錄署名蘇曼殊翻譯的拜倫詩 6 首，其中亦有《留別雅典女郎》。現在許多治近代翻譯文學或者研究蘇曼殊的人均以以上兩位學者的說法爲據，實屬以訛傳訛。其實，該詩並不屬於曼殊譯作，在 1908 年蘇曼殊出版的《文學因緣》（第一卷）內即署該詩譯者爲「盛唐山民」，《〈文學因緣〉自序》中曼殊又明言：「《留別雅典女郎》四章，則故友譯自《Byron》集中。」「故友」者，即葛循叔〔註 32〕。1909 年曼殊將該詩編入《拜倫詩選》，1914 年版本沒有注明譯者，當爲陳子展和施蟄存誤選的原因。

　　蘇曼殊出版的第三個詩歌翻譯集子是 1911 年由日本東京神田印刷所印刷的《潮音》，五四之後湖畔詩社曾經翻印《潮音》，上海創造社出版部寄售。《潮音》主體分爲兩部分：第一部分爲英漢詩曲互譯，第二部分爲英吉利閨秀詩選。第一部分漢譯詩中，曼殊將《拜倫詩選》併入《潮音》，所以以拜倫作品爲主；英譯詩曲，則有《西廂記·驚夢文》一曲、《詩經·北風》兩首、伍子胥《河上歌》一首，以及沈素嘉《水龍吟》一首。第二部分英吉利閨秀詩，一共選有 42 篇。所以這是一部既收有漢譯英詩又收有英譯漢詩、既收有曼殊自己的譯作又收有他人的譯作、既收有中國人譯詩又收有外國人譯詩的選本。蘇曼殊爲《潮音》寫了兩篇序，一篇爲英文《〈潮音〉自序》，一篇爲漢文《〈潮音〉自序》。1914 年，《潮音》併入《拜倫詩選》出版，該版本上漢文《〈潮音〉自序》又被作爲《〈拜倫詩選〉自序》。兩篇序都是講有關詩歌翻譯的問題，特別是高度評價了拜倫和雪萊兩位偉大的浪漫主義詩人。

　　蘇曼殊編譯的第四個詩歌集子是《漢英三昧集》，1914 年由日本東京三秀舍印刷，上海泰東書局翻印時，改名爲《英漢三昧集》。這也是一個中英詩歌的合集，曼殊將蒐集到的一些西譯漢詩和自己翻譯的一些西詩合集出版。

　　蘇曼殊還出版有《燕子箋》英譯本。蘇曼殊在《〈潮音〉跋》中說：「將《燕子箋》譯爲英吉利文，甫脫稿，雪鴻大家攜之瑪德利，謀刊行於歐土。」另據蘇曼殊 1911 年《復羅弼·莊湘》中言：「《燕子箋》譯稿已畢，蒙惠題詞，雅健雄深，人間寧有博學多情如吾師者乎！」蘇曼殊在《雜記》中記載有「壬子七月八日接瑪德利二百五十元」和「接瑪德利四百六十元」，羅孝明在《悼沈君燕謀並懷曼殊大師》中認爲，此兩筆款當爲《燕子箋》在西班牙的版稅

〔註 32〕葛循叔也是蘇的同鄉，見《蘇曼殊文集》，第 298 頁注 36。陳獨秀的《存歿六絕句》末首寫到「曼殊善畫工虛寫，循叔耽玄有異聞」，可見蘇與葛在詩歌翻譯和思想性情上頗有相通處。見《蘇曼殊全集》（五），第 283 頁。

收入〔註33〕。「壬子」年即1913年。但這本書現在已經絕版。

　　清末民初，小說的翻譯局面可謂波瀾壯闊，但詩歌的翻譯極其有限。蘇曼殊不僅首先系統地向中國譯介拜倫，值得稱道的是他還譯介了西方其他浪漫主義詩人的作品，如彭斯的《紅紅的玫瑰》、雪萊的《冬日》、豪易特的《去燕》、歌德的《題〈沙恭達羅〉》等，使讀者能夠在比較廣闊的視野上瞭解西方詩歌。在當時的詩歌翻譯界，蘇曼殊譯詩範圍之廣是無人匹敵的，《拜倫詩選》等的出版拓寬了近現代翻譯文學的路子。曼殊生前甚至沒有嘗試出過一個自著作品集，只有在1907年夏天，其畫學女弟子何震（劉師培之妻）準備將曼殊畫稿輯印成冊，曼殊對此深表贊同，為之作《〈曼殊畫譜〉序》，並以日文代河合母氏撰寫《〈曼殊畫譜〉序》，周作人譯為中文，但這個畫集最終未見出版，畫稿多散載在《天義報》、《民報》、《河南》、《文學因緣》等報刊上。但是蘇曼殊在窮窘的境況下卻一連謀求出版了幾個詩歌翻譯的集子，其對20世紀中外文學交流的先驅性意義可見一斑。

三、「白馬投荒」者的印度文學譯介

　　中印文化交流的研究是20世紀以來一個較受重視的課題，印度文化對中國的影響歸結到文學方面，數千卷由梵文翻譯過來的經典，一部分就是典雅、瑰麗的文學作品。《維摩詰經》、《法華經》、《楞嚴經》特別為歷代文人所喜愛，被人們作為純粹的文學作品來研讀。1914年7月，魯迅為祝母壽，曾捐資60元託金陵刻經處刻印《百喻經》100冊。此經所收全是寓言故事，以寓言來宣講佛教的大乘教理，所述故事亦生動簡潔，含義雋永。後來，王品青刪除其中有關佛教教誡的文字，專留寓言，編輯為《癡華鬘》，交由北新書局出版，魯迅還欣然應約，為此書撰寫了《〈癡華鬘〉題記》，指出：「嘗聞天竺寓言之富，如大林深泉，他國藝文，往往蒙其影響。即翻為華言之佛經中，亦隨在可見。」魯迅曾經說過：「印度則交通自古，貽我大祥，思想、信仰、道德、藝文無不蒙既，雖兄弟眷屬，何以加之。」〔註34〕佛教為中國文學帶來了新的意境、新的文體、新的命意遣詞方法。《維摩詰經》、《法華經》、《百喻經》等鼓舞了晉唐小說的創作，般若與禪宗的思想影響了陶淵明、王維、白居易、

〔註33〕　參見馬以君編：《蘇曼殊文集》，第429頁注釋（1），花城出版社1991年版。《燕子箋》為明代阮大鍼所著戲曲。
〔註34〕　魯迅：《破惡聲記》，見《魯迅全集》（第8卷）《集外集拾遺補編》。

王安石、蘇軾等文學家的詩歌創作。再從佛學對我國文體變化所起的作用來看：我們從敦煌莫高窟發現的各種變文可以看出後來的評話、小說、戲曲等中國俗文學的淵源所自。我國從六朝開始才有志怪小說出現，發展到唐人傳奇、宋人話本、元明以後章回小說，小說逐漸登上文學舞臺，與詩歌分庭抗禮。志怪小說出現的同時，正是佛經大量輸入中國的開始。不論在故事來源、教理、構思、體式方面，佛經都給後來中國小說以不同程度的影響。此外，還有由禪師們的談話和開示的記錄而產生的各種語錄。

　　佛經流佈中國以至產生巨大的影響，當然仰仗翻譯。在清末的翻譯浪潮中，東方文學譯本竟如鳳毛麟角。作為近現代背景下的一位禪門高士，曼殊深究內典，對印度文化可以說是傾心仰慕到極點，他說：「印度為哲學文物淵源，俯視希臘，誠後進耳。」〔註35〕印度文化已經內化為蘇曼殊生命內在結構的一部分。作為一個對古老的東方文明有著如此深厚感情和深刻認識的現代知識分子，作為一個有世界眼光的翻譯家，他不但重視西方文學，對東方文學也很重視。蘇曼殊對中國與印度文學交流的貢獻主要包括兩個方面：一是翻譯了一些印度作家的作品，二是通過一些書信、隨筆，介紹了一些作家作品。

　　我們首先談第一個方面。蘇曼殊翻譯文本總是要經過端正嚴肅的精挑細選。他翻譯的印度文學作品雖然現在能夠看到的只有一篇小說和一首短詩，但是這卻是當時僅有的印度文學譯作。在 1908 年日本東京出版的《民報》第二十二號上，蘇曼殊發表了《娑羅海濱遁跡記》，署「南印度瞿沙著，南國行人譯」。他的《譯者記》是這樣寫的：「此印度人筆記，自英文重譯者。其人蓋懷亡國之悲，託諸神話；所謂盜戴赤帽，怒發巨銃者，指白種人言之。」該文因自署「筆記」，所以一般做散文論，但是蘇曼殊即說是「亡國之悲，託諸神話」，且細細閱讀，其故事曲折離奇，結構線索完整，可能作為小說看待更妥當些。所以，陳平原在編輯《蘇曼殊小說全編》時將其收為小說。

　　關於這篇文章的原文出處，柳亞子在編輯《曼殊全集》時明示了質疑：「內有《星耶峰耶俱無生》一詩，據《天義報》上所登《文學因緣》廣告目次，為拜倫所做。瞿沙以印度人著書，不應反引拜倫詩句，很覺矛盾。曼殊好弄玄虛，或者此書竟是自撰，而託名重譯，也未可知。此事又成疑案了。」〔註36〕

〔註35〕蘇曼殊：《〈文學因緣〉自序》，見《蘇曼殊全集》（一），第 121 頁。
〔註36〕見柳亞子編《蘇曼殊全集》（二），第 307 頁，中國書店 1985 年影印本。

袁荻湧認爲這篇小說與蘇曼殊創作小說相比，風格迥然有別，不像是自著作品。再說，「關於印度亡國的書籍在清末頗爲流行，維新派人士紛紛撰文介紹印度、波蘭等國度被吞併的慘痛歷史，蘇曼殊實在沒有必要借助神話來反映現實。只有在英國殖民統治下的印度，作家們才可能採用這種曲折隱晦的表現形式。」至於拜倫的詩句，他認爲是添加進去的，就像蘇曼殊翻譯雨果《慘世界》的「亂添亂畫」一樣。〔註37〕顯然都是擬猜，不過我也認爲此文當是譯著。

蘇曼殊翻譯的另一篇印度文學作品是一首女作家陀露哆（1856～1877）的小詩《樂苑》。對於印度近現代文學作家，蘇曼殊似乎只看重陀露哆。這首詩翻譯於 1909 年，蘇曼殊在陀露哆《樂苑詩》的譯文「題記」中說：「梵土陀露哆爲其宗國告哀，成此一首，詞旨華深，正言若反。嗟乎此才，不幸短命！譯爲五言，以示諸友，且贈其妹於蘭巴幹。蘭巴幹者，其家族之園也。」《與劉三書》言：「今寄去陀露哆詩一節，望兄更爲點鐵。陀露哆，梵土近代才女也，其詩名已遍播歐美。去歲年甫十九，怨此瑤華，忽焉凋悴，乃譯是篇，寄其妹氏。」〔註38〕周瘦鵑《紫蘭花片》中也談到這個短命的詩人陀露哆，稱其「以詩鳴恒河南北。固以國運所關，每一著筆，輒惻惻做亡國之音。有《樂苑》一章，即爲祖國告哀而作，蓋盛言印度之爲黃金樂土，而今乃非自有也」。曼殊翻譯該詩，除了文學性好惡，自然也寄託著他的「宗國之思」；他向朋友推薦，自然也是「爲祖國告哀」。

從第二個方面即蘇曼殊以一些書信、隨筆紹介印度作家作品來看，其貢獻是更爲卓越的。蘇曼殊認爲印度古典文學是世界文學史上最燦爛的部分，「文詞簡麗相俱者，莫若梵文，漢文次之，歐洲番書，瞠乎後矣」〔註39〕。也就是說，印度古典文學的藝術形式之精美在世界範圍內是卓然超群的，中國文學其次，西方文學更是不及的。蘇曼殊主要介紹的印度作品有敘事長詩《摩訶婆羅多》和《羅摩衍那》、古典詩劇《沙恭達羅》，以及抒情長詩《雲使》。

《摩訶婆羅多》與《羅摩衍那》是世界文學寶庫中的奇葩。在《燕子龕隨筆》中，蘇曼殊介紹「印度 Mahabrata，Ramayana 閎麗淵雅，爲長篇敘事

〔註37〕袁荻湧：《蘇曼殊與印度文學》，載《貴州文史叢刊》2002 年第 4 期。

〔註38〕蘇曼殊：《與劉三書》，《蘇曼殊全集》（一），第 223 頁。

〔註39〕蘇曼殊：《〈文學因緣〉自序》，見《蘇曼殊全集》（一），第 121 頁。

詩，歐洲治文學者視爲鴻寶。猶 *Iliad*，*Odyssey* 二篇之於希臘也。此土向無譯述，惟《華嚴疏鈔》中有云：《婆羅多書》、《羅摩延》是其名稱。」〔註40〕他盛評這兩首長篇敘事詩，「衲謂中土名著，雖《孔雀東南飛》、《北征》、《南山》諸什，亦遜彼閎美。」〔註41〕在《復羅弼・莊湘》中，他又把二詩與古希臘古詩《伊利亞特》和《奧德賽》相校，認爲「雖顓馬（今譯荷馬）亦不足望其項背」，並且萬分遺憾地說：「考二詩之作，在吾震旦商時，此土向無譯本；惟《華嚴經》偶述其名稱，謂出馬鳴菩薩手。文固曠劫難逢，衲以奘公當日，以其無關正教，因弗之譯，與《賴吒和羅》，俱作《廣陵散》耳。」

　　20 世紀初，中國開始出現對傳統戲劇的討伐聲。1904 年，南社發起人陳去病、柳亞子等創辦我國第一本戲劇雜誌《二十世紀大舞臺》，提倡從文學入手，改革傳統戲劇。蔣觀雲在《中國之演劇界》一文中說到，外國人認爲中國戲劇之演出，有如兒戲，同時有喜劇而無悲劇，而外國則崇尚悲劇，並引拿破崙言，悲劇「能鼓勵人之精神，高尚人之性質，而能使人學爲偉大之人物者也」；又說「劇界多悲劇，故能爲社會造福，社會所以有慶劇也；劇界多喜劇，故能爲社會種孽，社會所以有慘劇也」〔註42〕。1905 年，陳獨秀署名「三愛」，發表《論戲曲》一文，不但明確提出了戲劇的社會功用，而且提出要大大提高戲劇從業者的社會地位。〔註43〕國外戲劇隨之介紹到中國來，但多爲教會學校外籍教師導演、學生排演，翻譯劇本很少見。印度是世界上古典戲劇藝術最發達的國度之一，公元 4〜5 世紀，出現了像迦梨陀娑那樣千古不朽的偉大戲劇家和《沙恭達羅》、《憂哩濕婆》那樣傳誦百代的偉大作品，但是當時的中國人並不瞭解。蘇曼殊是現代第一個注意到迦梨陀娑並向中國人推薦其作品的人。蘇曼殊最欣賞的是迦梨陀娑的《沙恭達羅》。他在《燕子龕隨筆》中這樣介紹：「迦梨達舍（Kalidasa），梵土詩聖也，英吉利騷壇推之爲『天竺沙士比爾』。讀其戲劇沙君達羅（*Sakoontala*），可以覘其流露矣」；「沙君達羅，英文譯本有二，一、William Jones 譯，一、Monier Monier-Williams 譯，猶《起信論》有梁、唐二譯也」。

〔註40〕蘇曼殊：《燕子龕隨筆》，見《蘇曼殊全集》（二），第 58 頁。

〔註41〕蘇曼殊：《〈文學因緣〉自序》，見《蘇曼殊全集》（一），第 121 頁。

〔註42〕蔣觀雲：《中國之演劇界》，見阿英：《晚清文學叢鈔・小說戲曲研究卷》，第 50〜51 頁，中華書局，1960 年。

〔註43〕三愛：《論戲曲》，見阿英編：《晚清文學叢鈔・小說戲曲研究卷》，中華書局，1982 年。

　　《沙恭達羅》是一部 7 幕詩劇，富有印度式的浪漫主義的詩情畫意，千百年來深受印度人民的喜愛，在印度文學史上具有崇高的地位。劇本寫的是國王豆扇陀到靜修林打獵，邂逅了靜修女沙恭達羅，該女爲一天神和仙人所出，年輕美麗、端靜優雅，二人一見鍾情，當夜遂結爲夫妻，後國王留下戒指爲信物回到宮廷。沙恭達羅發現自己懷孕，於是到宮廷尋找丈夫，可惜她不意將信物丟失，國王因喪失記憶而拒絕相認。歷經萬千周折，二人終於團圓。在《潮音）自序》中，蘇曼殊介紹沙恭達羅爲「印度先聖累舍密多羅女，莊豔絕倫。後此詩聖迦梨陀娑（Kalidasa）作 *Sakoontala* 劇曲，紀無能勝王（Dusyanta）與沙恭達羅慕戀事，百靈光怪。千七百八十九年，William Jones（威林，留印度十二年，歐人習梵文之先登者。）始譯以英文傳至德，Goethe 見之，驚歎難爲譬說，遂爲之頌，則《沙恭達綸》一章是也」。蘇曼殊找到了歌德《題〈沙恭達羅〉》的英譯本（*Eastwick*），「重譯之，感慨繫之」。蘇曼殊翻譯了那麼多西洋詩歌，而歌德的詩他僅翻譯了這一首，可見蘇曼殊藉重歌德的詩作，表達的是自己對《沙恭達羅》的讚揚和推崇。他曾經有一個莊嚴宏偉的志願：「我將竭我的能力，翻譯世界聞名的《沙恭達羅》詩劇，在我佛釋迦的聖地，印度詩哲迦梨陀娑所做的那首，以獻呈給諸位。」〔註 44〕但是這一願望終生沒有實現〔註 45〕，而《題〈沙恭達羅〉》「春華瑰麗，亦揚其芬；秋實盈衍，亦蘊其珍。悠悠天隅，恢恢地輪，彼美一人，沙恭達綸」的譯詩，已經讓我們感受到了這一傑作之偉大。

　　蘇曼殊另外欲望翻譯的印度文學作品是迦梨陀娑的另一抒情長詩《雲使》。1909 年 5 月 29 日，蘇曼殊在給劉三的信中說：「弟每日爲梵學會婆羅門僧傳譯二時半。梵文師彌君，印度博學者也，東來兩月，弟與交遊，爲益良多。嘗屬共譯梵詩《雲使》一篇，《雲使》乃梵土詩聖迦梨達奢所著長篇敘事詩，如此土《離騷》者，乃弟日中不能多所用心，異日或能勉譯之也。」〔註 46〕《雲使》是迦梨陀娑最優秀的詩歌作品，也是印度古典詩歌中的瑰寶。詩歌寫一個剛結婚一年的小神仙藥叉被貶謫到偏遠的羅摩山上，他不得不與愛妻分離一年。當雨季來臨時節，小藥叉十分思念妻子，就託一片緩緩飄向自

〔註44〕蘇曼殊：《〈潮音〉自序》（柳無忌譯），《蘇曼殊全集》（四），第 37 頁。
〔註45〕蘇曼殊：《〈潮音〉跋》書「闍黎雜著亦多，如沙昆多邏」，《蘇曼殊作品表》（《蘇曼殊全集》第 1 卷）據此列入，但言「原書不見」。現蘇研界一般認爲蘇曼殊沒有譯出該詩，《跋》中所言是指譯作《題〈沙恭達羅〉》。
〔註46〕1909 年 5 月 29 日（巳酉四月十一日日本）《與劉三書》，見《蘇曼殊全集》（一）。

己家鄉方向的雨雲轉達自己對妻子的遙思。他把雨雲當作一位通解人情的知心人，細細向其講述北去家鄉的路線和沿途美麗的風光。當雨雲飄走的時候，他還想像雨雲飄到了他家的院子，看到他的妻子因思念他而神形憔悴。這首詩充分體現了印度文學想像豐富、構思奇絕、文采飛揚、感情眞摯的特點，比較投合蘇曼殊的審美情趣。但是，蘇曼殊在梵學會的時日不長，其前（即1908年），他想進日本眞宗大學學習梵文未果，而他的兩位朝夕共處的朋友章太炎與劉師培反目，「而少公舉家遷怒於余」，這一點令他「心緒甚亂」，覺「濁世昌披，非速引去，有嘔血死耳」，蘇曼殊從此即爲腦病所苦，可見這件事對他的打擊之大。1909年他在梵學會做翻譯時時常犯病，迫切等待學會有人替代，準備「移住海邊，專習吹簫，實亦無俚之極，預備將來乞食地步耳」。情緒如此低落，翻譯《雲使》自是不能。果然在6月7日，蘇曼殊「侍家母旅次逗子海邊」〔註47〕，與彌君合譯《雲使》遂成雲煙。

值得欣喜的是，蘇曼殊的以上三個願望都由後來的翻譯者實現了。當代中印文化交流研究的著名學者季羨林翻譯了戲劇《沙恭達羅》〔註48〕，於1956年由人民文學出版社出版；著名詩人、翻譯家金克木翻譯了長詩《雲使》，也於1956年由人民文學出版社出版。同時，兩個譯本還合爲一冊出版了精裝本，作爲「紀念印度古代詩人迦梨陀娑特印本」。在文革極其艱難的環境中，季羨林又將印度兩大史詩之一的《羅摩衍那》譯成中文，並寫了《「羅摩衍那」初探》一書出版。季羨林和金克木這些卓有成效的工作一直被譽爲翻譯界的盛事，可見上世紀初的蘇曼殊所具有的大家眼光。柳無忌認爲：「在二十世紀初年，蘇曼殊實爲中外文化交流的創始者，重大的功臣，諸如梵文的介紹，西洋

〔註47〕 1909年5月26日、6月7日（四月八日、二十日日本）《與劉三書》，見《蘇曼殊全集》（一）。

〔註48〕 《沙恭達羅》最早的譯本是現代戲劇家焦菊隱翻譯的第4幕和第5幕，以《失去的戒指》爲名登載於1925年《京報·文學週刊》；王哲武譯自法文的本子《沙恭達娜》連載於《國聞週刊》第6卷。最早的單行本是1933年由世界書局（上海）出版的王維克譯本；1936年廣東汕頭市第一小學校出版部出版了朱名區根據世界語編譯的戲劇《莎恭達羅》；盧冀野把《沙恭達羅》該爲南曲《孔雀女金環重圓記》，1945年由重慶正中書局出版，1947年再版；王衍孔根據法文本的譯本也於1947年由廣州知用中學圖書館發行；糜文開根據英文本的譯本《莎昆妲羅》1950年由臺灣全右出版社出版。但是這些譯本都沒有季羨林譯本影響大。——參考季羨林先生《〈沙恭達羅〉譯本新序》（《沙恭達羅》人民文學出版社1978年版）和王向遠先生《近百年來我國對印度古典文學的翻譯與研究》（北京師範大學學報2001年第3期）。

文學的翻譯，中詩英譯的編集，有其輝煌的成就。這一點鮮爲世人所稱道。」柳無忌所引 Ramon Woon（翁聆雨）、Irvingy（羅郁正）合撰的 *Poets and Poetry of China's Last Empire* 文中，以嚴復、林紓、蘇曼殊爲清末三大翻譯專家。持此論者還有羅大鵬的文章〔註49〕。確實，蘇曼殊文學翻譯的成就是斐然的，特別是在西方和印度浪漫主義詩歌方面，可以說蘇曼殊是獨步譯林，無人匹敵。

第二節　蘇曼殊譯學思想：對「意譯」末流的抵制

五四運動後，梁啓超寫《清代學術概論》，沉痛地把「晚清西洋思想之運動，最大不幸者一事」歸結爲「蓋西洋留學生殆全體未嘗參加此運動。運動之原動力及其中堅，乃在不通西洋語言文字之人」，他說當時的譯界是「日本每一新書出，譯者動數家。新思想之輸入，如火如荼矣。然皆『梁啓超式』的輸入，無組織，無選擇，本末不具，派別不明，惟以多爲貴」，因此，「稗販、破碎、籠統、膚淺、錯誤諸弊，皆不能免」。〔註50〕這種翻譯界的「駁雜迂訛」情況的存在有其歷史的必然性和合理性，其對西學東傳和中國文學的現代轉型的作用應當明確，同時，梁啓超對有關「翻譯之道」所提出的批評，也是翻譯界應該重視的。

當我們說到翻譯之道，很自然地就會想到嚴復的標準「信、達、雅」。實際在清末譯壇，關於翻譯的方法，各個流派是各抒己見，基本的有以嚴復、林紓爲代表的「意譯」派，以蘇曼殊爲代表的「直譯」爲主、結合「意譯」，以及以魯迅爲代表的「直譯」派。在語言應用上，也有文言與白話兩種主張，前者代表人物是林紓、嚴復、蘇曼殊，後者是李伯元與吳趼人。「直譯」派別具卓見，在當時是開風氣的一支，魯迅是實踐「直譯」的先驅，可惜在初期並沒有對這一論題提出明確的主見，即便是被今人譽爲「中國近代譯論史上的珍貴文獻」的《〈域外小說集〉序》，只是指出：「《域外小說集》爲書，詞致樸訥，不足方近世名人譯本。特收錄至審慎，迻譯亦期弗失文情。異域文術新宗，自此始入華土。」〔註51〕不能算是明確的翻譯主張，況且在發行上魯迅也自認「大

〔註49〕見《〈蘇曼殊文集〉序》第23頁注第41條。
〔註50〕梁啓超：《晚清西洋思想之運動》，見《清代學術概論》，上海古籍出版社1998年1月版，第96～99頁。
〔註51〕魯迅：《〈域外小說集〉序》，見《魯迅全集》第10卷，第155頁，人民文學出版社1981年版。

爲失敗」〔註52〕，倒是蘇曼殊不僅在實踐上而且在理論上領一時之先。

蘇曼殊論及翻譯的文章有《〈文學因緣〉自序》、《〈拜倫詩選〉自序》、《與高天梅書》、《燕影劇談》等。他明確提出自己的翻譯主張是「按文切理、語無增飾、陳義悱惻、事詞相稱」〔註53〕，我們把其散見於各處的翻譯思想歸整爲以下幾點——這也便是蘇曼殊譯體的眞相：

一、精通原文和譯入語，「按文切理、語無增飾」，反對「澆淳散樸，損益任情」

文學翻譯就是一件非常不易的事情，因爲「文章構造，各自含英，有如吾粵木棉素馨，遷地弗爲良」〔註54〕。梁啓超在談到自己譯拜倫的《端志安》時也說：「翻譯本屬至難之業，翻譯詩歌尤屬難中之難。本篇以中國調譯外國意，填譜選韻，在在窒礙，萬不能盡如原意。刻畫無鹽，唐突西子，自知罪過不小，讀者但看西文原本，方知其妙。」〔註55〕晚清的翻譯界普遍存在這種情況：翻譯者大抵於外國之語言，或稍涉藩籬，對各國古文詞之微詞奧旨，茫然無知；或僅通外國文字言語，而未窺漢文門徑，語言粗陋鄙俚。有的人根本一點不識外文，根據稍通華語的西人或者稍通西語的華人的口述彷彿摹寫其詞中欲達之意，不通的地方，索性根據自己的感覺武斷撰寫。

蘇曼殊對於當時譯壇翻譯西文斷章取義、刪減增損、轉譯附會的風氣嗤之以鼻。他認爲「凡治一國文學須精通其文字」，翻譯者只有通曉原著作文字，才能夠把握好作品，「自然綴合，無失彼此」。他舉例說：「昔日瞿德（歌德）逢人必勸之治英文，此語專爲拜倫之詩而發。夫以瞿德之才，豈未能譯拜倫之詩，以非其本眞耳。」在同一篇文章中，他甚至對當時翻譯界盛名之下的嚴復和林紓提出了批評，他說林氏說部「《金塔剖屍記》、《魯濱孫飄流記》二書，以少時曾讀其原文，故授誦之，甚爲佩伏。如《吟邊燕語》、《不如歸》，均譯自第二人之手；林不諳英文，可謂譯自第三人之手，所以不及萬一」。〔註56〕

蘇曼殊以他的實踐印證了他的理論。在蘇曼殊翻譯《哀希臘》之前，梁啓

〔註52〕 魯迅：《致增田涉信》，見《魯迅全集》第 13 卷，第 474 頁。
〔註53〕 蘇曼殊：《〈拜倫詩選〉自序》，見馬以君編：《蘇曼殊文集》，第 302 頁，花城出版社 1991 年版。
〔註54〕 蘇曼殊：1910 年 6 月 8 日，爪哇《致高天梅》，見《蘇曼殊文集》，第 517 頁。
〔註55〕 梁啓超：《新中國未來記》第 4 回「著者按」，見阿英編：《晚清文學叢鈔·小說一卷》上冊，第 61 頁，中華書局 1980 年再版本。
〔註56〕 蘇曼殊：1910 年 6 月 8 日，爪哇《致高天梅》，見《蘇曼殊文集》，第 517 頁。

超 1902 年在其創作小說《新中國未來記》中以戲曲曲牌《如夢憶桃源》合其一節〔註57〕，馬君武也曾經以七言譯之。蘇曼殊精通英文，又是一個對中國古典文學頗有涉獵的文學家，他大概認爲六行四音步的英文原詩，用中國的五言古體較合適，所以更改爲每節八行的古詩形態。臺灣的林靜華在分析了各種譯本之後認爲：「這種譯法，必然會遇到困難，不過，效果似乎更佳。」〔註58〕柳無忌曾經具體地論述了這種翻譯方法的困難所在：「以中文的五言譯英文的四音步，一行對一行，尚不難安排，但把原來的六行英文詩，譯成八行中文詩卻需要巧妙地截長補短，尤其需要填襯得當，以安置多出的兩行中文詩。」他認爲在這一關鍵處，蘇曼殊「改造得天衣無縫」，眞乃天才與時代的撞擊！〔註59〕

關於漢文英譯，蘇曼殊在祇洹精舍任教時，英倫白零大學的法蘭教授曾登門拜訪，向蘇談及「英人近譯《大乘起信論》，以爲破碎過甚。」蘇曼殊發表見解說：「譯事固難；況譯以英文，首尾負竭，不稱其意，滋無論矣。又其卷端，謂馬鳴此論，同符景教。嗚呼，是烏足以語大乘者哉！」李代桃僵式的譯本也是蘇曼殊那個時代中國社會普及文化的明確標誌，而蘇對於這種末流技法一向反對。他舉例說「古詩『思君令人老』，英譯作『To think of you makes me old』，辭氣相附，正難相得。」他批評有些譯者，「澆淳散樸，損益任情」，不足以勝「鞮寄之任」。〔註60〕即便對於佛經，蘇曼殊的態度也是一以貫之的，他認爲要圖「佛日再暉」必須先習漢文，用以解經，次習梵文，對照梵文原籍，追本窮源，一究佛經的原義，而歐書（主要是英文）可以暫緩，他對日本僧俗人士赴英國學習梵文不以爲然。〔註61〕

從這些言論可見，蘇曼殊對於翻譯者解讀原文和組織譯文的語言水平要求是非常嚴格的。

二、「陳義悱惻、事詞相稱」，以使達到神韻與形式的統一

蘇曼殊文學翻譯非常注重神韻和神韻與形式二者的統一。在《燕影劇談》一文，蘇曼殊以日本文學大師坪內逍遙爲例談到翻譯之難，「夫以博學多情如

〔註57〕梁啓超：《新中國未來記》，《飲冰室合集·專集之八十九》，商務印書館 1989 年版，第 45 頁。

〔註58〕見臺灣《當代》雜誌第 37 期（1989 年 5 月號）《西潮狂飆與五四文人專輯》。

〔註59〕柳無忌：《蘇曼殊與拜倫〈哀希臘〉詩》，《佛山師專學報》1985 年第 1 期。

〔註60〕蘇曼殊：《〈拜倫詩選〉自序》，見《蘇曼殊文集》，第 301 頁。

〔註61〕蘇曼殊：《儆告十方佛弟子啓》，見《蘇曼殊文集》，第 271 頁。

坪內者，尚不能如松雪畫馬，得其神駿，遑論淺嘗者哉？」，如是看，蘇曼殊將翻譯標準定在一個極高的水平線上。當時的小說翻譯是魚龍混雜、泥沙俱下，張冠李戴已非奇聞，肆意篡改更是常見，能夠用較為流暢的語言把外文小說的大致句意、故事梗概翻譯過來已屬不錯，而蘇曼殊對於被學界公認為最難把握的詩歌翻譯卻要求不僅要得原文之意，而且要非常重視重現詩詞的意境，也就是說，他把翻譯不僅看作一種語言活動，更當作一種審美活動。

詩歌翻譯在對譯者語感和語言運用方面的要求遠較其他文類為高，要使譯詩顯現生命活力，譯者應是「文」與「學」的兩栖明星。費羅斯托（Robert Frost）甚至給詩下過一個定義，認為詩就是「在翻譯中喪失掉的東西」。儘管成功地翻譯詩歌比較難，但畢竟譯詩是必要的也是可行的，詩歌通過翻譯還可以誘發讀者對原詩的興趣。曼殊嘗謂：「詩歌之美在乎氣體。然其情思幼眇，抑亦十方同感」，「詩歌之美在乎節族長短之間」。他談到「友人君武譯擺倫《哀希臘》詩，亦宛轉不離其意，惟稍遜《新小說》所載二章，惟稍失聲毫耳。顧歐人譯李白詩不可多得，猶此土之於 Byron 也」。他非常欣賞印度文章，認為「梵漢字體，俱甚茂盛，而梵文八轉十羅，微妙傀琦，斯梵章所以為天書也」〔註62〕。這些都體現了他對作品「韻」的注重。

對一個作品「神韻」的把握，從來是「仁者見仁，智者見智」。顧柏、蒲伯、賈伯孟、紐孟都是名重一時的希臘文和荷馬研究的學者，都認為自己的譯文抓住了荷馬的神韻，而安諾德（Matthew Arnold）在《論翻譯荷馬》中認為，荷馬的行文是迅速，荷馬的選字風格是平易，思想是簡單，態度是莊嚴。顧柏不能表現荷馬，因為他行文遲緩，風格藻飾；蒲伯不能表現荷馬，因為他的風格與選字太技巧了；賈伯孟不能表現荷馬，因為他的思想太玄幻了；紐也不能表現荷馬，因為他用字怪僻，態度不莊。如果我們以安諾德的「迅速、平易、簡單、莊嚴」為準，我們該說，他們每個人對於荷馬「神韻」的理解和把握是絕對不同！沈雁冰在談到文學的翻譯時主張在「神韻」與「形貌」不能兩全的情況下，應考慮保留神韻，因為文學的功用在於以神韻感人。〔註63〕為了追求神韻，蘇曼殊的譯文除了初步文場、以政治審美替代文學審美的《慘世界》外，均為莊雅的古言，而且喜歡用高古的字詞，這個特點使

〔註62〕蘇曼殊：《〈文學因緣〉自序》，見《蘇曼殊文集》，第 294 頁。
〔註63〕沈雁冰：《譯文學書方法的討論》，見《翻譯通訊》編輯部編：《翻譯研究論文集》（1894～1948）。

他的譯文含混晦澀不流暢。馬以君在《蘇曼殊文集・前言》中寫到蘇曼殊的翻譯「尤以譯詩爲佳，其語言凝練，節奏感強，『陳義悱惻，事詞相稱』。但好用僻詞怪字，顯然是受章太炎的影響」〔註64〕，這無疑是客觀中肯之論。章太炎早年潛心「稽古之學」，對中國古籍研讀至深，乃一代國學大師，其所創作文章皆以古奧爲特點。他是蘇曼殊作詩譯詩的文字先生。

近人李思純歸納上世紀初的譯壇，其論述頗顯對蘇曼殊的偏愛：「近人譯詩有三式。一曰馬君武式。以格律謹嚴之近體譯之。如馬氏譯囂俄詩曰『此是青年紅葉書，而今重展淚盈裾』是也。二曰蘇玄瑛式。以格律較疏之古體譯之。如蘇氏所爲《文學因緣》、《漢英三昧集》是也。三曰胡適式。則以白話直譯，盡馳格律是也。余於三式皆無成見爭辯是非。特斯集所譯悉遵蘇玄瑛式者：蓋以馬式過重漢文格律，而輕視歐文辭義；胡式過重歐文辭義，而輕視漢文格律；惟蘇式譯詩，格律較疏，則原作之辭義皆達，五七成體，則漢詩之形貌不失。」〔註65〕

三、選材精審，以原文文學價值爲標準，反對「必關正教」

蘇曼殊與王國維幾乎是同時參與文學活動的。王國維1902年開始寫文學和美學的雜文，其中重要的觀點就是純文學的主張、文學的超功利性以及直觀的美學觀念。現存的蘇曼殊最早的詩作《以詩並畫留別湯國頓》和文章《嗚呼廣東人》也都寫於1903年，他自覺地把詩和文兩種體裁分開，用它們表達不同的題材內容，由此可以看出他的詩歌美學思想。做詩強調的是「詩美」，不宜表露太過鋒芒的感情〔註66〕，對詩美的重視也是蘇曼殊譯詩的突出特點之一。

作爲一個深究內典的文學家，他在翻譯中特別注重原文的文學價值，這主要反映在三個方面，一是翻譯理論對「必關正教」的批評，二是選擇有文學價值的原作，三是譯筆對譯文語言文學性近乎偏執。和梁啓超、嚴復等對詩教傳統的嚴守迥然相異，蘇曼殊在評《摩訶婆羅多》與《羅摩延》兩篇敘事詩時稱：「雖頷馬（今譯荷馬）亦不足望其項背。……文固曠劫難逢，衲以

〔註64〕見蘇曼殊《與劉三書》（己酉四月日本）「前譯拜輪詩，……蒙末底居士爲我改正，亦幸甚矣。」，《蘇曼殊全集》（一），第223頁。

〔註65〕李思純：《〈仙河集〉自序》，轉引自陳子展《最近三十年中國文學史》，第170頁，上海古籍出版社2002年版。

〔註66〕魯迅：《〈兩地書〉三二》，《魯迅全集》第11卷，第97頁，人民文學出版社1981年版。

奘公當日，以其無關正教，因弗之譯，與《賴吒和羅》，俱作《廣陵散》耳。」
〔註67〕從他對玄奘翻譯標準即必關「正教」的評價來看，他看重印度文化的
是其優秀的文學，前文也曾提到他在《〈潮音〉自序》中表達渴望能夠翻譯出
世界聞名的詩劇《沙恭達羅》。正是從此觀念出發，雖然他對辜鴻銘所譯《癡
漢騎馬歌》給予肯定，認爲其「辭氣相副」，同時又發感喟：「顧元作所以知
名者，蓋以其爲一夜脫稿，且頌其君，錦上添花，豈不人悅，奈非爲羅拔氏
專爲蒼生者何？此視吾國七步之才，至性之作，相去遠矣。惜夫辜氏志不在
文字，而爲宗室詩匠牢其根性也。」這些觀念和林紓等名家「把外國異教的
著作，都變成班馬文章、孔孟道德」〔註68〕的翻譯針鋒相對。

　　蘇曼殊對於選材很重視，我們看他的譯作中文學作品佔絕大多數，而且都
是在一國文學史上或者世界文學史上佔一席之地的作家作品，二三流者絕不姑
息。他說：「近世學人均以爲泰西文學精華，盡集林嚴二氏故紙堆中。嗟夫，何
吾國文風不競之甚也！」〔註69〕這裡，他把文風不正、文氣不盛都歸咎於翻譯
的不良影響，雖爲批評，從一個側面也可以看出他對翻譯文學傳播功用的強調。

　　蘇曼殊非常注重譯文語言的文學性。我們以蘇曼殊翻譯的《熲熲赤牆靡》
爲例。該詩現譯名爲《紅紅的玫瑰》，是蘇格蘭著名浪漫主義農民詩人羅伯特·
彭斯（Robert Burns，1759～1798）的愛情詩，也是英國文學史上家喻戶曉的
名篇。原詩語言清新明快，節奏迴環流暢，感情純正質樸。該詩在中國有晚
清、五四期間和新時期三個譯本，分別爲蘇曼殊的《熲熲赤牆靡》、郭沫若的
《紅玫瑰》〔註70〕和袁可嘉的《一朵紅紅的玫瑰》〔註71〕。對照三個人的譯
本，我們看到蘇曼殊的譯詩不由自主地融入了古典詩歌的藝術因子，用五言
古體翻譯，選字上只押平聲韻，不押仄聲韻，讀起來悠長而響亮；選用大量
精緻典雅的詞語，使詩歌意象豐富，增強了詩的表現力和和諧美；情感和智
慧交融，用不透明的語言抒發了詩中人物心靈深處最眞切的戀情。被稱爲「球
型天才」的郭沫若的譯詩用的是人人可以看得懂的白話，注意提煉韻律節奏，
在形式和音節上相當完美；袁可嘉以直譯的手法，採用偶句押韻的韻律，幾

〔註67〕蘇曼殊：《復羅弼·莊湘》，見《蘇曼殊全集》（一）。
〔註68〕周作人：《安得森的「十之九」》，《新青年》5 卷 3 號。
〔註69〕蘇曼殊：1910 年 6 月 8 日，爪哇《致高天梅》，見《蘇曼殊文集》，第 517 頁，
　　　　花城出版社 1991 年版。
〔註70〕郭沫若：《英譯詩稿》，第 27 頁，上海譯文出版社 1981 年版。
〔註71〕袁可嘉：《彭斯詩抄》，第 192 頁，上海譯文出版社 1981 年版。

乎字對字地採用與原詩同樣的自由體的形式，保留了原詩琅琅上口的節奏感。不過，郭沫若和袁可嘉各有其長，也各見其短：郭譯複沓吟詠、拖泥帶水，文字直白無味，雖然淺顯易懂，卻失去了「詩美」，而且整個譯詩好像不是翻譯，而是「釋詩」；袁譯可能更符合現代人的審美心理和欣賞習慣，而語言過分透明，直白的傾訴缺少心靈呼應的深情感，也失去了震撼人心的激情。蘇曼殊本「幽怨綿緲，非淺人所能解」〔註72〕，有礙傳達原詩熱情奔放的基調，但是蘇曼殊的舊體譯詩詩韻飽滿，依然顯其魅力。連郭沫若也闡明：「形式不在乎新舊，主要是內容問題。翻譯詩得象詩，用中國的語言寫詩，就必須要遵循中國語法的規律，不能違背舊詩的規律和韻律。好詩並不是脫離舊詩的影響，而新體詩必須向舊體詩學習。」〔註73〕

　　蘇曼殊是「直譯」的擁戴者，但是他既求忠實於原著，保留原文風貌，又求譯筆之靈活生動，得其神髓，這種要求是極高的，見解是精深的。在今天看來，蘇曼殊的譯學思想依然是可圈可點的，「曼殊體」值得當今的譯家珍視。從以《慘世界》圖解社會政治、主觀隨意性很大的「改譯」，到《〈文學因緣〉自序》、《〈拜倫詩選〉自序》、《與高天梅書》、《燕影劇談》中明確自己的譯學思想，我們看到蘇曼殊在對待文藝的觀念上逐漸走向了自覺。

第三節　蘇曼殊文學翻譯的史學意義

　　中國近代到整個五四時期的翻譯文學是研究20世紀中國文學發生發展的重要參照系，中國文學世界化的趨勢正是在翻譯文學熱潮中啟動的。中國文學現代轉換在深層深受傳統文化和文學的制約，另一方面，近代以來的翻譯文學刷新了中國的文學觀念、文學精神，為新文學的誕生在作家群體的成長和讀者群體的形成以及形式內容、理論觀念上做好了鋪墊。1980年代末，在「重寫文學史」展開討論時，謝天振曾呼籲為翻譯文學這個「棄兒」尋找歸宿，為之價值正名。黃修己也曾經說：「翻譯外國文學如不列入中國新文學史中，為一個重要方面，至少也應作為新文學發展的重要背景，給予應有的介紹。」〔註74〕從考辨中國文學追求現代性的角度著手，來重新打量和認識翻

〔註72〕高旭：《顧無盡廬詩話》，見《蘇曼殊全集》（五），第232頁。
〔註73〕郭沫若：《郭沫若文集》，第192頁，四川人民出版社1984年版。
〔註74〕黃修己：《中國新文學史編纂史》，第47頁，北京大學出版社，1995年。

譯文學，我們就能發現，不僅對中國翻譯文學的定義、性質與歸屬會有一些
新的認識，而且還可能爲現代文學的書寫找到一條具有可操作性的史學線
條。拿蘇曼殊而言，我們以往的蘇曼殊翻譯研究只著眼於他的成果多寡，強
調他作爲現代史上「中西文化交流先驅」的價值和地位，荒疏了或者說浪費
了他的譯學理論，對其潛在的史學意義的開掘更是忽略了。

　　由於蘇曼殊《慘世界》直關政治的譯介方式的「遺毒」，另外由於以現實
主義爲正宗的文學史範式把五四前後對拜倫等所謂「摩羅」詩人的推介都歸
入「歷史現代性」範疇，無視蘇曼殊翻譯上的審美理想，在對於曼殊翻譯的
價值取向的認識上，學界一般認爲他「著眼於政治取向的（即以急迫的民族
革命鬥爭的需要爲圭臬），而沒有進入中西文化深層結構的差異，更缺乏在更
高的層次上建構新的文化形態的主動精神，這就難免帶有凌厲浮躁、急功近
利的色彩」〔註 75〕。我們當然肯定蘇曼殊的翻譯有「鼓動民氣，呼喚國魂，
宣揚愛國主義和民族主義」〔註 76〕的意義，不過，我們通過蘇曼殊的譯學理
論和翻譯文本，可以發現他的文學翻譯不僅不是純粹從政治出發，實際上恰
恰是一種對「文學」的啓蒙──引導人們思考文學的特性和功能，他是 20 世
紀最早從審美出發、把「無關正教」的「超功利」的文藝觀反映到文學翻譯
實踐中的文學家之一。他在 1912 年 4 月《覆蕭公》信中說：「拜倫詩久不習
誦，曩日偶而微詞迻譯，及今思之，殊覺多事。……吾誠不當以閒愁自戕也！」
有學者說「他的『憤激』潛隱著某種失望；他的『頹廢』蘊涵著某種清醒，
我們只有將其置於具體的『歷史』之中才能眞正感受到這種『強韌』！」〔註
77〕這句話依照我的見解，他的「失望」就是在世紀初轟轟烈烈的「三界革命」
中，文學並沒有眞正找準自己的位置，純粹成爲政治教化的工具；他的「清
醒」就是他所欣賞的文學正如我們上一節所分析的，都是具有高貴的藝術品
性的作品，它們以「個性化」的藝術之美感染受眾、引導向「善」，以達到美
化人生、淨化文化的功用，由此看蘇曼殊並沒有墮入徹底的個人趣味主義，
而是引導一種看似「無功利」的文學功利。

　　蘇曼殊在翻譯上的志向是很高遠的，在《〈文學因緣〉自序》中，他先是

〔註 75〕邵迎武：《蘇曼殊新論》，第 78 頁，百花文藝出版社 1990 年版。
〔註 76〕郭延禮：《中國近代翻譯文學概論》，第 98 頁，湖北教育出版社 1998 年 3 月
　　　　版。
〔註 77〕邵迎武：《蘇曼殊新論》，第 23～24 頁。

禮讚印度文化與華夏文明的悠久璀璨，隨之話鋒一轉，「今吾漢土末世昌披，文事弛淪久矣」，他發出天問：「大漢天聲，其真絕耶？」，接著他談到刊行該書的目的：「偶錄是篇，閩江諸友，願爲之刊行，得毋靈府有難塵泊者哉？」他有意將翻譯與中國文學興衰聯繫起來，以翻譯引進新的文化活力，挽救「末世昌披」下的「文事弛淪」。正是從這一認識出發，我把蘇曼殊文學翻譯的重大開拓性史學意義總結爲以下幾個方面：

一、對「戀愛和自由的高尊思想」的標舉

蘇曼殊的翻譯對時人的影響是顯著的。魯迅在日本準備創辦《新生》時還是一個在文藝界名不見經傳的新人，他曾經邀約當時已負盛名的蘇曼殊作爲同人〔註78〕。雖然多年以後他對曼殊的行動風度是毀譽參半的，認爲曼殊是個「古怪的人」，「與其說是個虛無主義者，倒應說是頹廢派」。但是，他在給增田涉的信件中稱曼殊是他的「朋友」，當增田涉在 30 年代到上海訪問，問及中國文壇的情況時，他更是把《曼殊全集》作爲禮物贈送〔註79〕，最近更有研究認爲《蘇曼殊全集》的書名爲魯迅所擬〔註80〕。在後來的回憶性文章中，魯迅雖然認爲蘇曼殊翻譯的拜倫詩「古奧得很，也許曾經章太炎的潤色的罷，所以真像古詩」，很有不贊成之意，但聯繫上下文來讀，實際上他要強調的卻是曼殊譯詩對他的影響，他說：「有人說 G.Byron 的詩多爲青年所喜愛，我覺得這話很有幾分真。就自己而論，也還記得怎樣讀了他的詩而心神俱往；……可惜我不懂英文，所看的都是譯本。……蘇曼殊先生也譯過幾首，那時他還沒有做詩『寄調箏人』，因此與 Byron 也還有緣。」而且，他還能清楚地記得曼殊把譯詩編入「綠面金籤的《文學因緣》中」。〔註81〕

我常常想只有文學家才能勝任翻譯文學作品，只有當一本書遇到了和原作者同樣心智的翻譯家，才會有幸運降臨。民國時著名文學史家張定璜這樣深情地評價曼殊的西洋譯詩：

> 我不記得那時候我是幾歲，我只記得第一次我所受的感動，當

〔註78〕創辦《新生》的計劃流産後，魯迅把準備在《新生》上發表的文章經人推薦發在了《河南》上，今天的魯研界將其盛譽爲「發動了第一次文藝運動」、稱其爲當時「文壇領軍性人物」。

〔註79〕增田涉：《魯迅的印象·蘇曼殊是我們的朋友》。

〔註80〕劉運峰：《〈蘇曼殊全集〉爲魯迅所擬考》，《魯迅研究月刊》2006 年第 1 期。

〔註81〕魯迅：《雜憶》，《魯迅全集》第 1 卷，人民文學出版社 1981 年版。

時讀《漢英文學因緣》我所受的感動。實在除開他自己的詩畫，他的短壽的一生，除開這些是我們最近百年來無二的寶貴的藝術外，蘇曼殊還遺下了一個不太容易認的，但確實不太小的功績給中國文學。是他介紹了那位《留別雅典女郎》的詩人 Byron 給我們，是他開初引導了我們去進一個另外的新鮮生命的世界。在曼殊後不必說，在曼殊前儘管也有曾經談歐洲文學的人。我要說的只是，唯有曼殊才真正教了我們不但知道並且會悟，第一次會悟，非此地原來有的，異鄉的風味。晦澀也好，疏漏也好，《去國行》和《哀希臘》的香美永遠在那裡，因此我們感謝，我們滿足。若談晦澀，曼殊的時代是個晦澀的時代。可怪的是在那種晦澀的時代，居然有曼殊其人，有《漢英文學因緣》，今日有《燕子龕遺詩》。〔註82〕

這段文字從藝術的、審美的角度出發談到讀曼殊譯詩所受到的震動，對於曼殊譯詩的高度評價溢於言表，代表了當時讀過蘇曼殊所譯西洋浪漫主義詩歌的知識青年的共同感受。他認為曼殊的功績之一是「引導」當時的青年進入一個「另外的新鮮生命的世界」，讓人們「第一次會悟」「異鄉的風味」。他對於在那樣「晦澀的時代」居然出現曼殊這樣的翻譯家深感「滿足」。

蘇曼殊在詩歌、小說、書信、札記、隨筆中提到拜倫的地方非常多。在《本事詩》中，蘇曼殊以無限的感慨和神傷抒發他對拜倫的高山流水式的知音感：「丹頓裴倫是我師，才如江海命如絲。朱弦休為佳人絕，孤憤酸情慾語誰？」可見蘇對才華橫溢、命運多蹇的浪漫主義詩人拜倫何等傾倒！他終其一生都沒有放棄對引進拜倫的關注。1914 年，他居日養病訪親，其實正值歐洲爆發第一次世界大戰，他在給友人鄧夢碩的信中表示：「歐洲大亂平定之後，吾將振錫西巡，一弔拜倫之墓。」〔註83〕但這場戰爭一直打到了蘇曼殊生命的盡頭。1916 年 11 月，他在杭州回劉半農的問教，曰：「先生記拜倫事，甚盛甚盛。不慧曾見一書，名 *With Byron in Italy*，記拜倫事最為詳細，未知滬上書坊有之否耳？」隨後的通信中又不斷提及「《拜倫記》得細讀一通，知吾公亦多情人也。」當聽劉半農說準備籌辦拜倫學會，他欣喜若狂：「拜倫學會之事，如藉大雅倡之，不慧欣歡頂禮，難為譬說矣。」並自告奮勇向劉半農推薦人選：「此間有馬處士一浮，其人無書不讀，不慧曾兩次相見，令人忘饑

〔註82〕張定璜：《蘇曼殊與 Byron 及 Shelly》，見《蘇曼殊全集》（四），第 226 頁。
〔註83〕蘇曼殊：《與鄧夢碩書》（甲寅八月日本），見《蘇曼殊全集》（一），第 303 頁。

也。如學會果成，不慧當請處士有所贊助，寧非盛事？」可惜此時劉半農已經趕赴北京出任北大預科教員，並且開始參加《新青年》的編務工作，創辦學會的熱情被沖淡了；而蘇曼殊也已經是病體孱弱、流連床榻。

丹麥文學史家勃蘭兌斯將拜倫之詩歌視爲「自然主義的登峰造極」，他的著名文學史著《十九世紀文學主流》第四分冊以佔全書三分之一篇幅的整整七章來評述拜倫其人其詩，他下了這樣的斷言：「拜倫的名聲已經傳播於全世界，並不取決於英國的貶責或是希臘的讚揚。」〔註84〕確實在遠隔重洋的中國，拜倫詩以其現代個人的情感表達成爲這個古老國度的「靈之音」，青年人對他的那種迷狂可能是希臘也不及的。從1902年梁啓超在《新中國未來記》中初次譯介，首開介紹拜倫之風，到蘇曼殊系統翻譯其詩和魯迅從理論上闡發拜倫的「復仇與反抗」的精神，又到劉半農與蘇曼殊籌措拜倫學會，再到1924年《小說月報》雜誌出版發行「詩人拜倫的百年祭」專號（第15卷4號），拜倫一步步成爲中國青年追摹的精神偶像。秋瑾就義前的自輓聯云：「不須三尺孤墳，中國已無乾淨土；好持一杯魯酒，他年共唱《擺倫歌》。」魯迅曾經分析：「那時Byron之所以比較的爲中國人所知，還有別一原因，就是他的助希臘獨立。時當清的末年，在一部分中國青年的心中，革命思潮正盛，凡有叫喊復仇和反抗的，便容易惹起感應。」〔註85〕拜倫，在中國渴望革命、渴望反抗特別是渴望自由的一代青年思想中所起的影響由此可知。

日本學者藤井省三在《魯迅比較研究》之《魯迅與拜倫》一章中，以對拜倫的接受爲主線，給予蘇曼殊高度評價，他認爲「魯迅與蘇曼殊切開了近代文學地平線」，但作者對其觀點並未展開深入論述。其實細細分析，世紀初梁啓超、魯迅和蘇曼殊雖然都身在上世紀初文人爲民族和國家尋找出路、「別求新聲於異邦」的行列，都意在通過拜倫發現現代意義上的「個人」，也同時迴避了拜倫對於母國英倫和母國對於他的態度〔註86〕，但他們三人卻有著不同的價值定向。〔註87〕愛德華·薩丕爾認爲「翻譯的本質是闡釋」〔註88〕，

〔註84〕 勃蘭兌斯：《十九世紀文學主流》第四分冊，第453頁，人民文學出版社1997年版。

〔註85〕 魯迅：《雜憶》，《魯迅全集》第1卷，人民文學出版社1981年版。

〔註86〕 拜倫自從1816年4月離開故國就再也沒有回去，即便在死後，英國教會仍然拒絕拜倫安葬在威斯敏斯特大教堂詩人區。

〔註87〕 相關論述參閱余傑：《狂飆中的拜倫之歌——以梁啓超、蘇曼殊、魯迅爲中心探討民初文人的拜倫觀》，《魯迅研究月刊》1999年第9期。

〔註88〕 參閱愛德華·薩丕爾：《語言論》第十章「語言、種族和文化」，商務印書館

正是由於三個翻譯家不同的翻譯目的和性情特點，使他們的譯文強調的側重不同。拜倫的一生是詩人與政治家並重的一生，他的助希臘的獨立，超越了一般的種族和國家的概念。「拜倫能夠像變更十九世紀歐洲地理的力量一樣，震撼了仁人志士的心魄，就因為他的聲音是天的聲音，他的感覺是全人類的感覺。所以，他是超越時間和空間，跳出人種和國界的一大存在。」〔註89〕流亡生涯中的梁啓超感慨國家多難，圖報國民之恩，他更加看中的是政治家的拜倫。他的文字被黃遵憲贊為「驚心動魄，一字千金，人人筆下所無，卻為人人意中所有，雖鐵人亦應感動，從古至今文字之力之大，無過於此者矣。」〔註90〕我們可以參看他《新中國未來記》中《哀希臘》一節：

> 瑪拉頓後啊，山容縹緲，
>
> 瑪拉頓前啊，海門環繞。
>
> 如此好河山，也應該有自由回照！
>
> 我向那波斯軍的墓門憑眺，
>
> 難道我為奴為隸，今生便了？
>
> 不信我為奴為隸，今生便了！〔註91〕

這段文字隱寓了太深的「革命」意志，正如他下文借人物之口所言：「擺倫最愛自由主義，兼以文學的精神，和希臘好像有夙緣一般。……他這詩歌，正是用來激勵希臘人而作，但我們今日聽來，倒像有幾分是為中國說法哩！」〔註92〕此中也可以看出梁啓超把譯詩夾在當時被譽為「文學之最上乘」的小說中的意圖則是為了通過文體轉換提升宣傳的力度。梁啓超的「個人」實是民族的個人，是他理想的民族國家「群」中的「個人」，他強調的是團體的自由，「新民」是走向「新國」的手段。所以，梁啓超筆下的拜倫是在他放逐了拜倫的個體生命意志之後的「梁啓超式」的「宏大敘事」的拜倫——是迎合他本人的歷史功用主義文藝觀的產物。

　　這些浪漫主義詩人在同期的魯迅論文《摩羅詩力說》（《河南》第 2 期、

　　　　1985 年版。

〔註89〕鶴見祐輔：《〈明月中天——拜倫傳〉序》，湖南文藝出版社 1995 年版。

〔註90〕黃遵憲：《致飲冰室主人書》，見丁文江、趙豐田主編：《梁啓超年譜長編》，上海人民出版社 1983 年版。

〔註91〕梁啓超：《新中國未來記》，《飲冰室合集·專集之十》，第 6 頁，商務印書館 1989 年版。

〔註92〕梁啓超：《新中國未來記》，《飲冰室合集·專集之十》，第 44 頁。

第 3 期「論著」欄，1907 年）中被稱爲「摩羅」。摩羅一詞出自印度梵語，指天上惡魔，歐人借指撒旦（原文中爲「撒但」），又用來特指 19 世紀英國詩人拜倫〔註 93〕。魯迅將人性之「惡」與「野性」聯繫，「惡實強者之代名」，呼喚人的自然本性，肯定野性在文明發展中的意義，所謂「立意在反抗，指歸在動作」，這和培養國民積極進取精神和豪邁陽剛氣質的思想啓蒙是相副的。摩羅詩人將「國家之法度，社會之道德，視之蔑如」，「率眞行誠，無所諱掩」，又「厭世至極」，絕望反抗，「奮迅如獅子」，「性復狷介」，「負狂人之名」。雪萊（原文中爲「修藜」）三十歲而終，魯迅認爲其以「死亡」來對抗無以消解的黑暗：「人居今日之軀殼，能力悉避於陰雲，惟死亡來解脫其身，則秘密始能闡發。」〔註 94〕因此，魯迅發現的拜倫是一個集「反抗者、孤獨者、知識者」於一身的富有現代精神色彩的「個人」——「顛僕有力之蠢愚，雖獲罪於全群無懼」，這是一個與「全群」對峙的具有「獨立自由人道」的個人，是一個富有現代理性的個人，也正預示了五四的啓蒙精神。魯迅在《題記》中說《摩羅詩力說》「所說的幾個詩人，至今沒有人再提起，也是使我不忍抛棄舊稿的一個小原因。他們的名，先前是怎樣地使我激昂呵，民國告成以後，我便將他們忘卻了，而不料現在他們竟又時時在我的眼前出現」〔註 95〕。

　　蘇曼殊作爲一位稟賦靈性、多愁善感的詩人型文學家，和梁啓超、魯迅有著同樣的「家國之痛」，他說：「美哉拜倫！以詩人去國之憂，寄之吟詠，謀人家國，功成不居，雖與日月爭光可也！」〔註 96〕對於蘇曼殊來說，「去國之憂」也是永遠無法釋懷的情結，在《與高天梅書》（庚戌五月爪哇）信尾署名處，他即沉痛地寫著「屈子沉江前三日」，也是這種情結的另一體現。我想蘇曼殊與拜倫的共鳴之一即爲拜倫的「謀人家國，功成不居」與蘇曼殊大乘佛教拯救世道人心的大悲願也有共謀性，這一點我們可以從蘇曼殊 1913 年的《討袁宣言》中發現，他在文中即聲言：「昔者，希臘獨立戰爭時，英吉利詩人拜倫投身戎行以助之，爲詩以勵之，……衲等雖託身世外，然宗國興亡，豈無責耶？」但蘇曼殊和擺倫大致相同的身世遭際、稟性氣質、行爲方式，使他所發現的拜倫有著他個人的鮮明色彩。「種種複雜的甚至是相互矛盾的精

〔註 93〕文中爲「裴倫」。20 世紀初譯名不定，以下引文中擺倫、裴輪、拜輪均爲拜倫，師梨爲雪萊。

〔註 94〕魯迅：《墳·摩羅詩力說》，《魯迅全集》第 1 卷，人民文學出版社 1981 年版。

〔註 95〕魯迅：《題記》，《魯迅全集》第 1 卷，人民文學出版社 1981 年版。

〔註 96〕蘇曼殊：《〈拜倫詩選〉自序》。

神特徵竟然和諧地統一在他們的性格氣質之中，這就構成了曼殊對拜倫產生強烈共鳴的內在心理基礎。」這些打上了深深的「現代」烙印的精神特徵表現在「第一、崇尚自然，忌恨虛偽；第二、傾向感情用事，常常耽於幻想，而缺乏一種深入的理論思索的能力；第三、他們的性格時而堅強，時而脆弱；他們的情感時而激憤，時而低沉。在他們身上還有一種一以貫之的氣質，就是狷介孤高、憂鬱纖敏、卑己自牧、憤世嫉俗。」〔註 97〕孤獨者蘇曼殊在異國文苑找到了相知，以至「夜月照積雪，泛舟中禪寺湖，歌拜倫《哀希臘》之篇。歌已哭，哭復歌，抗音與湖水相應」〔註 98〕。蘇曼殊從「聲氣相投」發現了感性的、審美的、藝術家的拜倫，同時也從對對方的發現中「發現」了自我，他的翻譯文字融入個人太多的生命感悟。所以，如果說梁啓超從「政治」的角度重塑了拜倫，魯迅從「理性」的角度重塑了拜倫，〔註 99〕可以說蘇曼殊從藝術的、審美的角度重塑了拜倫：

> 山對馬拉松（原譯摩羅東），海水在其下。
>
> 希臘如可興，我從夢中睹。
>
> 波斯京觀上，獨立向誰語？
>
> 吾生豈爲奴，與此長終古！〔註 100〕

我們把曼殊《哀希臘》中這一節與前邊所錄梁啓超譯文對照，即可看出「獨立向誰語」的「曼殊風」：憂鬱、感傷、多情，那個在「夢中」睹視希臘興衰榮辱的似乎是「秋風海上」的拜倫，也似乎就是我們絕代傷心的「滄波曼殊」，這是一個「情感的個人」的拜倫。

因此我們說，梁啓超和魯迅的西方浪漫主義詩人的譯介是在一種政治啓蒙和社會啓蒙的立場上，而蘇曼殊更多的是在一種人生審美的立場上，他的翻譯體現了他對於文學的審美功用的關注。在差不多 100 年前，蘇曼殊就告訴我們：「雪萊在戀愛中尋求涅槃；拜倫爲著戀愛，並在戀愛中找著動作。雪萊能克己自制，而又十分專注於他對繆斯們的崇仰。」「雪萊和拜倫兩人的著作，在每個愛好學問的人，爲著欣賞詩的美麗，評賞戀愛和自由的高尊思想，

〔註 97〕邵迎武：《蘇曼殊新論》，第 144 頁，百花文藝出版社 1990 年版。

〔註 98〕蘇曼殊：《〈潮音〉跋》，《蘇曼殊文集》，第 311 頁。

〔註 99〕余傑：《狂飆中的拜倫之歌——以梁啓超、蘇曼殊、魯迅爲中心探討民初文人的拜倫觀》，《魯迅研究月刊》1999 年第 9 期。

〔註 100〕蘇曼殊：《哀希臘》，《蘇曼殊文集》，第 660 頁。

都有一讀的價值。」〔註101〕這話在今天依然很有開啓心智的意義——因爲，這種對個人情感的關護也許正是現代「人」的啓蒙的要義。

二、「超功利」文藝觀的初步彰顯

我國古代翻譯印度典籍是以佛學爲中心的，與佛教無關的純文學作品，都沒有引起翻譯家和學者們的關注，也一直沒有這方面的譯文，連介紹的文字也微乎其微。前此我們在「蘇曼殊的譯學思想」部分談到過他對翻譯「文學性」的注重，談到他對於唐代著名高僧、佛典翻譯家玄奘以《摩訶婆羅多》、《羅摩衍那》和《賴吒和羅》等印度文學千古名篇「無關正教」，所以不加譯述的貶責之意；談到他對辜鴻銘所譯《癡漢騎馬歌》「辭氣相副」的肯定和「志不在文字，而爲宗室詩匠牢其根性也」的不以爲然；談到他對林紓等名家以儒家傳統的「史」觀翻譯小說，把外國優秀的純文學作品「改制」成「班馬文章」以載「孔孟道德」的不勝惋惜。蘇曼殊的譯學思想和翻譯實踐都體現了他的翻譯是「文學家」的翻譯，他的視野是「文學審美」的視野。蘇曼殊之所以那麼鍾情於拜倫，除了拜倫革命豪情合乎其家國理想，人格精神合乎其道德理想，自由獨立合乎其個性理想等人生審美以外，重要的還有拜倫詩的藝術魅力合乎蘇曼殊的美學理想。他喜歡拜倫的詩「像是一種使人興奮的酒，飲得越多，就越感到它甜美迷人的力量。他的詩裏，到處都充滿了魅力、美感和眞誠。在情感、熱忱和語言的直白方面，拜倫的詩是無與倫比的」〔註102〕。在《與高天梅書》（庚戌五月爪哇）中蘇曼殊說：「拜輪足以貫靈均、太白，師梨足以合義山、長吉；而沙士比、彌爾頓、田尼孫，以及美之郎弗勞諸子，只可與杜甫爭高下，此其所以爲國家詩人，非所語於靈界詩翁也。」我們且不論其論點是否公允正確，單從其評價的標準言，他看重的是浪漫、高邁、自我的「詩人之詩」。這是一種從純文藝出發的「純粹」的詩歌觀。蘇曼殊對印度文學那麼崇愛，除了身在佛門潛心佛學、與不少印度佛界高人有密切往來、深知印度文化對中國文化的影響所致之偏愛外，更爲主要的原因是印度文學優美的語言文字、豐富的文學想像、浪漫的藝術情調、濃豔的愛情故事、纏綿的感情表達合乎蘇曼殊的藝術審美觀；換言之，也正是印度文學的這些藝術特徵潛移默化，參與了蘇曼殊的藝術觀建構，培養了蘇曼殊的

〔註101〕《〈潮音〉自序》（柳無忌譯），《蘇曼殊全集》（四），第37頁。
〔註102〕《〈潮音〉自序》（王晶垚譯），載《社會科學戰線》1984年第4期。

審美情趣。正如胡適所言：「中國的固有文學很少是富於幻想力的；像印度人那種上天入地毫無拘束的幻想能力，中國古代文學裏竟尋不出一個例」，佛教文學「對於那最缺乏想像力的中國古文學卻有很大的解放作用。……中國的浪漫主義的文學是印度的文學影響的產兒」〔註103〕。蘇曼殊雖然精通梵語，但是蘇曼殊所譯的佛教經典卻與喬悉摩、章太炎、劉師培等師友的期待極不相稱，也從不以經濟利益為目的，倒是在寂寞和清苦中翻譯和介紹了大量品位高邁的純粹的文學作品，特別是當時翻譯界少人惠顧的詩歌，填補了近現代翻譯史上的諸多空白。正由於把文學看作一件關乎情感高尊的事情，他也從不輕易落筆，馬虎了事。1909 年，蔡哲夫從英國人蓮華手中得到一本英文《雪萊詩集》，他轉贈與曼殊，希望他能夠翻譯成漢文介紹給中國讀者，但是蘇曼殊當時情緒不穩，難以把筆，於是寫下《題〈師梨集〉》以表歉意。他又將該書轉贈給黃侃，希望他能夠撥冗迻譯。

　　另外一個值得學界注意的問題是，我們以往在談論蘇曼殊的翻譯成就時，只片面的強調他的西方浪漫主義詩歌翻譯，忽略他對印度文學的推介之功，這裡邊當然有一個文化定位和文化選擇的問題，一個世紀以來我們一直向西方「尋醫問藥」，「西方中心論」使我們忽略了東方印度燦爛瑰麗的文學。一個世紀後的今天，作為學術的蘇曼殊翻譯研究，如果依然「顧此失彼」也當然不是成熟的學術套路。

　　梁啓超「三界革命」的時代，暢行的實際上還是傳統詩學文藝觀，無論是「新小說」、「新詩歌」還是翻譯文學，目的仍是要為國家理想、民族未來「流經佈史」，梁啓超自己也曾經反思：「一切所謂『新學家』，其所以失敗，更有一個總根原，日不以學問為目的而以為手段。……殊不知凡學問之為物，實應離『致用』之意味而獨立生存，真所謂『正其誼不謀其利，明其道不計其功。質言之，則有『書呆子』，然後有學問也。」〔註104〕以此為肯綮，蘇曼殊在 20 世紀第一次啓蒙運動的高潮中，能夠發出清醒的為文學的聲音，是有其值得珍視的價值的。雖然他的屪弱的聲音和王國維在《古雅之在美學上的位置》中所提「美之本質」「可愛玩而不可利用者是已」一樣是何等引不起人們重視，但是今天不再重提那才是真正的埋沒，而埋沒的何嘗只有一個蘇曼殊和一個王國維，

〔註103〕胡適：《佛教的翻譯文學》，見《胡適文集》人民文學出版社 1998 年版。
〔註104〕梁啓超：《晚清西洋思想之運動》，見《清代學術概論》上海古籍出版社 1998 年版，第 96～99 頁。

類如他們的聲音在整個中國文學的現代轉型過程中都是「另類」的天籟——在那「爲文學」的癡情裏其實正彰顯著現代文人的獨立意志和自由精神，應該說這也是中國走向現代的核心思想。當然，我們對單一性的審美立場並不是無需戒備。後來這一新文學的源頭衍化成一種以審美主義爲由頭、以個人主義和自由主義爲標榜的滑頭，將與之相對應的關懷家國社會的嚴肅文學貶斥在「眞」文學之外，或者成爲濫情的色情文學，則是一種極端。

三、對中國文學外譯事業的拓荒性貢獻

在文學之林，詩比任何文學樣式都產生得要早，它跟語言一樣普遍。聞一多說：「人類在進化的途程中蹣跚了多少萬年，忽然這對近世文明產生影響最大最深的四個古老民族——中國、印度、以色列、希臘——都在差不多同時猛抬頭，邁開了大步。約當紀元前一千年左右，在這四個國度裏，人們都歌唱起來，並將他們的歌記錄在文字裏，給流傳到後代，……在中國，《三百篇》裏最古部分——《周頌》和《大雅》，印度的《黎俱吠陀》(*Rig-Veda*)，《舊約》裏最早的希伯來詩篇，希臘的《伊利亞特》(*Iliad*) 和《奧德賽》(*Odyssey*)——都約略同時產生。」〔註105〕這些民族優秀的文化遺產正是通過譯者的迻譯才成爲世界人民共同的精神財富。針對蘇曼殊出版的兩本中英詩歌合集即《潮音》和《漢英三昧集》，以及漢詩英譯集《文學因緣》，柳無忌在《蘇曼殊研究的三個階段》中曾經寫到他所做過的比照調查，發現蘇曼殊搜羅材料範圍之可觀令人驚歎〔註106〕。別說是在那樣一個中外交通阻礙重重、外國資料極端缺乏的歷史條件下，就是在今日，我們要扒檢出散在於西文書籍中的中國古詩，也是「談何容易」的事。蘇曼殊並不認爲這些漢學家的譯詩有多麼地道，他認爲有的翻譯如「法譯《離騷經》、《琵琶行》諸篇，雅麗遠遜原作」。但是，並非都不精彩，例如「Candlin 師所譯《葬花詩》，詞氣湊泊，語無增減」〔註107〕。蘇曼殊將這些或成功或失敗的譯詩編輯成冊，在國外出版發行，其良苦用心自然在於使國外的讀者對中國古代燦爛的文學成就有一個

〔註105〕聞一多：《文學的歷史動向》，見《聞一多神話與詩》，第185頁，吉林人民出版社2013年版。

〔註106〕柳無忌在《蘇曼殊研究的三個階段》中言：「曼殊所引用的英、法文書籍，就我查得的，有十一種，但仍有在《漢英三昧集》內的數首英譯，未能找出原書。……此次我遍查自己所有與司丹福大學圖書館的藏書，而復原的工作，可見曼殊採用書籍的廣泛。」見《蘇曼殊文集》。

〔註107〕蘇曼殊：《〈文學因緣〉自序》，見《蘇曼殊文集》，第294頁。

粗略的瞭解。我常常想，在古代文人圈中，詩人和讀者都屬於一個特殊的群體：詩是寫給「專家」式的讀者看的。在古典傳統裏，「文」重於「詩」，但當西方人一接觸中國文學，他們立即認為「詩」才是東方文苑最美麗的花朵。蘇曼殊是清末民初譯介西學高潮中將中國文學的優秀遺產推介給西方的最早者之一，也是以雜採眾詩出成集子的第一人。蘇曼殊的《文學因緣》等集子將一百多首西方漢學家翻譯的中國古詩彙集成冊，在國外出版發行，把中國古典詩歌批量的推向世界，以增強民族自豪感和自信心，在一定程度上彌補了近代中外文學交流一邊倒的缺陷，在知識界只知道「拿來」的時代，曼殊開展了這樣一種「送出」的嶄新事業，無疑他和當時將《論語》、《中庸》譯成英文在國外出版的辜鴻銘一樣，都是在中國文化現代性轉化的初期具有開闊眼光的文藝家。

　　這裡我想重申的觀點是：20 世紀文學翻譯史不應該只是一部「譯入史」，文化的轉型是交流中的互動，我們的祖先曾經以「天朝臣民」自居，盲目自大，不知道「山外青山樓外樓」；一個世紀以來我們充分認識到了自己的不足，又變得妄自菲薄，一談中外文化交流，除了「四大發明」無可抹煞以外，似乎習慣了只看見西方對中國的影響，在文學研究上也亦步亦趨地以科技領域的敘述為藍本。做西方文學或中外比較文學研究的學者都知道，中國古典詩對 20 世紀英美現代詩歌的誕生和成長起過推波助瀾的作用，印象派的成長和發展與此息息相關，龐德（Ezrapound，1895～1972）將自己英譯的古典漢詩收集成 Cathay 出版，作為反英美詩歌傳統規格和性質的一面旗幟。當然，龐德和意象派的詩人看中的是中國詩歌的意象，他們體會不到古詩聲韻、格律、形式的約束，他們認為英美詩歌要想走上「現代」的大道，就應該效法中國古典詩歌才能擺脫種種束縛。這真是一個美麗的「誤會」，這一美麗的誤會催生了中外詩歌一場「美麗的約會」。我們現在都知道「世界文學」這個概念是由歌德最早提出的，而這個概念的提出就和中國文學緊密相關。愛克曼在《歌德談話錄》中記載，在 1831 年 1 月 31 日，他們二人進行了一次談話，談話是在歌德看了中國作品之後展開的，他說：「民族文學在現代算不了很大的一回事，世界文學的時代已快來臨了。現在每個人都應該促使它早日來臨。」〔註108〕

　　一個多世紀以來，我們的啟蒙運動就是以西方文化為中心，這當然無可

〔註108〕歌德當時到底看了什麼中國文學作品，談話中沒有明說，根據談話所言及作品內容，陳銓、朱光潛先生認為是《好逑傳》，也有學者認為是《花箋記》。

厚非，若是視西方爲唯一的準繩，那自然也並不科學。當我們今天反思 20 世紀幾代知識分子爲了謀求中國的現代文明所走過的求索之路，我認爲蘇曼殊在上個世紀初的文化觀念即便在今天仍然是積極的、富有啓發性的。中國文學的「外譯史」應該被文學研究者充分關注。

四、爲中國現代比較文學的發祥提供了先例

從蘇曼殊對於文化交流的執著，我們看到了他試圖從一個詩人向學者靠近的努力。香港學者梁錫華雖然對於稱曼殊爲「上人」、「大師」很不以爲然，只尊他爲「上級大才子」，但卻強調，假使「他不至短命，更可能成超卓的作家和學問家，直追宋世的蘇東坡」〔註 109〕。在這點上，我與其頗有同感。明末清初的錢謙益就是一個先例。錢謙益有卓越不群的文學才華，也有爲天下所矚目的文望，更有出將入相、大濟蒼生的宏大抱負，最終錢謙益在仕途上並無作爲而「豁然悔悟」、「幡然易轍」，究心文學創作和學術，成爲一代學問家，包括梁啓超也是以晚年治學而自豪的。蘇曼殊與之可謂殊途同歸。翻譯作爲蘇曼殊的自覺性文藝選擇，不僅體現了他作爲文學審美前驅者的姿態，也體現了蘇曼殊作爲文藝家的學者化追求。

蘇曼殊不但以翻譯見長，而且在文章中對一些外國作家作品進行了比較分析，還在其他序跋、書信中論述了自己的翻譯理論，表現出深厚的西方文學修養和不俗的審美鑒賞力。在《文學因緣》、《潮音》、《漢英三昧集》幾個集子裏，有的詩注出原譯者的姓名，有的還略加批評或比較，我們可以窺見其對於文化交流、詩歌翻譯的深趣。如《〈潮音〉自序》中他對拜倫和雪萊的思想、創作的比較分析，他認爲：

> 拜倫和師梨是兩位英國最偉大的詩人，同樣創造性地把崇高的戀愛作爲他們表達詩意的主題。是的，雖然他們大抵寫著愛情、愛人，與愛人的幸運，但他們表達時的方式卻有如南北兩極遙遠地離異著。拜倫生長教養於繁華、富庶、自由的環境中。他是個熱情眞摯的自由信仰者——他敢於要求每件事物的自由——大的、小的，社會或政治的。他不知道如何，或在何處會趨於極端。拜倫的詩像一種有奮激性的酒，人喝了愈多，愈會甜蜜地陶醉。他的詩充滿魅

〔註 109〕梁錫華：《禪影搖曳的感傷》，錄入黃永健《蘇曼殊詩畫論》，本段出自第 187 頁，中國社會科學出版社 2001 年版。

力，美麗和眞實。在情感、熱忱和坦率的措詞方面，拜輪的詩是不
可及的。他是一位心底坦白而高尚的人。

在談到雪萊時，他說：「他是個戀愛的信仰者。師梨是審愼而有深思。他爲愛
情的熱忱，從未表現在任何強烈激動的字句內。他是一個『哲學家的戀愛
者』。……他的詩像月光一般，溫柔地美麗，睡眠般恬靜，映照在寂寞沉思的
水面上。」〔註110〕

蘇曼殊從拜輪與雪萊的出身、個性比較了二人詩風的異同，這種研究是
科學而有見地的。在《斷鴻零雁記》第七章裏，蘇曼殊借「三郎」之口這樣
比較中外詩人：「余嘗謂拜輪猶中土李白，天才也；莎士比爾猶中土杜甫，仙
才也；雪梨（雪萊）猶中土李賀，鬼才也。」在《燕子龕隨筆》裏，曼殊寫
到：「英人詩句，以師梨最奇詭而兼流麗。嘗譯其《含羞草》一篇，峻潔無倫，
其詩格蓋合中土義山、長吉而鎔冶之者。」這些評述，以今天的文學理論鑒
之，自然談不上有多麼深刻透闢，但他們卻顯示了作者寬廣的文學視野，特
別是他努力探求中外文學共同特質的嘗試，可以說是現代中外比較文學史上
最早的例證之一。

順便說起的是，雖然蘇曼殊在內心更傾心拜輪，而在實際人生中他卻是
更類如雪萊。張定璜在談到曼殊與拜輪及雪萊的異同時認爲：

畢竟那病死在希臘的英國貴族（按：拜倫）太高貴了，太聰明
了；比起他，我們的曼殊太可憐了，太傻了。……前者一生太光耀
奪目了，無奈太粉飾雕琢了，後者始終太埋沒了，然而太表裏合一
了。眞同曼殊一樣遭埋沒的運命，眞同曼殊一樣眞率，眞同曼殊一
樣愛自由愛人類愛藝術的，不是那個趾高氣揚，『一天早上醒過來，
發現了自己名聲赫赫』的 Byron，實在是那被家庭追放，忍不住英
國紳士唾罵，匿跡銷聲，僅在羅馬找到了一片安息地的 Percy Byashe
Shelley。」〔註111〕

總之，蘇曼殊對於中外文化的交流用力頗勤，特別是他的詩歌翻譯，是一個
世紀以來的譯界佳談。他「按文切理，語無增飾」的直譯的長處和「陳義俳
惻，事詞相稱」的意譯的神妙，得到眾多翻譯家的首肯。陳子展對蘇曼殊的

〔註110〕蘇曼殊：《〈潮音〉自序》（柳無忌譯），見柳亞子編《蘇曼殊全集》（四），第
35～36頁。
〔註111〕張定璜：《蘇曼殊與 Byron 及 Shelly》，見《蘇曼殊全集》（四），第228頁。

詩歌翻譯非常推重，在《最近三十年中國文學史》中談及詩歌翻譯時用很大的篇幅談蘇曼殊的譯詩，甚至摘錄蘇的整篇譯詩，更甚至摘錄蘇曼殊《與高天梅書》中論翻譯的文字達 400 多字。1923 年，北京師範大學的楊鴻烈說：「中國這幾十年介紹歐洲詩歌成績非常之壞！有的作品裏稍受點影響和變化的人，大概都直接能看原文，無待翻譯了；現在白話詩盛行，詩體的空前的解放，雖說成績尚無可觀，但介紹歐美詩歌是目前最迫切的事，我希望大家在譯詩上面都要以曼殊的信條爲信條。」〔註 112〕

陳平原在談及當時的翻譯方法時說：

> 「直譯」始終沒佔主導地位，理論上也沒有得到充分的肯定。
>
> 相反，「直譯」在清末民初是個名聲很壞的術語，它常常跟「率而操觚」、「詰曲聲牙」，跟「味同嚼蠟」、「無從索解」，跟「如釋家經咒」、「讀者幾莫名其妙」聯在一起。〔註 113〕

後人談到魯迅兄弟和蘇曼殊翻譯時，都愛強調是受了他們的「文字導師」章太炎的影響〔註 114〕。「好用僻詞怪字」固然碧玉之瑕，我們也不能把「不是」都推到古文大家章太炎身上。若因此來個取其反或者連古體也全盤否定，也不一定就是高見。胡適在白話文的狂潮興起時就猛烈批評蘇曼殊古典化的文學翻譯，認爲「曼殊失之晦」。胡適忘記了一個常識：即蘇選擇古體是時代使然，他無法提著頭髮跳出他所身處的時代。蘇的選擇與當時知識界對端雅的古文字的推重有關。蘇曼殊是很能夠做白話文的，這有他白話文體翻譯的《慘世界》爲證，但是當時文人一般在思想上還是認爲白話不能登大雅之堂，閱讀定勢也使他們認爲寫白話讀白話並不比文言輕鬆。梁啓超在翻譯《十五小豪傑》時，「原擬依《水滸》、《紅樓》等書體裁純用俗話，但翻譯之時，甚爲困難。參用文言，勞半功倍。……譯者貪省時日，只得文俗並用。」〔註 115〕胡適自己用白話也翻譯了《哀希臘》篇，「以四小時之力譯之，既成復改削數月」，即便讓我等外文閱讀能力「半瓶子不滿」、對翻譯學一知半解的人對照

〔註 112〕楊鴻烈：《蘇曼殊傳》，《蘇曼殊全集》（四），第 194 頁。

〔註 113〕陳平原：《20 世紀中國小說史》（1897～1916），第 37 頁，北京大學出版社 1997 年版。

〔註 114〕1908 年，蘇曼殊與章太炎在日本《民報》社同寓一所，章常爲蘇修改詩作。章給留學生舉辦「國學講習所」，學生輩的魯迅兄弟跟聽半年多時間。見周作人：《魯迅的青年時代》，河北教育出版社 2002 年版。

〔註 115〕《〈十五小豪傑〉譯後語》，見陳平原、夏曉虹編：《二十世紀中國小說理論資料》（第一卷），第 64 頁。

拜倫原詩讀一讀，也會遺憾胡適既失眞又不達，湟論其雅！國際間的文學互譯，詩歌總是最少。用一國的語言文字去迻譯另一國的詩歌語言，很難取得同樣的藝術效果，莎士比亞《仲夏夜之夢》有一句表示不可理喻的臺詞：天呀！你是經過了翻譯了！（Thou art translated!）錢鍾書以此爲例說明翻譯中一些離奇的訛錯〔註116〕，眞是形象生動之至！

如從正面考慮，要保留19世紀西洋詩人的「詩味」，古雅的文字在今天也算得可以選擇的一條路徑。這當然不是隨心所欲的臆測。翻譯作爲一種需要在主體文化中運作的力量，我們不得不注意到翻譯階段包括譯者、選材、出版安排、編輯參與、社會反應、歷史價值等，而每一個階段都受當時社會、文化甚至經濟環境的制約。所以在翻譯上，主體文化總是一個需要重點考慮的因素，翻譯的目的是爲了普及，普及文學所及很多時候正是鞏固現行典範，藉此向讀者提供一份寶貴的安全感。向文化傳統的現行規範宣戰，並不是普及文學的功能。相關的例子仍然是胡適，有趣的是這一次卻是他用文言。1914年，胡適以文言體將 Ralph Waldo Emersond 的 *Branma* 譯爲《大梵天》〔註117〕，張愛玲1960年代又用白話將之譯爲《大神》〔註118〕。有人做過這樣一個實驗：將這兩個譯本同時給有閱讀文言文和白話文能力的同事們看，結果文言譯本沒有造成理解方面的困難，信息有效傳遞，而白話譯本雖然白話文字大家沒有任何疑問，反而造成了理解上的困難。〔註119〕所以，當我們論述一種翻譯的語言形式時，文言或白話並不能成爲孰優孰劣的唯一立論點。翻譯可以說是兩種語言文化就某一命題的談判，即互爲消長又互爲依存。當譯者因爲個人和時代的背景而選擇了譯入語以後，他在很大程度上就受他自己的文化參照系限制。無論是翻譯理論還是翻譯實踐，蘇曼殊自有其時代局限或自身缺陷。例如蘇曼殊鬆散自由的中西文學的比較，還是一種很傳統的批評，屬於印象式的、妙悟式的賞鑒，偏重直覺和經驗，缺乏抽象分析、邏輯思維，更談不上體系性、自足性；他的詩歌翻譯讓與他同代的讀者體會到另一種文化對人性的表達、另一種文學對美與善的追求，他們並不會因爲他用比較守舊的文風而感到格格不入，只把它看作一種風格的表達，

〔註116〕錢鍾書：《七綴集》，第90頁，三聯書店2003年版。

〔註117〕《胡適選集》，第25～26頁，傳記文學出版社（臺北）1970年版。

〔註118〕林以亮編選：《美國詩選》，第5～6頁，今日世界社（香港）1972年版。

〔註119〕孔慧怡：《翻譯‧文學‧文化》，第60頁，北京大學出版社1999年8月版。

從而減輕一般讀者對另一種文化的疏離感，但不能領略到兩種文化語言差異的美；他在根本上更強調「直譯」，但過於古怪的用字超出了「典雅」神韻的範疇，造成的閱讀障礙是常被後人所詬病的一面。

　　蘇曼殊文學翻譯的史學意義，前兩點體現了蘇曼殊的「超功利」的文學觀，後兩點是在前者的基礎上獲得的。寫到這裡，我又記起 1920 年代的文藝批評家張定璜的話：

> 人有時候會想，拜倫詩畢竟只有曼殊可以譯。翻譯是沒有的事，除非有兩個完全相同，至少也差不多同樣是天才的藝術家。那時候已經不是一個藝術家翻譯別的一個藝術家，反是一個藝術家那瞬間和別的一個藝術家過同一個生活，用同一種方式，在那兒創造。唯有曼殊可以創造拜倫詩。他們前後所處的舊制度雖失了精神但還存軀殼，新生活剛有了萌芽但還沒做蕊花的時代，他們的多難的境遇，他們為自由而戰為改革而戰的熱情，他們那浪漫的飄蕩的詩思，最後他們那悲慘的結局：這些都令人想到，唯曼殊可以創造拜倫詩。〔註 120〕

我們可以說，蘇曼殊的翻譯融會了他個人的生存體驗和生命悲歌。「原著被它們的譯者賦予了一個徹底的『新生』，以及在文化接受中的一系列文化意蘊。換言之，是譯者賦予了原著一個『來世』，譯者本人的聲名就足以讓讀者信任原著的藝術價值；實際上，這價值是被創造出來的，而且可能和原著關係很小。」〔註 121〕蘇曼殊的翻譯文本和理論與他的詩和小說一樣，體現了他對於生命、個性、自由的理想和追求，也是他以文字救贖自我實現自我的體現。雖然蘇曼殊文學翻譯有著非常多的不足，而僅從史學意義來說，我們把蘇曼殊看作最初的歐化的人物不只是一種象徵的意義，蘇曼殊像 20 世紀初一道閃耀著絢麗光彩的「譯界之虹」，橫亙在中外文化與文學交流的時空之上，永遠昭示著他超邁時代的魅力；更為重要的是他的「重藝術、輕功利」的審美理念和翻譯實績為中國現代文學導引了一座「浪漫之橋」。

〔註 120〕張定璜：《蘇曼殊與 Byron 及 Shelly》，見柳亞子編《蘇曼殊全集》（四），第 226 頁。

〔註 121〕李歐梵：《上海摩登——一種新都市文化在中國》，毛尖譯，北京大學出版社 2001 年 12 月版。

第三章　蘇曼殊與五四浪漫抒情派文學

　　現代浪漫主義思潮發端於 18 世紀末的西歐，與特定的新舊秩序衝擊碰撞的歷史背景相聯繫。文藝復興運動標誌著西方告別中世紀非理性的宗教迷狂，走向標榜民主、自由、平等和肯定個人欲望的人文主義價值體系，人本主義反對「神本主義」，肯定人的價值的至上性，相信人的理性本質，相信科學可以掌握世界和人類命運，對人類未來充滿樂觀。但是經過啓蒙運動以後，從神學桎梏下解放出來的人的情感，又重新被納入到與人文主義精神相牴觸的現代理性框架中去：在理性層面上，現代性體現爲一種現代理性精神，包括科學主義和人本主義兩個方面。科學主義導致了自然對人的自由的威脅，人本主義確立了人的價值，也導致了個體生存根據的喪失、生存意義的迷惘。二者都是在理性精神指導下注重思想的自由和解放，而沒有深入到情感領域。同樣是啓蒙時代產物或者說現代性產物的浪漫主義開始了反思的萌動：以幻想和激情來抵抗理性的重壓；以鄉村和異國風情對抗工業化社會；以病態美來對抗古典審美規範；以主觀性來對抗冷冰冰的現實。它並沒有完全拋棄理性精神，並未與現代性決裂，但發出了第一聲抗議的吶喊。所以，浪漫主義思潮質疑了崇尚理性而貶低情感、強調個人對社會責任而反對個人自由、推重藝術形式的規範化和風格高雅的古典主義，在這一點上，浪漫主義思潮與啓蒙運動既是同道又有超越。「浪漫主義」是一個動態的系統結構，關於它的本質特徵中外文化界許多大家都曾經試圖予以概括，法國文豪雨果認爲浪漫主義是文學的自由主義；郎松說浪漫主義意味著個性的富有詩意的發

展；黑格爾在《美學》一書中從心理學角度指認「浪漫型藝術的真正內容是絕對的內心生活，相應的形式是精神的主體性，亦即主體對自己獨立自由的主體性認識」〔註1〕；而史達爾夫人更加浪漫，她認為浪漫主義意味著騎士精神。被稱為無產階級革命文學家的高爾基在《俄國文學史》中指出：「浪漫主義乃是一種情緒，它其實複雜地始終多少模糊地反映出籠罩著過渡時代社會的一切感覺和情緒的色彩。」羅成琰在《現代中國的浪漫主義思潮》一書中總結了浪漫主義的三大特徵，即「主觀性」、「個人性」、「自然性」〔註2〕。當然，浪漫主義還有各種解釋文本，其中也包含著扭曲和誤導。總結起來，浪漫主義是對歷史現代性的質疑和反撥，是一種文學上的精神性，它是主情的、主體性的、很多時候是自說自話的、輕快灑脫或者感傷憂鬱的一種象徵的整體。由於對主體情感、個人心靈的關注，浪漫主義是以一種對日常人生詩化的姿態進入現代社會的創作方式，它的進入宣告了現代審美主義思潮的誕生，宣告了超世俗的、精英化的、非理性主義的、追求經典性和永恒價值的現代純文學的誕生。

在中國，浪漫主義產生於20世紀初的啓蒙運動中，至今經歷了曲折和漫長的流變過程。以梁啓超為代表的資產階級改良派在維新變法失敗後，開始了思想領域的啓蒙運動，在留學生群體中出現了一批啓蒙主義者，幾乎同時，把啓蒙主義作為超越對象的浪漫主義思潮萌芽了。20世紀初的留學生群體追隨盧梭所倡導的自由精神，認為真誠的情感不僅不是有罪的，而且是品性高貴的標誌，這一認識為浪漫主義的興起創造了相宜的文化基壤。他們把梁啓超注重的「利群」和「實利」的啓蒙主義思想引向張揚個性、崇尚主觀的方向，指出：「無自由之精神者，非國民也」〔註3〕，這些個人本位的思想催開了中國文學浪漫主義的報春花。梁啓超編譯的政治小說充滿了奇幻浪漫的烏托邦色彩，林紓譯介的西洋小說以司各特等作家為主，魯迅意象淋漓、情思激越的譯述小說《斯巴達之魂》都洋溢著充沛的浪漫情調，但這些畢竟都不是純粹的創作。早期創造社的一位骨幹陶晶孫把蘇曼殊看作現代浪漫主義的先驅者：「在這個文雅人辦的『五四』運動之前，以老的形式始創中國近世羅

〔註1〕 黑格爾：《美學》第2卷，轉引自《朱光潛全集》第14卷，第274頁，安徽教育出版社1992年2月版。
〔註2〕 羅成琰：《現代中國的浪漫主義思潮》，湖南教育出版社1992年出版。
〔註3〕 《說國民》，《國民報》第2期（1910年6月10日）。

漫主義文藝者，就是曼殊；而曼殊的文藝，跳了一個大的間隔，接上創造社羅漫主義運動。」〔註4〕李歐梵曾經把蘇曼殊與年長三十二歲的林紓比較，認爲「蘇曼殊通過他的作風和藝術，不僅體現了舊時代的中國文學傳統和西方的新鮮的鼓舞人心的浪漫主義的巧妙結合，而且體現了他那個過渡時代整個情緒的無精打采、動蕩不安和張皇失措」〔註5〕。從一定意義上說，浪漫主義文學正是現代的「文學的啓蒙」，它既是對啓蒙的反動，又與現代啓蒙精神互動，它那「爲藝術」的烏托邦夢想，那對自我情感竭斯底裏的推重，都是現代自由與民主內容的一部分。當然，在這股浪漫思潮中，那種虛飾矯情所顯擺出的陰性、羸弱的審美風格也損害了文學的肌理。

第一節　自敘性敘事：通向浪漫抒情之橋

　　當我們談及「自敘」，常常會引用郁達夫的話：「至於我的對於創作的態度，說出來，或者人家要笑我，我覺得，『文學作品都是作家的自敘傳』這一句話，是千眞萬確的。」〔註6〕這句話已經成爲五四自敘傳小說的旗幟。當人們說到蘇曼殊文本的自敘性，也常常只以小說爲論述對象，其實不然。曼殊詩、畫、翻譯與小說都具有鮮明的自敘性特徵，而且小說多取第一人稱獨白式限制敘事。這種敘事角度在中國小說從古典到現代的轉型中的敘事學價值，陳平原在《中國小說敘事模式的轉變》一書中談得非常「經典」，他說敘事角度轉變的關鍵在於：「一，限制敘事者的視野，免得因敘事者越位敘述他不可能知道的情況而破壞小說的眞實感；二，有意間離作者與敘述者，以造成反諷效果，或者提供另一個審視角度，留給讀者更多回味的機會。」〔註7〕本書想進一步探討的問題是：蘇曼殊各種文本的「自敘性」表現在哪些方面？這種文本策略與蘇曼殊的個性特徵、情感表達、生命追求有著怎樣內在的牽連？蘇曼殊運用這種敘事方式，對中國浪漫主義文學或者現代審美意識的發生有著怎樣的意義？

〔註4〕　陶晶孫：《急忙談三句曼殊》，見《牛骨集》，太平書店 1944 年版。

〔註5〕　參閱李歐梵：《中國現代作家的浪漫一代》(*The Romantic Generation of Modern Chinse Writers*) 第 4 章，美國哈佛大學出版社 1973 年版。

〔註6〕　郁達夫：《過去集·創作生活的回顧》。

〔註7〕　陳平原：《小說的書面化傾向與敘事模式的轉變》，見王曉明主編《二十世紀中國文學史論》第 1 卷，第 246 頁，東方出版中心 1997 年版。

　　首先我們來談蘇曼殊翻譯的自敘性特徵。翻譯作爲兩種文化包括文學互通的媒介，其本質的目的在於保存原著的藝術品質與風格特色，也就是傳達異域風情，但是在實際操作中，譯文又不可能不受到翻譯者閱歷、才學、情趣、語言表達、理論好惡的影響，這些必然參與了譯者建構譯作的語言範式、文筆風格、文體格式等等；另外，翻譯要兼顧到譯入語接受人群的文化背景、社會時尚或歷史要求，不得不做一些「委曲求全」的居中調停。這些都是常見的甚至不可避免的翻譯「誤區」，所以，要想保留原作的原汁原味，幾乎是「癡人說夢」，不過，翻譯家的工作則是儘量克服主觀因素，利用潔淨明暢的語言，使譯文最大限度臻於原著的藝術特色。但對某一類特別主情的翻譯家來說，即便他努力保持原著的文辭、意境，有一種主觀的滲透因素也幾乎是無法克服的：譯作者與原著者強烈的心靈共鳴，他把個人情感的喜怒哀樂都融入到了翻譯之中，譯者混淆了物我彼此，強烈的表達欲望使譯作文本在一定程度上成爲他別一種途徑的自敘文本。蘇曼殊對於拜倫等西方浪漫主義詩人的翻譯即是如此：出言必爲心聲。這並不是說蘇曼殊放棄了「按文切理、語無增飾」〔註8〕的譯學理論，而是爲精神困擾的蘇曼殊在選錄上自然而然地選擇能夠傳達出他個人情懷的詩篇（而不是如大部分翻譯者是在爲某種翻譯目的遴選素材，如魯迅選擇東歐弱國子民的文章），在閱讀的過程中，他不自覺地被拜倫的人格精神、生命豪情、個性理想包括藝術風格所吸引，甚至「同化」，他在拜倫那裡獲得了高度的「知音感」，因而這才是他翻譯的契機。較之科學，文學與人之本性及人在具體的社會歷史環境中的生存困境有更直接更內在的聯繫。蘇曼殊作爲一個現代禪僧，他和傳統知識分子通過仕宦之途居「廟堂之高」、輔佐明君以匡正天下的入世情懷迥然異趣。蘇曼殊面對西方文學首先選擇了拜倫等，其中自然融會了西方個性主義的思想因素，拜倫詩歌洋溢的積極勇猛的精神魅力和自我飛揚的人格理想與他的思想達成共謀，他願以譯詩啓蒙國人對於生命自由與尊嚴的維護，而其根柢當然仍在蘇自身的情感愛憎。蘇的天性中既有誠與愛，又有恨與憎，有人稱蘇曼殊爲一「恨人」，「恨」字屢次出現在蘇曼殊的詩文、小說、書信中，如「莫愁此夕情何恨」，「幽夢無憑不勝恨」，「無量春愁無量恨」，「春水難量舊恨盈」，「遺珠有恨終歸海」……現實的人生境遇、自我的生存困境逼發了「誠與愛」和「恨與憎」

〔註8〕蘇曼殊：《〈拜倫詩選〉自序》，見馬以君編：《蘇曼殊文集》，第 302 頁。

在深層意義上內在的聯繫。蘇曼殊那麼傾心於西洋浪漫主義詩歌，傾心於拜倫、雪萊等的行動風度，而歸根結底，蘇曼殊傾心的是這些詩人對於生命個體尊嚴及價值的張揚和他們作品對於個體的生存撫慰，所以才有「畢竟只有曼殊才可以譯拜倫詩」的評價。在當時的歷史背景下，許多翻譯者或把翻譯作為一種對社會政治切要的工作，也有人把其作為一種「致富」的門路，而蘇曼殊注重的是在翻譯中抒發個人情感，我們把這種「自說自話」的翻譯境界歸結為一種「自敘」似乎也是有道理的。

「自敘性」更是蘇曼殊詩的顯著特徵。曼殊詩的自敘性體現在三個方面：一是小詩前以大段題記或以較長的詩題交代作詩時的生活、心情等背景材料，這些材料與其詩歌內容形成互指，詩歌內容又與其現實生存實況相吻合。如《題〈拜倫集〉》一首七言絕句前有一很長的題序：

> 西班牙女詩人過存病榻，親持玉照一幅，《拜倫遺集》一卷，曼陀羅花並含羞草一束見貽，且殷殷勖以歸計。嗟夫，予早歲披剃，學道無成，思維身世，有難言之恫，爰扶病書二十八字於拜倫卷首。此意唯雪鴻大家能知之耳！〔註9〕

這段題序交代了題詩的背景，這些現實生活的實錄和該詩的內容即「異域飄零、海上黃昏、思維身世、獨弔拜倫」構成一種互涉互補，而且與題序相同的表述又出現在《斷鴻零雁記》中，幾相對照，幾乎難辨是生活中的曼殊還是文本中的抒情主體，使作品具有了很濃的自敘性，形成一種讀者信任的場域。另外，蘇曼殊的不少詩題目很長，如《東來與慈親相會，忽感劉三、天梅去我萬里，不知涕泗之橫流也》、《久欲南歸羅浮不果，因望不二山有感，聊書所懷，寄二兄廣州，兼呈晦聞、哲夫、秋枚三公滬上》等，其目的和效果均在於此。

二是頻繁使用「吾」、「我」、「余」、「予」等第一人稱詞語，達到了突出敘事者主體的功用，凸顯了主體的情緒流動，使整個詩篇具有強烈的抒情性，也使讀者的情緒深深融入作家的情緒之流。對佛子來說，禮佛參禪要求離情滅欲，形似槁木、心如死灰，明白色身之虛妄，從而否定自我，進而走向「四大皆空」；同時佛家又強調「明心見性」為修行最高境界。佛教美學偏向直覺，靈山會上釋尊拈花，眾皆默然，迦葉破顏微笑，他為何微笑純屬個人行為，所以得到佛祖首肯，因為他的體驗暗合了佛之真理，也即佛家所謂「如人飲

〔註9〕馬以君編：《蘇曼殊文集》（上），第37頁。

水，冷暖自知」。在審美過程中，「只可意會，不可言傳」的個體性體驗是常見的，這又導入了對「我」的偏執，以致禪宗在社會秩序、倫理規範包括在原始教義外尋求自我個性，我行我素、特立獨行，甚至伴狂放誕、詭異不羈。即便如此，歷史上也未見有詩僧像蘇曼殊這樣，在詩文中以大量的第一人稱表情達意，即使字句無「我」，一個詩人形象仍於字裏行間跳蕩。從純粹的佛教美學講，他強烈的主體意識使詩歌文本難以臻於佛學美學的至高境界；反過來講，也正是這種與佛教美學的若即若合，蘇曼殊文本敘事獲得了現代意義上的浪漫主義美學特徵：主體自覺、自在自為。

　　三是大量運用設問句。在語言學上，「設問」是一種非常主體化的詢問方式，設問者即為答疑人，在願望立意上完全排斥他者的介入，使問訊者主體上升為知者主體，從而使整個問訊成為一種個人言說。蘇曼殊在詩文中很善於運用設問來實現自敘。他現存的 103 首詩作中有約 30 個問句，多為設問，表達他的念友、自戀、思國、感時、孤憤或抱憾。「問津何處覓長沮？」（《遲友》）寫找尋識路人的迫切，而這個「路」卻具有意象性；「妝臺紅粉畫誰眉？」（《代柯子柬少侯》）借寫女子思夫，啟示對方恤念昔日友愛；「淚眼更誰愁似我？」（《東來與慈親相會，忽感劉三、天梅去我萬里，不知涕泗之橫流也》）極狀念友的傷情；「兒到靈山第幾重」？（《代何合母氏題〈曼殊畫譜〉》）擬母親關切兒子的求道和行止。還有《西湖韜光庵夜聞鵑聲柬劉三》中的「近日詩腸饒幾許？何妨伴我聽啼鵑？」，《望不二山有感》中的「遠遠孤飛天際鶴，雲峰珠海幾時還？」，《柬金鳳兼示劉三》中的「莫愁此夕情何恨？指點荒煙鎖石城」、「生天成佛我何能？幽夢無憑恨不勝」，再如「何心描畫閒金粉？枯木寒山滿故城」（《調箏人將行，出絹囑繪〈金粉江山圖〉，題贈二絕》）、「碧海雲峰百萬重，中原何處託孤蹤？」《吳門（二）》、「此去孤舟明月夜，排云誰與望樓臺？」（《東行別仲兄》）等等。《題〈師梨集〉》和《本事詩》中的《春雨》更是極端到分別由兩個追問組成：「《春雨》樓頭尺八簫，何時歸看浙江潮？芒鞋破缽無人識，踏過櫻花第幾橋？」「誰贈師梨一曲歌？可憐心事正蹉跎。琅玕欲報從何報？夢裏依稀認眼波。」他的任性決絕、多愁善感、嘔心瀝血的天問，渴望理解、關切、認同的情感滿盈而溢，同時傳達出極深的孤獨感和極濃的悲怨意，那種焦灼憂患總是通過一個個設問揪住讀者的神經，催發讀者的深思；同時也例證了佛禪的機鋒、頓悟對於曼殊的影響：佛教的基本宗旨是引導事佛人解脫人世間一切煩惱即「苦諦」，證悟所應該達到的最

高境界即涅槃境界是寂然界。佛經稱「觀寂靜法，滅諸癡聞」〔註10〕，「一切諸法皆是寂靜門」〔註11〕，離煩惱爲寂，絕苦患曰靜。蘇曼殊的「問」不代表無知，恰恰相反，一句設問即表明了曼殊的一次悟道，正是在追問中泄導了他精神的壓抑，排解了他情緒的沉鬱。

　　蘇曼殊繪畫也具有顯見的自敘性，畫跋與畫面互指、畫作與詩作互指、所畫內容與曼殊思想、生活互指。曼殊多以僧人形象或寺院佛塔或禪佛名相入畫，僧人多爲孤僧〔註12〕，而以往佛教畫多爲佛菩薩像，表現題材也多是經變故事、淨土變相。「行雲流水一孤僧」是曼殊詩畫共同的意象，相伴的則爲枯樹、斷岩、衰草、殘碑，亦或冷月、孤舟、奇松、落瀑。意象是指自然界中的物象，但是這一物象在被引入文藝作品中時，已經蘊涵著藝術家的理念，因此意象實際上是有寓意的物象。它既描繪事物，又喚起形象和意義；它蘊涵著藝術家的意緒、意識、意志，也蘊涵著藝術家對世界、對人生渾然未分的了悟與情思；它能在觀賞者的意識中激發起響應的感覺經驗和聯想。蘇曼殊以「行雲」、「流水」和「孤僧」三個連綴的意象構建「自我」，一是意在突出自己的「佛禪」身份和孤節高標的人格追求，二則也表現了他自重自戀、顧影自憐的情意綜，其複雜的情思意蘊給人一種淡泊與憂傷、蒼健與孤獨、開闊與內轉的藝術感受。大乘般若學的核心所謂「三界惟心，萬法惟識」，與禪宗「自貴其心」、「明心見性」一脈相承，自此推之，佛在我心，我心遍生宇宙萬物，所以才有王維的《袁安臥雪圖》，「雪裏芭蕉」，時序不同，但在禪的境界裏，它們可以打破時序的界限。何震在《曼殊畫譜後序》中指出：「吾師於惟心之旨，既窺之深……而所作之畫，則大抵以心造境，於神韻爲尤長。舉是而推，則三界萬物，均由意識構造而成。彼畫中之景特意識所構之境，見之縑素者耳」。〔註13〕可謂知人論畫。今人論曼殊畫：「以心造境特意識所構成，乃重視主觀唯心主義者較多。故其畫主題鮮明，詩情畫意盎然，文思之外還交織著一層禪味，超凡入聖，含蓄不盡，可謂得禪中三昧。」〔註14〕

〔註10〕《華嚴經》卷一。
〔註11〕《寶篋經》。
〔註12〕黃永健分析蘇曼殊19幅出現僧人形象的繪畫，發現有16幅以「孤僧」入畫。見《蘇曼殊詩畫論》，第67頁。
〔註13〕何震：《曼殊畫譜後序》，見《蘇曼殊全集》（四），第24頁。
〔註14〕覃月文：《禪月詩魂——中國詩僧縱橫談》，第183頁，北京三聯書店1994年版。

「所有的藝術都是象徵」〔註15〕，援禪入畫、援禪入詩，象徵了一個近現代背景下的詩僧畫禪在紅塵孤旅與悟禪證道間的往復遊弋和精神惶惑，這正是特立獨行的蘇曼殊一種強烈的自我敘事。

我們還可以通過曼殊的題畫詩感受他的詩與畫的自敘性。在近人詩中，蘇曼殊最推崇的是譚嗣同作於1878年的《潼關》，蘇曼殊在所繪的四幅圖上都題有該詩，即《爲劉三繪紈扇》（1905）、《終古高雲圖》（1905，爲趙伯先繪）、《潼關圖（一）》（1907，爲河合若子繪）、《潼關圖（二）》（1907年底），後兩幅有差不多的畫跋：「潼關界河南、陝西兩省，形勢雄偉，自古多題詠，有『馬後桃花馬前雪，教人那得不回頭』句，然稍陷柔弱。嗣同仁者詩云：『終古高雲簇此城，秋風吹散馬蹄聲。河流大野猶嫌束，山入潼關不解平。』余常誦之。……」從前後語意連貫上看，蘇曼殊欣賞這首詩是因爲它不陷「柔弱」，與潼關之「雄偉」正相宜；而從文學性看，則是那種悲亢與高昂、壓抑與放曠的蘊涵與「河流大野猶嫌束」、企圖沖蕩開一切阻礙、雄渾高逸的奔湧氣勢正合乎「稍陷柔弱」的蘇曼殊所仰慕的一種審美風範。譚嗣同者，梁啓超謂之「晚清思想界一彗星」，其詩有「汪（中）魏（源）龔（自珍）王（闓運）始是才」語，批評中國歷史「二千年來之政，秦政也，皆大盜也；二千年來之學，荀學也，皆鄉愿也；惟大盜利用鄉愿，惟鄉愿工媚大盜」，有「沖決利祿、俗學、全球群學群教、君主、倫常、天、佛法」之一切網絡之精神。〔註16〕無疑，這和蘇曼殊尊仰的剛猛無懼、不墮俗累、不媚權力的大乘佛學精神正相契合，我們對照他對於拜倫之愛戴，可以看出他一以貫之的評價標準——也許在他心中，譚嗣同正是孤傲、躁狂、浪漫、敢於爭一切自由、敢於追一切極端的拜倫的一個東方化身。《燕子龕隨筆》（五）中蘇曼殊還錄有譚嗣同《古意》兩章：「鱗鱗日照鴛鴦瓦，姑射仙人住其下。素手閒調雁柱箏，花雨空向湘弦灑！」「六幅秋江曳畫繪，珠簾垂地暗香凝。春風不動秋韆索，獨上紅樓第一層。」古詩中，這種以香草美人自況或借美人抒發英雄壯志難酬、鬱鬱不平之懷抱的詩歌很多，《離騷》和《琵琶行》可能算得一個極致。蘇曼殊論《古意》「有弦外音」，這也與滿懷拯人救世之理想、最終必「花雨空灑湘弦」、落得「孤憤酸情」的蘇曼殊心靈共鳴：寂處小樓、挑燈看卷，做

〔註15〕 魯道夫·阿恩海姆：《藝術與視知覺》，第633頁，中國社會科學出版社1984年版。

〔註16〕 參閱梁啓超：《清代學術概論》，第90～94頁，朱維錚導讀，上海古籍出版社1998年版。

一個「且去填詞」的柳屯田，怎奈何有情牽掛？浪跡滄波、清談蓬萊，或含杯選曲、走馬吹花，看似意殊自得，畢竟是英雄末路！

蘇曼殊所繪圖畫的跋語中，除四幅題有譚嗣同的《潼關》絕句外，以他人詩詞入跋的還有不少，如：

1、《參拜衡山圖》（1904），題唐代天然和尚：「悵望湖州未敢歸，故園楊柳欲依依。忍看國破先離俗，但道親存便返扉。萬里飄蓬雙布履，十年回首一僧衣。悲歡話盡寒山在，殘雪孤峰望晚暉。」

2、《絕域從軍圖》（1906，另名《飲馬荒城圖》）題龔自珍《漫感》：「絕域從軍計惘然，東南幽恨滿詞箋。一簫一劍平生意，負盡狂名十五年。」

3、《孤山圖》（1907），題明末楊廷樞：「聞道孤山遠，孤山卻在斯。萬方多難日，一塢獨棲時。世遠心無礙，雲馳意未移。歸途指鄧尉，且喜夕陽遲。」

4、《白馬投荒圖（二）》（1907），題劉三贈詩《送曼殊之印度》：「早歲耽禪見性真，江山故宅獨愴神。擔經忽作圖南計，白馬投荒第二人。」

5、《清秋弦月圖》（1907），請劉師培題王夫之：「始夜楓林初下葉，清秋弦月欲生華……興亡聚散經心地，商柳蕭森隱荻花。」

6、《寄鄧繩侯豎圖》（1907），題鄧贈詩《憶曼殊阿闍黎》：「寥落枯禪一紙書，欹斜淡墨渺愁予。酒家三日秦淮景，何處滄波問曼殊？」

7、《臥處徘徊圖》（1907），題明末女詞人、抗清烈士沈君晦後人沈素嘉《水龍吟》一闋：「誰知臥處徘徊，謝庭風景都非舊。……看多情燕子，飛來飛去，真個不堪回首。……問重來應否銷魂，試聽江城嘉奏。」蘇曼殊並題「綠慘紅愁，一字一淚。嗚呼，西風故國，衲幾握管而不能下矣！」

8、《江山無主圖》（1907年秋），題南宋末詩人鄭思肖《偶成二首（一）》「花柳有愁春正苦，江山無主月空圓」兩句。

9、《夕陽掃葉圖》（1907年秋），題李商隱《登樂遊園》「夕陽無限好」句。

10、《松下聽琴圖》（1907年底），題明末僧人成回題畫詩：「海天空闊九皇深，飛下松陰聽鼓琴。明日飄然又何處？白雲與爾共無心」。1917年曼殊又將該詩錄入小說《非夢記》，假託故事中燕海琴所作。

11、《萬梅圖》（1908）題高旭（高天梅）《丁未五月寄懷曼殊大師日本》詩中「乞寫《萬梅圖》贈我，一花一佛合皈依」兩句。

12、《天津橋聽鵑圖》（一）和（二）（1908春為《河南》繪），均題南宋姜夔《八歸・湘中送胡德華》詞「最可惜，一片江山，總付與啼鴂！」圖（二）

有評：「蓋傷心人別有懷抱。」並引鄭思肖言「詞發於愛國之心」。

13、《華羅勝景圖》題羅浮山黍珠庵影壁何氏女：「百尺水簾飛白虹，笙簫松柏語天風。」

14、《文姬圖》（1909），請黃侃題溫庭筠《達摩支曲》：「紅淚文姬洛水春，白頭蘇武天山雪。」

蘇曼殊所選多為朝代沒落時的詩人之詩，或晚唐宋尾，或明末清初；詩蘊或表「西風故國」之思，如1、4、6、7、11和13，或表禪者卓拔高邁、清絕超逸之心，如2、3、9、12。《燕子龕隨筆》中所錄用的詩詞與此相類，如白居易《寓意詩（三）》、唐代僧人寒山「閒步（當為『自』之誤）訪高僧」詩、陸游《劍門道中遇雨》、元末詩人張憲《崖山行》、明末潘力田《梳篦謠》、清代黃仲則《綺懷》、清末詩人陳元孝《崖山謁三忠祠》等等。前文曾提到蘇曼殊對於龔自珍詩懷有素愛，龔自珍也是一個救世心與浪漫情合而一的人物，受佛學於紹升，晚受菩薩戒。在48歲時認識了妓女靈簫，無限繾綣風流，蘇曼殊在《東居十九首》（十）寫「猛憶定庵哀怨句，『三生花草夢蘇州』」，即賦此意。《燕子龕隨筆（三十）》還錄有龔自珍《漫感》。曼殊以他人詩詞入畫，是借他人之語以發自己幽懷，所表抒的正是他自己的心靈話語、浪漫情思，這也是一種自敘的方式。

從蘇曼殊小說看，在近現代中西文化的交會中，蘇曼殊善於從西方小說中汲取營養：（一）突破了中國古代小說第三人稱陳述記錄見聞的敘事模式，採用國外小說常用的第一人稱；（二）突破古典小說章回體傳統表現模式，採用自由分節結構形式；（三）繼承情節、行動為軸心的構架方式，但也重外貌和心理刻畫、自然環境描寫，用人物的心境變遷來推動情節展開；（四）大量運用穿插、倒敘；（五）創作多為短篇體制，等等。蘇曼殊自敘傳小說體的選擇，既有西洋文學也有日本小說技巧對他的影響。蘇曼殊少時即熟諳西文，閱讀了大量西方小說原著。西洋小說思想上追求新奇，結構上「憑空落墨，恍如奇峰突兀」〔註17〕，特別是西方浪漫主義文學新的價值觀念和新的人格理想，這些都滲透於蘇曼殊思維之內，使他在敘述指向上注重表達自我。如起筆突兀，以《天涯紅淚記》為例，該小說雖然採用第三人稱全知敘事，但入筆即寫「天下大亂，燕影生倉皇歸省」，與傳統小說開篇鋪陳格局大異其趣。另外一個重要的影響來自日本。在日本近代文學中，存在著大量第一人稱自

─────────────

〔註17〕知新事主人：《毒蛇圈‧譯者識語》，《新小說》第8號。

傳體小說。1890 年，森鷗外的《舞姬》揭開日本自敘傳小說大幕，接著蔚然成風，如引起日本文壇強烈地震的、1906 年島崎藤村的《破戒》和 1907 年田山花袋的《棉被》。特別是《棉被》，從個人生活體驗出發抒寫情緒感受，內省、抒情，實際上就是作者的生活自畫像。雖然蘇曼殊對於日本自敘傳小說沒有留下書面的評議，但從他的日文功底和他與日本文化界交往之密切言〔註18〕，他不可能沒有涉獵過這類所謂的「私小說」。

蘇曼殊的創作小說有《斷鴻零雁記》（1911～1912）、《天涯紅淚記》（1914，未完稿）、《絳紗記》（1915）、《焚劍記》（1915）、《碎簪記》（1916）、《非夢記》（1917）。《斷鴻零雁記》一是明顯的自傳性，二是第一人稱獨白式限制敘事，其他每篇也都帶有個人生活的影子。以個人生活作為審美對象，在傳統小說中是鮮見的。蘇曼殊小說的自敘性為中國文學從古典到現代的轉型提供了三個方面的借鑒：自敘傳小說的開啓、抒情小說的開啓、第一人稱敘事小說的試驗。下邊我們分別從這三個方面對蘇曼殊小說的轉型意義進行剖析。

我國是一個具有悠久史傳傳統的國度，洋洋大觀的「二十四史」是兩千年帝王將相的更替變遷史，簡直世間無以匹敵。但是個人的自敘傳卻如鳳毛麟角，偶而以文序的形式露面，或者託名言志抒發情趣，如歐陽修《六一居士傳》等，並不作為文學創作；或有以文學樣式出現的，如唐代元稹的小說《鶯鶯傳》，本寫本人愛情經歷，但因礙於禮教大道，只好收起自己內心的真實。根據後人考證，《紅樓夢》無可否認具有自敘性，但因曹雪芹沒有留下任何口供，其人其事在當今紅學界也依然是撲朔迷離，而且那種「太虛幻境」的筆法和「自敘傳」還有一定距離。也許可以說蘇曼殊可謂把個人行狀、情感隱衷、心靈真實帶進中國現代小說的第一人〔註19〕。蘇曼殊《絳紗記》以「曇鸞」為筆名發表於 1915 年 7 月章士釗在上海出版的《甲寅雜誌》，曇鸞又是故事中的一個重要角色「余」，小說寫曇鸞與五姑、夢珠與秋雲兩對青年的愛情故事。曇鸞之友秋雲愛戀夢珠，以絳紗裹瓊琚相贈，夢珠未解其意，

〔註18〕 在 1903 年，蘇曼殊客曼谷，日本畫家西村橙拜訪，曾贈於蘇《耶馬溪夕照圖》，曼殊也曾繪《長松老衲圖》擬回贈。在《燕影劇談》中，他談到坪內逍遙，稱其「博學多情」。更明顯的是曼殊的四本翻譯詩歌集子都在日本書館印刷發行。

〔註19〕 蘇曼殊的《斷鴻零雁記》1911 年最早發表於爪哇沈鈞業主持筆政的《漢文新報》，1912 年 5～8 月又連載於上海《太平洋報》。徐枕亞《玉梨魂》出版於 1912 年，也差不多是「自述身世」，採用的是第三人稱限制敘事。

竟然賣掉信物到慧龍寺披剃爲僧，在其巡遊錫蘭、印度等數國後內渡，見經笥中之絳紗，思念秋雲卻「遍訪不得」而成疾，流落度日，人言有瘋病，秋雲也輾轉三年尋找夢珠；曇鸞在秋雲披剃後赴星嘉坡（即新加坡），在舅父別廬結實麥翁之女五姑，二人甚契，長輩爲之定下婚約，後舅父破產，麥翁毀約，曇鸞與五姑私奔，流離中五姑身亡。曇鸞與秋雲相遇，後曇鸞找到夢珠，以秋雲之貞情相告，夢珠卻以「吾今學了生死大事，安能復戀戀」拒絕，最後當秋雲見到夢珠時，夢珠已經坐化，衣襟間仍露一角絳紗，秋雲出家爲尼，曇鸞也入寺爲僧。《絳紗記》發表時陳獨秀和章士釗分別爲序，陳序曰：「曇鸞與夢珠行事絕相類。莊周夢蝴蝶，蝴蝶化莊周，予亦不暇別其名實。」〔註20〕無疑，書中的曇鸞和夢珠都是曼殊一個人的化身。

　　有時我會想，蘇曼殊的創作小說爲什麼都出於晚年？這大概需要從他的生理心理兩方面分析。1909 年 11 月至 1911 年春，蘇曼殊一直在爪哇中華學校任英文講師，「行腳南荒，藥爐爲伍」〔註21〕，「病骨還剩幾期，尚不可知」，心情悵恨下，「但望梵天帝釋有以加庇」〔註22〕。1911 年暑假，曼殊自爪哇東渡日本，途經香港、廣州、上海、東京、京都，故地重遊，前塵舊事歷歷重現，觸景傷情，重回爪哇即開始創作《斷鴻零雁記》。魏秉恩在 1925 年再版《〈斷鴻零雁記〉序》中稱：「曼殊大師，非賴小說以生活者，亦非藉小說以沽名者。……大師撰此稿時，不過自述其歷史，自悲其身世耳。」〔註23〕蘇曼殊在生命最後幾年身體極度羸弱，生活條件又非常惡劣，不是「飄零孤島」，就是輾轉於中日之間，永遠的人在旅途，又加上「天生我才」竟無用，經濟窘迫，時時向朋友告貸，本當三十幾歲的盛年遭遇如許挫折，心情的抑鬱孤憤可想而知。虛構是小說的強權，殘缺的生命需要意志來扶持，意志的強韌需要一個神話來支撐，理性的頭腦並不見得能夠破疑人類在追尋中如何驅除孤獨的恐懼和實現的不可料知，以使個人精神獲得自由、陶然和尊嚴，而虛構的藝術使生命的每一段都變得可感受、可觀照、可思忖。同時，蘇曼殊是這樣一個極爲神經質、極爲敏感也極爲細膩的人，他無法站在人生的邊緣思考生命，渴望介入並實現介入是他的情感定向模式。因此，以小說的藝術形

〔註20〕陳獨秀：《〈絳紗記〉序》，見陳平原：《二十世紀中國小說理論資料》（第 1 卷），
　　　　第 541 頁，北京大學出版社 1997 年版。
〔註21〕1910 年 6 月 8 日爪哇《致高天梅》。
〔註22〕1910 年 6 月 23 日《復高天梅、柳亞子》。
〔註23〕見《蘇曼殊全集》（四），第 51 頁。

式「虛構與紀實」（包括生活寫真和情感紀實）並從中獲取告慰成為曼殊結撰小說的動力，「自敘傳」這種敘事方法成為他自覺的首選，因為自敘傳有助於小說的表現對象從外部世界轉向人物內心，而心理刻畫、心靈透視、主觀性情也正是現代小說的質素。

自敘傳應該說是文化推進到一定階段的產物，中國傳統文學重在載「道」，不注重觀照個人和自身，小說又是正人君子所不為的「小道之學」，這是自敘傳缺乏的最為重要的原因，到近現代之交，「個人」猛然被提到前臺而參與歷史言說，自敘傳才有了產生的基壤。「只有人的獨立價值被重視的時代，自敘傳性的作品才會大量產生。」〔註24〕這要等到五四以後的創造社，郁達夫、陶晶孫、鄭伯奇、郭沫若等一批作家創作了一大批自敘傳小說。特別是郁達夫，他1921年以自敘傳《沉淪》登上文壇，之後的《煙影》、《茫茫夜》、《蔦蘿行》近40篇小說都帶有自敘傳性質。他袒露自己七情六欲、孤單掙扎的筆觸深入到心靈的最深處，大膽而直率地聲明著「靈的覺醒」。

五四新文學一個非常大的審美特徵即其抒情性的加強，在這一方面，是蘇曼殊小說首先打破了中國小說以情節為重的格局而趨向了抒情小說的路子。抒情實際上是我國古代文學傳統的主流，「詩經——騷——賦——漢樂府——詩——詞——曲」就是一個抒情推衍的鏈條，但是富有抒情性的小說就難得一見。六朝富有神韻的記人文字，唐代頗具文采的傳奇小說，還有有唐以來的各種筆記體小說等雖有抒情性，但跟別的文體比較就會發現，它們遠遠不是嚴格意義上書寫個人生命體驗與生存迷離的抒情文學。明末清初的古典小說如李汝珍的《鏡花緣》、陳球的《燕山外史》、吳承恩的《西遊記》、曹雪芹的《紅樓夢》都由文人獨立創作出來，出現一些抒情的因素，而且各具風格，夏志清比較了這些文人小說和羅貫中、熊大木、馮夢龍、天花藏主人等職業小說家的小說，認為「文人小說確實對技巧更刻苦鑽研。他們不以平鋪直敘為足……，他們的主要目的即在於自娛……，綴筆行文，確實有點玩世不恭，卻也正因如此，而使他們更富創新性」〔註25〕。但是，這種「創新性」也只是使小說有了抒情因素，若以抒情體寫敘事文學論，蘇曼殊則是首當其衝，蘇曼殊小說文本成為中國小說從單一作為敘事文學向抒寫個人「生的苦悶」和「性的苦悶」的浪漫抒情文學過渡的一座橋梁。《斷鴻零雁記》開

〔註24〕楊義：《中國現代小說史》第1卷，第546頁，人民文學出版社1998年。
〔註25〕夏志清：《人的文學》，第105頁，純文學出版有限公司（臺北）1977年版。

篇對「百越金甌山」風物的描寫即飽含了詩情：

> 百越有金甌山者，濱海之南，巍然蟲立。每值天朗無雲，山麓
> 蔥翠間，紅瓦鱗鱗，隱約可辨，蓋海雲古刹在焉。相傳宋亡之際，
> 陸秀夫既抱幼帝殉國崖山，有遺老遁跡於斯，祝髮爲僧，晝夜向天
> 呼號，冀招大行皇帝之靈。故至今日，遙望山嶺，雲氣蔥鬱；或時
> 聞潮水悲嘶，尤使人欷歔憑弔，不堪回首。

其淒豔的格調和高逸的神韻是前人稀有的，哀婉淒麗的文字也爲整篇小說定
下了抒情的基調，眞不愧爲「詩人小說」。在整個故事發展的過程中，蘇曼殊
善於用情緒化的筆調描寫異域景色、刻畫人物心理活動，是一套散文的筆致。
如寫三郎在石欄橋上偶遇靜子的一段：

> 余少矚，覺玉人似欲言而未言，余愈踟躕，進退不知所可，惟
> 有俯首視地。久久，忽殘菊上有物映余眼簾，飄飄然如粉蝶，行將
> 於籬落而去。余趨前以手捉之，方知爲蟬翼輕紗，落自玉人頭上者。
> 斯時余欲擲之於地，又思於禮微悖，遂將返玉人。

這一段話輕盈妙麗、情韻悠長，將兩個心有靈犀的青年男女渴望相見又怕羞
害騷的心理刻畫得惟妙惟肖、入木三分，特別是寫「余」本來爲消解窘迫「俯
首視地」，揀一片飄落的物什也可以暫緩緊張，不料竟是靜子頭上輕紗，更是
尷尬，第一個念頭即是趕快扔掉，待想一想又覺更爲不是，眞是「此時無聲
勝有聲」。

　　蘇曼殊的其他每篇小說也都有很濃的抒情氛圍，以「情」推動文本進展。
如果我們能對照五四文學，大概對這種抒情性會有更全面的理解。由於缺乏
抒情小說傳統，別說蘇曼殊，就是郭沫若，他的浪漫抒情小說也曾經被認爲
「有些不像小說」〔註26〕，郁達夫的《沉淪》問世時東京的朋友也訝異：「中
國那有這一種體裁？」〔註27〕蘇曼殊抒情小說的「原創性」意義由此可見一
斑。

　　第一人稱敘事在我國古代筆記或小說中雖然極少但也有出現，中國唐代
時張鷟的傳奇《遊仙窟》、清代沈復的《浮生六記》、紀均的《閱微草堂筆記》
都用第一人稱。《遊仙窟》自敘奉使河源，途經一個妓院結識兩個女子，幾人

〔註26〕郭沫若：《〈地下的笑聲〉序》，見《郭沫若全集》，人民文學出版社1983年版。
〔註27〕郁達夫：《五六年來創作生活的回顧》，見《郁達夫文集》之《過去集》，花城
　　　　出版社1982年版。

宴樂飲酒、纏綿一宿的情景。比較特別的是《浮生六記》,其中的「閨房記樂」篇,自敘與妻子陳芸伉儷情篤、風流蘊藉、悲歡離合的一生,這些記述在夫權社會是很難得的。紀曉嵐曾經批評蒲松齡的《聊齋誌異》描寫過於詳盡:「他的作品是述他人的事蹟的,而每每過於曲盡細微,非自己不能知道,其中有許多事,本人未必肯說,作者何從知之?」〔註28〕所以他做《閱微草堂筆記》時,材料大抵自造,以第一人稱出之。但是無論從故事本身還是從人物性格、語言技巧、思想深度,和現代第一人稱小說相去甚遠,作品都價值不大,魯迅在《中國小說史略》中論之:「不能瞭解他攻擊社會的精神,而只是學他的以神道設教一面的意思,於是這派小說又差不多變成勸善書了。」所以嚴格意義的第一人稱小說自蘇曼殊始,他的第一篇小說《斷鴻零雁記》即欲望徹底顛覆傳統全知敘事。

蘇曼殊採用第一人稱敘事角度的除了《斷鴻零雁記》還有《絳紗記》和《碎簪記》。在蘇曼殊小說中,「我」或者「余」既是敘述主體,又是故事角色之一,介入整個故事進展。蘇曼殊小說結構雖然從敘事空間上主要是縱剖式的,但是已經突破了傳統短篇小說單一的線索構架,以主題網絡眾多人物事件,限制敘事者「余」穿梭其間,使各線索交織往還,這一點《絳紗記》仍是比較突出的例子。《絳紗記》先是「余」作爲夢珠摯友簡略追述夢珠與秋雲相見、秋雲贈玉、夢珠賣玉出家、後見裹玉絳紗「頗涉冥想」、訪秋雲不得而流落他方,然後筆鋒一轉寫「余」接舅父書信離鄉去新加坡,然後自然而然是「余」與五姑相識相愛到因遭退婚而私奔,在途中遇到一女子,方知是橫遭家禍逃難三年尋訪夢珠的秋雲,這樣兩條線索就合而爲一。但故事一波三折:航船海上失事,「余」與五姑、秋雲等皆失散,不知生死,「余」被漁家搭救,數日後在海灘始見秋雲。「余」作爲敘述者,夢珠與秋雲愛情的開端用回憶的方法敘述,其後發生什麼「余」並不知道,以秋云「淒然曰」推動線索延展,「余」自然一邊尋訪五姑、一邊爲秋雲尋訪夢珠。尋訪過程中,還耳聞目睹了馬玉鸞和望族不屑之子、羅霏玉與盧氏女的愛情悲劇。這種以愛情悲劇爲組織原則、以佛與情的衝突爲主題、以第一人稱敘事串起多條線索、而以「絳紗」一物貫串全篇的敘事結構,對傳統小說一線到底或「花開兩朵,各表一枝」的說書式寫法是一種實質性的超越,在同時期短篇小說中也是鶴立雞群的。

短篇小說在晚清還是一個比較陌生的文類,至民初也還不成熟。魯迅曾

〔註28〕魯迅:《中國小說史略》,第 264 頁,百花文藝出版社 2002 年版。

經總結 1909 年他和周作人《域外小說集》不受歡迎的原因之一乃是「見過的人，往往搖頭說：『以爲它才開頭，卻已完了！』那時短篇小說還很少，讀書人看慣了一二百回的章回體，所以短篇便等於無物」〔註29〕。在「三界革命」之前，人們是從文學體裁的外部規律認識小說的；從「小說界革命」始，才眞正蘊涵著他們對小說內部規律的探討和理論內涵的見解。在文體上，這一時期長篇小說開始向短篇小說轉換。短篇小說傳播新思想新文化更爲迅速，而且作爲傳媒中介的報刊更適宜短篇體制的文章。1906 年，《月月小說》在以「歷史小說」、「偵探小說」等題材分類的小說欄目中夾入了一個看起來不倫不類的、以體裁分類的「短篇小說」；並在 1908 年《徵文廣告》上特別寫明：「如有思想新奇之短篇說部，願交本社刊行者，本社當報以相當之利益。」〔註30〕 1913 年以後，《小說月報》等雜誌也還特別刊出徵求短篇小說的廣告，批評家也大肆探討短篇的製作問題，直到五四以後，以人物心理爲結構、橫斷面式的短篇小說才成爲最興旺發達的小說體裁。

我們從以上分析可以看出蘇曼殊自敘性文本在自敘體、抒情性、敘事模式上特有的承前啓後的作用。其實，我們也不必把蘇曼殊自敘傳小說說得如此冠冕堂皇。作爲中國現代「自敘傳」小說的原創者，儘管蘇曼殊有閱讀不少外國小說的經驗，他的自敘傳小說還是顯出了敘事的尷尬，主要表現在「余」作爲一個敘述者，他的經驗範圍就是視角範圍，他的權限被過度膨脹：在以第一人稱限制敘事的小說中，有時會冒出「全知視角」；還常摻入一些與文本主題毫無關聯的、「託物言志」以抒一時不平的材料，如《斷鴻零雁記》第二十一章按故事線索寫「余」遇小比丘，卻以四分之三的篇幅抄錄《捐官竹枝詞》，表達對「天喪斯文人影絕，官多捷徑士心寒」的義憤；在以心理描寫爲重的小說中，「余」作爲敘述者即應該爲旁觀者，但故事展開過程中，「余」常常越俎代庖，心理活動表現得比當事人更爲複雜、活躍，如《碎簪記》中，「余」敘述自己所見聞的好友莊湜與靈芳和蓮佩的愛情悲劇，「余」並不是事中人，「余」要使文本進行，就要不住猜測當事者的心理，屬於「後視角」的敘述者大於人物，這就使敘事變得很彆扭：「余」非全知全能，要敘述別人愛情中的心理曲折只能是隔靴搔癢，「余」不得不參與其中，所以先安排兩個女子來訪時莊湜不在，「余」先見到，然後在戀人會面時，作者便借莊湜之口爲敘述者尋找出場的理由：（一）「此子君曾於湖上見之，於吾

〔註29〕 魯迅：《〈域外小說集〉序》（再版），見《魯迅全集》第 10 卷，第 163 頁。
〔註30〕 《月月小說》編譯部：《徵文廣告》，《月月小說》，1908（3）。

爲第一見，故吾求君陪我，若吾辭不達意，君需助我。」（二）「君爲吾至親至愛之友，此自亦爲吾至親至愛之友，故此子向未謀面，今昔相逢，得君一證吾心跡，一證彼爲德容俱備之人。」（三）「異日或能爲我求於叔父，於事滋佳。」但自主愛情作爲完全私人化的事情是排他的，「余」作爲第三者時時在場，與氣氛格格不入。所以下文當女子來到，只好再有莊湜打圓場：「在座者，即吾至友曼殊君，性至仁愛，幸勿以禮防爲隔。」而且，莊湜見女郎，「肅然曰：『吾心慕君，爲日匪淺，今日始親芳澤，幸何如也！』」如此甜言蜜語，竟然「肅然曰」，是否因他者在場？既然能夠如此愛戀，又何用「余」「一證心跡」？既然是至親至愛的朋友，不參與戀人約會，不是也可以幫忙「求於叔父」？整個會面莊湜並無「辭不達意」，倒是讓「余」始終極不協調地旁觀，這完全因爲作者敘事策略的捉襟見肘，這也實在是小說敘事模式轉換中一個必不可少的試驗文本。

我認爲，「自敘性」是浪漫主義的鮮明特徵之一，浪漫主義文學的基本審美特徵是主情，「自敘」適宜噴發轉折時代激奮、狂熱、朦朧、感傷、頹廢等複雜的主觀情緒。小說現代性的特徵之一就是以情緒作爲結構的內核，「自敘」特別是第一人稱敘述可以讓敘述者直接把自己的情感宣泄出來，使整個故事按照主體心緒流動進行，也正是這種情緒成爲故事的基本韻調，也成爲人物活動空間中的氛圍。從中國古典浪漫主義詩人到現代浪漫主義作家都偏愛取用這種敘事方法，屈原頌讚原始生命的騷體詩、李白恃才傲物的歌賦，包括龔自珍的華章，都採用主體自敘。但是，文化模式對自敘性有著內在規定和制約。刻薄一點說，這些古代的浪漫主義抒情文本也是張揚生命意識，也有對個我的肯定和對理想的審美，而在精神本質上古典浪漫主義未能上升到浪漫主義的主體自由的高度，他們的文學理想依然以政治倫理化的功利主義爲價值尺度，客觀的外在意志在主體內心仍然佔位。《離騷》「豈余身之憚殃兮，恐皇輿之敗績」，是以王權政治和皇室宗族爲生命意義的基點。李白身上所表現的反叛精神遠遠超越前人，但「將復古道，非我而誰」的雄圖壯志和「仰天大笑出門去，我輩豈是蓬蒿人」的傲岸風度仍然證明了他內心在很大程度上還沒有獲得主體的自在自爲，「我」之生命意義和價值實現依然以皇室的寵辱爲立足點。即便是能夠上天入地、一個跟頭十萬八千里的孫悟空，他生命的終極意義也只是做好神權（如來佛和觀世音）、皇權（唐朝）、父權（三藏大師）的聽命鬼。

但是到了 20 世紀初，這種圍繞「帝王寵幸」爲中心的知識分子理想定位

漸漸被打破了。1905 年科舉制度廢除後，文人學士的進身之階被阻塞，不少被拋出了慣性軌道的讀書人到上海各大報刊供職，以賣文為生，在安身立命的現實需要下把自己歷練成詩酒風流的「洋場才子」，中國第一代職業作家出現了，這反過來又促進了報刊業的繁榮。報刊出版業的繁榮與西洋文藝的輸入是相輔相成的，「新思想之輸入」和「個人主義傾向的強化」促成了作家新的創作意識。文人可以把創作作為「經國之大業不朽之盛事」，也可以把文章完全作為自己的「私事」，一個直接的後果是表現個人主觀感受即所謂「寫心」的文字有了更多出頭露面的機會。這樣，中國小說的敘事模式改變了，全知全能的敘事角度漸次被限制敘事取代，而且富有強烈的主體性和抒情性的第一人稱限制敘事也走上文學舞臺。並非說蘇曼殊就比聖人先賢高明，而他生逢這一變革的當口，成為一個富有意義的代表。到五四，蘇曼殊的影響極大地顯現出來，真正具有現代品質的浪漫主義文學蔚然成風，特別是「自敘傳」成為一大特色。在這類「為藝術而藝術」的文本中，生命的主體性得到充分展現，大膽披露主體情感，自由渲泄心中不平；個人欲望駕馭世界和人生，或有吞天吐日之氣魄，或有大逆不道之抒發；價值趨向呈現多元化，在時間意識和空間意識上都努力確認自己的存在：

> 從這些小說中，我們追隨著敘述者的情感線索走入一個個隱藏著豐富奧秘的心靈，感受著那其中流淌、躍動、掙扎、翻滾著的生命之流。魯迅的《傷逝》用追憶往事的敘事方式和懺悔的敘事語調，表現了兩個男女青年一段淒惻感傷的愛情悲劇，淋漓而真摯地揭開了敘述者自我心靈的創傷。郭沫若的《殘春》用夢幻式的個人獨白，虛擬著敘述者同 S 姑娘並非現實的人物關係，在想像中品味著熱戀的歡娛與痛苦。馮沅君的《隔絕》用大膽、熱烈的傾吐，向讀者袒示了一個執著於自由愛情的少女內心的隱秘。郁達夫的《沉淪》用靈魂拷問式的描寫，直指敘述者在環境與心靈、感性與理性、靈與肉激烈衝突下騷動不安、痛苦掙扎的心理世界，傾訴著生命的絕叫。這些小說的敘述視角完全內化為敘述者的個人獨白。小說中所表現的現實生活及人物關係都是通過敘述者的自我感受、回憶、幻想和感情活動而折射出來。〔註31〕

〔註31〕馮光廉：《中國近百年文學體式流變史》，第 112 頁，人民文學出版社 1999 年版。

第二節　出入古典與現代審美間的浪漫絕句

　　中國是一個詩的大國，詩的創作在清季末期到民國迴光返照般繁榮了一陣子，如李涵秋在《還嬌記》第一回裏託一位老先生所言：「中華國的國粹僅僅剩此一脈。」道光以降，詩壇主宿有以沈曾植與陳衍等爲代表的「同光體」詩派、以王闓運爲代表的「漢魏六朝」詩派和以樊增祥爲代表的晚唐詩派。「同光體」詩學主張融通唐宋、力破古人餘地，「合學人詩人之詩二而一之」〔註32〕，這種遵循傳統審美觀念、形式上求變更的理論使詩路越走越窄；作爲與「同光體」相抗衡的「漢魏六朝」詩派，學魏晉五言、唐詩七言，風格流暢，但只是摹擬古人風韻，不可能創榛闢莽開出一片新天地；「晚唐體」宗李商隱、溫庭筠典麗綿密的詩格，但辭藻華麗，講究對仗及用典，充斥著「匠氣」，所以傳統的詩歌從內容到詞句再到意境都顯得遠遠不逮時代的發展。正如民國王德鍾對其時詩壇之描述：「所稱能詩者，爭以山谷宛陵臨川後山爲歸，自喜寄興深微，裁章閒澹，刊落風華以爲高。然僅規撫北宋之清削，而上不窺乎韋孟之門者，則蹇澀瑣碎之病作焉。自古作家，珥璫釵鈿之詞，苟其風期散朗，無傷大雅，在所不廢。今固亦有二三巨子，力武晚唐，以沉博絕麗自雄；故刊播所見，隸事傷神，遣詞傷骨，厥音靡靡，托體猶遠在疑雨之下。宜乎玉臺西崑，見垢於世哉。」〔註33〕把作詩當成學問來做，畢竟不是爲詩之道，「爛熟」的詩文化已經到了非革故鼎新不能爲繼的地步。

　　與此同時，幾百年來無可如何的中國詩人開始接觸到一點歐洲及美日的文學，得到一點新的刺激，在詩歌的革新方面，黃遵憲、夏穗卿、譚嗣同等人邁出了關鍵的第一步。黃遵憲提出了「我手寫我口」的著名主張，不拘守舊律，形式多變，語言通俗，以新詞新語入詩，有著鮮明的啓蒙意向和史詩意味。夏穗卿探索以「新詩」宣傳「新學」，廣納西語及孔佛耶三教語。譚嗣同思想激進，筆力酣暢，常以新語入詩，如《獄中題壁》詩「我自橫刀向天笑，去留肝膽兩崑崙」成廣爲傳誦之佳句。然而，在有著世界性的文學視野的梁啓超看來，黃遵憲等的詩離理想的詩人之詩還差得不少。1898年他在《夏威夷遊記》中說：「時彥中能爲詩人之詩，而銳意以造新國者，莫如黃公度，其集中有《今別離》四首，又太夫人壽詩等，皆純以歐洲意境行之。然新語句尚少，蓋由新語句與古風格常相背弛。公度重風格者，故勉爲之也。夏穗

〔註32〕陳衍：《〈近代詩鈔〉序》。
〔註33〕王德鍾：《燕子龕遺詩序》，見《蘇曼殊全集》（四）。

卿、譚復生，皆善選新語句，其語句則生澀語、佛典語、歐洲語雜用，頗錯落可喜，然已不備詩家之資格。」主張「新思想、新意境、新語句」的「詩界革命」應運而生，他近乎發出的是一種吶喊：「歐洲之真精神、真思想，尚且未輸入中國，況於詩界乎？此故不足怪也。吾雖不能詩，惟將竭力輸入歐洲之精神思想，以供來者之詩料乎？要之：支那非有『詩界革命』，則詩運殆將絕。雖然詩運無絕之時也，今日者革命之機漸熟，而哥倫布、瑪賽郎之出世，必不遠矣。」〔註34〕

民初詩壇頗活躍了一陣子的是南社詩群，他們遠學莊子、屈原，近師龔自珍，傾力於民族主義革命宣傳，立「一代激揚之文字」。我國文學史上，每一次文學革新運動無不搴舉「風雅」的旗幟，開闢一代新文風。唐代的陳子昂批評南朝詩風的「采麗競繁，而興寄都絕，每以詠歎。思古人常恐逶迤頹靡，風雅不作，以耿耿也」；明代前期，詩道旁落，李夢陽、何景明為代表的復古派起而振之，他們仍是從先秦的《詩》、《騷》裏發掘比興之義和「真詩在民間」的風雅之旨，把文學從臺閣拉向現實的政治人生、閭巷市井；「南社再一次利用風雅的傳統資源，為打破當時令人沮喪的詩壇霸權，另領風騷，馳騁文壇，推出了堂而皇之的理論，要用他們的創作干預政治，把文學和動盪變革的時代融合在一起」〔註35〕，曹聚仁所謂「活潑淋漓，有少壯朝氣，在暗示中華民族的更生」〔註36〕。

無論是黃遵憲等新詩派，還是南社詩群，對「新」字都趨之若鶩——儘管「新」與「新」不同，但終究是以「維新」的思想家或「新民」的啟蒙者為自我角色定位，思想性、社會性、文化內涵是他們共同關注的主題，為詩多質勝於文，藝術性被置於次要的位置。王國維在1902年開始寫關於文學與美學的文章，接著提出超功利的文學觀，不能不說是理論上對以上「鋪綴文學」和「餖飣文學」的反動。與此同時，在詩林中長出了一棵奇異的草、開出了一朵別致的花，那就是以「體驗者」而非「宣傳者」身份登臨詩壇的浪漫詩僧蘇曼殊。王國維中《人間詞話》（五九）言道：「近體詩體制，以五七言絕句為最尊，律詩次之，排律最下。蓋此體於寄興言情，兩無所當，殆有均之駢體文耳。」在曼殊所有的創作中，他的「七言絕句體」詩是其享譽最

〔註34〕梁啓超：《飲冰室合集》第7卷，專集卷二十二，中華書局1994年版。
〔註35〕孫之梅：《南社研究》，第307頁，人民文學出版社2002年版。
〔註36〕曹聚仁：《紀念南社》，見《南社詩集》第1集，中學生書局1936年版。

多的文體。民國學者王德鍾評曼殊：「襟懷灑落，不爲物役，洵古所云遺世獨立佳人者。所謂詩倩麗綿眇，其神則蹇裳湘諸，幽幽蘭馨；其韻則天外雲翔，如往而復；極其神化之境，蓋如羚羊掛角而弗可跡也。曠觀海內，清豔明雋之才，若曼殊者，殊未有匹焉。」〔註37〕人詩共論、詩格即人格也。惜乎王德鍾雖味得曼殊之「詩味」，但卻不能以「曼殊味」的風格表達，所謂「倩麗綿眇」、「蹇裳湘諸」等等終與曼殊詩相隔，倒不如一個「清豔明雋」來得乾淨利落。

曼殊「清豔明雋」、感傷浪漫的抒情詩篇大致可以歸爲三類：一類表達唯心任運的禪境詩心；一類抒寫潭影疏鐘裏的國族關懷；一類描摹現代情僧「袈裟和淚」的愛情體驗。這只能是一個相對的劃分，其實蘇曼殊深淵似的浪漫詩情體現在各類文本中，無論對家國的理想還是對佛禪境界的追隨抑或對愛情的嚮往與排拒相互糾葛，這些共同體現了他在文學上的審美追求。

一、禪境詩心：「琵琶湖畔枕經眠」

在所有的文學門類中，也許只有詩才享有與哲學運思同等的地位，而禪和詩實際上是一種雙向滲透的關係，但禪宗作爲一種宗教具有形而上的性質，禪對詩的滲透遠遠超越了形式層面，更具有形上的深刻意義。禪對於詩歌抒情功能的深化，促進了中國詩人個性意識的覺醒，拓展出透妙精靈、幽深綿邈的詩歌藝術境界。詩僧是中國文學史上一個特殊的部落，他們爲中國詩歌園地植上了不少奇花異草，和俗間詩人詩歌一樣在文苑內爭奇鬥豔。歷代的僧人詩的藝術思維方式無論是追求空靈的意境或是運用機智的語言選擇，或是自由的抒發性靈，絕大多數是寫僧侶生活，寄興於空山寂林，在大自然或者禪房靜室中去尋求不生不滅、坦然靜謐的境界，用「寂然」之心去「觀照」萬物寂然的本質，「寂」爲佛教所謂眞理的本體，「照」爲智慧的功用。這些詩或風格明快、輕脫俊爽，或隱喻佛理、深刻見智，如：

　　　不動如如萬事休，澄潭徹底未曾流。

　　　個中正念常相續，月皎天心雲霧收。〔註38〕

沒有激動喧嘩，沒有揪心思慮，潭影空人心，萬物自淨化。物質世界各有自性，在刹那的生與滅中因果相續，自在自爲、無始無終地演化，「不生不滅，

〔註37〕王德鍾：《〈燕子龕遺詩〉序》，見《蘇曼殊全集》（四）。
〔註38〕香岩智閑禪師《三照語·寂照頌》，見《人天眼目》卷4。

如來異名」〔註39〕，物的本性和僧的佛性統一在「無我之境」，都具有了佛性「眞如」存在。情緒的介入或者概念的干擾，都不能達到眞正的「入禪」或進入「無我之境」。青原惟信禪師悟道時有一段相當精彩的公案常被引用來展示禪家悟道的三個層次或者三種境界：

> 老僧三十年前未參禪時，見山是山，見水是水。及至後來，親
> 見知識，有個入處，見山不是山，見水不是水。而今得個休歇處，
> 依前見山只是山，見水只是水。〔註40〕

在古代傳統文論中，「境」指作者的主觀情意與客觀物境互相交融而形成的藝術氛圍。託名王昌齡（698～756？年）的《詩格》第一次將佛教「境」的概念輸入詩論，提出：

> 詩有三境：一曰物境。欲爲山水詩，則張泉石雲峰之境極麗絕
> 秀者，神之於心，處身於境，視境於心，瑩然掌中，然後用思，了
> 然境象，故得形似。二曰情境。娛樂愁怨，皆張於意而處於身，然
> 後馳思，深得其情。三曰意境。亦張之於意而思之於心，則得其眞
> 矣。

王國維在構築他的審美理論體系時立足於傳統批評的現代性轉化，把「意境」升格爲審美批評的核心概念，他在《人間詞話》乙稿序中界定了他的意境概念，把「意」與「境」看作構成文學本質的不可或缺的兩面：

> 文學之事，其內足以攄己，而外足以感人者，意與境二者而已。
> 上焉者意與境渾，其次或與境深，或以意渾，苟缺其一，不足以言
> 文學。原夫文學之所以有意境者，以其能觀也。出於觀我者，意余
> 於境；而出於觀物者，境多於意。然非物無以見我，而觀我之時，
> 又自有我在。故二者常互相錯綜，能有所偏重，而不能有所偏廢也。

將青原禪師和王國維的話語兩相對照，可以看出「物境」階段只是形象直覺，所謂「見山是山，見水是水」；「情境」階段主體情緒外化，物被情化，所以「見山不是山，見水不是水」；「意境」階段是最高層次，認知己經達到理性的直覺，得到的是藝術的眞實，用佛教語就是已經超越「形」而達到佛性的眞如。依照一般的理解，禪宗追求的是沉靜空寂、消解感情、不食人間煙火的清高、脫離現實、逃避世俗的消極，但實際上禪宗意識比這些要複雜得多：

〔註39〕《楞加經》。
〔註40〕《五燈會元》卷17。

或古拙率眞天然無飾的「禪家本色」，或寧靜淡泊清遠和諧中涵蘊解脫塵囂的怡悅安適，或孤苦虛幻中質疑人生意義、在人生空漠中體現對既有秩序的懷疑和破壞欲望；或在清淨沈寂中常現生命律動的節奏、在消解感情導向空無中肯定人生指向審美……禪宗的佛性論使得禪僧們常到清幽靜謐的深林裏觀照自然勝景，返境觀心，頓悟瞬刻永恒的眞如；它的行爲論又使得禪僧們到杳無人跡的空山裏去過一種與世無爭、隨緣自在的生活。前者可以從皎然、靈澈們那些充滿青山、白雲意象的「清境派」詩歌中找出依據，而後者則可以從懶殘和尚、道吾和尚、寒山、拾得的那些山居樂道中得到證明。總之，禪宗比其他任何佛教宗派都更喜歡和大自然打交道。習詩的禪僧自然而然就把他們身邊優美的山水景物當作最主要的題材。

　　蘇曼殊以禪入詩、空諸色相，表現禪思、禪悅和禪趣的禪詩或禪味詩並不太多，重要的有《住西湖白雲禪院》、《次韻奉答懷寧鄧公》、《西京步楓子韻》。《次韻奉答懷寧鄧公》即「相逢天女贈天書，暫住仙山莫問予。曾遣素娥非別意，是空是色本無殊」，反映了曼殊的「色空不二」觀。《住西湖白雲禪院》在表現「悟空」方面較有代表性：

　　　　白雲深處擁雷峰，幾樹寒梅帶雪紅。

　　　　齋罷垂垂渾入定，庵前潭影落疏鐘。

這是惆悵孤獨、心靈死寂還是悠閒適意、寧靜淡遠？我覺得後者當更確切。詩的前兩句從視覺上描寫：一個遠景，幽靜的白雲庵似乎將靜穆的雷峰塔擁入懷中，或也可解讀爲悠閒的白雲掩映著靜穆的雷峰塔；一個近景，皚皚的白雪中冷清的紅梅獨自綻放，遠近互襯，由靜穆莊嚴喚起一種崇高感。後兩句寫在一片潭影澄澈、僧人心空的極靜意境中，幾杵「疏鐘」「落」音，遙遙傳來，顫悠紆徐迴蕩在水面上，不是「此處無聲勝有聲」，卻是「此處有聲勝無聲」，由空靈喚起一種虛無感。詩情緣境發，外境反映於主觀心緒。這首詩非常成功地運用了擬人和通感，首聯自自然然地巧用了一個「擁」字，不但生成一種悠然閒靜的氛圍，而且在空間形象上造成一種層次感空闊感。尾聯運用了在心理學或語言學上叫做「通感」（synaesthesia）或「感覺挪移」的修辭方法，聽覺上縹緲神秘、禪意濃鬱的鐘聲，徐徐落入視覺上白雲庵前的潭影裏，「落」字把聲音的波動說成好像有一種姿態，彷彿在聽覺裏獲得了視覺的感受。按照邏輯思維，五官各有所司，「人之百事，如耳、目、鼻、口之不可以相借官也」〔註41〕，但

〔註41〕荀子：《君道》，見《荀子》，上海古籍出版社1989年版。

是，在文人感覺中，作詩和說理不妨自相矛盾，可能「鼻有嘗音之察，耳有嗅息之神」。就在這通感的鋪設下，一種悠遠的「方外之情」便因之而顯露，時間、空間、虛實、靜動交融莫辨，瞬間與永恒同在，禪境與詩境共生。該詩中「齋」、「入定」、「庵」是禪佛名相，雲和鍾都是禪詩和禪味詩常常運用的兩個意象，靜物也許沒有比雲更能體現禪家的閒淡，動音再沒有比暮鐘更富有詩意和禪味的。近禪人和禪家對鐘聲的偏愛原因在心理層次上是多重的，鐘聲不但能喚起人們對寺廟的情感，所謂「姑蘇城外寒山寺，夜半鐘聲到客船」，鐘聲對客旅來說，既是一種時間的定位，也是一種地點的定位，使之在萬籟俱寂的深夜獲得一種依託感、相伴感，而且動亦靜、實亦虛、色空無異、動靜不二、不可捉摸的鐘聲，象徵著禪的本體和詩的本體；而且，鐘聲也使得詩人在對嫋嫋鐘聲的體味中，最容易將宗教情感轉化為審美情感，超越於形象之外的悠遠綿長的詩的韻味從中體現出來，當然打破虛空的鐘聲還能使詩人感覺到「警策」，象徵又一次心靈的頓悟，如杜甫《遊龍門奉先寺》中句：「欲覺聞晨鐘，令人發深省」。而在曼殊詩中，節奏平緩的「疏鐘」與詩人淡泊閒靜的心態異質同構，鐘聲從靜寂中悠遠地升起又漸遠漸淡地回落，直到消失，散發著幽靜淡雅的清氣，傳達出永恒的本體的靜美。在鐘聲中宇宙與心靈融為一體，詩人進入幽邃神秘的精神世界。

《住西湖白雲禪院》這首詩，具有唐詩流派中以王維、孟浩然為代表的「澄澹精緻」派的禪趣。而其實，這首詩中最有靈氣的就是「雪中紅梅」和「遠鍾疏音」了，如果說前者象徵著詩人的閒靜空寂絕不趨向死寂，化虛為實、化空為色，那麼後者作為詩的結尾那嫋嫋餘音，化靜為動、化實為虛，與前者兩相對照，將一切迷妄頓覺幻化為空無的永恒，達到言已盡而意無窮的境界。但是實際上，曼殊詩很少有向心空門、平靜空淡的心靈境界，像盛唐時代王維、孟浩然那種「勝境」的靜照默觀在中國詩歌史上從中唐以後已成稀音。而且大曆後南宗的興起取代了北宗的坐禪，「平常心是道」，更加肯定頓性自悟。蘇曼殊極少寫僧人生活，但這首寫得極佳。如郭紹虞《詩品集解》中所說：「平居澹素，以默為守，涵養既深，天機自合。」曼殊生活在飽經憂患的清末民初，那是一個很少「清淨心」的時代，他接受的又是南禪的曹洞宗〔註42〕，像這首詩歌的意境是他很難時常獲得的。大多數情況下，曼殊都將禪宗的「唯心任運」的精神化為一種創作思維方式，在創作中強調「我」的存在，讓「我」的審美意識坦蕩流瀉。

〔註42〕蘇曼殊：《〈潮音〉跋》，見《蘇曼殊文集》，第309頁。

二、國族關懷：「故國傷心只淚流」

　　關注家國問題，表達社會情緒，參與歷史進程，以廣佈和單向強入的方式實現這份關切，是清末民初中國文化現代性轉換初期中國知識分子的實務選擇。詩僧蘇曼殊作爲這個群體中的一員，在早年曾經以實際行動積極參與了理想國家的重構，他早期的詩和畫即洋溢著雄渾高逸的風致。在內外因促動下走向潭影疏鐘後，曼殊對於國族的關懷並沒有減弱，而是成爲他人生審美的一個部分。《燕子龕隨筆》（三七）記載：「草堂寺維那一日叩余曰：『披剃以來，奚爲多憂之歟耶？』曰：『雖今出家，以情求道，是以憂耳。』」〔註43〕作爲一個具有現代意識的禪僧，他的入世和戀愛都含有這個「以情求道」的「情」的意義，即爲人間「一切有情」。他以他的無題詩、詠史詩甚至愛情詩體現他的「烏托邦」式民族理想以及其幻滅的悲哀。

　　《以詩並畫留別湯國頓》（二首）是蘇曼殊現存最早的詩作，1903 年 10 月 7 日發表於《國民日日報》，也成爲蘇曼殊愛國主義詩篇的代表作：

一

> 蹈海魯連不帝秦，茫茫煙水著浮身。
> 國民孤憤英雄淚，撒上鮫綃贈故人。

二

> 海天龍戰血玄黃，披髮長歌覽大荒。
> 易水蕭蕭人去也，一天明月白如霜。

作者借戰國時齊人魯仲連不帝秦和魏人荊柯行刺秦王的典故來表達國民滿腔孤憤，「披髮長歌」的情懷、「易水蕭蕭」的悲壯極寫了堅定的反清革命意志，從中我們可以見出當時將屆 20 歲的蘇曼殊熱血奔流的生命激情和渴望成就偉業的志願。但是，隨著蘇曼殊對於「革命」與「民族國家」瞭解的增多和理解的深入，他熱血沸騰的豪情漸漸讓位給了「故國傷心只淚流」。「上國已荒蕪，黃星向西落」〔註44〕，是他無以排遣的悲慨。1909 年的《落日》詩寫他在滄波遠島思念家國，想到歷史上被異族淹留的蘇武和蔡文姬，對於自己羈縻情網、不求振作感到慚愧，「落日淪波絕島濱，悲笳一動劇傷神。誰知北海呑氈日，不愛英雄愛美人！」，表達了他願意象蘇武和蔡文姬一樣永葆愛國的情懷。

〔註43〕見《蘇曼殊文集》，第 401 頁。
〔註44〕蘇曼殊：《耶婆提病中，末公見示新作，伏枕應答，兼呈曠處士》。

—107—

　　以懷古的方式切入對現實的國族關懷是古今詩人常用的手法。杜牧的《江南春》巧妙地融入了對歷史的感慨：「南朝四百八十寺，多少樓臺煙雨中。」表面上看，詩人意在懷古，其實懷古的原因乃在於傷今。東吳、東晉、宋、齊、梁、陳走馬燈般轉瞬即逝的朝代更替最能體現歷史的教訓，也最能體現歷史虛無感和人生幻滅感，因而為隋唐以後的詠史詩人所矚目，以至於形成了一種剪不斷、理還亂的「六朝情結」。在文人心中，一切功名利祿、風流年華就像流水落花一樣轉眼難覓，亙古永存的只有那些漠然無情的高天閒雲。但是，盛世詩人在詩中表達的雖有迷茫和感慨，但更多的是一種理想主義的豪邁和雄渾、樂觀主義的激情和自信，而身處變世的詩人表達的多是靜守和傷悼，多情、敏感、悵惘、哀怨包容其間。從審美感受上言，一種是外拓、瀟灑、雄健的力度美，一種是水中月、鏡中花般的陰柔美。這些我們從盛唐李白和晚唐小李杜的「六朝」詩篇中能深切地感受到。李白的《月夜金陵懷古》寫「蒼蒼金陵月，空懸帝王州」，我們分明感到一種揮斥方遒的信念；李商隱的《吳宮》則是「龍檻沉沉水殿清，禁門深掩斷人聲」的死寂和惆悵，以及「吳王宴罷滿宮醉，日暮水漂花出城」的歷史玄想和慨歎。以六朝入詩的代表作還有杜牧的《悲吳王城》：「二月春風江上來，水精波動碎樓臺。吳王宮殿柳含翠，蘇小宅旁花正開。解舞細腰何處往，能歌姹女逐誰回？千秋萬古無消息，國作荒原人作灰。」《題宣州開元寺水閣閣下宛溪夾溪居人》：「六朝文物草連空，天澹雲閒今古同。鳥去鳥來山色裏，人歌人哭水聲中。深秋簾幕千家雨，落日樓臺一笛風。惆悵無因見范蠡，參差煙樹五湖東。」韋莊的《臺城》：「江雨霏霏江草齊，六朝如夢鳥空啼。無情最是臺城柳，依舊煙籠十里堤。」另外，還有劉滄的《經過建業》、《題吳公苑》，李群玉的《秣陵懷古》等等。晚唐詠史詩無一例外的表現出哀婉幽怨、反躬自悼的憂傷情緒，初盛唐詩歌所具有的樂觀向上、氣勢開張的情懷，已被低沉頹廢、纖柔脆弱的心緒所代替。這一方面是因為幽美的理想重在抒情寫意，另一方面乃是社會與時代走向沒落的必然哀響。正如宗白華所說：「漢末魏晉南北朝是中國政治上最混亂、社會上最苦痛的時代，然而卻是精神上極自由、極解放，最富於智慧、最濃於熱情的一個時代，因此也就是最富有藝術精神的一個時代。王羲之父子的字，顧愷之和陸探微的畫，戴逵和戴顒的雕塑，嵇康的廣陵散（琴曲），曹植、阮籍、陶潛、謝靈運、鮑照、謝朓的詩，酈道元、楊衒之的寫景文，雲岡、龍門壯偉的造像，洛陽和南朝的閎麗的寺院，無不是光芒萬

丈，前無古人，奠定了後代文學藝術的根基與趨向。」〔註45〕

　　蘇曼殊生逢亂世，對於六朝他有著和其他末世文人同樣的興亡感，像許多詠史的詩人一樣，他也常常把江南花草、六朝廢墟納入詩情觀照。蘇曼殊以蘇臺水驛、吳宮月華等六朝風物入詩的作品很多，如《東居十九首（十四）》「誰知詞客蓬山裏，煙雨樓臺夢六朝」〔註46〕。詠史詩的朦朧性、含蓄性，使其既包含著對古人古事的詠歎，又深蘊著對今人今事的傷懷，以及其他諸種更爲深刻、更具終極意義的人生感喟。而蘇曼殊內心的「六朝情結」更爲複雜：

　　（一）作爲一個曠達的詩人，六朝時以狂放不羈、自由放任、風姿俊美爲高的社會風氣給他留下了豐富的情感資源；（二）六朝時佛學的輸入極大地改變了兩漢以後儒家抱殘守缺、思想凋敝的狀況。作爲一個身寄空門的佛徒，六朝時佛教風行、佛學昌興、寺院林立的盛況又讓他念及當世的佛教敗落；（三）蘇曼殊對六朝情有所鍾的更深的原因當從美學上考慮，佛典文本審美價值很高，匪夷所思的荒誕，意落天外的玄想，補充了中國文學質實有餘而想像不足的缺點，佛典中雜陳的香豔之筆，其放肆的文風是中國文人流連的誘因之一，這些所促成的六朝詩文的哀感頑豔合乎蘇的審美理想；（四）六朝是一個藝術自覺的歷史時期，也是一個美學自覺的時代，文學暫時從儒家的規範下旁逸斜出，獲得相對的主體性，這合乎蘇的文藝觀。由於深深的「六朝情結」，以致於蘇曼殊在《南洋話》中寫怎麼解決爪哇荷蘭人壓迫華人問題時極端地說：「分派學人，強迫教育，使賣菜傭俱有六朝煙水氣，則人誰其侮我者！」這聽起來有些荒誕不經，卻實在是一個佛子拳拳愛國愛眾生思想的體現。時代的困窘在曼殊心頭打下痛苦的傷痕，而這又不可避免地使詩人的詠史詩染上悲哀的色調和傷悼的情緒，它們彷彿是一支支輓歌，爲走上覆滅之路的清王朝送行。

　　1913 年夏天，蘇曼殊遊覽蘇州，擬償還自己在辛亥革命勝利時節、從爪哇回國前給柳亞子信中所言「向千山萬山之外聽風望月，亦足以稍慰飄零」

〔註45〕宗白華：《美學散步》，第 177 頁，上海人民出版社 1998 年版。

〔註46〕柳亞子《蘇曼殊全集》錄爲「樓臺」，馬以君《蘇曼殊文集》錄爲「按臺」。此句語本唐代杜牧《江南春》：「南朝四百八十寺，多少樓臺煙雨中。」表感時傷懷的古詩詞用「樓臺」很多，如秦觀：《踏莎行》有「霧失樓臺，月迷津渡。」蘇軾：《春宵》有「歌館樓臺聲細細，秋韆院落夜沉沉。」但以「按臺」入詩的幾乎難尋。故本書以柳本爲憑。

的夙願，可惜美妙的湖光山色不但不能慰藉詩人的愁心，倒更觸發了他懷古傷今之情，寫下了久負盛名的《吳門》十一首，首首皆為東風客舟中的「物哀」：感憤「萬戶千門盡劫灰」，酸楚「故國已隨春日盡」，惆悵「中原何處託孤蹤」……，「白水青山」終不能排遣詩人對於世道的憂思，於是這隻倦飛的「斷鴻零雁」在詩尾再次表達對「輕風細雨紅泥寺」的無限心歸。

三、袈裟和淚：「恨不相逢未剃時」

　　早期禪宗「於一切境上不染」，「於自念上離境」〔註47〕，而活動於唐大曆、貞元年間的馬祖道一禪師和同時代的詩僧皎然認為「凡所見色，皆是見心；心不自心，因色故有心」〔註48〕，「空何妨色在，妙豈廢身存」〔註49〕。所以，以情證道、色中悟空也是佛家修煉的一個途徑，禪詩中也有不少舉豔詩，如圓悟克勤禪師的示悟詩：「金鴨香消錦繡幃，笙歌叢裏醉扶歸。少年一段風流事，只許佳人獨自知。」〔註50〕蘇曼殊寄身禪門卻難抵「並肩攜手納涼時」的人間溫馨，以致於「偷嘗天女唇中露」，但明珠欲贈卻擔憂「來歲雙星」引愁，念佛言「是空是色本無殊」，決心白馬投荒「任他人作樂中箏」，終於「九年面壁成空相」持錫歸來，而面對「一自美人和淚去，河山終古是天涯」的孤獨，他又「幾度臨風拭淚痕」……，這便是蘇曼殊「情僧」雅號的由來。作為一個願力莊嚴的禪僧，蘇曼殊相信佛家的色空觀，愛情和女子的「色相」都是一己之妄念，他認為「因緣際會，與女子相親相愛正是他體悟色空一個關捩」〔註51〕，他有在「臨去秋波那一轉」間於「色中悟禪」的志願，無論如何驚豔與溺情，他從不與任何佳麗發生肉體關係，歌哭狂笑、歡腸似冰，都是悟入禪境的心理里程。

　　但我認為蘇曼殊的「美人情」不僅只在於他自己所說的「以情求道」。正如我們第一章所分析地，曼殊確實有一顆被佛理禪規浸淫過的佛子靈魂，對世俗情愛極力排斥，但他也有一顆曾經被歐風美雨喚醒過的人子靈魂，對現代性愛有著熱烈的慕戀，背著「燕子龕」漂泊的生活所形成的內驅力又使他渴求美人的撫慰；而棄兒的隱痛又讓他恐懼「撫而有室」，所以才會有佛心與

〔註47〕　《壇經》。
〔註48〕　《祖堂集》卷14《道一傳》。
〔註49〕　《禪思》。
〔註50〕　《五燈會元》卷19「昭覺克勤禪師」。
〔註51〕　黃永健：《蘇曼殊詩畫論》，第149頁，中國社會科學出版社2001年版。

情心的交割：靜子的殉情，讓他痛苦得「無端狂笑無端哭」；金鳳的從良，使他感到「盡日傷心人不見」的淒涼；百助的他適，叫他恍惚「日日思卿令人老」；花雪南的不遇，更令他傷情到「瘦盡朱顏只自嗟」；雪鴻的苦別，惹他產生「可能異域爲招魂」的玄思。

　　「行雲流水一孤僧」的自況隱含了蘇曼殊全部的清高和惆悵。他有時把愛情與國憂聯繫，以寬解內心情與佛、傳統禮規與現代愛情審美之間的矛盾失措，如《無題》詩二首：

一

　　　綠窗新柳玉臺旁，臂上猶聞椒乳香。
　　　畢竟美人知愛國，自將銀管學南唐。

二

　　　水晶簾卷一燈昏，寂對河山叩國魂。
　　　只是銀鶯羞不語，恐防重惹舊啼痕。

在一個朝代的落暮，騰達無望的文人爲生存、爲理想總要拋婦別雛、顛沛流離、飄泊無依，再加上身世之悲引帶的國仇家恨之思，他們往往寄情山水或秦樓楚館，但是即便是抒寫聲色之歡，大多作品仍然著意在人生情感和生命體驗，歌女藝伎青春易逝、花容難駐，勾起詩人人生悲劇性和美的短暫性的惆悵；她們「以色侍人、色衰愛弛」的潦倒命運，最能撥動落魄文人情感的共鳴。像白居易的《琵琶行》完全沒有一點點無聊的男女色欲，兩人的情感建立在同病相憐、相互理解的基礎上，閃爍著人性的光輝，「同是天涯淪落人，相逢何必曾相識」也成爲千代後生詠歎的名句。蘇曼殊以紅顏佳人爲題材的詩有40多首，《東居雜詩》（十九首）雖然類似「和尚偷香」的本事追蹤，但卻隱含了深層的文化意蘊。「流螢明滅夜悠悠，素女嬋娟不耐秋。相逢莫問人間事，故國傷心只淚流。」（《東居雜詩（二）》），詩人想像月裏嫦娥在「流螢明滅」的秋夜降臨人間，耐受不了故國寒凝大地，一派蕭殺的景象，以影射民生凋敝的社會現實，吐露作者對國運民生的憂慮和悲傷。「六幅瀟湘曳畫裙，燈前蘭麝自氤氳。扁舟客與知無計，兵火頭陀淚滿樽。」（《東居雜詩（十八）》），詩人自況「兵火頭陀」，沒有被畫裙飄曳、蘭麝氤氳的賞心樂事所陶醉，恰恰相反，在裙帶飄香中多愁善感的佛子念及故國生靈塗炭，魂牽夢縈，濁淚滿樽。其實，無論曼殊把愛情轉喻爲禪悅還是轉喻爲國族關懷，其內心依然明朗他執著的是現代愛情的「知己想像」。關於曼殊愛情文本的意義要複

雜得多，遠遠不是我們這裡以內容闡述爲目的的部分所能徹底論清的，在「愛的發現與意義重估」一節我們會對曼殊文本的情愛主題包含的愛情轉喻與佛法規訓內涵深入探討。

以上我們把蘇曼殊詩進行了分類討論，悟禪、國族和美人是曼殊文學的主旋律，也永遠使他深深地心痛，在三角間的出出入入既是療傷也是致傷。曼殊的對於國事興廢的極度關心，實在出於國家民族在一個飄零四海的流浪漢心中不僅代表了根，更重要的是這與大慈大悲的佛家願望天下眾生平等皆有福祉相一致，也在於蘇曼殊強烈的對於能保障個人心性自由的開放清明的政治圖景的熱望。1906 年 10 月，當他在上海聽到傳聞皖江風潮與友人江彤侯有關，便食不下咽，寐不交睫，「必買草鞋，向千山萬山之外，一片蒲團，了此三千大千世界」，以斷情根，囑咐朋友「爲道爲人，尚需自愛」〔註52〕。柳亞子《蘇玄瑛傳》載：曼殊「數數東渡倭省母，會前大總統孫文，玄瑛鄉人也。時方亡命隅夷，期復清社。海內才智之士，麟萃輻湊，人人願從玄瑛遊，自以爲相見晚；玄瑛翱翔其間，若壯光之於南陽故人焉。及南遊建國，諸公者皆乘時得位，爭欲致玄瑛。玄瑛冥鴻物外，足未嘗一履其門，時論高之。」可見曼殊並不渴望廁身其間，並不奢望一個國泰民安的朝綱能帶給他實在的便宜。無論曼殊哪一類詩，都體現了他以文字的訴說來彌補內心虛空、療救心靈孤獨的企圖，他經常賦成一詩趕快寄贈友人——即便是滿紙滴淚、對於和尚畢竟是「異端」的情詩，這無疑是一個渴望在友人那裡得到肯定、以抱慰生命悖論中的掙扎的明證。

四、審美追求：靈、動、新

曼殊詩的審美風格特徵我們試圖用以下幾個字概括：靈、動、新，其「妙有」、「韶秀」的境界含有古典詩歌的審美特徵，其清新與直抒胸臆又是以後現代浪漫主義詩歌的審美共性。

「靈」，首先表示自然。與他的詰曲聱牙、難以索解的譯風迥然不同，曼殊詩最主要的特點是出脫自然、雕琢無痕。在審美範疇裏，「自然」和「眞」是一對雙胞胎。1906 年王國維在《人間詞話》中談到文學批評的尺度時，認爲詩人應該進入超利害的純粹的審美狀態，讓毫無裝飾的「赤子之心」盡情展露，「以自然之眼觀物，以自然之舌言情」，甚至「主觀之詩人」應該少閱

〔註52〕《致盧仲農、朱謙之》，《蘇曼殊文集》，第 472 頁。

歷，以葆有「真性情」。〔註 53〕「最上乘，無可造，不施功力自然了」，佛家的最上乘與詩家的最上乘同在直契本心的「自然」的旗幟下走到一起。詩的基本要素和固定成分是節奏和聲韻，由它們所產生的一套通用的格工和法則構成了格律詩的規範。中國格律詩就其形式而言包含押韻、平仄和對仗。蘇曼殊以古體譯詩，作詩只選五言或七言絕句，沒有律詩傳世。律詩講究排比、對偶，對於形式的要求很高，在曼殊一定覺得桎梏性靈、拘謹情感，不能任情揮灑自鳴。在詩體運用上曼殊的崇尚自然、直抒性靈、尊重個性有類於蘇軾，二人都不主張為了格律而犧牲自由，為了藝術形式而放棄精神內容，他們的詩自由驅遣典故和俚語，僵死的學問也表現得鮮活流走，天才的詩心和「唯心任運」的思維方式、行雲流水的詩風深契於詩間。但二人的審美風格仍有很大差別。浩瀚的東坡那種空造萬有、心造萬象的氣勢和直抉神髓的手眼是纖弱細膩的曼殊所不能企及的，如蘇東坡《六月二十七日望湖樓醉書五絕》：「黑雲翻墨未遮山，白雨跳珠亂入船。卷地風來忽吹散，望湖樓下水如天。」真乃健筆縱橫，八面翻滾，快如並剪，而曼殊詩文那種「濃妝淡抹總相宜」的情韻也是東坡詩所稀少的。雖然曼殊詩文也有浩蕩長歌的雄健，如他的《以詩並畫留別湯國頓》，但曼殊慣寫的是「暮煙疏雨」（《吳門（一）》）、「春泥細雨」（《吳門（二）》）、「輕風細雨」（《吳門（十一）》），他在微雨的輕漫浩淼中寄託個人的細愁纖思或歡欣喜悅，這種愁思和欣悅似乎是與生俱來、深入他的骨髓中的情緒，和他生命的律動是如此的諧和，所以他只用娓娓道來便自成體制，毫無「欲賦新詩強說愁」的扭捏作態。我們試看他《吳門（十一）》：「白水青山未盡思，人間天上兩霏微。輕風細雨紅泥寺，不見僧歸見燕歸。」當時詩人正在蘇州滾繡坊鄭詠春家與鄭桐蓀、沈燕謀編寫《英漢辭典》和《漢英辭典》，閑暇時常常結伴出遊，領略吳越勝景麗色，把無盡的生命情懷寄託於「白水青山」，但吳越一帶美麗的風光終究不能排遣詩人的思緒，在思慮迷茫中似乎辨不清濛濛的「人間天上」，詩人恍恍惚惚遙想起那泥紅色的寺院，好像看到在「輕風細雨」的黃昏，它迎回了倦飛的燕子，也在細細默村著詩僧的歸來。「紅泥寺」的佛教意象強烈地凸顯在讀者的腦海，結句兩個「歸」字，其涵義又不言自鳴地成就文本一種逃離俗世的皈依欲望。整個思緒的流動渾然天成，全詩沒有用一個「愁」的字眼，但淡淡的哀愁卻彌漫在字裏行間。活化典故，巧用禪語，主觀性靈的自由抒發成為曼殊詩歌

〔註 53〕　《王國維文學美學論著集》，北嶽文藝出版社 1987 年版。

創作的審美思維方式，天然本色是曼殊詩最強烈的特點。

「靈」第二個意向表示「靈月鏡中」，即是一種空靈的、毫無塵染的詩心。蘇曼殊生活在中國歷史上一個極爲紛擾多故又人才薈萃的時期，在一個新舊澎湃混攪的時代，蘇曼殊與各路人都有結交，然他像一隻白鶴翱翔其間，世俗的惡濁始終不能玷污了他，這是他特別爲時人如孫中山、章太炎、黃侃、柳亞子等所敬重的原因。他每時以一副童心對待世事人心，難免也會受到傷害，這也是他終生無以排解的痛苦。他曾經委託黃晦聞爲他刊刻一方石印，上書：「我本將心向明月，誰知明月照溝渠。」正因爲他一塵不染的心靈，所以他的詩即顯得如鏡中明月般的靈秀。如他的《邇友》詩：「雲樹高低迷古墟，問津何處覓長沮？雲郎引入林深處，輕叩柴扉問起居。」每讀這首詩我都會想起賈島的《尋隱者不遇》：「松下問童子，言詩採藥去。只在此山中，雲深不知處。」而賈島的「雲深」霧繞和曼殊的「林深處」「輕叩柴扉」比較起來，後者既超然物外又優游其間的閒淡細膩倏然似在眼前，而「問起居」這一平淡的日常俗套在「雲樹高低」間也顯得格外情投意合、不落塵滓。我們似乎看到一種畫境，那麼山重水複，又那麼靈澈晶瑩。曼殊即便寫沉重，也能寫得靈氣淋漓。我特別欣賞的是他的《過平戶延平誕生處》：

> 行人遙指鄭公石，沙白松青夕照邊。
>
> 極目神州余子盡，袈裟和淚伏碑前。

首聯平平起筆，在異國他鄉賞山玩水的詩人在不經意間聽到別人說鄭成功「兒誕石」；頷聯用白描手法狀寫夕陽下鄭公石的「沙白松青」的景色，好像詩人隨著他人手勢，看到了兒誕石。而詩人在此刻才猛然想到鄭成功的來龍去脈、鄭公石的歷史蘊藉，又自然而然聯想到祖國大好河山淪於外強，頸聯突兀跳出「余子盡」的悲愁，一代民族英雄的豪邁後繼無人，難以言狀的悲憤突襲了詩人的遊興，掘進了他的心靈深處最苦最無奈的隱痛，他忍不住跌跌撞撞匍匐到鄭公石前，淚水婆娑，「伏」的動作極其逼眞活畫了曼殊滿腔難遏的痛苦，而「袈裟和淚」的意象簡直是蘇曼殊在逃世與逃禪間最好的注解：即便託身世外以求清淨，而「總是有情拋不了，袈裟贏得淚痕粗」〔註54〕。這首主題深沉的詩，曼殊用一個白描、一個動詞「伏」和一個「袈裟和淚」的意象處理得如此巧妙精緻，境界高邁靈透，在所有涉及臺灣淪陷題材的詩歌中無人可以比肩，我們對比一下郭沫若的《甲申三百年祭》：

〔註54〕劉三：《贈曼殊》，見《蘇曼殊全集》（五），第286頁。

　　　　春愁難遣強看山，往事驚心淚欲潸。

　　　　四萬萬人同一哭，去年今日割臺灣。

郭沫若和蘇曼殊同屬感情豐沛、詩人氣質很濃的文人，但看他詩中的「愁」、「強」、「驚」、「哭」等字眼，明顯感到在藝術審美上達不到曼殊詩的韻味、靈氣，蘇曼殊不用一個「愁」，也不必寫「哭」，更不要那種「四萬萬人」的氣勢，而歌哭自在字內，僧人「淚」「伏」碑前的赤子之情對讀者所造成的藝術感染力恐怕不在郭詩之下。

　　曼殊詩的第二個特點是「動」，表現在詩人以主觀心緒選擇意象並構造詩歌意象結構，使萬物似有生命的律動，隨詩人喜憂哀樂；主體那種強烈的表達欲望和呼喚認同的意識，使文本充滿言說的動感和抒情的氛圍。我們試以曼殊詩中的「色彩詞」來論證之。「靜穆的觀照與飛躍的生命構成藝術的兩元」〔註55〕，萬境由心所生，心能造境，外境都是主觀心性的體現。詩人主體可以取捨外境，還可以通過藝術想像憑空創造出藝術形象來，即皎然《白雲歌寄陸中丞使君長源》中所謂：「逸民對雲效高致，禪子逢雲增道意。白雲遇物無偏頗，自是人心見同異。」從主觀心緒出發，向客觀去尋找對應物，對物傷懷、對影自悼，常常是走向沒落時代的詩學主潮。但只有尋找，沒有新的營構參與到客觀中，客觀便不能充分圓滿表達詩人複雜的詩思和情致。主觀的詩人總是在「物」上不僅感受到了「物」知「人哀」，也能伴人哀樂，萬物在他們筆下是有靈性的。

　　蘇曼殊以景抒情的詩在內容上常常超越了所言之志、所緣之情的理性規範，因而在技法上就像印象派繪畫一樣，力圖超越對象世界清晰的輪廓，以充滿主觀的色彩來感受和塗抹物象，更在選詞上偏愛色彩，這一點和晚唐詩人有相近處。以色調論，顏色可以分為冷暖兩種，前者包括紅、黃、紫、橙諸色，後者有藍、黑、白、綠等。前者給人的感覺是溫暖、熱烈、擴散、飽滿，後者讓人感受到清冷、平淡、冷峻甚或內斂。晚唐詩人對色彩有一種近乎出自天性的癡迷，可能濃豔鮮明的色彩帶有極強的主觀性與擴散性甚至於迷茫性，很契合朝代末勢期的文人朦朧繚亂的心情，同時也有助於詩人打破精神與物質間的界限進入藝術想像的王國，使本已朦朧的詩境在色彩的雲蒸霞蔚下增添迷離的氣氛與情調，所以那些濃麗豐豔、對比鮮明的色彩好像更適合他們的口味。色彩之間的相互搭配是他們所關注

〔註55〕宗白華：《美學散步》，第76頁，上海人民出版社1981年版。

的，兩種暖色的交相呼應既有一種夢幻般的色調，又給讀者以色彩紛繁、意境迷離的感受；同時，詩人也注意運用色彩之間的反差和對比來加強詩境，使內心在冷與熱、開放與封閉、前進與後退、興奮與沉靜、樸素與華麗間震動變化，視覺的迷亂增加了詩境的夢幻色彩。顯然，這裡對色彩的運用已遠遠超出再現對象世界的客觀需要，而是出於營造情感氛圍的主觀需要。更深的層次考慮，晚唐文人對色彩的摯愛，也許不僅僅出於藝術創作的自覺結果，更是深層生命力的一種並非自覺的釋放與燃燒。色彩與形體、聲音等其他外在形式相比，似乎更為直觀，更為強烈，也更為貼近人類的心靈與情感。西方著名學者阿恩海姆曾言：「說到表情作用，色彩卻又勝過形狀一籌，那落日的餘暉以及地中海的碧藍色所傳達的表情，恐怕是任何確定的形狀也望塵莫及的。」〔註56〕對於走向心靈深處、沉浸於各種複雜矛盾情感之中的晚唐詩人，他們的心靈始終籠罩在絢麗斑斕的色彩世界之中。當他們身臨亂境、感受絕望時，內心往往會產生飛蛾撲火似的「死亡衝動」，而情感的宣泄與燃燒恰恰是一種不自覺的生命耗費形式。與此同時，斑斕的色彩就伴隨著複雜的情感一躍而出了。〔註57〕所以當我們閱讀晚唐溫李的詩或詞，「色彩」總會時不時閃入我們的視覺，特別是李商隱等的《無題詩》，青蘿碧樹、杏紅桃綠，紫煙錦帆、雪松黑雨，真是繽紛豔麗。那麼，我們再試看一組有色彩詞的曼殊詩句：

（1）白雲深處擁雷鋒，幾樹寒梅帶雪紅。

　　　　　　——《住西湖白雲禪院》

（2）茅店冰旗知市近，滿山紅葉女郎樵。

　　　　　　——《過莆田》

（3）胡姬善解離人意，笑指芙蕖寂寞紅。

　　　　　　——《遊不忍池示仲兄》

（4）況是異鄉兼日暮，疏鐘紅葉墜相思。

　　　　　　——《東居（十七）》

（5）羸馬未須愁遠道，桃花紅欲上吟鞭。

　　　　　　——《澱江道中口占》

〔註56〕阿恩海姆：《藝術與視知覺》，第455頁，中國社會科學出版社1984年版。
〔註57〕參閱陳炎、李紅真：《儒釋道背景下的唐代詩歌》，第218頁，崑崙出版社2003年4月版。

首先，我們從例句可以看出，與晚唐詩人濃鬱的色彩偏愛相比，蘇曼殊不太喜歡采麗竟繁，更不喜歡堆砌華麗不實的辭藻，他的色彩選擇比較單一，即「紅」，但是我們卻並不感到單調，他的「紅」都用得那麼非凡：如句（1），很平凡的「雪壓紅梅」，曼殊用了一個「帶」字，一下子生動起來，特別是把「紅」字置於「雪」後，是梅染白雪？是雪淡紅梅？白中透紅模糊了梅紅與雪白的色彩炫度，視覺上非常愜意。句（2）後半句，除了「滿」和「紅」兩個形容詞，其他均用名詞，全句沒有一個動詞，但色彩詞活躍了畫面，打通了「動」與「靜」，整個意境栩栩如生。另外，從這些例句可以看出，曼殊用色彩詞最高妙之處在於他非常善於把色彩與通感的修辭技巧疊合。在前文我們曾說過，「通感」或稱感覺挪移，是指人在內外界的感應中五官往往可以互通，各官能之間不再分界，「顏色似乎會有溫度，聲音似乎會有形象，冷暖似乎會有力量，氣味似乎會有鋒芒」〔註58〕。通感造成意象往復、動感連綿、回味無窮的效果，這也是曼殊的色彩「單一」卻不單調的原因之一。如句（3），在美人「笑指」下，詩人感知視覺的「紅」為意覺的「寂寞」，是人解花語還是花解人意？似乎換任何一個詞如「別樣」、「作意」等等，都沒有「寂寞」二字更熨貼人心，況且前邊緊連的是一個善解人意的「笑」！句（4）以聽覺的悠悠鐘聲、視覺的秋日紅葉、意覺的綿綿相思構成聯覺，異鄉日暮的相思難免是濃得化不開的，但曼殊沒有極寫其濃，聯覺用一個「墜」字相連，在暮鐘聲裏「相思」從「紅葉」上墜落的意象烘托出主體情感的深沉，似乎讀者可以看到在紅葉上滾動的晶瑩的淚珠。

蘇曼殊能夠如此巧妙地調動色彩造就詩境的圓融，使主觀之情得到深刻的動態表達，可能得益於兩個方面的原因：（一）深悟禪機的詩人在直覺思維上物我混融，物隨心靈驛動，實虛接引，動靜促發。如句（5）「桃花紅欲上吟鞭」，詩人將外境的春紅爛漫移入內心，將境視為心靈的外化形象，此花已非彼花，而是意中之花了。這即為「對境觀心」，類「菩薩觀諸有情，如幻師觀所幻事，如觀水中月，觀鏡中像，觀芭蕉心」〔註59〕，那種「紅上吟鞭」的快意也是呼之欲出的詩人心境。正如宗白華所見：「禪是動中的極靜，也是靜中的極動，寂而常照，照而常寂，動靜不二，直探生命的本原。禪是中國人接觸佛教大乘義後，體認到自己心靈的深處而燦爛地發揮到哲學境界與藝

〔註58〕錢鍾書：《舊文四篇》，上海古籍出版社1979年9月版。
〔註59〕錢鍾書：《妙悟與參禪》，見《談藝錄》，第239頁，商務印書館2011年版。

術境界。」〔註60〕（二）蘇曼殊深厚的、無師自通的繪事功底也滲透了詩人的詩歌創作。畫事全憑色調鋪展情韻，蘇曼殊在他的山水畫中就特別會以聯覺的技巧調遣筆墨，寒汀遠渚的構式上輕煙淡嵐、氤氳蕭散，即便船馬或行僧也都淡墨匀染，使天地山水雲雨人禽渾然和合，這也和他的詩作上常常能夠將色彩與主觀心緒互動是一個道理。正是由於曼殊詩能充分調配靜（如色彩）中的動，所以我們讀曼殊詩總有行雲流水的暢流感。

　　而建立在「靈、動」之上的是曼殊詩的「新」，就是一種清新的、感傷的浪漫風，它挑戰了傳統詩學審美，也正是在這個意義上曼殊詩歌成為出於「古典」而入於「現代」的一枝獨秀。劉納在《1912～1919：終結與開端》〔註61〕中論及新文學的發難者貶斥和遺棄了1912～1919年間從事寫作的各類詩人文人，說「然而有一個例外，這就是蘇曼殊」。他把這個例外的原因歸結為兩點：一為身世與性格引起後人好奇，一為得助於友人的情誼，並進一步指出「這裡包含著不公平，歷史和文學歷史通常由公平和不公平共同構成」。我贊同這篇文章關於歷史「誤會」的觀點，這也正是我寫作本書的出發點：把那些在文學歷史上被人為的剪裁「剪輯錯了的故事」重新發掘出來，但是我想，只強調這兩點似乎更不公平，蘇曼殊在「兩點」原因之外一定還有他更值得後世有鑒賞力的讀者和學者稱道的地方。「怨而不怒，哀而不傷」是中國的傳統詩學，文人欣賞的是溫柔敦厚，反對的是直抒胸臆，在行動風度上更是要求「發乎情而止乎禮」，這也上升為文藝創作上的審美準則。我們可以拿蘇曼殊與唐代詩人王維相比較：他們一個「自我」，殫精竭慮；一個「無我」，寧靜致遠。一個落魄孤獨，窮困潦倒；一個生路暢達，春風得意。一個對外物敏感異常，痛心疾首，體現了現代亂世詩僧的人間冷暖情懷；一個內斂，認為萬事咎其內心不靜，不必遷怒外物，所謂「眼界今無染，心空安可迷」。王維雖然仕途暢達，但長期亦官亦隱，早年具儒家懷抱，中年有道家風采，晚年得佛家神髓。他與南宗有密切的交往，在六祖慧能圓寂後，曾經受其弟子神會之託撰寫了《能禪師碑》。在學術造詣上，他精通詩文、書畫和音律，其山水田園詩是絢爛之顛又登峰造極的平淡，從美學特質和審美效果與禪學的關係來說，正如古人所持論：他「通於禪理，故語無背觸，甜澈中邊，空外之音也，水中之影也，香之於沉實也，果之於木瓜也，酒之於健康也。使人索之

─────────────

〔註60〕宗白華：《美學散步》，第76頁，上海人民出版社1981年版。
〔註61〕見《中國現代文學研究叢刊》1998年第1期，第1～25頁。

於離即之間，驟欲去之而不可得。蓋空諸所有而獨契其宗」〔註62〕。個人修養上，他真正擁有「入於儒，出於道，逃於佛」的人格理想。王維從篤信禪宗到深明禪理，進而將禪理轉化爲一種人生的審美情趣。這可以從他早期的禪理詩到之後洞徹人生的眞實後所作的充分體現了佛學美學「無我之境」的禪意詩看出，前者如《疑夢》：「莫驚榮辱空憂喜，莫計恩愁浪苦辛。黃帝孔丘何處問，安知不是夢中身。」萬物皆空，均非實有，肉身也就是虛妄的了，由之而起的榮辱恩愁等諸種感覺也都是虛妄，大可不必隨之憂喜。後者如《鳥鳴澗》：「人閒桂花落，夜靜春山空。月出驚飛鳥，時鳴春澗中。」「人閒」與「桂花落」的關係，「夜靜」和「春山空」的關聯我們無須探究，一切是那樣寂靜、澄明，山石草木自有它的緣分，神秘而不可抗拒，眞的是「詩中有畫、畫中有詩」，這便是詩、也便是禪了。而詩人不執著於「空」，正如不執著於「有」一樣，月出之「驚」起飛鳥，「鳴」於深澗，以動趁靜、以響顯幽，不但無損禪寂，倒更見詩人的禪悅、禪心，人生的無窮、宇宙的宏大也包容其間了，佛家的境界轉化成了藝術的境界，禪宗的精神轉化成了藝術的精神。蘇曼殊的詩作無論表達愛情，抑或鼓吹革命，還是感時傷懷、追念友朋，都充滿了對王維這種溫柔敦厚的審美觀的反叛和挑戰，他一任詩情沖蕩開感情的閘門，詩思自由奔湧、無拘無束，一個現代詩僧的鮮明個性在熱烈、率眞、直露的抒寫中立體化呈現，使當時的詩壇不能不感到耳目一新，也使其後的詩壇追摹發揚，我認爲這浪漫的詩思詩情正是曼殊詩的「現代性」意義。

　　覃召文《禪月詩魂》一書從詩僧的角度立論，認爲中國僧人詩發展史上有三個高潮，即以皎然和齊己爲代表的中晚唐、以澹歸和函可爲代表的明末清初以及以曼殊和敬安爲代表的清末民初。他說：「敬安、曼殊作爲這股詩潮的主要代表（可以納入這股詩潮的還有他們前後的道安、竺雲、宗仰、演音、太虛等等）就好比是兩顆熠熠生輝的明珠，爲近代詩壇增添了奇光異彩。」〔註63〕1923 年，北京師範大學的楊鴻烈在《蘇曼殊傳》中稱：「那些模倣的，雕琢的，浮淺的詩，自然沒有像曼殊這樣有永久不朽的價值了。」〔註64〕曼殊詩是否可以「永久不朽」我不敢斷言，其在古體詩現代衍化的過程中的價值

〔註62〕趙殿最：《王右丞集箋注・題序》，見趙殿成：《王右丞集箋注》，上海古籍出版社 1984 年版。

〔註63〕覃召文：《禪月詩魂——中國詩僧縱橫談》，第 225 頁，北京三聯書店 1994 年版。

〔註64〕《蘇曼殊全集》（四），第 173 頁。

卻是現在可以肯定的，而這不僅僅是「不模倣、不雕琢、不浮淺」可以概括得了的。有人從他《集義山句懷金鳳》一詩，說他受李商隱的影響（《東居》十九首有多處點化李商隱詩）；有人從他「讀《放翁集》，淚痕滿紙，令人心惻」、「最愛其《劍門道中遇微雨》」，說他受陸游的影響；有人從他「猛憶定庵哀怨句，『三生花草夢蘇州』」說他師法龔自珍；還有人說他風格、剪裁類似杜牧。如黃永健從蘇曼殊編輯的《漢英三昧集》所選譯詩從《詩經》到漢魏古歌行直到盛唐李白、杜甫，認為蘇學詩取資為準則的是從《詩經》到盛唐諸公〔註65〕。這些都各有其道理，總之是在古典詩裏為他找個依傍。

其實，如果說蘇曼殊獨特的藝術個性得益於中國古代優秀的古典抒情詩篇，其詩文思想和美學特質更得益於他閱讀和翻譯了大量19世紀西方浪漫主義思潮崇尚個性、注重抒發的詩作。郁達夫對曼殊詩的總體評價是「出於定庵《己亥雜詩》，而又加上一層清新的近代味的」，其詞纖巧、其韻清諧，讀後有一種「快味」，並說他的詩有「清新味，有近代性，這大約是他譯外國詩後得到的好處」。〔註66〕我認為，鎔鑄哪首詩哪個典，並不能代表一個詩人的詩風審美，關鍵看詩人如何領會並熔化了別人詩歌的神情。曼殊感時憂國的詩作確實有龔自珍的影子，他的浪漫情詩有著晚唐餘韻的感傷，而那種壯士橫刀、披髮狂歌的鮮明個性以及熾熱真率的愛情表達與晚明以來的個性解放思潮一脈相承，更與西方那種推崇個我、關注主體的浪漫主義文學有千絲萬縷的內在牽連。蘇曼殊出身於一個開放的血緣環境中，儘管這讓他體驗到了最難以排解的生存苦難，但兼收並蓄、融會貫通的環境有利於他接受西學，反過來豐富了他於詩歌的表現力。

另外，佛學精神對於蘇曼殊詩作審美的影響也是一個重要的方面。舊學根底很深，精通賦詩之道的陳獨秀說：「曼殊是一個絕頂聰明的人，真是所謂天才。他從小沒有好好兒讀過中國書，初到上海的時候，漢文程度實在不甚高明。他忽然要學做詩，但平仄和押韻都不懂，常常要我教他。他做了詩要我改，改了幾次，便漸漸的能做了。在日本的時候，又要章太炎教他做詩，但太炎也並不曾好好的教。由著曼殊自己去找他愛讀的詩，不管是古人的，還是現代的，天天拿來讀。讀了這許多東西以後，詩境便天天的進步了。」〔註67〕1905 年

〔註65〕黃永健：《蘇曼殊詩畫論》，第 141 頁。

〔註66〕郁達夫：《雜評曼殊的作品》，《蘇曼殊全集》（五），中國書店 1985 年影印本。

〔註67〕陳獨秀 1926 年 9 月 6 日同柳亞子回憶曼殊，柳亞子作：《記陳仲甫先生關於

蘇曼殊作有《西湖泛舟圖》(又名《拏舟金牛湖圖》)「寄懷仲子」，1906 年夏季二人一起東渡日本。在 1907 年蘇曼殊致力學習梵文，這時他又從陳獨秀那裡得到了《梵文典》的英文底本，可以說，這是曼殊著述《梵文典》的一個契機。《梵文典》第一卷譯出後，章太炎、劉師培分別爲其撰序，陳獨秀則以《曼上人述梵文典成且將次西遊命題數語爰奉一什丁未夏五》爲題賦詩對曼殊此爲給予高度評價，稱：

> 千年絕學從今起，願罄全功利有情。

> 羅典文章曾再世，悉曇天語竟銷聲。

以陳獨秀之倔強執拗、心高氣盛，是絕不願與螻蟻之輩爲伍的，更不會將泣血之心曲「對牛彈琴」，而所謂「知心話說於知心人」，陳獨秀分別於 1908 年在日本東京、1910 年在杭州寫給蘇曼殊《華嚴瀑布》組詩及《存歿六絕句》，表達「老贊一腔都是血」而「知音復幾許」的惆悵。1909 年「天生情種」的蘇曼殊在東京陷入對百助的愛戀，後來百助遠適，曼殊面對人去樓空的淒涼，寫下「絕唱」之筆《過若松町有感示仲兄》，其第二首特別名揚天下：

> 契闊死生君莫問，行雲流水一孤僧。

> 無端狂笑無端哭，縱有歡腸已似冰。

我想曼殊詩境的進步與他和陳獨秀、章太炎的作詩唱答有關係，與天天讀詩和詩歌翻譯有關係，也絕對與其閱覽佛經、參禪禮佛有關係。學詩論道本爲一理，全在自性妙悟。所謂「禪道惟在妙悟，詩道亦在妙悟」〔註 68〕。詩與禪雖然在產生、範圍、內容、作用等各方面相異，但詩本言情，也可載道，能「總一切語言爲一句，攝大千世界於一塵」，這和禪探究的「自性」超越尋思和知解的境地而冥契眞理有內在的相通性：二祖因問安心得入，三祖因懺罪證道，四祖因無縛頓悟，六祖聞金剛經開悟，或如聞鼓見道，見桃明心，涉水了徹，落水有得，因喚名而見性，睹日光而頓曉，一掌得大悟，掩口得頓明，盡河山大地，「不著一字，盡得風流」。禪境詩意、禪理詩論，遂兩相融合臻於「詩爲禪客添花錦，禪是詩家切玉刀」。

　　總之，單純從古典詩歌或單獨從禪佛境界來揭示蘇曼殊的詩美都有所偏廢，蘇曼殊是把傳統佛學審美和現代詩學審美結合得比較成功的案例，當然

蘇曼殊的談話》，見柳亞子等編《蘇曼殊年譜及其他》，第 284 頁，上海科學技術文獻出版社 2014 年版。

〔註68〕嚴羽：《滄浪詩話》，見胡才甫《滄浪詩話箋注》，第 3 頁，上海：中華書局 1937 年版。

他強烈的主體表現欲在一定程度上有違於佛學美學的靜謐、恬淡、閒逸和物我化一。陳子展說：「我常以爲近代有兩個詩僧，都是天分絕高，不甚讀書，卻會做詩的。其一爲敬安上人，字寄禪，即世所稱八指頭陀……。其一即曼殊上人。寄禪很見重於王闓運、鄭孝胥一班人，曼殊就很見稱道於現今文學界。」〔註69〕蘇曼殊文學的「現代性」意義也正是他見稱於新文學界的原因。

在新文學作家中，受蘇曼殊感傷、清新、帶有禪韻的抒情詩風影響的詩人不止一二，首先是陳獨秀，雖然論者一直強調陳對於曼殊早期學詩的助力，但「頓悟」後的曼殊詩情一瀉千里，即便陳獨秀這樣的老手也歎爲觀止。蘇曼殊對陳獨秀的影響主要是二人在切磋詩藝的過程中，蘇曼殊帶動了陳獨秀在佛學方面迅猛精進，反映在詩作上主要在詩禪交融的感傷意境：如陳獨秀的「我悲朝露齊翁童」、「撒手刹那千界空」。陳獨秀一生對於生死無所驚怖，1932 年他被囚南京，章士釗去探望時感覺他精神怡樂，如同一位禪宗大師，這些在以後的文學史研究範式中都被過濾掉了。曼殊詩對創造社詩人的影響我們暫且放下不表，他對新月派、湖畔詩社、沉鐘社不少詩人也都有潛移默化的影響，特別是徐志摩、戴望舒、陳翔冰的愛情詩，那種空靈與飄忽、清明與眞純好似就是曼殊絕句的白話譯本。新月派是一個主張非極端的理性、反對感傷主義的濫情、倡導新詩格律化的文學流派，而每個詩人在具體創作中有很大差異，擁有「感美感戀」的文化心態的徐志摩等先天具有明顯的浪漫氣質，他雖然勉力維持「理智」的原則，同時又堅持「理智」的清泉必須是從「筋骨裏蹦出來，血液裏激出來，性靈裏跳出來，生命裏震蕩出來的眞純的思想」〔註70〕，這種文藝觀和曼殊不謀而合。徐志摩詩中風花雪月、白雲流星等意象還有輕捷灑脫的性靈感悟和曼殊絕句一樣，有古典詩歌情韻意境的影響在裏邊。他們中很多詩人並不作古體詩，但是他們吸納了曼殊詩的格調，是曼殊詩撫慰個體生命的浪漫詩情搭起了詩風衍化上從古典到現代的橋梁。當年被魯迅稱爲「中國最爲傑出的抒情詩人」的馮至說：「曼殊的幾十篇絕句，幾十條雜記，幾封給朋友的信箋，永遠在我的懷裏。」〔註71〕他寫了《讀燕子龕遺詩作並呈翔鶴兄》：

〔註69〕陳子展：《中國近代文學之變遷 最近三十年中國文學史》，第 168 頁，上海古籍出版社 2000 年版。

〔註70〕徐志摩：《新月的態度》，載《新月》月刊第 1 卷第 1 期。

〔註71〕馮至：《沾泥殘絮》，見《蘇曼殊全集》（四），第 264～265 頁。

月下開遍了

幽美的悲哀花朵。

我想化作一泓秋水，

月影投入水心──

花朵都移種在

我的懷裏！〔註72〕

這首憂鬱感傷又清新自然的詩是抒情詩人獻給他的「引路人」蘇曼殊最好的
紀念。

熊潤桐在談到曼殊絕句詩的價值時說：「絕句詩是一種用最經濟的藝術手
段，抒寫情或景裏面最精彩的一段或一面的短詩。……英國詩人勃來克所謂：
『一沙一世界，一花一天國』，最足以形容『絕句』的好處。」他進一步認爲，
只有瞭解這個道理，「才懂得『絕句』詩的眞價值，才配讀我曼殊上人的《燕
子龕詩》」，因爲曼殊的絕句是「何等手腕」！按照他的意見，在當時同光體、
新詩和革命詩充斥的詩壇，曼殊絕句「不即不離，全以眞誠的態度，寫燕婉
的幽懷，不染輕薄的氣習，不落香奩的窠臼，最是抒情詩中上乘的作品」。〔註
73〕1909 年，蘇曼殊詩的代表作《本事詩》（十首）問世，陳獨秀、柳亞子、
高天梅、蔡哲夫、姜可生、姚鵷雛、愈劍華、諸貞壯皆有和作，但終究無人
出於其上，鄭逸梅在《題曼殊上人〈本事詩〉九章後》稱譽其「風華靡麗」。
其中《春雨》一詩最受矚目：「春雨樓頭尺八簫，何時歸看浙江潮？芒鞋破缽
無人識，踏過櫻花第幾橋？」這是一首具有無限的開放可能性的絕句佳製，
近一個世紀以來博得無數人的激賞，楊德鄰、于右任等從藝術感受出發肯定
它超絕的詩美，邵迎武在《蘇曼殊新論》中則以一萬多字的篇幅解析它作爲
一個審美實體對於生命意象的超越。20 世紀的文化名人中以一首七絕盛傳不
衰的，除了譚嗣同的《潼關》外，也只有蘇曼殊的《春雨》了。謝冕在《1898
百年憂患》中評點曼殊詩：「黃遵憲是爲上一個世紀末（按：19 世紀）中國詩
畫上一個有力的句號的詩人，則蘇曼殊可稱之爲本世紀初（按：20 世紀）中
國詩畫上一個有力的充滿期待的冒號的詩人。而且綜觀整個 20 世紀，用舊體
寫詩的所有的人其成績沒有一個人堪與這位英年早逝的詩人相比。……蘇曼
殊無疑是中國詩史上最後一位把舊體詩做到極致的詩人，他是古典詩一座最

〔註72〕見《蘇曼殊全集》（五），第 513 頁。
〔註73〕熊潤桐：《蘇曼殊及其〈燕子龕詩〉》，《蘇曼殊全集》（五），第 241～243 頁。

後的山峰。」〔註 74〕他深情的語調和崇慕的語詞令每一位熱愛曼殊詩的人感動。

第三節　詩情小說文本與五四浪漫抒情小說的勃興

　　本章第一節我們曾經探討了蘇曼殊詩歌、繪畫、小說文本「自敘性」的浪漫本質以及它對五四文學文體上、敘事上的引導價值，第二節我們探討了曼殊絕句在詩體和審美追求上作爲五四浪漫詩派精神資源的借鑒意義和影響，本節我們擬從蘇曼殊感傷、抒情、爆滿生命意識的詩情小說文本分析他與五四浪漫抒情小說濫觴的內在聯繫。

　　在近現代之交的思想文化變革中，民國初建的幾年即袁世凱「執政」的1912 到 1916 年是一段曾經被懸置的歷史，它在世紀初「開啓民智」的思想啓蒙、聲氣磅礴的辛亥革命和大刀闊斧、翻天覆地的五四運動的夾縫中顯得沉抑灰暗。而也許周作人的論斷可以參照，他說：「文學方面的興衰，總和政治情形的好壞相反背著的。」〔註 75〕文學的「興」也正要在這灰暗中誕生。蘇曼殊的小說可以說正是一個「興」的前兆。從 1911 年創作並發表《斷鴻零雁記》到他去世前一年的 1917 年，這個顛沛流離、輾轉病榻的作家共得小說 6篇，有人稱爲抒情小說，有人稱爲詩情小說，有人稱爲悲情小說，也有人稱爲言情小說，但無論哪一種稱呼，都體現了對於曼殊小說自我表現的主情性的強調，「落筆頗有詩人風度，明潔雋逸，情致尤深，因此他的小說像一枝早開的櫻花，開謝匆匆處有若櫻花，鮮豔明燦之處也有若櫻花。讀他的作品，於淒婉哀切之處尚能感受到一種青春氣息，有別於林紓的沉沉暮氣和鴛鴦蝴蝶派的馥馥脂粉氣」〔註 76〕。蘇曼殊在小說中所要著力表現的正是自我這樣一種感傷幽怨的青春氣，這種青春氣是浪漫的，是充滿詩情的。歸整起來，大概有以下幾個方面蘇曼殊小說表現得較爲卓異：

　　首先，蘇曼殊開始嘗試著把人物作爲抽象的抒情符號。在世界文學史上，從小說而言，對於人物的理解經歷了大致三個階段：「（1）生活故事化的展示階段；（2）人物性格化的展示階段；（3）以人物內心審美化爲主要特徵的多

〔註 74〕謝冕：《1898：百年憂患》，第 151 頁，山東教育出版社 1998 年版。
〔註 75〕周作人：《中國新文學的源流》，見胡適、周作人《論中國近世文學》，第 24頁，海南出版社 1994 年 9 月版。
〔註 76〕楊義：《中國現代小說史》（第 1 卷），第 55 頁，人民文學出版社 1986 年版。

元化展示階段。」〔註77〕中國小說，「從總體上來說，展示人物內心世界以及由此產生豐富複雜的技巧，畢竟沒有在二十世紀中國文學中形成氣候」〔註78〕。在中國歷史轉型的大環境下，在一個如此混亂、急於尋找出路的時代，一種純粹的人格模式已經失去生存的土壤，而文學也處於艱難的蛻變時期。20世紀初的蘇曼殊嘗試把人物作為抽象的抒情符號——自然還很幼稚蹩腳，以主觀心緒的流動構成作品的空間結構，在創造社成立之前，無疑蘇曼殊的抒情小說較有影響。蘇曼殊的《斷鴻零雁記》等自敘傳小說，改變了中國小說傳統的敘述常規：他採用盧梭《懺悔錄》式的主觀抒情敘事，心靈開掘的內容增多，記錄故事的成分減少；強化了小說的抒情功能，相對強化了作者的主觀性投入。蘇曼殊是一座分水嶺，他之前是以傳統的聖賢人格為目標的文人群體，他之後是以平民化情感為理想的現代作家群體；他之前的小說多是講故事，他之後的小說更多的開始了抒情，小說漸漸取代了詩的神聖地位，也成為了心靈舞蹈的場所。從接受學的角度來說，文學體驗是生存體驗的回歸。在作家的文學活動中，敘事文學的方式和抒情文學的方式是我們進入生存的兩種方式。敘事文學通過對人物命運的有效描寫，使我們沉入對人物命運的關切和同情，從而進入生存體驗狀態；而抒情文學向我們傾訴情感意願，使受眾與人物產生共鳴，產生心靈的同向度訴求，同樣地進入生存體驗狀態。文學體驗作為本真的生存體驗的重建和回歸，它的流動性包含著感覺、知覺、審美諸種要素，存在著向理性、非理性、超越性轉化的各種可能性。因此，當我們面對蘇曼殊小說所承載的情感世界時，我們不得不從生存體驗出發，理解和闡釋文本的涵義和意義，建構我們所把握的蘇曼殊小說的文本意義。

在蘇曼殊於「世間法」與「世外法」的徘徊中，看似任性隨意的自我決斷，其實是雙重的背離，他每一次自我建構的隱約前景都重新面臨解構。《斷鴻零雁記》第一章所「紀實」的「吾書發凡」已經隱含了小說主人公「我」（三郎）的思維線索：在「三戒俱足」之日，計以「從此掃葉焚香，送我流年，亦復何憾」，躍然一個無世間俗念牽掛的比丘，而緊接一句便解構了這一託身世外的「未來想像」：「如是思維，不覺墜淚，歎曰：『人皆謂我無母，我豈真無母耶？否否。……常於風動樹梢，零雨連綿，百靜之中，隱約微聞慈母

〔註77〕 劉再復：《性格組合論》，第33頁，上海文藝出版社1986年版。
〔註78〕 王義軍：《審美現代性的追求——論中國現代寫意小說與小說中的寫意性》，第67頁，上海文藝出版社2003年版。

喚我之聲。」這不但在小說結構上，在創作者心理驅動上也便是後來三郎尋母的伏筆，像長老所勸勉「此去謹侍親師，異日靈山會上，拈花相笑」的人生圖景被他不能忘情俗世人倫親情的思維所瓦解，他又成了世間「人之子」，而在故事展開中，「我」遇到了靜子，比起「我」以「出家皈依佛陀、達磨、僧伽，來息彼美見愛之心」的「彼美」雪梅，「我」和靜子有更多的共同語言，「我們」共同面對的是「心有靈犀一點通」的繪畫、詩歌、佛學話題，在和靜子的談論中「我」有可能逐漸恢復身心的「真實」，尋找到一片心靈的憩園。而惟其如此，隔膜也就愈加難以突破，「我」乃三戒俱足之佛徒──「惜乎，吾固勿能長侍秋波也！」即便日僧可以擁有家室，然「學道無成，生涯易盡，則後悔已遲」的念頭像緊箍咒一樣箍住了「我」的心扉，寧願以「柔絲擾人」打發了曾經蠢蠢欲動的愛情。當他以佛門清規背離靜子愛悅時，愛情試圖挽救稍縱即逝的美的使命也消解了，一個人生的莊嚴命題再度析出：究竟哪裏能安頓「我」的靈魂？人生的本體意義和本體困惑同時得以體現，在當時「單純」的時代還很少有作品能夠傳遞出如此複雜的關於人性困惑的幽思。從以上分析看，作品敘事推進的動力是「余」的生命感受，而不是客觀外力的強制介入。人物內心世界審美化的展示構成了文本的「情節」鏈條，豐富的心理描寫顯現了人物內心的包蘊性和複雜性。

第二，蘇曼殊小說很注重抒情意象的營造。《斷鴻零雁記》、《天涯紅淚記》、《絳紗記》、《焚劍記》、《碎簪記》、《非夢記》這一個個題目即包含了淋漓的「意象性」，這些「孤雁」、「紅淚」、「幻夢」……既是作品人物命運的實指，又是作者主體內心世界對情緒「物化」的結果。小說中的女性形象和曼殊詩中一樣，無論是文明開通或是古德幽光，只要是和男主人公相互愛慕的，一律纖弱體貼、溫柔賢良、癡情不改，充滿了人性美的魅力。因此我們可以說，不管現實中的蘇曼殊是否真的有那麼多癡心情人、知心愛人，我們敢肯定蘇小說中的女性形象無一不是他的「知己幻象」──這些同一類型的人物是主體意象化的結果。蘇曼殊不在於要塑造多少成功的人物，而在於在整體上把女性作為一個審美的意象來經營，來構成文本情愛的整體和諧，反過來也構成佛心、世情的強烈衝突。

王國維在《人間詞話》（五四）中指出：「四言敝而有楚辭，楚辭敝而有五言，五言敝而有七言，古詩敝而有律絕，律絕敝而有詞。蓋文體通行既久，染指遂多，自成習套。豪傑之士，亦難於其中自出新意，故遁而作他體，以

自解脫。一切文體所以始盛終衰者，皆由於此。故爲文學後不如前，余未敢言。但就一體論，則此說固無以易也。」〔註79〕近代以來的文學運動總是以詩界的革新而開始，以說部的發達至其末流爲結束。我常認爲一個人創作的文體變化似乎也有規律，青年是屬於「詩」的年齡，中年可能適合結撰小說，而老年才能夠寫得上等的隨筆。蘇曼殊的小說都創作於他年輕的「晚年」、正常人的中年：「披髮長歌覽大荒」的豪邁胸懷被世事人心磨損了光輝，興致勃勃的文學譯介在革命情勢下也讓他「殊覺多事」，「懺盡情禪空色相」的神聖誓約也因爲「生天成佛我何能」的清醒而疏淡了，人生後期的蘇曼殊真的是「廢弛喬木，猶厭言兵」，似乎如本間久雄在《歐洲文藝思潮論》中所表述的「將悲哀當作唯一眞理」，詩作中曾經有的那種「羸馬未須愁遠道」的自信和「且看寒梅未落花」的明朗在他的小說中不再輕展「笑顏」。但是在他內心，對於意義的追尋卻沒有放棄。

　　蘇曼殊敏感的文學嗅覺正是覺察了傳統古典小說和新小說的病症，才以「俗本」的愛情故事爲憑藉、以「雅本」的個人倫理追求爲寄寓，最終所指是青年知識者在特定時代自我價值的找尋和認同，它反映了一批剛剛自我意識覺醒的現代型知識分子在社會規約與個人詩意生存之理想間彷徨在歧路、尋找精神歸宿的社會現實；從審美而言在於表述這「找尋」而探索運用的「個人性」寫作方式——使被歷史主流話語海洋所遮蔽甚至淹沒近三個世紀的公安派的「獨抒性靈、不拘格套」和西方人文精神媾和的「個人性」話語在文苑浮出，既不是辛亥運動的革命話語，也不是五四式的啓蒙話語，而是一個審美主義者的獨異話語——當然這類話語也應被看作文學啓蒙資源的一部分。「在意義的體驗中存在著一種意義豐滿（bedeutungsfülle）……更多的代表了生命的意義整體。一種審美經驗總是包含著某個無限整體的經驗，正是因爲審美體驗並沒有與其他體驗一起組成某個公開的經驗過程的統一體，而是直接地表現了整體，這種體驗的意義才成了一種無限的意義。」〔註80〕究其實，佛或愛在蘇曼殊的抉擇上都只是一種「外緣」因素，「呼喚血和火的，詠歎酒和女人的，賞味幽林和秋月的，都要眞的神往的心，否則一樣是空洞」〔註81〕，眞正扮演支配力量的則是潛藏在他骨子裏的浪漫主義的自由精神，是一

〔註79〕王國維：《王國維文學美學論著集》，北嶽文藝出版社1997年版。
〔註80〕伽達默爾：《眞理與方法》上卷，第89～90頁，上海譯文出版社1999年版。
〔註81〕魯迅：《十二個‧後記》，見《魯迅全集》，人民文學出版社1981年版。

種排拒庸常人生的精英意識。第一人稱獨白式自敘、傾訴的預期、情景交融的文字、感傷的氛圍、直抒胸臆的宣洩、婉麗優美的語言，構成了小說整體的「情調結構」，這些正是蘇曼殊對傳統古典審美規範「偏重理性，文以載道，以理節情，中和之美」的反動，也成為以後五四浪漫主義文學的共性，如趙景深言：「或者有人要問，最近的小說像郭沫若的《橄欖》，郁達夫的《蔦蘿》，王以仁的《孤雁》等都喜歡寫自己的故事，隨便寫下去，那又有什麼結構呢？不知事實上的結構固然沒有，情調卻依然是統一的，所以仍舊是有結構的了。」〔註82〕

第三，在文藝原則的維護上，蘇曼殊注重文學的審美價值，有自覺的文體意識。正如前文所分析的，1903 年初步文壇時，他曾經把雨果的《慘世界》「篡改」成了一部充滿革命戰鬥精神的「政治小說」，其後在詩歌翻譯中有過追求文學啟蒙理想的嘗試，而步入文學成熟期的蘇曼殊樹立了自己的文藝觀，那就是文學是一種藝術，它是個人性的行為，它的意義不在於再現社會現實，而體現在它的審美功能，我們可以從他文體意識的自覺發現他「藝術無目的」的立場。蘇曼殊的文體意識非常強，入詩為文有明顯的分野，在「三界革命」和「新小說」、革命詩歌鋪天蓋地的 20 世紀初，這一點難能可貴，這也正是蘇曼殊的文學「現代性」的一個方面。他早年的論文《女傑郭耳縵》和《嗚呼廣東人》以白話書寫，筆酣墨飽，慷慨陳辭，意氣高昂，對於民族痼疾的揭示毫不容情，表現了強烈的社會批判立場，他罵那些搖尾乞憐、入籍歸化他國又反過來欺侮自己同胞的廣東人「中國不亡則已，一亡必先我廣東；我廣東不亡則已，一亡必亡在這班入歸化籍的賤人手裏」，真的是愛之欲深、恨之欲切，可以和魯迅那些犀利地批判文字相媲美。蘇曼殊有關佛學的著作《敬告十方佛弟子啟》和《告宰衣白官啟》以及論述翻譯的書信論證嚴密、推理條理，學術性很強。但是，詩歌創作，無論寄寓家國之思或者表現一己之情，他強調「在乎氣體」，強調完全個人化空間的書寫方式，即便關涉社會現實，蘇曼殊也完全從個人情感體驗出發，和那些為政治革命吶喊助威或對現實發牢騷的革命詩作有著質的不同；我們從蘇曼殊對章士釗《雙枉記》的評價可以瞭解他的小說觀，他認為《雙枉記》「從頭至尾，無一生砌之筆。所謂無限傷心，卻不作態！」〔註83〕——自然舒展地抒寫個人「無限傷心」

〔註82〕趙景深：《短篇小說的結構》，載《文學週報》第 283 期（1927 年 9 月 25 日）。
〔註83〕蘇曼殊：《雙枉記·序》，見《蘇曼殊文集》，第 330 頁。

的生命意識，不生砌，不造作：這完全是一個審美者的眼光，是一種把小說抒情化、詩化的審美眼光，是一種「非古典主義」的詩美。馮至在悼念曼殊的文章中說：「Klopstock 的 *Hermanniade*，包含的哲理，誠然深邃了，但是 Lessing 譏你在詩歌中如鳥中之鴕鳥，你要承受的。包辦問題劇，一點說不到人生心靈深處的蕭伯納，我眼看著你的生命在二十世紀埋葬。——作哲理詩，乾燥無聊的人們，請你們趕快去作得博士的論文去吧！侮蔑文藝，專門以之作換湯不換藥的改造事業的人們，你們趕快去讀『社會改造原理』去吧！」〔註84〕他所讚賞的也正是蘇曼殊文學的「非功利性」。

再者，蘇曼殊用小說傳達了一份現代知識分子文化衝突間渴念愛與自由的情感。愛與自由是支配蘇曼殊人生的根本，也是他在短暫的生命過程中為五四、為後來的一切富於理想主義和浪漫情懷的心靈留下的品格。與一般浪漫主義不同的是，特殊的經歷使蘇曼殊對人生懷著深切的悲觀，但我們從他作品的浪漫話語中讀到的卻並不是自暴自棄的遁世主義和虛無主義，他在矛盾中尋找著突破，嘗試著動作。《絳紗記》小說開篇即頗帶悲劇色彩：「余友生多哀怨之事，顧其情楚惻，有落葉哀蟬之歎者，則莫若夢珠。」小說中，曇鸞的愛情悲劇發展勢能表層上來自外部阻礙，即麥翁的勢利：麥翁先以五姑變心騙曇鸞簽退婚貼，見曇鸞不信，笑曰：「我實告君，令舅氏生意不佳，糖廠倒閉矣。縱君今日不悅從吾請，試問君何處得資娶婦？」這是個帶有較強的傳統色彩的故事：嫌貧愛富、背信棄義；而夢珠和秋雲的悲劇發展勢能卻來自人物內心，故事的表層結構是秋雲贈玉、夢珠絕愛賣玉出家——三年後夢珠見裹玉之絳紗、睹物思人——夢珠以已學「生死大事」再次拒愛而坐化，這一線索隱含了另一深層結構：夢珠生與死、愛與佛的心理矛盾。當能愛時年少無知意氣用事；當懂愛時人隔天涯生死難卜；當皈依宗教心中有佛時愛亦遲疑。心已經移了，愛還在嗎？愛若不在，為何至死懷揣絳紗？愛若真在，佛在嗎？佛若不在，為何致心力走向坐化？秋雲最後一個王爾德「莎樂美式」的「伏夢珠懷中抱之，留淚親其面」，「夢珠肉身忽化為灰」——「不動如鐵」的肉身難道只為了等到這個擁抱的時刻？既然等待，為何又化為灰燼連一個痛哭相擁的機會都不再有？若說是「以空破執」、「以空破妄」，何必要等到這次生與死的告別？靈與肉的衝突聚焦於人物的內心世界，使整個文本染上了現代性悲劇色彩。另外，夢珠和曇鸞的個性也都帶有現代性特徵，

〔註84〕 馮至：《沾泥殘絮》，見《蘇曼殊全集》（四），第 264 頁。

他們都是極爲自尊要強的人物，夢珠因與沙彌爭食五香鴿肉遭寺主叱責「負氣不食累日」，曇鸞遭麥翁退婚「氣湧不復成聲，乃奮然持帖」；曇鸞與五姑的私奔也彰揚了不同於傳統男女逆來順受的反叛精神。

蘇曼殊設置了這樣兩類走向悲劇的愛情，眞的是轉型初期的產物。曇鸞在第一人稱自敘愛情不幸的過程中，也見證了夢珠整個的人生遭際，最後於寺院中得巡撫張公言：「子前生爲阿羅漢。好自修持。」這是對曇鸞的肯定，也即是曼殊內心的「禪影心印」。小說到此爲止，似無不可，但蘇曼殊並沒有止筆：「後五年，時移俗易，余隨曇諦法師過粵，途中見兩尼：一是秋雲，一是玉鸞。余將欲有言，兩尼已飄然不知所之。」這個似乎「畫蛇添足」的尾聲令人深思：「余」於佛門五年，依然能夠很清楚地認出秋雲二人，而且欲上前搭話，是否因秋雲曾見證了他一段人間情？但兩尼卻不再相認，「飄然」而去，留下欲言又止的「余」。這一結尾又解構了「余」「前生爲阿羅漢、好自修持」的神話，「齊生死、冥佛我」在「余」或者說在蘇曼殊內心仍然是一個「昇天成佛我何能」的質疑！這個以第一人稱表現人物內心激烈的掙扎與衝突的文本即使在五四文學中也是不遜色的。悲劇決不意味著消極，也許悲劇才更能體現反抗精神和叛逆性格，體現對個人情感自由的維護。蘇曼殊小說通過講述悲劇故事，表現了一種主體性的覺醒，在救世與救心之間，他選擇了後者。他不僅僅是講故事，更重要的是表達一種對人生的體驗，「莫名之惑」，在譴責小說甚囂塵上的時期，對自身進行深入的思考，與改良派以小說作爲參與社會政治的工具相比，在重於「立人」的本分上具有了更多的現代性品格。

對理性的解構可能具有積極的社會作用，同時也可能產生消極的影響。浪漫和頹廢就好像有著血緣上的近親關係，所以有人指責浪漫抒情派的頹廢。從理性化、道德化或者說意識形態化的層面來解析蘇曼殊小說的言語織體，自然包含著對自由愛情的崇尙、對封建家長制度的批判，而大膽任性的情愛表達，無不顯呈浪漫的湧動，但同時淒哀的悲劇性結構往往並不由於外來的權力意志所決定，而常常緣於男主人公自己的抉擇，因而當浪漫的愛情神話在顛覆外在理性力量如家長制度、佛法威儀時，也解構了這種顛覆的反抗價值，脫穎而出的是人物的「個人」生存本體，也從而使蘇曼殊的小說在審美現代實現的意義上呈現價值。

正由於這些，五四新文學作家割不斷他們與蘇曼殊內在的精神牽連，甚至同時可以說，五四一代對蘇曼殊的追摩自然也是一種全己之策，爲自己頗

受非議的「頹廢」文字尋一個來頭。文學的主體性和人的主體性在蘇曼殊的小說中都有較爲實在的體現，這使他的小說逼近自我的個性和氣質，這無疑都是五四一代浪漫抒情派的根底。

郁達夫在成名前認眞讀過年長自己十幾歲的蘇曼殊的詩和小說，在成名後特殊的文學思潮（從「文學革命」到「革命文學」）中對蘇曼殊作品持一定的批評態度，但是他的文本和蘇曼殊的同樣多愁善感到「病態」，這是他無法割斷的與蘇曼殊的精神聯繫。郁達夫與蘇曼殊的相同處很多，他們心靈深處都有一顆親佛的種子，郁達夫早年曾經讀過《眞言淨菩提》、《禪儀》、《般若經》等佛家典籍；他們都讀過不少古典文學的書籍，其文化結構深受古典詩詞的浸潤；他們都喜歡晚清在佛學和詩歌創作上很有造詣的龔自珍，喜歡其《己亥雜詩》；他們都曾經留學日本，都深感作爲弱民族子民的悲哀；特別是他們都有浪漫的詩人氣質，才華橫溢，敏感自戀，時而激昂，時而低沉；他們也都在文字上寄託他們深淵似的詩情，文學是他們療救自己靈魂孤苦的最後處方——在 20 世紀文學史上很難再找到如此相類的兩個文學家。有個例子可以看出他們對待「知己」的表達方式也是多麼類似：1908 年 1 月，當蘇曼殊收到詩人劉三《送曼殊之印度》，稱道其爲「白馬投荒第二人」，對於知遇之情立刻回信，「不禁涔涔墮淚也！眞知我者惟公耳！」無獨有偶，當郁達夫被日本詩人服部擔風激賞爲「仙佛才兼」，郁達夫和蘇曼殊一樣引爲知己之言，《將去名古屋、別擔風先生》詩曰：「到處逢人說項斯，馬卿才調感君知。」人們常常論及曼殊小說對郁達夫的影響，實際上曼殊詩對郁達夫古體詩的影響也很明顯，我們來看一首曼殊詩：

> 生憎華髮柳含煙，東海飄蓬二十年。
> 懺盡情禪空色相，琵琶湖畔枕經眠。
>
> ——蘇曼殊《西京步楓子韻》

再來比照郁達夫的一首古體詩：

> 野馬塵埃幻似煙，而今看破界三千。
> 拈花欲把禪心定，敢再輕狂學少年。
>
> ——郁達夫《定禪》

從平仄、押韻、遣詞都可以看出後來者的郁達夫對曼殊絕句的亦步亦趨。郁達夫在談到英國世紀末頹廢派代表人物道森時說：「做最優美的抒情詩，嘗最悲痛的人生苦，具有世紀末的種種性格，爲失戀的結果，把他本來是柔弱的身體天

天放棄在酒精和女色中間，做慢性的自殺。」〔註85〕此言眞難辨是郁達夫自解還是解人，如果用在蘇曼殊的身上也似乎配套，足見他們在聲氣上十足相通。

在五四小說史上，除了《狂人日記》，在發表之初引起文壇大地震的可能就是郁達夫的《沉淪》了，它對於「性」的苦悶和「生」的苦悶的描寫無疑一聲春雷，炸出了文壇的千姿百態。郭沫若在《論郁達夫》中說：「他那大膽的自我暴露，對於深藏在千年萬年的背甲裏面的士大夫的虛僞，完全是一種暴風雨式的閃擊，把一些假道學、假才子們震驚得至於狂怒了。」如果說蘇曼殊的小說是佛心與情愛的衝突，是發生在「靈」內部的，他的小說主人公都有著「感情的潔癖」，從不涉及肉欲，郁達夫的「曾因酒醉鞭名馬，生怕情多累美人」似乎更合適曼殊，他的「大膽」在於觸及了一個塵封「千年萬年」的話題即佛徒對於異性的愛戀；郁達夫的小說則是「靈」與「肉」的衝突，他大聲宣告他對於除了「靈」之外的「人欲」的迫切，「蒼天呀蒼天，我並不要知識，我並不要名譽，我也不要那些無用的金錢，你若能賜我一個伊甸園內的『伊扶』，使她的肉體與心靈，全歸我有，我就心滿意足了」〔註86〕。通過感官治療靈魂的創傷，通過靈魂解除感官的饑渴來靈化肉感，這是郁達夫的文學。李歐梵在《現代性的追求》中也將蘇曼殊與林紓、郁達夫等作爲中國現代作家中浪漫一派的代表來比較，分析他們書寫情感的不同方式，指出林紓與蘇曼殊確立了建立於情感基礎之上的個性方式，但蘇曼殊集中體現了中國傳統與西方的結合，跳出了林紓的「儒生」模式，而又不同於其後的郁達夫的以「性」爲基礎的情感模式。創造社作家中，除了郁達夫，田漢也是個「曼殊迷」，他把曼殊與法國 19 世紀最偉大的抒情詩人魏爾倫相提並論，稱「他們同是這樣絕代的愁人，才能作這樣絕代傷心的愁句」〔註87〕。

我們曾經談論過蘇曼殊文學爲什麼以「自敘」爲敘事策略，那麼，蘇曼殊「自敘性」的文學對於 20 世紀浪漫主義文學的濫觴有著怎樣的意義？爲什麼會成爲五四浪漫主義文學的精神遺產？蘇曼殊的詩、畫、小說都創作於五四以前，雖然距離狂飆突進的五四運動前夕，但兩者在某些方面一脈相承，有些方面卻是截然不同的：在五四前短短的十幾年間，一代曾經滿腔熱

〔註85〕郁達夫：《集中於〈黃面志〉（The Yellow Book）的人物》，見《郁達夫文集》
　　　　（五）花城出版社 1982 年版。
〔註86〕《郁達夫日記》，山西教育出版社 1998 年出版。轉引自許鳳才：《浪漫才子郁
　　　　達夫》，第 27 頁，河南人民出版社 1989 年版。
〔註87〕田漢：《蘇曼殊與可憐的侶離雁》，見《蘇曼殊全集》（四），第 234 頁。

血參加到民族救亡的政治革命中去的中國文人，經歷了身處安定社會的人難
以想像的榮辱生死、世事波濤：立憲救國、教育救國、文學救國、暗殺救國、
革命救國、議會救國、佛學救國……皆一一蕭然落幕了，極度的激昂亢奮和
甚深的悲憤悲苦、飽嘗世情和壯志難籌的心理疲怠成爲他們共同的心態鏡
像，更爲深刻的是他們中大多數人所接受的近代意識只是「政治」層面上的，
還沒有達到心理的深度，也就是說他們的思想意識仍然處於傳統文化模式的
圭臬之中，在近乎絕望的幻滅感後，他們不少人又退回到了傳統文化提供的
人生模式中尋找精神的寄居地，曾經的「新」被歷史的浪潮又沖得擱淺了。
蘇曼殊作爲這代文人中「曾經的」一位，由於個人的西學教育背景和生活方
式不同，特別是當他 1903 年從革命的峰頭浪尖引退到佛學的領域尋求救贖
時，已宣告了他是他們中的「另類」。他不再以「挽狂瀾於既倒」的「英雄」
自命，長歌當哭，痛定思痛，他摸索到並演繹出另一種生存的圖景：走進「個
我」的心靈世界。這種境界帶有「先知先覺」的味道，也因此使五四一代知
識分子感到了心靈的共鳴——但蘇曼殊在五四前僅僅一年、通常被劃作「清
末民初」下限的 1918 年 5 月 2 日幕落花凋——順便想說的是，也就在二十三
年前的 1895 年的這一天，康有爲「公車上書」，歷史難道眞的到此劃成了一
個圓圈？時隔二十四年後的 1942 年 5 月 2 日，「延安文藝座談會」召開，「5
月 2 日」對於中國的知識分子和中國文學難道眞的是一個特殊的日子？歷史
的迴環有時眞的讓人驚詫莫名！此話按下不表，我們還是回到 1918：魯迅所
謂「大恐懼」的一年，魯迅說：「許多人所怕的，是『中國人』這名目要消滅；
我所怕的，是中國人要從『世界人』中擠出。」〔註88〕「大恐懼」引發人探
詢「根本」思路，人們終於發現了溺身於一大堆「救國」名號裏的「個人」
以及「文學之爲文學」。但是，「當時無論是胡適對白話文學的強調，還是陳
獨秀對精神觀念的強調，其實都還『沒有在文學是什麼上多多思慮過』（舒舍
予：《文學概論講義》），連胡適後來也承認，『當時中國的運動尚未涉及藝術』
（《胡適口述自傳》）。到了後來，沿著他們所開闢的道路，文學才必然的走向本
體性的思考與變革，並開始形成了在這一意義上的與傳統文學的本體性對抗和
對國外各種文藝思潮的全面引進和借鑒。」〔註89〕這已經到了五四走向落潮。

〔註88〕魯迅：《熱風‧隨感錄三十六》，人民文學出版社 1981 年版。
〔註89〕孔範今：《二十世紀中國文學史‧導論》，第 120 頁，山東文藝出版社 1997 年
　　　　版。

「曼殊的文學，是青年的，兒女的。他的想像，難免有點蹈空；他的精神，又好似有點變態。」〔註90〕實際這是郁達夫、郭沫若、倪貽德、陳翔鶴、白采、王以仁等抒情群體為人為詩為文的共同特質。1924 年，王以仁《神遊病者》發表於《小說月報》第 15 卷第 11 號，小說主觀抒情、情調感傷。主人公敏感憂鬱的氣質類如郁達夫的零餘者，纖敏孤獨，貧困自卑，內向飄零，渴慕愛情，他自始至終手握一卷曼殊遺墨《燕子龕殘稿》。電車上他讀著曼殊的「偷嘗天女唇中露，幾度臨風拭淚痕」，遭遇了一個令他心醉神迷卻對他不屑一顧的女人。在明月高懸的夜晚他走上板橋，把《燕子龕殘稿》一頁頁撕下拋入水中，喃喃著「薄命的詩人！神經質的詩人！」投水自盡。《燕子龕殘稿》貫穿小說始終決不是隨意塗鴉，它喻示了五四浪漫派與蘇曼殊的特殊情感：五四運動後，一度把國家民族命運置於自我命運之上的青年，猛回頭夢醒了找不到路在何方，紛紛逃向「為藝術」的天地尋求救贖。

除了精神上的一致，蘇曼殊對浪漫抒情文學家的另一個影響則在小說的審美意識和美學風格，以及自敘傳的模式。最早從審美上肯定蘇曼殊文學在整體上是浪漫主義文學先聲的是錢玄同，他在魯迅小說、創造社小說尚未出現之日曾設問：「曼殊上人思想高潔，所為小說，描寫人生真處，足為新文學之始基乎？」〔註91〕這個對描寫「人生真處」的肯定，也正預示了浪漫抒情文學要在五四時期獲得長足發展。〔註92〕當然，蘇曼殊和五四抒情派在「抒情」尺度的把握上還有不同：五四式的抒情如脫韁之野馬更加強烈奔放，甚至是呼喊狂叫式的粗暴反抗，如郭沫若那種「我把日來吞了，我把月來吞了」和郁達夫那種「我的理想，我的遠志，我的對國家所抱負的熱情，現在還有些什麼？還有些什麼呢」這般淋漓盡致地抒懷，蘇曼殊是迴避的。從蘇曼殊所謂「無端狂笑無端哭」和「恨不相逢未剃時」之類的名句來看，他的內心湧蕩著情感的湍流漩渦，但他依然能以平靜、克制的語言表達，使文本格調優雅自然，這得益於詩人的佛學修持和古典功力。蘇曼殊的靈化顯得更純淨，意志的強權似乎有些殘酷，因此，蘇曼殊的小說同時具有一種寫意的美感。這一點，我大致同意方錫德的意見，他說：「民初蘇曼殊以他的《斷鴻零雁記》等小說，接續了古代小說中的抒情寫意文學對創造意境的審美追

〔註90〕 郁達夫：《雜評曼殊的作品》，見《蘇曼殊全集》（五），中國書店 1985 年影印本。。

〔註91〕 《致陳獨秀信》，載《新青年》第 3 卷第 1 號，1917 年 3 月。

〔註92〕 楊義：《中國現代小說史》第 1 卷，第 540 頁。

求。」〔註93〕有學者指出：郁達夫後期創作出現的「情慾淨化」傾向與他系統地重讀《曼殊全集》的時間大致相近，他評蘇曼殊經過神性淘洗與淨化的畫比詩好，詩比小說好，這當中不會只是一種巧合。他後期的小說和散文，一洗創造社初期情感的狂轟濫炸，轉向了灑脫和飄逸，雖然有人到中年的心境作用，但說他從曼殊沉實於世間有情之中又超越於眾生情慾之上的抒情詩中獲得宗教啓悟和藝術靈感，也是不違事實的。〔註94〕在五四浪漫抒情小說家中，溫和風格接近蘇曼殊的還有倪貽德和極其熱愛曼殊小說的陶晶孫，在感傷抒情中流露出古典的趣味，浪漫而溫文爾雅，在浪漫諦克的際遇中淡淡的哀愁在心頭，情調不流於輕薄處如曼殊。陶晶孫有一篇《音樂會小曲》，是一篇具有詩美的小說，立意不在社會價值。作品以春、秋、冬為題分三章，描寫了一個青年提琴手的三個愛情生活片段，全篇充滿了異國的情調，悵惘的追求、微寒的失戀、抒情詩般的意境，以其所見者眞、所知者深，言情沁人心脾，寫景豁人耳目，其詞脫口而出，毫無矯揉妝束之態，都可以看出《斷鴻零雁記》的痕跡。

可能，蘇曼殊並沒有過領銜中國現代浪漫主義文學流派的野心，並沒有開創出浪漫抒情的流派，為我國小說的抒情傳統打下更為深厚的基礎。若只是從敘事上瞻前不顧後的尷尬，從不能脫盡故事的限制而更多以心緒流動為體式，或者從他無法蛻掉的語言的文言外衣看——不過，他並不能跳出他的時代，我們且不說四六句、駢文體的鴛鴦蝴蝶派小說，就說魯迅，他1913年在《小說月報》第四卷第一號上發表的小說《懷舊》，寫塾師禿先生聽到革命軍即臨蕪市的傳聞，感到非常惶恐，他和蕪市首富金耀宗密謀對策，企圖為勞師備飯，以臨時應變，這也是一篇披著文言外衣的創作小說——他可能算不上徹底的浪漫抒情派，所以他無緣贏得「現代中國抒情小說之父」的稱號。這裡並不想一味拔高或貶抑他小說的地位，蘇曼殊只是開啓了一種探索、一種可能——這已經足夠了：他探索的了不起在於他為後來者做好了鋪墊，這頂桂冠日後落到了郁達夫的頭上。實際上，中國小說很少有機會成為宣泄自我感情、抒寫一己情感體驗、思考個人生存意義的載體，中國供給浪漫主義文學的土壤太貧乏太吝嗇了，正因為如此，才見出了蘇曼殊的特出價值。蘇

〔註93〕方錫德：《中國現代小說與傳統文學》，第278頁，北京大學出版社1992年版。
〔註94〕參閱譚桂林：《20世紀中國文學與佛學》，第64～65頁，安徽教育出版社1999年12月版。

曼殊畢竟為現代浪漫抒情文學潮流搭下了一座頗為結實的引橋，成為矗立在流派之源流的一座豐碑。

　　當然，自敘性、限制敘事、主情性以及感傷和頹廢風等是傳統小說向現代抒情小說轉型中幾個突出的審美特徵，而並不是說這是標示著中國現代小說發展的唯一正確的方向，其影響所及也並非都是良性。由蘇曼殊導引的這種自敘性很強的文本，常常使讀者感覺到敘述者恐懼一種「思」的結果，所以也排拒了沈潛；他忙於訴說，急於被認同，先入為主地設定了一種「應答」，所以忽略了對話的可能。這也成為五四浪漫一代一個突出的特點，甚至被「發揚光大」為一種明顯的矯情頹靡的文風。

第四章　由蘇曼殊看晚清民初文學的雅俗流變

　　蘇曼殊的翻譯和創作與新文學浪漫抒情派的淵源關係，彰顯了曼殊文本與作爲精英審美文化體現的雅文學文化精神的內在一致性。從文體上說，其實在新文學初萌期，雅與俗並沒有清晰的界限，嚴復、夏曾佑、梁啓超等正是從小說「俗」的魅力發現了小說變革歷史的功用。顛覆小說世俗價值層面意義的文章最早的並不是 1902 年梁啓超的《論小說與群治之關係》，早在 1897 年嚴復和夏曾佑的《本館附印說部緣起》已經從傳播學的角度認爲：「夫說部之興，其入人之深，行世之遠，幾幾齣於經史之上，而天下之人心風俗，隨不免爲說部所持。」〔註1〕小說從世俗階層的「小道」挺進到了崇高的「新雅」的社會價值層面。「千年等一回」終於成爲文學「最上乘」的小說，如果我們從精神內容和藝術層面進行分析，不難發現新小說觀念中缺少了小說的應有之義。當梁啓超把小說奉爲文學之極品，極推其「移風易俗」的社會功用，不登大雅之堂的說部被導入文學正殿時，新小說家追求的是文體的「俗」，而不是通俗的文學。「新小說『以俗爲雅』，並非立意創造中國的通俗小說；而恰恰相反，他們正是著力於創造中國的嚴肅小說（高雅小說）。」〔註2〕其時，黃摩西利用《小說林》開始唱反調：「昔之於小說也，博弈視之，俳優視之，甚而鴆毒視之，妖孽視之；言不齒於縉紳，名不列於四部。……今也反是：

〔註1〕　嚴復、夏曾佑：《本館附印說部緣起》，載《國聞報》1897 年 10 月 16 日至 11 月 18 日，這裡錄自陳平原、夏曉虹編：《二十世紀中國小說理論資料》第 1 卷。

〔註2〕　陳平原：《二十世紀中國小說史》，第 99 頁，北京大學出版社 1989 年版。

出一小說，必自屍國民進化之功；評一小說，必大倡謠俗改良之旨。」他提出：「請一考小說之實質。小說者，文學之傾於美的方面之一種也。……屬於審美之情操，尚不暇求真際而擇法語也。」〔註3〕他把「美」的原則置於首位，而且既捨棄了「新小說」的文化啓蒙主義內容，也捨棄了政治功用，成為民初小說趣味化的先兆。一大批跌入市民階層的文人，「他們處於與普通市民同樣的文化境遇並取得了相同的文化眼光，小說在他們手中回到了市民文化的本位」〔註4〕。在「新小說」前已經萌蘖的通俗文學隨「新小說」其後而昌興，出現了一個規模宏大、難以確切界分雅俗品格的通俗報刊和通俗小說的熱潮，即被後來者的五四人所譴責的鴛鴦蝴蝶派。

「鴛鴦蝴蝶」這一名稱的誕生是一種「他者」定位，是一個遭討伐、圍殲的「加冕」。在中國現代文學史上，鴛鴦蝴蝶派是一個資格最老的文學流派，它的萌蘖要追溯到 1892 年韓邦慶的《海上花列傳》。韓邦慶「先行實現了由傳統知識分子向以現代型編輯和文學寫作為業的自由文化人的蛻變，同時又具備了鴛鴦蝴蝶派作家上海洋場詩酒名士的基本類型特徵。」〔註5〕魯迅認為：《海上花列傳》「開宗明義，已異前人，而《紅樓夢》在狹邪小說之澤，亦自此而斬也」〔註6〕。1898 年，孫玉聲的小說《海上繁華夢》也開始在《采風報》和《笑林報》上陸續連載。之後，此類描寫都市商人、市民、移民等各階層生活的小說越來越多，到民初形成了一個影響深遠的文學創作潮流，從萌生之地上海迅速波及到現代化程度相對較高的天津、北京等城市。單單上海早期有影響的通俗小說報刊就有《小說時報》（1909）、《小說月報》（1910）、《婦女時報》（1912）、《自由雜誌》、《遊戲雜誌》、《香豔小品》（1913）、《民權素》、《中華小說界》、《眉語》、《禮拜六》、《小說叢報》、《女子世界》（1914）、《小說大觀》、《小說海》、《消閒鐘》（1915）等等。據不完全統計，清末民初各種通俗小說一共有 1980 多部。〔註7〕

〔註3〕黃摩西：《〈小說林〉發刊詞》，載《小說林》第 1 期（1907），這裡錄自《二十世紀中國小說理論資料》（第 1 卷）。

〔註4〕錢理群、溫儒敏、吳福輝：《中國現代文學三十年》（修訂本），第 91 頁，北京大學出版社 1998 年版。

〔註5〕孔範今：《論中國文學的現代轉型與文學史重構》，《文學評論》2003 年第 4 期。

〔註6〕魯迅：《中國小說史略》，百花文藝出版社 2002 年 1 月版。

〔註7〕孔範今：《20 世紀中國文學史》（上冊），第 270 頁，山東文藝出版社 1997 年版。

　　將雅、俗對舉肇始於五四時期。反對「遊戲的消遣的金錢主義的文學觀念」〔註8〕的五四新文學首先是靠晚清文學以「通俗化」爲特徵的文化叛離從傳統文學中解脫出來的，但是隨著五四對於服務於歷史目的的嚴肅主題的強調，這種通俗的文學在屢遭撻伐中自然地游離於歷史性的文學主潮之外。在五四文學時期，有學者視蘇曼殊爲鴛鴦蝴蝶派的先師，「說曼殊是鴛鴦蝴蝶派的人，雖然稍爲苛刻一點，其實倒也是眞的。……曼殊在這派裏可以當得起大師的名號，卻如儒教裏的孔仲尼，給他的徒弟們帶累了，容易被埋沒了他的本色」〔註9〕。但是，這種定位並沒有落實到以後的新文學史上，而純粹的雅文學審美範疇也似乎不能完全涵蓋蘇曼殊的文學特別是其小說，他與民初通俗文學即鴛鴦蝴蝶派的諸種糾葛是一個有待理清的話題。

第一節　民初小說格局中的蘇曼殊哀情文本

　　關於「鴛鴦蝴蝶派」的名稱由來，通俗小說家平襟亞講過一個「故事性」很強的《「鴛鴦蝴蝶派」命名的故事》〔註10〕。據現有的資料看，第一個明確運用這個稱呼的是周作人。1918 年 4 月，他在北京大學一次演講中指出：「現代的中國小說，還是多用舊形式者，就是作者對於文學和人生，還是舊思想；同舊形式，不相牴觸的緣故。」他舉例時批評了「《玉梨魂》派的鴛鴦蝴蝶體」〔註11〕。到 1919 年 2 月 2 日，周作人在《每週評論》上登載了《中國小說裏的男女問題》，文中說：「近時流行的《玉梨魂》，雖文章很是肉麻，爲鴛鴦蝴蝶派小說的祖師，所記的事，卻可算是一個問題。」就這樣，若干通俗文學作家的小說開始被指認爲「《玉梨魂》派的鴛鴦蝴蝶體」，後來就定名爲「鴛鴦蝴蝶派」。在 20 世紀文學流派中，沒有哪一個流派像「鴛蝴派」這樣屢遭撻伐，也沒有哪一個流派像這樣屢遭撻伐而依然具有那樣旺盛的生命力。20 世紀前半葉是一個以文化啓蒙爲歷史軸心的變革時期，政治功利性文學是正統的主流文學，以往的文學史「忽略」了市民文學或者說通俗文學的一翼。我們後來的文學史研究

〔註8〕　茅盾：《自然主義與中國現代小說》，《茅盾全集》第 18 卷，第 233 頁，人民文學出版社 1989 年版。

〔註9〕　周作人：《答芸深先生》，柳亞子《蘇曼殊全集》（五），中國書店 1981 年影印本。

〔註10〕　魏紹昌編：《鴛鴦蝴蝶派研究資料》，上海文藝出版社 1962 年版。

〔註11〕　周作人：《平民文學》，《中國新文學大系·建設理論集》，上海文藝出版社 2003 年版。

者對於清末民初文學狀況的瞭解很大部分來自五四先驅們的批評性評估，文學史著作對這一階段的描述基本上沿襲了五四新文學家的鄙夷態度。而今天，當我們重新檢視 20 世紀以來的文苑收穫，重新清理中國文學現代轉型的道路，我們似乎沒有理由拒絕而且必須用理性的眼光重新審視那一段文學時光以及它的流變，對於現代通俗文學的一切進步處和墮落處應該辨證地看取。

「中國近現代通俗文學是指以清末民初大都市工商經濟發展為基礎得以滋長繁榮的，在內容上以傳統心理機制為核心的，在形式上繼承中國古代小說傳統為模式的文人創作或經文人加工再創造的作品；在功能上側重於趣味性、娛樂性、知識性和可讀性，但也顧及『寓教於樂』的懲惡勸善效應；基於符合民族欣賞習慣的優勢，形成了以廣大市民層為主的讀者群，是一種被他們視為精神消費品的，也必然會反映他們的社會價值觀的商品性文學。」〔註12〕作為通俗文學的鴛鴦蝴蝶派小說是一枚「都市之果」，是中國文化發展到該階段的一個「順產兒」。「都市化」可以說是「現代化」的代名詞。1843 年上海開埠後，近現代工商業經濟發展迅速，現代大都市興建，吸引了大批外鄉人來此謀生，普通的移民階層壯大了市民的隊伍。市民在勞作後，對於信息的需要大大加劇，居民都在等待著合乎自己胃口的書籍或報刊誕生，印刷和紙張的現代物質基礎也同時具備，帶動了早期報刊的創立。這些商業化運作的報刊，都市性、商業性、娛樂性是他們競爭的法寶，大報開闢「副刊」，休閒小報名目繁多；另外，1905 年科舉制度廢除後，許多文人學士的進身之階被阻塞，很多讀書人到上海各大報刊供職，以賣文為生，在安身立命的現實需要下把自己歷練成詩酒風流的「洋場才子」，中國第一代職業作家出現了。這些作家傳遞著市民們渴望知道的各路信息，反映著近代上海各階層生活方式和思想觀念上令人眼花繚亂的變化，在獲得自己的身份定位的過程中，也培養了一個具有現代化質素的文化市場。就這樣，伴隨著現代都市的形成和發展和人們對消費型大眾文化勢所必然的需求，緊貼上海現代化進程、表現廣大市民社會的生活狀況、生存理念的文學流派鴛鴦蝴蝶派勃興了。小說暫時逃離了「開啟民智」的桎梏，轉向對現代城市平民日常生活、文化情調的關注。

可是它偏偏宿命性地或者說歷史性地遇到了一把「革命」的剪刀。「啟蒙」的五四「文學革命」來了，隨後「救亡」的「革命文學」也來了。小說已經成為「大道」之學，應該是嚴肅地、載啟蒙或革命之道的文學。五四時期文

〔註12〕范伯群：《〈中國近現代通俗作家評傳叢書〉總序》，南京出版社 1994 年版。

學研究會「文學爲人生」的文學觀、革命文學的文學觀和梁啓超以小說「改良群治」的文學觀一脈相承，都是追求文學與歷史現代性的同構關係。實際上，啓蒙文學和鴛鴦蝴蝶派一樣反對載道的文藝觀，但啓蒙文學卸下了封建的舊思想舊道德，又讓文學負載上西方傳來的新思想新道德；它推翻了儒家思想的神聖地位，又樹起了新的神聖偶像——西方文化。文學研究會在成立時差不多是以「代表時代」的口吻發出宣言：「將文藝當作高興時的遊戲或失意時的消遣的時候，現在已經過去了。我們相信文學是一種工作，而且又是於人很切要的一種工作。治文學的人，也當以這事爲他一生的事業，正同勞農一樣。所以我們發起本會，希望不但成爲一個普通的文學會，還是著作同業聯合的基本，謀文學工作的發達與鞏固。這雖然是將來的事，但也是我們的一個重要的希望。」〔註13〕文學革命者要擁護的是泊來的「德先生」和「賽先生」，他們認定「只有這兩位先生，可以救治中國政治上道德上學術上思想上一切的黑暗。若因爲擁護這兩位先生，一切政治的迫壓，社會的攻擊笑罵，就是斷頭流血，都不推辭」〔註14〕。這等需要奮力抗爭、「頭可斷血可流」的革命事業，相對於鴛鴦蝴蝶派對生活原色調的關注或「雍容爾雅、吟風嘯月」的提供消閒輕鬆的文字自然是冰炭不能同爐的。啓蒙文學家理所當然才眞正屬於知識精英階層，以高高在上的啓蒙姿態和話語方式來「普度眾生」，認爲世俗的一切都是落後的、腐朽的，是需要通過啓蒙來淨化的。他們需要一個論敵，需要在論爭中確立自己的先鋒價值和地位，以「啓蒙性」爲鵠的，新文學要求新的便於「喚醒和拯救」的語言表達形式，要求對於民眾的召喚力，在文學的領域裏他們找到了以「世俗性」和「娛樂性」爲標誌的鴛鴦蝴蝶派。其實，無論任何樣式任何宗旨的文學，娛樂性、消遣性總會是它的本色之一，不過在鴛鴦蝴蝶派文學這個本色更加鮮明，它最切要的價值追求即爲滿足世俗消遣。張愛玲在《自己的文章》中曾講過這樣的話：「我相信，他們雖然不過是軟弱的凡人，不及英雄的有力，但正是這些凡人比英雄更能代表這時代的總量。」〔註15〕都市通俗文學正是爲這「時代」的大多數「軟弱的凡人」

〔註13〕茅盾：《中國新文學大系·小說一集·導言》（影印本），上海文藝出版社 2003年版。

〔註14〕陳獨秀：《本志罪案之答辯書》，《中國新文學大系·文學論爭集》（影印本），上海文藝出版社 2003 年版。

〔註15〕張愛玲：《自己的文章》，見《張愛玲典藏全集》散文卷（一），第 17 頁，哈爾濱出版社 2003 年 10 月版。

而寫的。生活是以平和來做底子的，血和淚的疾呼終不能代替一份真真切切、塌塌實實的人生，在一些二元對立的結構中，如國家與個體、未來與現狀、精神與金錢、名譽與享樂中，講究務實、實用的商業精神的市民們更樂意接受後者。鴛蝴派作家便選擇生產合乎市民胃口的文化產品，瑣碎市井、注重細節的描述方式沖淡了國家民族大義的大論述。這種以讀者市場為導向的創作方式與清末的新小說和五四型的個性啓蒙小說創作不可同日而語：一種是市場意識，一種是天下救亡意識；一種導向現代性的生活消費，一種導向思想革命。

　　文學發展在每一個階段都有張揚一個主流形態，以強調單向度價值意義為特徵，而實際上常常表現為以不同意向共同制衡發展為結構形態。鴛鴦蝴蝶派作為直接面向市民階層的文化產品以滿足市民的「趣味」為創作標準，更多地發揮了文學的消費功能，相對於啓蒙和救亡的作家主體而言，無疑將自己放逐到了社會的邊緣、歷史變動的邊緣，放逐到了中國主流文學「歷史現代性」的邊緣，但這種放逐卻不是真正的遠離時代，我們應該認識到大眾審美文化的發展也是文學走向現代性的一個重要方面，廣而大之，也是社會工業化發展的產物。市民階層的擴大，文學消費群體的增加，印刷業的發展，使文學出版降低了難度，恰是淡化宏大敘事、強化娛樂消閒功能色彩的文學大行其時的社會土壤。文學發展總是要尋找一個文化的憑藉，新文化運動陣營對舊文化的顛覆在今天看來也固然沒錯，對通俗文學無視中國危亡的現實而過分沉溺於娛樂消遣的批判非常必要且及時，不過在今天看來確也有其不全面之處，西方文化中心主義框架的設置、對自身的全面否定帶有濃重的烏托邦特點。文學研究會將自己的成立宗旨規定為「研究介紹世界文學，整理中國舊文學，創造新文學」，至於如何與現實土壤相結合，在 1922 年以前至少是相當模糊的。要改造國民性、重塑民族魂，有一個文化虛位問題，要填充這個「虛位」、構成與啓蒙文化批判對應的不是道學東風、擬古不化的一派，而算是漸進的變革改良派。張愛玲在《紅樓夢魘·自序》裏開宗明義為《海上花列傳》抱打不平，認為在民國以後受外來影響、被改變了閱讀趣味的現代讀者用一種先入為主的觀點來對待鴛鴦蝴蝶派文學。在這句話中，其實包含了張愛玲獨特的「中國本位」的思考。時代或者說民族峻急的進步要求青睞了五四模式，鴛鴦蝴蝶派調整了自己的小說傾向和擬想讀者，越來越向「俗」的方向發展，與五四嚴肅小說形成雅俗對峙的局面。

　　在清末民初小說家中有一個「異數」，那就是蘇曼殊。在五四文學運動時期，蘇曼殊雖然被視為鴛鴦蝴蝶派的「先師」，而其後一般的新文學史著作例如 1958 年北京大學的《中國文學史》、1959 年復旦大學的《中國文學史》都強調其南社革命詩人的一面，對其與鴛鴦蝴蝶派的關係或者遮遮掩掩，或者批判其萎靡頹唐的文風、追隨宗教的虛無主義思想。這和一直以來對鴛鴦蝴蝶派等通俗文學非公允的認識有關，和意識形態問題有關，也和撇開作家的文化人格進行單一性道德批判有關，其良好用意是要把早期作為革命家的蘇曼殊與晚期鴛鴦蝴蝶派的頹廢區別開來。

　　無疑，蘇曼殊個人的生活方式以及小說創作與鴛鴦蝴蝶派有些絲絲縷縷的牽連，范伯群先生主編的不俗的《中國近現代通俗文學史》為蘇曼殊設下一節，其目錄中有一段內容簡介，不妨抄錄如下：「近代哀情小說的先驅者蘇曼殊：革命經歷，坎坷人生，削髮為僧，不離紅塵──以青年男女感情糾葛與愛情悲劇為創作題材──充盈世事多變、人生無常和頹唐感傷情緒──《斷鴻零雁記》大半為曼殊自我寫真──「情僧」與「世俗法」的矛盾產生劇烈的痛楚──哀情先驅：「還卿一缽無情淚，恨不相逢未剃時。」〔註16〕從內容看，與 1950～60 年代的闡述模式有實質性不同，不再批判其「消極遁世」，從俗文學的角度來看，其「哀情小說先驅」的定位也很恰當，不過更類評傳，在審美批評維度的開掘上還有待擴展，我們有必要弄清蘇曼殊創作與代表大眾審美文化的鴛鴦蝴蝶派的瓜葛。

　　劉揚體認為「蘇曼殊並非鴛派作家」〔註17〕，但沒有進一步闡釋其理由。范伯群認為：因為蘇曼殊寫的主要是「世外法」者的悲哀，而鴛禮派側重的是「世間法」的冷酷，所以不歸入鴛鴦蝴蝶派討論。〔註18〕我個人贊同蘇曼殊不屬於嚴格意義上通俗文學鴛蝴派的論斷，曼殊小說在更大程度上屬於純文學範疇，他的繼承人不是鴛蝴派的傳人「禮拜六」派，而是浪漫抒情的創造社文學，他的身上有更多的是新浪漫的因子，他的文學更多地體現了精英化的審美理想追求。但是，一種文化是一個有普遍性和連續性的完整的生命，因其普遍性，它成彌漫一時的風氣；因其連續性，它為一線相承的傳統。每個時代的作家都是歷史發展過程中的交接帶，但是並不是每一代作家都可以

〔註16〕范伯群先生主編：《中國近現代通俗文學史》，江蘇教育出版社 1999 年。
〔註17〕劉揚體：《流變中的流派──「鴛鴦蝴蝶派」新論》，第 14 頁，中國文聯出版公司 1997 年版。
〔註18〕范伯群主編：《中國近現代通俗文學史》，江蘇教育出版社 1999 年版。

成為文學史流變中真正意義上吐故納新、「過渡的一代」。我們無須迴避在當時雅俗不分的文學時期，蘇曼殊的小說確實對民初哀情小說的形成具有推波助瀾之功。從此端意義言，曼殊小說是貫通於雅俗之間的。

　　蘇曼殊和鴛鴦蝴蝶派的關係一是從他與詩酒風流的通俗文學作家的交往言，二是從他作品與言情小說特別是與哀情小說潮形成的關係而言。

　　南社作為20世紀第一個愛國文學社團，許多成名的鴛鴦蝴蝶派作家躋身其內，如包天笑、徐枕亞、劉鐵冷、陳蝶仙、許指嚴、貢少芹、周瘦鵑、朱鴛雛等，在經歷了革命的洗練以後，他們對時代的觸摸從形而上的家國關懷轉向形而下的生存現實體貼，從社群之家的文學載道轉向個人之家的文學自慰，他們反對「有似正史」、政治功利的小說觀，明確提出「小說者，……或曰茶餘酒後之消遣品而已，若夫補救人心，啟發知識之巨任，非所責於小說也」〔註19〕，對傳統思想習俗及文學文體審美觀念、文言形式的繼承慣性使他們很快找到了言情、俠義、狹邪等這條傳統之路。作為南社成員之一，蘇曼殊與這些通俗小說家的交往非常密切，當蘇曼殊到上海的時候，他們常常一起吃花酒、聽戲曲，在文字上也多有交流。1903年，蘇曼殊在吳中公學社結識了後來成為著名通俗小說家的包天笑（朗生），他為包繪製了《兒童撲滿圖》，寓意撲滅滿清。包天笑曾經寫有《送別蘇子谷》詩二首，發表於《國民日日報》。包天笑的小說《海上蜃樓》中曾經記述他們這一段交遊經歷，他說：「那時的朋友中，有蘇玄曼……等，同在蘇州當教員。」這裡的蘇玄曼自然指的就是蘇曼殊，該小說中還有許多關於蘇曼殊的文字。1909年，蘇曼殊結識百助楓子後，將她的照片書上《題〈靜女調箏圖〉》寄贈包天笑。1916年12月，在《復劉半農》一信中，他還問到：「朗生兄時相聚首否？彼亦纏綿悱惻之人，見時乞為不慧道念。」蘇曼殊的最後一篇小說《非夢記》就發表在包天笑主編的《小說大觀》上。通俗小說家葉楚傖也和蘇曼殊有深交，葉楚傖即曼殊詩《南樓寺懷法忍葉葉》中的「葉葉」，他倆有不少合影，蘇曼殊曾經為葉繪製過著名的《汾堤弔夢圖》。鴛蝴派另一大家姚鵷雛也是蘇曼殊念念不忘的摯友，蘇曼殊在給劉三的多封信中都提到「鵷雛時相見否？」、「鵷雛無恙否？」、「鵷雛時通音問否？」。姚寫有多首贈給曼殊的詩，在其小說《恨海孤舟記》裏，有不少情節以和曼殊一起吃花酒為素材。蘇的通俗文學界朋友還有程寅生等等。魯迅在《上海文藝之一瞥》中形象地概述鴛蝴派小說的

〔註19〕鈍根：《小說叢刊・序》，小說叢刊，江南印刷廠1914版。

產生：作者大都是「從別處跑來」十里洋場的才子，才子「原是多愁多病，要聞雞生氣，見月傷心的。一到上海，又遇到婊子⋯⋯。自己是才子，那麼婊子當然是佳人，於是才子佳人的書就產生了。內容多半是，惟才子能戀這些風塵淪落的佳人，惟佳人能識坎坷不遇的才子」，於是，「相悅相戀，分拆不開，柳陰花下，像一對蝴蝶，一對鴛鴦」，「受盡了千辛萬苦之後，終於成了佳偶，或者是都成了神仙」。〔註20〕蘇曼殊自然也是「從別處跑到上海的才子」，也是懷抱「淚眼更誰愁似我」的多愁善感，也浪跡洋場、冶遊花叢。所以，在詩酒風流上，蘇曼殊有同於民初通俗小說家處。

鴛鴦蝴蝶派就狹義而言「當然是指才子佳人言情小說的作者們」〔註21〕。阿英在談到鴛鴦蝴蝶派時指出：

> 有吳趼人這一類寫情小說的產生，於是有天虛我生《淚珠緣》（《月月小說》）、李涵秋《瑤瑟夫人》（小說林社，1906）、小白《鴛鴦碑》（小說林社，1908）、平坨《十年夢》（1909）、符霖《禽海石》（群學社，1910）、非民《恨海花》（新學界圖書局，1905）、佚名《春夢留痕》（上海小說進步社，1911）、虛我生《可憐蟲》（集成圖書公司，1909）、息觀《鴛鴦劍》（改良小說社，1910）、《破鏡重圓》（改良小說社，1911）、佚名《女豪傑》（改良小說社，1909）《銷金窟》（時報館，1908）、綺痕《愛苓小傳》（《月月小說》）一類的產物。繼續的發展下去，在幾年之後，就形成了「鴛鴦蝴蝶派」的狂焰。這後來一派小說的形成，固有政治與社會的原因，但確是承吳趼人這個體系而來，是毫無可疑的。〔註22〕

這段話有力地指明了愛情婚姻問題是早期鴛鴦蝴蝶派的重要主題。不過，在1908年，鴛鴦蝴蝶派「作為一個流派的完整形態這時尚不完備，婚姻戀愛問題，尚未成為此時的小說作者普遍關注的題材和反覆表現的中心內容，同時還缺乏一批標誌著這個流派業已成熟的有影響的作家和作品」〔註23〕。

1912年對於鴛鴦蝴蝶派有著非同尋常的意義：在寫情小說漸次流行的基

〔註20〕魯迅：《上海文藝之一瞥》，見《魯迅全集》第4卷《二心集》。
〔註21〕范伯群：《「鴛鴦蝴蝶——禮拜六」派》，《中國現代文學社團流派》，江蘇教育出版社1989年版。
〔註22〕阿英：《晚清小說史》，第176頁，人民文學出版社1980年版。
〔註23〕劉揚體：《流變中的流派——「鴛鴦蝴蝶派」新論》，第13頁，中國文聯出版公司1997年版。

礎上，出現了對鴛蝴派最終形成和發展有重大影響的作品，即蘇曼殊的《斷鴻零雁記》和徐枕亞的《玉梨魂》。1911 年初秋，在國外任教的蘇曼殊在爪哇《漢文新報》上連載了其第一部創作小說《斷鴻零雁記》的前一部分〔註24〕，影響甚微。後來蘇曼殊聽到辛亥革命勝利的消息，於 1912 年 3 月回到國內，並任上海《太平洋報》主筆。這一年 5 月，《斷鴻零雁記》開始重刊於《太平洋報》，並很快被翻譯成英文，並被改編為劇本上演，演出時「觀者數百人，頗聞鼓掌聲」〔註25〕。與此同時，《玉梨魂》在《民權報》副刊連載。《玉梨魂》這部用四六體駢儷文言寫成的哀情小說，問世之後風靡一時，再版竟達 32 次之多，以後又被改編為話劇上演。由於《斷鴻零雁記》和《玉梨魂》的風行，從而引起一批作者競相傚仿，都以婚姻和戀愛題材為主要內容。1912 年後的兩三年內，描述情場失意、鴛夢難溫，哀歎才子「豐才嗇遇，潦倒終身」，書寫佳人「貌麗如花、命輕若絮」的愛情小說蜂起潮湧，以表現所謂「我餘未盡之情，君抱無涯之戚」。為了招徠讀者，許多雜誌在發表短篇小說時，也紛紛冠以哀情、苦情、懺情、妒情、俠情、奇情、孽情、慘情、悲情、怨情、幻情、喜情、豔情等等徽記。許廑父解釋「哀情」的含義：「這一種是專指言情小說中男女兩方不能圓滿完聚者而言，內中的情節要以能夠使人讀而下淚的，算是此中聖手。」〔註26〕劉揚體指出：「雖然蘇曼殊並非鴛派作家，但他當時所寫的小說，每篇都以愛情為題材，情節曲折生動，文詞清麗淡雅，情調淒涼苦澀，突出地反映了辛亥革命失敗後一部分知識分子的苦悶情緒和避世心理，對鴛派的影響是很大的。」〔註27〕

《斷鴻零雁記》從文本建構上沒有完全脫離傳統言情小說「才子佳人」兩情相悅、傳統禮教和宗法制度「棒打鴛鴦」的套路，但顯在的另一結構是兩情相悅時男方忽然想起「讀吾書者，至此必將議我陷身情網，為清淨法流障礙。然余是日正心思念我為沙門，處於濁世，當為蓮華不為泥污，復有何患」，「我今胡能沒溺家庭之戀，以開愁自戕哉」，於是鋼刀慧劍，驅除嬰嬰宛宛，這已經超越了傳統小說「大團圓」的審美敘事模式。在那個時代，這種

〔註24〕蘇曼殊《斷鴻零雁記》創作發表時，辛亥革命還沒有爆發，那些認為《斷》「反映了辛亥革命失敗後一部分知識分子的苦悶彷徨」的說法是值得商榷的。

〔註25〕張頲：《小說世界探索錄》，第 96 頁，工人出版社 1988 年版。

〔註26〕許廑父：《言情小說談》，載 1923 年 2 月 16 日《小說日報》。

〔註27〕劉揚體：《流變中的流派——「鴛鴦蝴蝶派」新論》，第 13 頁，中國文聯出版公司 1997 年版。

個性表達在主題學方面在於充分反映了知識分子精神境遇和文化選擇的困惑。歷史正處在大轉折的前夜，文化與道德的飄移逐步加劇，文化者從文學與革命的聯姻中退卻，盲目的樂觀主義和理想主義落潮。通俗小說在短期內燃成燎原之勢，從文學外部環境及社會政治思潮看，無疑是革命失敗後專制主義加劇、大批文人在消沉苦悶中疏離現實、逃避政治的一種表現。這一時代的基本語境是傳統與現代思想、啓蒙與民族意識、東方與西方文化、精神與物質世界等截然相對的話語空間。辛亥革命的意義內涵包含著共時和歷時現代性的複雜性，所以蘇曼殊的文化觀不可能不表現爲外部衝突和內心認同的張力共同作用的動態過程。蘇曼殊站在一組組二元對立的文化接觸帶上，多重認識架構以充滿內在張力的形式共同存在於一個思想主體中，致使他的男主人公在絕代佳人和佛規戒律、宗法制度間徘徊潦倒。

　　《斷鴻零雁記》這個小說對於當時通俗文學創作界的影響包括以下幾個方面：首先是主題模式上，《斷鴻零雁記》從思想內容上建立了言情小說的情節模式：「三角戀愛模式」〔註28〕，三郎和雪梅、靜子的三角關係以後又出現在《碎簪記》（莊湜和靈芳、蓮佩）、《非夢記》（海琴和薇香、鳳嫻）中，而且兩個相互對應的女性並不認識，也不形成對男性表層的身體或愛情競爭，衝突來源於男性內在的文化迷茫，這一模式對以後的小說家造成重要影響，例如張恨水的《春明外史》中的楊杏園與李冬青、梨雲等等——鴛蝴派言情小說的主題模式由此開始定型。其次，《斷鴻零雁記》的「自敘傳」敘事手法雖然對創造社小說影響更爲突出，但對鴛蝴派小說藝術手法的影響也不可忽視，以後許多通俗小說都以個人生存經驗爲素材，如包天笑的《牛棚絮語》、章士釗的《雙枰記》等等。第三，蘇曼殊一變歷史上寫情小說「大團圓」的結局模式，以悲劇收束，對讀者造成極大的震顫，也爲很多鴛蝴派小說家所借鑒。蘇曼殊落筆頗有詩人風度，明潔雋逸，情致幽深，於凄婉哀切之處尚能感受到一種青春氣息，有別於林紓的沉沉暮氣和民初鴛蝴派其他言情小說的脂粉氣。《斷鴻零雁記》以其感情的強烈、悲劇的衝突、情節的新穎、語言的優美成爲民初哀情小說中獨標一格的一篇，不像有的鴛鴦蝴蝶派作品一樣追腥逐臭、玩弄哀豔，而是以詩化的語言和情調展露了一個純潔而痛苦的心靈。政治激情和人生滄桑交融匯聚，現實感慨與浪漫期許相互輝映，中國本土文化與驚世駭俗的異國情調異曲同構，這種「歧義」的寬容構建了《斷鴻

〔註28〕　參閱陳平原：《二十世紀中國小說史》第 1 卷，北京大學出版社 1989 年版。

零雁記》特立獨行、浪漫淒美的審美效果，但同時也使小說缺乏男子漢風格的陽剛之氣和野性之力。這也成爲民初言情小說的普遍傾向。在《斷鴻零雁記》和《玉梨魂》後，悲劇結構成爲言情小說最常見的結構，這一結構對於中國文學審美現代轉型的影響是深刻並極具意義的。

蘇曼殊繼《斷鴻零雁記》後所創作的其他小說，也是「斷鴻零雁」體的。綜括起來，蘇曼殊小說與鴛鴦蝴蝶派審美體系上的共同之處可以歸結爲：

（一）蘇曼殊小說與鴛鴦蝴蝶派一樣，都是浪漫時代的文學產物，他們的浪漫反映在題材上有共同處，如直關「言情」，都注意人物關係的平面幾何規劃，即人物間的三角關係，言情敘事的模式化是他們共同的審美特徵之一。

（二）人物類型化是二者又一共同的審美特徵。由於中國以家族倫理爲核心形成了固定的人物關係模式，每一類型人物都有他固定的家庭責任和行爲規範，沒有個體的「人」，所以人物類型化在中國古代作品中有著深厚傳統。到了鴛鴦蝴蝶體言情小說中，傳統類型中又加入了闖蕩文場的落魄才子、新學堂的女學生、洋場的妓女這些類型化的人物。蘇曼殊的小說雖然在人物類型上不同於他們，但他的幾篇小說也構成了一個自足的人物類型圖象，與鴛蝴派人物譜系一一對應：多愁善病的釋門才子、知書達理的知己佳人、清麗婉約的古德女子。

（三）二者都在意向上注重文學的主體性，傾向於文學作爲「大道」之外的個人情感的審美觀照，所以二者的文學都包涵了愛情自由和「個人」發現的意義，都對迥異於封建婚姻制度下的愛情新形態充滿蠢蠢欲動的幻想，同時在自由愛情面前又都充滿憂悒和膽怯。

正因爲蘇曼殊與鴛鴦蝴蝶派作家的密切關係以及其小說文本對鴛蝴派小說的影響，蘇曼殊在五四前後受到了當時以啓蒙主義爲鵠的的胡適的激烈批判，胡適在 1917 年 11 月 20 日給錢玄同的信中稱：「先生屢稱蘇曼殊所作小說。吾在上海時，特取而細讀之，實不能知其好處。《絳紗記》所記，全是獸性的肉欲。其中拉入幾段絕無關係的材料，以湊篇幅，蓋受今日幾塊錢一千字之惡俗之影響者。《焚劍記》直是一篇胡說。」〔註29〕將整篇只不過有一個「含淚親吾頰」的「輕浮」舉動的小說稱爲「全是獸性的肉欲」，這不是胡適張冠李戴，就是「欲加之罪，何患無詞」，這種批判即便對於正宗的鴛蝴派小說也是不公正的妄言。出於對 19 世紀末 20 世紀初妓院功能的誤解，也出於中國

〔註29〕胡適：《胡適文存》第 1 冊，第 43 頁，臺北遠東圖書公司 1953 年版。

歷來重文輕商的觀念作祟，更出於新型知識分子道德感上的清高自詡，人們把涉及妓家的小說誤解為黃色的淫蕩的書。其實當時的妓院分為好幾個等級，大部分妓院的社會功能只是一個公共活動空間，是提供商業聚會、休閒娛樂的場所，妓女也有三六九等，從事不同的陪客義務，這是當時的時尚。同樣出於對「鴛蝴」這個作家群體的誤解，五四人大肆討伐鴛蝴體小說是些讓人肉麻的「誨淫誨盜」的玩意兒，其實打開當時的言情小說讀讀，會驚訝於「原來它出其意料的純淨」，如陳平原所說：「民初小說家特別強調『言情之正』。所謂『言情之正』，說到底一句話，就是『發乎情止乎禮矣』。……言情小說的毛病不是太淫蕩，而是太聖潔了——不但沒有性挑逗的場面，連稍為肉欲一點的鏡頭都沒有，至多只是男女主人公的一點『非分之想』。」〔註30〕徐德明也指出：「中國現代的舊派小說中基本沒有直接的性描寫，小說家們將『性』的內容放置在『色』的大背景上來表現，又將『色』放置在一個故作風雅的生活範式中作為一種遊戲觀賞的對象，反而將人的生命中的某一部分的本質需求淡化、模糊處理了。」〔註31〕批判鴛鴦蝴蝶派「誨」，只不過是必須找到一個靶子而已，即便不斥之為「誨淫」，還可以抓住別的把柄，其實質性的原因則是在文學的價值觀上，通俗文學家和新文學家的功能界定和審美想像是牴牾的。

　　從以上分析言，蘇曼殊小說確實有許多與鴛鴦蝴蝶派相通的地方，但是是不是由此就可以說周作人所謂「曼殊是鴛鴦蝴蝶派的人」是一個正確的論斷？問題似乎並不這麼簡單。那麼，蘇曼殊作為五四前小說家中的「異數」到底「異」在何處呢？我想可以從以下幾個方面分析：

　　（一）蘇曼殊與包天笑、周瘦鵑等「洋場才子」的出身和教育背景不同，蘇曼殊主要的精神來源是西方人文主義思潮，其文化生態範型是精英文化；鴛鴦蝴蝶派雖然也有留學國外接受西學者，甚至不少人也參與了當時的西文譯介，但是他們受到的中國文化薰陶和傳統教育更為深厚，傳統的「才子」人格更為突出。蘇曼殊身上有著大和民族的遺傳血胤和環境薰陶，而且他有盤桓中印度一帶習文誦經的特殊經歷，這些都使他看取社會和人生的方式與眾不同。另一重要的方面是蘇曼殊13歲時即在上海的教會學校師從西班牙羅

<hr />

〔註30〕陳平原：《陳平原小說史論集》（中），第 820 頁，河北人民出版社 1998 年版。
〔註31〕徐德明：《中國現代小說雅俗流變與整合》，第 242 頁，社會科學文獻出版社
　　　　2000 年 4 月版。

弼‧莊湘博士學習英文,他的英文水平在他周圍的名彥碩儒中可謂鶴立雞群,
這也使他較早直接接觸到西方文化和文學的原本。後來,蘇曼殊每每提起他
的這位恩師,都懷著深深的眷念和感激。《〈潮音〉跋》中有「嘗從西班牙處
士治歐洲詞學。莊公欲以第五女公子雪鴻妻之」。1909 年 11 月,在去爪哇任
教的海輪上,蘇與莊湘、雪鴻父女偶遇,經新加坡曼殊染疾,爲父女倆勸留,
雪鴻贈給曼殊「西詩數冊。每於椰風椰雨之際,挑燈披卷,且思羅子,不能
忘弭也」〔註32〕。《題〈拜倫集〉序》言:「西班牙雪鴻女詩人過存病榻,親
持玉照一幅,《拜倫遺集》一卷,曼佗羅花並含羞草一束見貽,且殷殷勸以歸
計。嗟夫,予早歲披剃,學道無成,思維身世,有難言之恫,爰扶病書二十
八字於拜倫卷首。此意惟雪鴻大家能知之耳。」可見,雪鴻與曼殊有著知遇
之情。在《斷鴻零雁記》中,曼殊寫到自己特慕莊湘「清幽絕俗,實景教中
錚錚之士,非包藏禍心、思墟人國者,隨從之治歐文二載,故與余雅有情懷
也」,「羅弼大家所貽書籍,中有莎士比爾,拜輪及師梨全集」。曼殊給莊湘的
覆信是現存最長的一封信,從佛學思想到翻譯理論再到中華國號論述,古今
中外,無所不容,運筆自信,酣暢淋漓,可見蘇曼殊將莊湘視爲學術上的良
師益友,莊湘對曼殊在人格形成和學術造就方面的影響是顯然的。這種種差
異必然反映在作品中,比如,見於他對現代愛情的理解,他打破了才子佳人
小說傳書遞簡、密約幽會的俗套,寫情表愛人膽坦率,新穎別致,《焚劍記》
中寫獨孤燦與阿蘭在餐桌上相遇:

> 俄,少女爲設食。細語生曰:「家中但有麥飯,阿姊手製。阿姊
> 當來侍坐……」言猶未終,一女子環步從容,與生爲禮,盼倩淑麗,
> 生所未見。

> 飯時,生竊視女。少女覺之,微哂曰:「公子莫觀阿姊姿,使阿
> 姊不安。」女以鞋尖移其妹之足,令勿妄言,亦誤觸生足,少女愈
> 笑不止。

這種清新爽快、一塵不染的情調,在清末民初小說中是絕無僅有的。

　　(二)蘇曼殊小說雖然也被不少學者稱爲言情小說,但不在敘事的「說」
而重在寫情的「情」,有強烈的人的主體性體現;他的主題主要不在反封建婚姻、
反宗法制度、反權貴,重在抒寫現代文化衝突中的個體孤獨這一強烈的生命意

〔註32〕蘇曼殊:1910 年 6 月 8 日《致高天梅》,見馬以君編:《蘇曼殊文集》,第 516
　　　頁,花城出版社 1991 年版。

識；他的敘事形態，並不單純依賴情節，甚至超越情節的變化，而在人物個性的心理深度上發生，這和鴛鴦蝴蝶派的敘事範型和表現主題有著質的不同。陳獨秀在為蘇曼殊小說《絳紗記》所作的序中稱：「人生最難解之問題有二，曰死曰愛。」〔註33〕「愛」和「死」是古往今來的文學兩個總話題，而蘇曼殊所描摹的愛情和古往以來的《聊齋》、《牡丹亭》、《紅樓夢》、《恨海》裏的愛情都不同。蘇曼殊小說雖然也是寫癡情女愛上多才多藝多情郎，他的作品中既沒有「婊子」，也沒有「嫖客」，更沒有「分拆不開」，「終於成了佳偶，或者是都成了神仙」。僅從作品表層的「哀感頑豔」、「纏綿悽楚」，很難解釋為何他的小說能在眾多寫情小說中取得如此大的轟動效應，以至所謂的「舊派小說」和「新文學」界都青睞於他。我們只能從淹沒在其作品孤獨傷感、頹廢哀戚之下的審美情感上的清新氣息入手。蘇曼殊以終生的力量加以反思的情愛遠遠拆解了塵俗的封條，自我追尋的是近乎哲學意義上的愛的真諦，本體真如境界差不多已然成為他小說人物形象的本性規定，但是這種追尋並不是遇神逢鬼、化蝶成仙，而是通過世俗故事的演繹來展現的，也就是說，愛的本體真如世界實際上只能存在於世俗愛戀生死之間。正似李澤厚所說：「蘇作在情調淒涼、滋味苦澀中，傳出了近現代人才具有的那種個體主義的人生孤獨感和宇宙蒼茫感。他把男女的浪漫情愛和個體孤獨，提升為參悟那永恒的真如本體的心態高度。它已不是中國傳統的倫常感情（如悼亡），佛學觀念（色空）或莊子逍遙。」〔註34〕

　　（三）蘇曼殊的文字是拒絕平庸、崇尚天才和自然的，是鼓吹靈感、蔑視壓抑的，「給他的作品帶來最動人、最持久的品質的，卻是一種異國情調的氛圍」〔註35〕；而鴛鴦蝴蝶派作品「體裁是繼承章回小說的傳統，文字則著重詞藻與典故」〔註36〕。劉納用民初駢文小說裏習見的詞語，串連出了那個時代最具公共性的小說語言、主題、風格模式：「歲月含愁，江山歷劫；幾聲風笛，離亭柳色；征路雲陰，黑獄埋冤；空山鬼泣，青磷照野；紅銷香碎，深閨埋恨；慘綠猩紅，煙愁雨泣。」〔註37〕小說中夾雜駢儷文字，是中國文

〔註33〕陳獨秀：《〈絳紗記〉序》，見《蘇曼殊全集》（四）。

〔註34〕李澤厚：《中國思想史論》（下），第1040～1041頁，安徽文藝出版社1999年1月版。

〔註35〕柳無忌：《蘇曼殊傳》，第3頁，北京三聯書店1992年3月版。

〔註36〕范煙橋：《民國舊派小說史略》，載魏紹昌編：《鴛鴦蝴蝶派研究資料》，上海文藝出版社，1962年版。

〔註37〕劉納：《1912～1919：終結與開端》，載《中國現代文學研究叢刊》1998年第1期。

學早就有的現象，而 1912 年到 1919 年，作爲中國文學獨特品種的駢文有了一次奇特的興盛，成爲一道突出的文學風景。屬《玉梨魂》這一派的駢文小說還有吳雙熱的《蘭娘哀史》、《斷腸花》，李定夷的《紅粉劫》、《鴛湖潮》、《茜窗淚影》，吳綺緣的《冷紅日記》等。我們摘錄《此恨綿綿無絕期》中一段女主人公形容夫婿容貌的文字來與曼殊文字做個比照：

> 汝面直類蓮花，潘安衛玠，見汝或且失色。猶憶結婚之後兩月，正四月豔陽之天。綠陰毿畫，芳華滿眼，景色良復可人；紅窗風月夜，樂事至多。郎鼓批亞那，妾唱定情歌。或則盈盈比肩，偎倚窗前，指點天上春星，猜測姮娥心事。新婚燕爾，伉儷之情彌篤，連理枝兒一處載，並頭花兒一處開……

此種千篇一律的文字出自「哀情巨子」周瘦鵑的筆下，可見得其他作者更差一籌。我們試看一段蘇曼殊《焚劍記》中描述獨孤燦受邀去阿蘭家的文字：

> 是時南境稍復雞犬之音。生常行陂澤，忽見斷山，歎其奇絕，躡石傍上，乃紅壁十里，青萼百仞，殆非人所至。生仰天而嘯。久之，解衣覓虱，聞香郁然，顧之，乃一少女，亭亭似月也。
>
> 女拜生，微笑而言曰：「公子俊邁不群，所從來無奈遠乎？妾所居不遙，今稟祖父之命，請公子一塵遊屐，使祖父得睹清輝，蒙惠良深矣。」
>
> 生似不措意，既又異之，睍其衣，固非無縫，且絲襪粉舄，若胡姬焉。女堅請，始從。生固羸疾，女爲扶將，不覺行路之遠。俄至木橋，過橋入一廬，長蘿修竹，水石周流。女引至廳中。
>
> ……
>
> 生於是日教二女屬文，長女名阿蘭，小生一歲，次女名阿惠，小生三歲，二女天質自然，幼有神采，生不勝其悅，而恭慎自守。二女時青舟容與於丹山碧水之間，時淡妝雅服，試學投壺。如是者，三更秋矣。

這段描寫細膩、雋永、寧靜、透明，其超凡脫俗的情調、風景、人物、場面恰似一幅秀雅怡美的水墨輕嵐。這種超越現實人生的審美筆致和鴛鴦蝴蝶派對現世人生、日常人倫「工筆細描」的「寫實」有著天壤之別，其清新自然的風格是明顯的，在閱讀中我們似乎看到了廢名《竹林的故事》的影子。

　　蘇曼殊小說是所謂的文言，這也是他不受五四寫實派待見的原因之一。

五四新文學一個最大的「實績」，就是確立了白話文的正宗地位，在這方面胡適功莫大焉，他把自古以來的文學劃爲兩類「死文學」與「活文學」，「我把漢朝以後，一直到現在的中國文學的發展，分成並行不悖的兩條線……，這一由民間興起的生動的活文學，和一個僵死的死文學，雙線平行發展，這一點在文學史有其革命性的理論實在是我首先倡導的；也是我個人（對研究中國文學史）的新貢獻。」〔註 38〕憑心而論，蘇曼殊那些所謂的文言與新文學某些白話相較，莫說對當時的讀者，即便對今天的我們來說，其清新易解依然可感，魯迅的《狂人日記》被舉爲第一篇現代白話小說，不過這也是一篇第一次需要將詮釋帶入閱讀的中國小說，一般的讀者只有感慨「難以索解」。另外，蘇曼殊徹底打破了傳統小說章回體的體制格局，《斷鴻零雁記》以二十七章結撰，每一章開篇直接承接前章切入正文，沒有回目對子，結尾處也沒有採用「有詩爲證」和「且聽下回分解」的陳舊套路。這與大多鴛鴦蝴蝶派小說的審美形式迥然不同。

（四）蘇曼殊小說悲劇的收束不在於外力，而在於主人公內在的深層精神困惑；鴛鴦蝴蝶派文學主人公即便有自由和愛情的渴望，但思想深處仍然以封建倫理道德爲行動指南，一再申明「發乎情而止乎禮」的勸誡，反抗是消極的、個體是被動的，有很大一部分作品表現了既渴望自由又害怕自由的矛盾心理。《玉梨魂》第一次觸及了寡婦戀愛的題材，但白梨影礙於寡婦名節的禮教規訓，不敢衝出束縛與有情人締結連理。小說在收束時指出追求愛情之苦，讓身陷情網之糜的男女千萬保重。基於對包辦婚姻的怨憤，鴛蝴派作家提出了婚姻自主的願望，然而又擔心這樣會影響世態人心，所以在提倡自由的同時，又提倡婦女「從一而終」，或者也並不是所謂「提倡」，只是他們太知道婚姻自主的不可能，包天笑的《一縷麻》和周瘦鵑的《恨不相逢未嫁時》最能反映這種矛盾心態。這一派駢文小說的立意越來越做作，情感越來越酸澀，一條新開拓的通俗小說之路也便只好轉向。與之不同，蘇曼殊小說所寫悲劇造成的原因有兩種，一種是外力的戰亂或包辦婚姻，而阻撓有情人終成眷屬的不是繼母，就是嬌母，或者姨母，無有一例是親生父母，這成了蘇曼殊小說與眾不同的一大特點；而更重要的因素則來自主人公自身，甚至可以說作家主體心理變化。外力構成一種威脅，而主體情感選擇常常最終決定了「有情人不成眷屬」的結局。蘇曼殊小說人物僅僅活在不著邊際的形而

〔註 38〕唐德剛：《胡適口述自傳》，第 289～290 頁，華文出版社 1992 年版。

上的世界裏，這與其他鴛鴦蝴蝶派作家作品有著本質性區別；言說掘進的動力在於心理的變遷，而不在於外部世界的強力介入。李澤厚認為：曼殊作品「儘管談不上人物塑造、情節建構、藝術圓熟，卻在這身世愁家國恨之中打破了傳統心理的大團圓，留下了似乎無可補償無可挽回的殘缺和遺恨。這就是苦澀的清新所帶來的近現代中國的黎明期的某種預告。這些似乎遠離現實鬥爭的浪漫小詩和愛情故事，卻正是那個新舊時代在開始糾纏交替的心態先聲。感傷、憂鬱、消沉、哀痛的故事卻使人更鍾情更懷春，更以個人的體驗去咀嚼人生、生活和愛情。它成了指向下一代五四知識群特徵的前兆。四顧蒼涼淒冷，現實仍在極不清晰的黑暗氛圍中，但已透出了黎明的氣息」〔註39〕。

即便是最通俗的題材，在蘇曼殊的筆下也有著不俗的現代味。《天涯紅淚記》中獨孤公子一再想證明自己身為英雄的存在價值，這是蘇個人經歷與理想的外露。暴力與英雄、英雄與美人是兩對奇崛而又和諧的對應。暴力與英雄想像滲透著文人對理想秩序的渴望與對秩序失落的恐懼，對亂世場景的描繪一方面指涉並質疑平內亂、建功業的表面完美秩序，另一方面又預示了革命的再度失落。暴力描述確非文墨山水的蘇曼殊所長，描述的失敗也恰證了蘇曼殊遠非像當時許多偵探兇殺通俗小說家者對血腥的迷戀，蘇只是通過對亂世變局的書寫，表達對秩序的渴望、對太平盛世的期待。作為曾經熱血澎湃傾心革命的蘇子谷，英雄與暴力更有一深層的憾慟：暴力革命以達太平永是烏托邦，也許破壞更大於建設，對自身目的的質疑或者說對革命的反思無疑是苦痛和無情的，其間是以治國為隱喻的。

蘇曼殊的小說也寫到俠士和世外桃源。蘇曼殊與俠義小說的關聯始自《慘世界》，在該小說中，蘇曼殊塑造了男德這樣一個具有俠客精神的英雄形象，而且還塑造了男德的紅顏知己孔美麗，首開俠義小說「英雄美人」的先河，為後來俠義小說和言情小說合流成為「革命加戀愛」的範式提供了一個成功先例。蘇曼殊對烏托邦樂園的幻想是對其所從出的現實環境極度不滿的反映，蘇小說提供了一個似乎有深層暗示意味的模式。《絳紗記》中，蘇曼殊虛構了一個桃花源世界，「余」自海外歸國，途中舟沈遇救，到一處風景如畫的漁村，一處「世外桃源」：「天間無雲，余出廬獨行，疏柳微汀，儼然倪迂畫本也。茅屋雜處其間。男女自云：『不讀書，不識字，但知敬老懷幼，孝悌力田而已；貿易則以有易無，並無貨幣；未嘗聞評議是非之聲；路不拾遺，夜

〔註39〕 李澤厚：《中國思想史論》（下），第1041頁，安徽文藝出版社1999年1月版。

不閉戶。』……見老人妻子，詞氣婉順，固是盛德人也。」漁人日出而做，日落而息，不識甲子，無有名姓，不知身在何地，認為「余」所帶的時表會惹起爭端，勸其「速投於海中」，「余」認為他們簡直是仙人。但是，一再的外力擾亂顛覆了這一敘事，父母中原竟是永不能結局的事情，末世悲涼的恐懼造成的無家之識不只是一種敘事策略，也成為一種確證現實。愛情是蘇曼殊小說的顯主題，對戰爭、流民、華工被污的亂世焦慮和人文關懷是蘇曼殊小說的隱主題。蘇曼殊雖然走訪數國，他對世界的感知、對文學的把捉都具有「先鋒性」，但他也只能以歷史幻想的方式寄託自己對當下的感慨以及未來的家國想像——這一想像導源於陶潛，中國的文人一代一代從小到大宿命似的都要閱讀到歷史名篇《桃花源記》，於閱讀的同時在內心建構自己的桃花源世界。而蘇曼殊的這一隱題恰恰在繼承了文人傳統的同時，更能傳達一種對歷史逆向性的「當世反思」，這一點尤為可貴。

其實，無論是蘇曼殊還是鴛鴦蝴蝶派，清末民初這一代文人對於文學史的意義並不在於他們貢獻了多少不朽的經典巨著，而在於承接和變革的力量，在於他們於一箇舊時代行將入木而一個新時代剛行孕育的歷史階段，以自覺的追求推動了新的文藝的生成和發展。他們的文藝既有對現代都市生活的貼近表現，「撫慰」了現代市民新的文化欲望，又不放棄對傳統的文化精神和藝術表現方式的繼承，「體貼」了現代都市市民需求，最早對歷史現代性實現之重要標誌的「現代都市」的形成過程的各種變化，尤其是市民生存和觀念的「現時」性狀態做出了反映；實現了傳統與現代的非對抗性轉換。周作人對鴛鴦蝴蝶派的評價是客觀精當的，他認為：「文學史如果不是個人愛讀書目提要，只選中意的詩文來評論一番，卻是以敘述文學潮流之變遷為主，那麼正如近代文學史不能無視八股文一樣，現代中國文學史就不能拒絕鴛鴦胡蝶派，不給他一個正當的位置。」〔註40〕從啟蒙的立場看，都市通俗文學帶著不淺的「封建主義思想」遺毒，而從培養以文學為生活內容之一的讀者群、建立白話文體和與現代傳媒互動、為知識分子開拓一種新型的職業等方面看，它有值得珍視的貢獻。

蘇曼殊的翻譯文學、詩和小說創作滋潤和影響了五四抒情文學的浪漫一代，他的小說在主題模式上與通俗文學的審美實現的相通性又催發了鴛鴦蝴蝶派言情小說的繁華，而鴛鴦蝴蝶派和五四抒情派通常被文學史家歸為水火

〔註40〕周作人：《答芸深先生》，見《蘇曼殊文集》（五）。

不相容的新舊文學兩極。楊義為蘇曼殊叫屈：「可惜蘇曼殊不曾為同代作家理解，鴛鴦蝴蝶派把他捧為大師，其實只是把他當作一個『作綺豔語，談花月事的漂零者』而已。他的藝術生命是悲劇性的。」〔註41〕我們後人大可不必為蘇曼殊遺憾，在20世紀文學史上，能夠被新文學和現代都市通俗文學同時奉為「先驅」的，蘇曼殊在20世紀初可謂獨領風騷。在其後，能在藝術形式、思想內涵上遠遠超越於蘇曼殊，真正統領雅俗、貫通中西之間的則應該算1940年代張愛玲、徐訏吧。蘇曼殊的「愛的發現」的主題更是關乎五四後新文學愛情小說雅俗兩個趨向，在文學現代性轉型方面是一個值得深入一步探討的話題。

第二節 愛情的「發現」與意義重估

文學之所以有雅俗之分，從創作主體來說，體現了不同層面的創作者對社會特定的心理反應，從接受者來說，處於不同文化意識層面上的接受者也有著不同的閱讀心理和動機，所要求的閱讀內容也就有雅俗不同的審美標準。蘇曼殊小說「俗」的情劫母題其實蘊涵著「雅」的人生。

愛情和死亡是蘇曼殊小說相輔相成的主題，愛情的「發現」是曼殊小說意義重估最值得注意的關目之一。其實，在當時雅俗不分的創作圈和評論界，這也是鴛鴦蝴蝶派不少作家共同的主題。小說傳統的大團圓結局既是出於教化、勸懲的功利目的，也是由於中和之美的傳統美學觀念影響。該派幾部有代表性的長篇小說最明顯的美學新質在於它的悲劇性結局，既表現人與外部世界的衝突，也表現人自身內部的衝突，這既是受19世紀末期譯入中國的西方悲劇小說如《茶花女》等的影響，也和那個時代整個萎靡不振的人文氣氛相關，悲劇更具有震撼人心的美學力量。魯迅在《上海文藝之一瞥》中說都市通俗小說中的才子佳人終於「不再都成神仙了」，突破了中庸的規範，「實在不能不說是一個大進步」，〔註42〕這話於魯迅也決不只是嘲諷。在此之前，小說忙於為政治服務，到現在為止小說在美學上才真正有了「革命」之舉。鴛鴦蝴蝶派的一些代表人物早期都是輸入西學的先驅，在反封建、反傳統的思想價值的主要傾向上不同於新文學陣營的是他們用意不在「教導或引領」，

〔註41〕楊義：《中國現代小說史》（第1卷），第540頁，人民文學出版社1998年版。
〔註42〕魯迅：《上海文藝之一瞥》，見《魯迅全集》第4卷《二心集》。

而在「迎合」新興市民出現的反封建反傳統禮教的思想。民初言情小說的現代性一是深刻展現封建禮教思想帶給人的心靈束縛和痛苦，還表現在突破傳統小說敘事的平面化，將心理描寫等現代技巧大量用於小說。夏志清在談《玉梨魂》時說：「這本書的結尾，如日記之引用，敘述者之愛莫能助，蒼涼景象之描述等等，都預告著魯迅小說的來臨。」〔註43〕典型的例子還有天虛我生的《玉田恨史》，在一定程度上擺脫了那種單純演繹故事的作品對情節波動的依附，全篇用第一人稱從頭至尾寫女主人公的內心活動，這些雖然在以後的五四小說中大量採用，但在當時客觀上卻是有先鋒作用的。明清才子佳人小說和晚清言情模式是一個封閉靜止的內向性結構，民初以其總體上的悲劇結局、情的主題的高揚、敘事技巧的現代性，突破了這一模式而呈現出外向性，而真正打破這一模式的是五四小說，最終在魯迅手裏出現了《傷逝》那樣的真正具有現代品性的情感小說。

　　一個世紀以來，由於我們借西方文化來啓蒙中國「愚民」的思想方式佔主導地位，在強調西方人文主義思潮對中國國民現代「人的意識」的覺醒的影響時，有可能忽略了這樣一個思想源頭——中國在西方近代革命發生的同時，也曾經自發地出現了資本主義生產關係的萌芽，對應於這種社會變革的哲學思潮即以李贄爲代表的「非經薄儒」、社會平等的人文主義思潮。任何國家的歷史上，當一箇舊制度未能摧毀，一個新目標依然渺茫，失去支撐點的社會難以重建心理平衡時，叛逆和頹廢總要構成這一時期一代吮吸了「世紀末果汁」的敏感青年的基本精神特徵。頹廢、象徵、神秘、唯美的文藝思潮除了受異域文化的刺激外，更是文學在自足發展的過程中一種自然的自身建構，不僅包括文本主題、敘事策略、語言變革、形式技巧。那種認爲中國現代小說完全是西方文藝思潮引入中國的結果的說法，可能對域外文學於中國文學現代轉型的功用有所誇張，也是人們對西方文明的仰慕、折服乃至恐慌的心理暗示。中國歷史上，從莊子、阮籍、到李贄、龔自珍等人，形成了與正統相反的一條線索，他們我行我素，遺世獨立，莊子的遊世精神，阮籍的佯狂驕世，龔自珍的叛逆覺醒，看似不同，其中貫穿著同一種精神：對個我生命的認眞。他們對黑暗世道激烈的內心對抗使他們不能接受個人與存在的和解，正如莊子所描繪的遊世者不能在任何形式的穩定溫良狀態中定格下

〔註43〕　夏志清：《〈玉梨魂〉新論》，《臺灣、香港、海外學者論中國近代小說》，百花洲文藝出版社 1991 年版。

來，成為世俗人眾可以參考的樣板。蘇曼殊也拒絕任何形式的在世安定，而寧願不停地漂泊直到永遠的迴避。只不過，蘇曼殊浪漫的思想根底少一些傳統清流才子的放誕任情，多一些西方浪漫主義的個性張揚。

對封建皇權的對抗、對「存天理、滅人欲」的封建禮教的反駁姿態，使明末文學出現了一個具有反封建色彩的浪漫主義潮流，表達市民階層對自然人性與社會平等的追求欲望，《金瓶梅》、《三言》、《二拍》等就是反映了這樣一個近代式的世俗天地。晚明「以情抗理」的社會思潮淋漓盡致地表現了市民群眾對自然人性和社會平等的熱烈追求，矛頭不僅指向封建禁欲主義，也指向宗教禁欲主義，但晚明人文主義思潮因明清鼎革沒有得到進一步發展。明清思想家黃宗羲、王夫之、顧炎武等人，也曾在儒學內部發起一場理學批判運動，旨在糾正理學在政治與教化、外王與內聖、事功與道德關係上的偏差，以調節封建機制而實現富國強兵，本質目的上在於擴大專制統治的範圍，不是為平民百姓爭取自主權。相關於這一變化，明末清初的才子佳人小說以其拙劣的文筆和虛假的大團圓結局為後世所詬病，但其把明代文學原始粗俗的情慾昇華為高雅純潔的愛情也當值得肯定。入清以後反映「以情抗理」的小說已不多見，《紅樓夢》雖然高揚「以情抗理」的旗幟，但很少活潑熱辣的世俗情調。晚清以降，在西方衝擊下，中國的被動式的近現代化和中國民眾的文化心理具有很大差異，以梁啓超等維新人士為代表的「開啓民智」的啓蒙運動只是在「睜眼看世界」的一代知識分子範圍內製造著聲勢，對於廣大市民的文化性格並沒有多深觸動。我們認為，20 世紀初鴛鴦蝴蝶派言情小說特別引人的原因，除了西方婚姻自由思想已為不少青年男女所接受外，另一個心理結構層面就是「以情抗理」的文學思潮在滿清入主中原被摧折後在新的時代觸媒下的重新勃興。民國之初，封建倫理觀念失去了政令上的依靠，也由於西方思潮影響，人性又開始了朦朧的覺醒，封建觀念相對淡薄的市民階層率先發起反對禮教、爭取個性解放的鬥爭。「『父母之命，媒妁之言』的傳統婚姻制度漸起動搖，『門當戶對』又有了新的概念，新的才子佳人，就有新的要求，有的已有了爭取婚姻自由的勇氣，但是『形格勢禁』，還不能如願以償，兩性的戀愛問題，沒有解決，青年男女為之苦悶異常。從這些現實和思想要求出發，小說作者就側重描寫哀情，引起共鳴。」〔註44〕

〔註44〕范煙橋：《民國舊派小說史略》，載魏紹昌編：《鴛鴦蝴蝶派研究資料》，上海文藝出版社，1962 年版。

　　所以，從傳統文化精神的繼承來看，鴛鴦蝴蝶派小說反映了英雄崇拜、善惡因果、正義呼喚、抑惡揚善、抱打人間不平等等民族傳統道德關懷，特別是該派文學繼承和發揚了晚明「以情抗理」的浪漫主義文學思潮，是對晚明「以情抗理」的文學古道的重新開掘。中國通俗小說在20世紀最終走向現代是現代文化變遷的結果，也可以說是文學本身在這種變遷的語境中逐步調適的成果。從上世紀初的改良主題到20-30年代武俠小說、言情小說對浪漫情懷的極致而曲折的表達，再到30-40年代淪陷區殖民語境下對人性的關切，文學傳統的流變從經世致用的古典經學傳統，向心靈辨證的現代文學系統漸變，在這種轉型的過程中越來越體現對於社會人生的關切，慢慢具備了現代性的質素。在藝術的探索性、語言的實驗性、文本的先鋒性方面，通俗小說不像新文學那麼注重。在一個「進化論」統治的時代，新文學強調新的總比舊的好，現在的都比過去的好，這種歷史進化論觀念成為很多知識者的慣性思維，直至今日；但通俗文學總是要瞻前顧後的，既要順應文學市場的現代化驅動力，又要注重傳統基礎上的回歸。中國文學正是在通俗文學與新文學的雙向互動中走向未來。

　　但在蘇曼殊，愛情的發現與悲劇的意義還不僅這些，他的「和尚戀愛」的言語織體包含著原生之家（尋覓與怨恨）、社群之家（救贖與殉情）以及個體之家（抱慰與拒斥）之間糾合與共謀的倫理失措，包含著靈與肉爭奪在世支配權的隱喻，也包含著個體自由對國家體系和佛法戒條等身體規訓機制的反叛。

　　蘇曼殊生活的時節，文化教育領域大倡女學，梁啟超在《時務報》上《論女學》一文將中國積貧積弱、內外交困歸咎於中國女性惰逸闈帷「披風抹月、拈花惹草」，「若人人各有職業，各能自養」，則中國必強。這一論調博得大批維新人士苟同，欲以婦女就業以強國力，救助中國在外強入侵下之節節敗退。從這一「成也蕭何，敗也蕭何」的話語結構中可以看出，表面上是肯定女性的社會地位和人生價值，實際上女子仍為被動的他體，為男性所謂的政治目的服務，隸屬於男權的排比規律之下，而不是從提供她們最好的向學機會出發，以便施展個人才情。沒有對西方婦女道德標準、人格理想的省察，不能重新審視中國傳統而建立起更為適宜的女性價值體系。現代史學往往抹殺男女的界限，只選擇幾位符合男性政治話語系統的女性如秋瑾、徐自華，以證實這一系統意義上的男女平權，這本身就是一個對平權的誤讀。那麼蘇曼殊

小說是如何界定自己的女性空間的？

　　《斷鴻零雁記》發表後，時人稱蘇曼殊為「於胭脂堆裏參禪，狎而不亂」。曼殊的琴酒女樂與參禪悟道相伴不同於習禪的詩人白居易，白作為在家奉佛的居士，並不篤信佛教的終極眞理和彼岸世界，把宗教生活作為一種消閒享樂的方式，將佛教的超脫意識改造為此岸世界的閒適無憂、知足常樂的人生哲學，在實用化庸俗化的同時，卻也契合了南禪「行住坐臥，應機接物，盡是道」的宗旨，但蘇曼殊作品不像白的作品那樣很多太過率易、語意直露的「閒吟」；而且，二者雖然都注重「有我之境」，但白的思維方式是「有心」（有性靈）和「無心」（無思慮）的統一體，而曼殊卻是有思慮的，這種思慮即是對個性的強烈維護欲。蘇曼殊的施善心理也是一種窮困文人心靈的自救自贖，災變、民亂、興亡的連鎖關係在蘇小說中屢有推理，因此明清以降的施善文化和佛家宣導的普度善舉在他心中不是要累積個人功德，而是一種不自覺的同病相憐感，興利節用顯然不符合這個赤貧之士的營生之道。蘇曼殊涉身青樓妓院多在上海，他的許多詩文在上海發表，不少詩作抒寫了對上海娛樂界女子的情愫。上海在中國現代文化史上是一個身兼「罪惡之都」和「現代象徵」的曖昧、複雜、矛盾的形象。在國運式微的迫切危機中，對照租界彈丸之地的繁華昌榮，當時的上海在無所可為中沉溺於一種近乎畸形的聲色犬馬追逐中。現代都市發展與租界青樓文化之間具有一種互動的關係，租界促成了公共空間的形成、租界話語浮出，上海的都市化吸引了全國各地甚而世界各方的人們來到這裡尋求發展的機會。當時流居上海的各階層人士沉溺於上海，於是以女性文化為消費中心的青樓文化形成空前規模，於是文人在公共空間體驗到了家居感。他們的關係不再是個人意義上的落魄才子與紅粉知己，在「不為無益之事，何以遣有涯之生」的無聊感歎中，他們的心情是一張國事興退表。當歷史上的文人指責偏安者「暖風薰得遊人醉」時，恰是文人自己在歷史機緣下「夢裏明知身是客」、在無聊和無奈中與時局互動。時尚、越界、觸規，看似僭越傳統家庭道德倫理，卻往往是對傳統更深一層的肯定與鞏固。歷史的敘述結構在這裡遭遇了主題上的斷裂，人格和價值觀也遭逢斷裂，貧窮可能暗示了道德上的負面價值，身份定位與經濟經驗與姻緣息息相關。生活中的蘇曼殊鍾情的常常是那些青樓姑娘，而蘇在小說中神交的卻都是良家女子，正說明了物質層面上的現代徵候如辦臺面、吃花酒，以及傳統的詩詞歌賦的文化景觀，並不能眞正讓蘇曼殊安魂，他在傳統與現代

之間表現的遲疑，正是當時一個時代新舊價值共存牴牾與商榷的時空現象。

蘇曼殊表現的對女性美的欣賞表面上看來似乎不脫才子佳人小說的俗套，仔細分析便發現有很大差距：他筆下的女子都儀表清秀，氣質高雅，雪梅「靜柔簡淡，不同凡豔」，靜子「清超拔俗、嫋娜無倫」，靈芳、阿蘭等都「丰韻娟逸、儀態萬方」，她們甚至有高亢無倫的人格，沒有世俗女子的輕浮、虛榮或把自己看作男人附屬的意識，都敢於決絕的去愛去死，她們的貞專只針對愛情而不針對封建禮教的三從四德。蘇曼殊描寫女性溫柔多情的愛戀越是執著、越是纏綿、越是缺乏超越性，越是顯示了世俗日常收編的力量的強大，越是吻合一般大眾的審美情感；反過來說，也就越是顯示了男主人公逃情的痛苦和決絕以及他在追求自我超越上不同於鴛鴦蝴蝶派小說才子類型的本質。蘇曼殊注重男女智力上的平等和精神上的溝通。這些女子富有才華，遠遠走出了「女子無才便是德」的舊思想，在情感上是男子的知音，在學業愛好上是男人的益友，男主人公以男女平等的心態看待女性，不是把他們視為供男人賞樂的「尤物」，敘述者對她們懷著真切虔誠的愛戀。如靜子知書達理，琴棋書畫，溫良多情，善解人意，更讓三郎驚豔且中意的是她還懂梵文和佛學，深閨少女由此和整個世界相連。

蘇曼殊小說在愛情審美上更為出眾的一點在於，傳統禮教的貞節觀念只約束女子，男子妻妾成群、朝秦暮楚、尋花問柳則是天經地義的，而具有現代情愛觀念的蘇曼殊雖然強調「從一而終」，反對女子「捨華夏貞專之德，而行夷女猜薄之習」（《焚劍記》），甚至把貞專與國體、與自由相牽連，說「吾國今日女子殆無貞操，猶之吾國殆無國體之可言。……女必貞，而後自由」（《絳紗記》），但是這種對於貞靜的要求並不是針對女人，從小說的具體描寫看，對男子貞專的考驗似乎更強於女子。他的小說常寫到一個男子在兩個理想的女性面前抉擇的困難，在此情此景下，是堅持「心無二色」還是見了後一個立即否定前一個的可愛，就關涉男子貞專問題。在《絳紗記》中，蘇曼殊也名言這種拋離的後果是「如不念舊情，則彼女一生貞潔，見累於君」。

蘇曼殊確實也表現了對於傳統女性道德的戀戀不捨，《斷鴻零雁記》第三章有這樣一個不常被人關注但其實蘊涵深意、成為全書事件「發凡」的情節設置：日本後裔三郎僅僅幾個月大時，其父亡故，其母為了讓他「託根上國」，就把他認給一位中國人做義子，以便使他「離絕島民根性」、「長進為人中龍」。這一設置看似隨意，其實表露了蘇曼殊在文化選擇上對於中國傳統文化中優

異成分的倚重，而從整部小說的事件牽連來看，蘇曼殊在肯定的同時又推翻了自己以上的立論，因為使他蒙受生之侮辱和悲苦的恰恰就是「上國」的屬民。不過在靜子身上，我們依然看到了中國傳統禮樂教化的深刻影響，可以說，蘇曼殊在一定限度上是按照「中國傳統審美模式」來塑造了優秀的日本少女。靜子對「余」懂得質問打破了「從」的訓條，但明明預感到三郎的逃離卻不言破，在自我尊嚴的維護以及善解人意的人格背景裏潛藏了「從」的隱語，所以有學者認為蘇曼殊作為一個「西化」的代表「現代得」不夠徹底。客觀地說，蘇曼殊確實沒有從他閱讀的大量歐洲作家精練圓熟的敘述方法和生動利落的人物刻畫中得到更多的靈感，而我正是從他的「不徹底」中看到了他的「現代性」之所在，正是王德威教授所謂的清末民初「被壓抑的現代性」。

　　《斷鴻零雁記》中雪梅、靜子這兩個形象和三郎對他們不同的情感方式實際上有著深刻的文化審美意味。雪梅作為三郎「父母之命、媒妁之言」的未婚妻，即便在家長撕毀婚約後依然不改初衷，其古德幽奇完全符合中國正統的倫理道德，她的矢志不移中有多少成分屬於愛情又有多少成分只是屬於「從一而終」？三郎在婚姻上是欣賞「從一而終」的，在文本表層看，三郎因雪梅家長悔婚、為使「彼美享有家庭之樂」而出家，而從深層分析，三郎在內心本就不愛雪梅，否則他到了日本遇到靜子，怎麼立即忘記了送他川資東渡尋母的雪梅？他的離開既是一種少年氣盛、掉頭不顧的結果，同時也意味著被傳統禮教完全束縛的女子在他心目中的地位並不高，雪梅構成的是一種責任、良心、庸常、犧牲的文化意象；相反，靜子卻代表了另一種文化幻景：一見鍾情、博學多識、善解人意、主動多情、精神共鳴，使三郎「震震然」默念「情網已張，插翅難飛」，這與他對於雪梅的同情和負氣態度相比相別天壤。因此，蘇曼殊對於女性的書寫表現了一種新的關懷方向，女性不再是傳統上的賢妻良母，也不是古代才子渴望的「紅袖添香夜讀書」，更不是焦筆渴墨對姿色的留戀和傾慕甚至賞玩，而是一種完全平等的心靈的對話。

　　蘇曼殊讓儒家、佛家思想退位，即外力在決定意義上退位，而代之以個人的決定意志來負起文本前進的責任。他雖然在敘事上設置了「三角戀愛」，其實小說中的兩位女性並沒有面對面的直接衝突，而是主人公內心的猶疑不決——對任何一方都有某種向度的感情，但任何一方也不能成為他心靈安妥的終點站，他永遠在旅途尋找一種拯救，一種無法用言語表述也無法用現實

模擬的拯救——他的求索是形而上的對於自我完整心靈域地的一再確認。蘇曼殊的小說人物雖然常自絕於人生，但並非像徐枕亞筆下人物一樣完全不相信人生的存在價值、更不打算在精神上自立於現實，作品形象都有不可原有的「精神殘缺症」，蘇的人物在兩種誘惑間的苦痛掙扎或任性灑脫，已經是現代意義上的對於人生個性自由自覺的嚮往和追慕，他維護的可以說是人生本質的東西。自我認同是在與「他者」的關係中定位的，女性構成了「我」無法迴避的「在場」。男主人公對愛情的追求實際上是自我理想的一種延伸，是一種自己文化身份別一方式的實現，「如小說，如戲劇等就是一種幻想的謊語」，「美而不真實的故事」，即所謂「撒謊的」作品〔註45〕，以此撫慰自己靈魂內在的認知——自我找尋的詩意生存。

　　但蘇曼殊太自戀了，每當他小說中的男性與女方「心有靈犀」，圍繞身體的定位立即造成情與欲、佛與俗的巨大張力，個人身體處於被支配的地位，與宰制性權力如佛門戒條、與社會規範如門當戶對發生衝撞，「身體」成為決鬥和競技的場所。無論是古德幽光的東方女性，還是文明開通、生命激揚的洋化女性，蘇曼殊小說表達的已不是「古典」式的對於愛的逆來順受，作者利用貌似多角戀愛的敘事結構對生命賦予審美意識，他無法進入審美的自娛狀態去對生命過程每一個細節做延宕式的玩味和賞鑒，而像一個不懈的淘金者，在一個雜亂的時空下永遠無法一勞永逸。

　　意識的自律是宗教力量的實現形式，事實上任何宗教道德法律之類都是對人類自身的約束和規範，是超意識對潛意識的捆綁和調節，其中宗教更具有非同尋常的強力自律作用。對於神性力量的肯定使得宗教具有了兩面性：一方面對人類社會作總的調制和保護，使其不至於過分的放縱而走向自我毀滅，一方面以神性鉗制人性的天然自由。作為宰制性意識形態的佛教文化與個人之間圍繞身體進行決鬥，個體具有了反社會規訓的涵義——作為釋子追慕愛情（個人空間、個人意志的實現可能）是第一層反規訓，即反抗佛法，爭取自主，如果從愛情走向婚姻，那又走向了大眾文化的社會規訓，蘇的小說人物選擇第二層反規訓即逃離婚姻，此時禪佛境界相對於婚姻更具有個人意志色彩，因而逃向佛門，在心理上獲取逃離社會規約的合法性時，他重新認可了戒條的宰制性意識形態制約，與他最初的逃離與追慕構成悖反結構。從敘事結構與敘事效果看，《斷鴻零雁記》中宰制性約定實現了對「余」身體

〔註45〕陶晶孫：《〈音樂會小曲〉書後》，上海創造社 1927 年版。

的有效控制，貫穿小說始終的是社會權力話語及意識形態的縫合作用得以實現的過程。看似令人羨煞的堂堂然出入於俗世與佛界，但「自由身」並不自在，當「個人化」的愛欲與規約對峙時，「個人化空間」總是以臣服的姿態（或者結果）自覺披掛上外界施加的規訓與懲戒。「袈裟」既是一種寫實，也是一種靈動的身體入約物化的象徵。「袈裟」在愛情起始顛覆了意識形態規約，「和尚談情」的寫意顯示了一種對抗姿態，在愛情結束時，「袈裟」又懲戒了這種顛覆，對這種顛覆進行結構性秩序重建，再次呈現懲戒性規約對身體的勝利。因此，當蘇曼殊筆下的男主人公個人與情愛相遭遇時，也是其身體向社會秩序與規範認同、臣服的開始。社會倫理失序、個人倫理浮出總是短暫的，而且為這短暫，主人公的身體永遠在尋找臣服，廣義的主體期待增強了他者眼中「遊戲」的向度。蘇曼殊詩和小說中寫到「美人愛國」，寫到貞烈女子反抗清兵。夏曉虹在《歷史記憶的重構——晚清「男降女不降」釋義》中解釋「男降女不降」原本屬於漢族民眾易代不能忘懷的民間記憶。時至清末，尤其是1903 年到 1905 年，對此的言說形成高潮，由此發掘的新義即民族主義，也成為帶有鮮明時代印記的歷史重構，特別在排滿革命中。蘇曼殊的「美人愛國」在實質上是把愛情轉喻為愛國，把美人寫成愛國，在道義的層面上與讀者構成共鳴，也緩解了僧徒身體規約與愛情間強大的張力。因此說，蘇小說的反抗是極其有限的，起碼來說對秩序的招安姿態成為他的一個轉移人生方向的主動選擇。

但是，蘇曼殊小說在自我實現向度上的表現即這種對秩序的臣服並不是使生命走向死寂、使人生失其燦爛、使個體倫理成為批判對象、使社會傳統倫理道德成為被鼓勵的原則，或者如鴛鴦蝴蝶派小說「發乎情而止乎禮」，恰恰相反，個體倫理、愛情審美又在對愛情的逃離中走向極致。菊屏在《說苑珍聞》中談蘇曼殊在上海深愛一歌妓，但終不動性欲，曰其因：「愛情者，靈魂之空氣也。靈魂得愛情而永存，無疑軀體恃空氣而生活。吾人竟日紜紜，實皆游泳於情海之中。或謂情海即禍水，稍涉即溺，是誤認孽海為情海之言耳。惟物極則反，世態皆然。譬之登山，及峰為極，越峰則降矣。性欲，愛情之極也。吾等互愛而不及亂，庶能永守此情，雖遠隔關山，其情不渝。亂則熱情銳退，即使晤對一室，亦難保無終凶已。我不欲圖肉體之快樂，而傷精神之愛也，故如是，願卿與我共守之。」〔註46〕古典美和現代心完美結合，

〔註46〕菊屏：《說苑珍聞》，見《蘇曼殊全集》（五）。

曲盡其旨而傳神。性，是人性結構中最原始、最強烈、最持久也最難抑制的內驅力之一，即便在道行深厚、大勇大慧的法師那裡，「性」也依然如地火一樣奔突洶湧，《楞嚴經》即講摩登女將釋迦大弟子阿難弄到了「女難」的困境。但是眞正法身堅固的釋子，即便去人世間體驗眾生心與根本性，也決不動搖、追悔與沾戀，「以情證道」正是佛家慈悲心性的發露，與釋迦佛祖當初見了許多病老生死的現象後正端思維本無二致。所以，蘇曼殊小說中的男主人公常常對愛情那麼「絕情」。當然，「以情證道」難免也會在其內心惹起去與住、苦與樂、超絕與執著的分裂與反動。即便是分裂與反動，作爲一個現代禪僧，不管他是不是接受一份人間情愛，他的內心已經不可能完全否定愛情在個人健全精神上的意義。正是這種對「愛情」精神向度上意義的發現，使蘇曼殊的小說具有了在「男歡女悅」外更爲深刻的「現代性」意趣。

　　相對於「佛」，「愛情」便成爲一個充滿尷尬矛盾的存在：它在蘇曼殊文本敘事的未來想像中同時認同並欲望現世的享樂，以至於將它挪移至時間軸的前端，作爲自己寄託來生的目標；但另一方面，佛門弟子的精神悟境又在生命時間軸的過去形成另一魅惑，召喚蘇曼殊殷勤回首、溯洄從之，甚至於儼然形成另一形式的「未來」。原來頡頏於傳統佛規的愛情慾望言說遂又因與傳統共處於「個體自由」的大纛之下，分享了「教化」、「啓蒙」的資源，再次糾結難分。也因此，蘇曼殊不得不在一次次瞻前顧後之中盤旋迂迴、游移趑趄，既想逃避佛門規約的收編，又想不被塵俗的世情所鎖困。他企圖將那個內憂外患的時代納入個人生命哲學思考的維度，從一個青年知識分子的敏銳感受和徘徊在歧路的生存體驗來與時代進行對話。因此，蘇曼殊便永遠「人在旅途」，人在旅途的意象也正是 20 世紀的中國以及中國文學現代性轉型的探索的影射。20 世紀，「現代性不再從另一個時代的模式裏去尋求自己的定位標準，而是從自身中創立規範。現代性就是毫無例外地返顧自身。這清楚地解釋了現代性對『自我理解』的高度敏感，及其直至今日仍在不停驅使其努力『專注其自身』（pin itself down）的內在動力」〔註47〕。蘇曼殊以才子佳人的模式，低唱著飽經滄桑的斷腸之曲，在玩世的衣裳下演繹的卻是現代知識者追求自我完善、企慕靈肉合一的憂戚和焦慮，俗而不膩味，雅而不矯飾，適合上至清高自謹的知識分子下至市井小民的審美口味。

〔註47〕Jurgen Habermas, *The Philoso Phical Discourse of Modernity*, Cambridge: Polity Press, 1987.

第三節　蘇曼殊小說與現代文學悲劇意識的歷史生成

　　在世紀初通俗文學言情小說的潮流中，「情」是其「不死之魂」，而我們看到無論哀情、苦情、悲情……，「死亡」卻是大行其道的情節模式。《玉梨魂》中男女主人公三人無一幸免，《孽冤鏡》中的人物不是殉情就是鬱悶而死。男女相愛而不能結成伉儷，在一般人的眼裏自然已經是悲劇了，況且再加上情死或者遁入空門！蘇曼殊對死亡主題情有獨鍾，「生命便是／死神唇邊／的笑」〔註48〕，他的全部小說沒有一部不以「情死」或遁入佛門而「善終」，可見多愁善感的蘇曼殊有著濃厚的悲劇意識。

　　我認為民初「死亡」模式的來源大約有以下幾個原由：（一）《紅樓夢》「白茫茫大地真乾淨」情節設置的影響。魯迅在《中國小說史略》中說：《海上花列傳》之後「《紅樓夢》在狹邪小說之澤，亦自此而斬也」〔註49〕，此論從「狹邪」的方面來言當然是確證的，但《紅樓夢》開天闢地創製的悲劇審美敘事結構的影響在民初市民通俗小說中不是「斬」倒是「濫」了。在一定意義上說，《紅樓夢》可以視為儒家思想和佛教思想相衝突的縮影。在世俗佛教的意義上，主人公賈寶玉由前世宿緣注定了命運，被謫落塵世間，經受「紅塵」的考驗和誘惑，背景則是一個儒家規範早已根深蒂固的大家庭。表現在薛寶釵和林黛玉身上的主動而溫柔的愛情，正是在這兩個角度上處理的。愛情的流露，不能不受到儒家倫理的冷酷約束，同時它也沒有超出佛教的體系，純屬一種紅塵中瞬間即逝、千遍萬化的泡沫和閃光的沙粒，而塵世是要消失於虛無之中的。《玉梨魂》、《斷鴻零雁記》和《紅樓夢》的相似，不但在表面的性格類型上，而且在基本情調上。

　　（二）民初市民社會在現代經濟、文化、政治境域下以及晚明「性靈派」的個性解放思潮和外來人文思潮影響下，對於自由自主的感情生活的追求已經比較強烈，但傳統的宗法制度和婚姻觀念仍然根基牢穩，文人和讀者只有通過小說來對現實感情的缺憾「撥亂反正」，真正的自主愛情只有「死路一條」。更重要的是，我認為「死亡」在這裡也是精神受虐的轉喻話語：肉體的死亡轉喻了愛的不死，顯示愛的召喚力在這一歷史階段已經超越了宗法綱常；反過來，「以死衛情」又敗露了當時青年愛情觀念上的兩栖性心理：例如《玉梨魂》中白梨影的死，既強烈地表達了對傳統婦道慘無人性本質的聲討，

〔註48〕李金髮：《有感》，周良沛編：《李金髮詩選》，長江文藝出版社 2003 年版。
〔註49〕魯迅：《中國小說史略》，百花文藝出版社 2002 年 1 月版。

同時又保全了寡婦守身自重的名節。她在兩者之間游移，「死」在象徵一種抗爭的同時，也轉喻了對反抗對象的投誠。

（三）在新舊交割碰撞的大轉折時代，對「大團圓」的超越無疑是中國知識精英階層在睜眼看世界之後直面人生慘淡的必然結果。「自我實現的人不畏懼自己的內部世界，不怕自己的衝動、情緒和思想。他們比普通人更能接受自我。這種對自己的深邃自我的贊同和認可，使他們更有可能敢於覺察世界的真正性質。」〔註 50〕從王國維《紅樓夢評論》引入西方的悲劇觀念始，20 世紀中國文學在以後每一個發展階段都異常關注悲劇敘事。無論是由生命哲學引發的生存悲劇感，還是個人在強大的社會變遷中無法承受的生存憤激，或者是日常瑣碎生活「一地雞毛」的尷尬處境，都體現出作家主體糾纏不清的悲劇心態。這是 20 世紀文學不同於中國古典小說的一個顯著特點。晚清啟蒙主義對傳統的否定並沒有從根本上割斷現代文學與傳統的血緣關係，《斷鴻零雁記》借鑒的是西方的悲劇敘事，承載的卻是對中國傳統和西方文明雙向的審美尋找，這種尋找在蘇曼殊這裡既是傳統道德的「美」的尋找，例如他的小說有很深的「從一而終」的思想，這在徐枕亞、吳雙熱、李定夷等的言情小說裏也有很多表現，同時也有深受晚明「以情抗理」人文主義思潮和西方文學影響的個性和人性的彰顯。

但是，蘇曼殊小說的情死模式還有著更為深刻的佛學奧義。我們可以說蘇曼殊開闢了中國小說體系中「佛教小說」一脈，影響波及後來者郁達夫、徐志摩、施蟄存、王統照、林語堂、俞平伯、許地山、無名氏等。蘇曼殊「愛與死」的主題在情感美學上以佛性與人性的激烈衝突為敘事動力，對其形上涵義的探索邁出了鑄造中國文化新的審美意識的最初腳步，標誌著中華民族的審美意識真正開始它艱難的歷史性蛻變，這對新文學悲劇意識的歷史生成影響深巨。蘇曼殊小說愛情與死亡主題在情感美學上之所以具有震撼的力量，在於小說所採用的敘事推動因素是佛性與人性的激烈衝突。《斷鴻零雁記》三郎東渡到母家享受天倫之樂，欣賞靜子「慧秀孤標」、「和婉有儀」，其後開始有微愁，月明星稀之夜對月凝思：「今夕月華如水，安知明夕不黑雲靉靆」；當母親談及「余」與靜子訂婚，內心開始「雲愁海思」，因念佛言「身中四大，各自有名，都無我者」。靜子贈送梨花箋以表心意，「余」自念：「因悟使不析吾五漏之軀，以還父母，

〔註50〕馬斯洛：《自我實現者的創造力》，見《人的價值和潛能》，華夏出版社 1987 年版。

又那能越此情關，離諸憂怖耶？」感歎「學道無成，生涯易盡」，「吾今胡能沒溺家庭之戀，以閒愁自戕哉？佛言：『佛子離佛數千里，當念佛戒。』吾今而後，當以持戒爲基礎」，於是「忽覺斷惑證眞，刪除豔思，喜慰無極」。在西渡的船上，將靜子所贈之物沉諸海中，以泯憂思之心。到西子湖畔靈隱寺安居，「竟不識人間有何憂患，有何恐怖，聽風望月，萬念都空」，然千里歸鄉弔雪梅，「踏遍北邙三十里，不知何處葬卿卿」，「彌天幽恨，正未有艾」。因此可見，審美式的抒情貫穿了全篇，佛性與人性的交戰成爲文本敘事的推動力。

在蘇曼殊以前，雖然「僧與性」是一個民間傳統話題，但未曾有「情僧」以一個「人之子」的正常形象進入過文學家的悲劇審美觀照，在蘇曼殊後，「僧與性」的話題才屢次出現在文學作品中。在現代文學史上，對佛教有著敬畏或親近情感的作家不在少數，「太陽倦了，自有暮雲遮著，山倦了，自有暮煙凝著，人倦了呢？我倦了呢？」〔註51〕，這種渴望皈依的情懷在郁達夫、徐志摩、林語堂、俞平伯、許地山、無名氏等作家的詩文中時有出現。但是，現代文學上大多數以佛教入題的小說家對佛教義理並沒有全面的瞭解，他們對佛家的精神境界也缺乏親證和體驗，以佛教爲題材的小說，因果報應或人性與佛性對立是其基本的構型模式，常常人性最終戰勝佛性，「人性之所以能取得勝利，實際上並非是因爲人性在壓抑與衝突中積聚了巨大而深刻的力量，而是因爲廣大慈悲的佛性往往被作家們縮小到了一個或者某幾個僵硬而片面的觀念上。……對於佛性的有意誤解，往往使這些作品在揭示佛性力量與人性力量的衝突主題方面，缺乏一種內在的緊張性與深刻性」〔註52〕。將「和尚與性」的主題注入比較深厚的哲學文化蘊涵的有施蟄存的《鳩摩羅什》、《黃心大師》，王統照的《印空》等。施蟄存利用自己早年研究心理學的學識優勢，以現代人格心理學描寫佛性與人性的衝突與抗衡，寫佛子的懺悔與負罪感，寫佛教靈驗故事的偶然與荒誕，每每能夠觸及人物心靈深層的人格建構，因而總有震撼人心的審美效果。王統照的《印空》有著濃厚、深邃的悲劇性，小說寫道行很高的印空和尚相信佛法與佛法的經驗皆須實證，於是到娼僚與一女子一夜風流，而覺悟了不少人間生活與悲慧的確解，但是靈慧而光明無礙的心靈卻起了反動，苦悶時時纏繞日漸垂老的他。這個久有定力的師傅看到他適的「戀人」帶著兒子來寺院祈福，明瞭那次實證造下了「孽

〔註51〕俞平伯：《淒然》，見《俞平伯詩全編》，第99頁，浙江文藝出版社1992年版。
〔註52〕譚桂林：《20世紀中國文學與佛學》，第141頁，安徽教育出版社1999年版。

債」，他再也無法通過叨念佛法而「明心見性」。「戀人」臨終告訴兒子印空是
他的生父，當參加革命黨的兒子在兵荒馬亂中逃往寺院逃避追捕，尋求父子
相認，印空得知「戀人」病故的噩耗，佛家的悲苦無常感和「老年得子」的
人間溫熱在他衰老的內心激烈衝撞，人性呼喚他盡力妥善安排落難的兒子，
佛性昭示他拒絕納子，風燭殘年的老法師難忍悲喜交集的煎熬而終至圓寂。
兒子被鄉民告發而斬首，懸掛在山麓高楓之上的頭顱圓睜著石卵般的怒目，
正俯瞰著印空遺骨的上層塔頂。這個可塑性很強的故事結尾明顯受到了蘇曼
殊小說的啓發，即在佛性與人性衝突達到極致、既不能恰切安排人性戰勝佛
性也不能使佛性成爲贏家，主人公最終以「坐化」爲結局。這種處理與那些
輕而易舉地宣告人性勝利的小說比較，無疑意義蘊藉更爲深刻。但是與蘇曼
殊小說不同，這些小說的僧人都「大智大勇」，即便有怎麼複雜的感情世界，
在不知就裏的眾人眼中他們依然是超凡入聖、法力無邊的大師。因此，蘇曼
殊所塑造的「情僧」是中國文學史上獨一無二的佛徒形象。

　　佛教對死之意義是非常講究的。生與死一向是各種宗教所關心的首要問
題，同時也是情感豐富、心思細膩的文人騷客反覆詠歎的主題，他們是整個
社會最敏感的神經。當年梁啓超曾經依佛學種子義談自己的生死觀，並名之
曰「死學」，由此可見佛學對死亡之探究實在儒道之上。它把人生的趨向歸結
爲兩條相反的途徑，一條是陷入輪迴道中隨波逐流，聽任環境的支配，稱爲
「流轉」；另一條是對「流轉」的反動，即破壞它、變革它，使之逆轉，稱爲
「還滅」。有了這兩種相反的人生趨向，也就有了兩種不同的死亡境界。在輪
迴道中流轉，死亡並無意義，因爲作爲前世惑業造成的果報身即肉身雖然不
復存在，但業力有增無減，新的果報又將實現。而在「還滅」途中，生命的
最高境界就在於證得涅槃之際那一刹那的圓滿、光明、寂靜、眞性湛然、周
遍一切。不僅滅除生死的因，而且滅盡生死的果，從而超越於輪迴之上。所
以，死亡在俗世凡人看來是大悲痛，是生命的衰朽與結束，而在得道的修行
者而言，死亡則是滅度，是圓寂，是生命的極致與飛揚，是生命的大歡喜。
生命無往而不緊張，當你在刹那間結束了生命，苦痛勢力便失去了他肆虐的
對象，爲苦痛所折磨而又無法可想的生命便以最極端也最簡捷的方式復了
仇。生命本身的意義也就達到飛揚與極致，於是有大歡喜。〔註 53〕我們以塵

〔註 53〕　參閱譚桂林：《20 世紀中國文學與佛學》，第 204～205 頁，安徽教育出版社
　　　　　1999 年版。

世的眼光來匡定佛教的因緣，把遁入空門視爲悲劇，以佛教齊生死等時差觀觀之，蘇曼殊小說人物無疑也是在死的刹那超越了輪迴，走向了永恒。

理解至此還並不透徹。我們談蘇曼殊與通俗文學的糾葛纏繞，很明顯是將民初寫情文學的產生置於傳統文化即晚明「以情抗理」的社會思潮和西方個性解放的人文主義社會思潮共同作用的歷史語境下說長道短的。我想強調的是，中國文學發展到蘇曼殊，產生曼殊體的悲劇審美敘事，是中西文化交流會通、衝突撞擊的結果，並不是傳統或者現代所能單獨成就的。對於深藏佛性、根器深厚的蘇曼殊言，鐘鼓梵音對他富有神性因素的精神有著搖蕩性靈的震撼力，但是在一個亂世背景中，他的渴望自我實現的靈魂不能在梵音唄聲中安妥，蘇曼殊尋找到了文學這樣一種抱慰生命悖論的途徑，正如我們前文所言，文學使蘇曼殊擁有一種類似於最健康、最有價值的「高峰體驗」的感覺，這種激昂、亢奮、擴張，或者也可能是平和、寧靜、順從、守護的「高峰體驗」，使創作中的蘇曼殊近乎實現了在宗教中渴望「羽化」「圓寂」的傾向，也曲盡了他在現實人生中對家國個人無法實現的苦悶排遣，或者也可以說蘇曼殊深感於人生的苦痛，覺悟了生命的悲劇本質，於是發菩提心尋求生命的解脫，以超凡的悲劇精神「肢解」他主人公的愛情。這就是我對他的詩和小說愛情神秘、混沌、陶醉、不自覺的悲劇的認識。愛情在蘇曼殊的內心和筆下是至上的，但卻不是生命的唯一要義，如哈姆雷特一樣，「生存還是毀滅」才是他所思索的最重大的人生問題。因此，蘇曼殊的悲劇已經遠遠超越了一般言情小說「情死」或佛教小說「人性與佛性衝突」的拘囿，在已經透露了中國傳統審美意識與現代審美意識相交會的天機，開始邁出鑄造中國文化新的審美意識的探索腳步。因此，蘇曼殊小說的情劫母題在中國文學從古典到現代的悲劇審美敘事中具有特殊的文本意義。

亞里士多德在《詩學》裏指出悲劇是「模倣比我們今天的人好的人」，同時又「遭受厄運」與我們相似的人，通過他們的毀滅引起人們的「恐懼之情」和「憐憫之情」〔註54〕。此後歷代西方美學家從各種不同的角度依據各種不同的理論爲悲劇作過不同的界定。黑格爾的悲劇理論是運用辨證法中的矛盾衝突學說來建構的，他淡化悲劇的個人偶然性，淡化現實生活中的矛盾和鬥爭，認爲悲劇根源於兩種具有普遍意義的社會義務和現實的倫理力量之間的衝突，並且強調這種衝突及其導致的悲劇具有合乎規律的必然性。馬克思恩

〔註54〕亞里士多德：《詩學》，人民文學出版社 1962 年版。

格斯第一次不從純精神的發展而從人類歷史辨證發展的客觀進程中揭示悲劇衝突的必然性。他們認爲悲劇是新的社會制度代替舊的社會制度的信號，是社會生活中新舊力量矛盾衝突的必然產物，所以「偉大的世界歷史事變和人物」往往「第一次是作爲悲劇出現」的〔註55〕，而悲劇衝突的實質則在於「歷史的必然要求和這個要求的實際上不可能實現之間的悲劇性衝突」〔註56〕。1925 年魯迅在《再論雷鋒塔的倒掉》中從尊重個體存在的價值出發，提出了「悲劇將人生的有價值的東西毀滅給人看」〔註57〕的著名論題。上邊這些有代表性的悲劇理論都承認由於受歷史必然性與自身缺陷的制約，人類社會生成和發展的歷史本身充滿著悲劇性。從大的範圍來講，生存與毀滅的不可規避、理智與情感的交鋒衝突、現實與理想的不易諧和長期地困擾著整個人類的精神世界；與此同時，小而言之，每個個人生來即是孤獨的個體，在成長和自我實現的道路上，尋覓和焦慮、嘗試和恐懼、追慕與絕望將始終伴隨著特定時期的每一個生命主體。在現代的意義上，後者可能更爲凸顯。而對於晚清以來的中國，悲劇的意識更爲凸顯的是二者的交織：生命主體企圖以自身的力量突破歷史必然性的制約而又分明意識到這種突破是何等力不從心，因而絕望與抗爭成爲難免的精神現象；也是生命主體當特定社會歷史時期因有價值的生命被毀滅時對人類自身存在和社會存在進行否定性認識和評價的外部表現。〔註58〕

　　悲劇意識是人類獨特的派生於事實或美學範疇的精神現象，就本書而言，更指向後者。大體上來講，悲劇意識與中國傳統文化是互爲異質的哲學審美存在。中國古代哲學以崇尚中庸之道的儒家爲核心、以道家和佛學思想爲補充。儒家作爲中國文化的正統，從維護和促進現存有機系統的和諧穩定的目標出發，強調人類社會與自然世界的和諧統一，強調個體的生命欲求必須符合社會的倫理道德規範，排除和反對個體與社會、人類與自然之間的矛盾鬥爭、勝敗成毀。道家講究人向自然回歸，與自然合一而又超越自然，講究無爲寡欲、激流勇退、潔身自好，它實際上使封建時代的士大夫們麻醉在逃避現實的所謂超脫中而失去抗爭的勇氣和意志。佛學強調因果輪迴報應，

〔註55〕　《馬克思恩格斯選集》第 1 卷，第 603 頁，人民出版社 1972 年版。
〔註56〕　《馬克思恩格斯選集》第 4 卷，第 346 頁，人民出版社 1972 年版。
〔註57〕　魯迅：《再論雷峰塔的倒掉》，載於《語絲》週刊第 15 期（1925 年 2 月 23 日）。
〔註58〕　參閱陳詠芹：《論「五四」新文學悲劇意識的歷史生成》，《中國現代文學研究叢刊》1994 年第 4 期。

人在現實生活中的苦難與不幸將會在來世得到補償，面對人生悲劇只有認命、忍耐、自省自責、退避忍讓、泯滅哪怕是處於萌芽狀態中的對災難的反抗。無論是內容還是形式，它都強調把雜多或對立的元素組成一個均衡、穩定、有序的和諧整體，排除和反對一切不和諧、不均衡、不穩定、無序的組合方式。中國古代文學生存於以儒家為主體、以道家和佛學為補充的文化氛圍中，「樂而不淫，哀而不傷」、「發乎情，止乎禮」是文學藝術最基本的美學標準。優秀的古典文學作品如《孔雀東南飛》、《竇娥冤》、《趙氏孤兒》、《牡丹亭》、《長生殿》和《桃花扇》等，雖然表現出創作主體在嚴酷現實面前某種無可奈何的人生傷感，甚至是對現存制度的憤怒控訴，悲淒絕豔，催人淚下，但在這些作品中根本找不出生命主體企圖以自身的力量突破歷史必然性的制約、而又明確地意識到不能突破時交織著絕望與抗爭的精神現象；根本找不出生命主體當特定社會歷史時期因有價值的生命被毀滅時對人類自身存在和社會存在的否定性認識和評價。從本質上說，這些作品大致逃不出「始於悲者終於歡，始於離者終於合，始於困者終於享」〔註 59〕，曲終奏雅、苦盡甘來的模式，悲劇意識一再被創作者所消解。直到 18 世紀中葉《紅樓夢》的出現才打破了這種現象，對於中國文化做了一種「輓歌式處理」〔註 60〕，《紅樓夢》最顯著的美學意義就在於它在暮靄沉沉的中國傳統文化的氛圍中傳達出變革民族傳統審美意識的最初信息。後來高鶚根據原書線索將寶黛愛情寫成悲劇，使小說成為一部結構完整、故事首尾齊全的文學名著。但賈府復興，蘭桂齊芳，尤其是寶玉中舉和出家成佛被封為文妙真人，顯然背離了曹雪芹的悲劇意識。中國傳統文化使高鶚在完成自己的同時又限制了自己。特別令人深思的是，幾乎從《紅樓夢》流傳時起，竟出現 30 多種以大團圓為結尾的續作，魯迅《中國小說史略》記有「《後紅樓夢》，《紅樓後夢》，《續紅樓夢》，《紅樓復夢》，《紅樓夢補》，《紅樓重夢》，《紅樓再夢》，《紅樓幻夢》，《紅樓圓夢》，《增補紅樓》，《鬼紅樓》，《紅樓夢影》等」〔註 61〕，這種現象充分說明中庸與和諧仍然是當時普遍的文化審美意識。

鴉片戰爭後，西方列強以堅船利炮打開了中國的大門，「天朝」在世界版

〔註 59〕 王國維：《〈紅樓夢〉評論》，見《中國近代文論選》，第 752 頁，人民文學出版社 1959 年版。

〔註 60〕 李歐梵：《漫談中國現代文學中的「頹廢」》，見王曉明主編：《二十世紀中國文學史論》，第 62 頁，東方出版中心 1997 年 10 月版。

〔註 61〕 魯迅：《中國小說史略》，第 182 頁，百花文藝出版社 2002 年版。

圖上的中心位置在國人心中搖晃起來，各種社會思潮、文化思潮蜂擁而來，在民族災難和恥辱之陰影籠罩下、具有救國救民思想的中國人第一次開始睜眼看世界，中國開始了艱難的追求現代化的歷史進程，這批先進知識分子傳達了中國人走向世界時最初的「立場」和心情的「標本」。和蘇曼殊同屬於廣東香山的容閎是鴉片戰爭後最早到西方接受西學的中國人之一，是時，中國為純粹之舊世界，仕進顯達，賴八股為敲門磚，梁啟超記載：

> 光緒二年，有位出使英國大臣郭嵩燾，做了一部遊記，裏頭有一段，大概說：「現在的夷狄，和從前不同；他們也有二千年的文明。」哎喲，可了不得！這部書傳到北京，把滿朝士大夫的公憤，都激動起來了。人人唾罵，日日奏參，鬧得奉旨毀板，才算完事。〔註62〕

而在美國，電話已經裝起來了，留學西方的中國人學習的是拉丁、希臘文化和數學、生理學、心理學、哲學等學科。自然的，用異質的西方文化作為參照系來重新審視兩千多年來一直被視為神聖經典的中國傳統文化是必然的思路。「以西方之學術，灌輸於中國，使中國日趨於文明富強之境」是容閎矢志不渝的理想。他言道：「以故人人心中咸謂東西文化，判若天淵；而於中國之改革，認為不容稍緩之事。此種觀念，深入腦筋，無論身經若何變遷，皆不能或忘也。」〔註63〕容閎最終走上維新道路，為清政府所通緝，避難美國直到終老，他把「尋找」留給了後來者。1898 年戊戌維新失敗後，由嚴復譯述的《天演論》把人們從現實生活中獲得的民族危機感提到了科學理論的高度。「物競天擇，適者生存」的生物進化論對整個 20 世紀中國民族心理和民族文化產生的巨大而深刻的影響怎麼估計都不為過分（雖然它所導致的絕對化歷史線形發展觀也不是沒有應該糾偏處），它使中國先進的知識分子從全人類歷史的發展中看到了中華民族被淘汰的危險。那麼，在這樣一個背景上，那個時期的作家是如何尋求與西方現代文明溝通的？

以《天演論》和《巴黎茶花女遺事》等西方現代自學哲學和文學藝術的大規模譯介為標誌，中國文化真正開始了由封閉走向開放，由傳統走向現代，由陳腐走向鮮活的痛苦而艱難的蛻變。中國傳統以中庸和諧為理想的審美意識也隨之發展到它質變的臨界點。王國維在 1904 年第一次破天荒地將悲劇作

〔註62〕 梁啟超：《五十年中國進化概論》，見吳其昌：《梁啟超傳》，第 17 頁，百花文藝出版社 2004 年 7 月版。
〔註63〕 容閎：《西學東漸記》，湖南人民出版社 1981 年 1 月版。

爲一種美學範疇從西方輸入中國，並且用西方現代悲劇觀念來觀照中國古典
文學。他以叔本華的哲學與美學觀點爲依據，以《紅樓夢》的悲劇故事和自
己對人生的絕望之情爲經驗，把悲劇看成是生命個體先天的生命欲望與客觀
現實矛盾衝突所產生的無法自我解脫的人生苦痛，即主體的欲望受到客觀現
實存在的阻厄所產生的人生苦痛：壓抑、焦慮、憂愁、恐懼乃至絕望等等。
正如丁帆所剖析的：「王國維基於西方悲劇觀對文本的研究可能是錯位的，但
是他引進這種思維方式的意義卻至關重要。」〔註 64〕王國維這種主觀唯心主
義的悲劇觀念啓發了後來關注變革現實和確證個體存在價值的先進知識分子
對社會人生的悲劇性思考。但是，王國維的悲劇意識主要是表現在理智層面
上，蘇曼殊的愛情小說卻在感性層面上第一次衝破了中華民族「讓天下有情
人終成眷屬」的傳統夢幻。悲劇意識發源於生命個體與外部世界的對立衝突，
是否具有悲劇意識是衡量生命個體深淺和豐嗇的標準之一，「凡始終都是肯定
的東西，就會始終沒有生命。只有通過消除對立和矛盾，生命才變成對它本
身是肯定的」〔註 65〕。蘇曼殊不僅寫出了在特定社會歷史條件下男女主人公
的愛情悲劇，而且還通過小說創作痛苦地探索著人生最難解之問題「愛與死」
的形上涵義。有學者將《斷鴻零雁記》與《少年維特之煩惱》相提並論，指
出：「這位『少年三郎的悲哀』，使讀者想到《少年維特之煩惱》，二者同爲悲
劇式的、熱情沖激的、撼人心弦的愛情小說，自傳性質的、劃時代的作品。」〔註
66〕從其對悲劇審美的開拓意義言，所謂「劃時代」的評價也洵非溢美之辭。
邵迎武詳盡地比較了兩部小說的異同，並抉發整合此中的文化意義，認爲「蘊
涵在《斷》、《少》之中的深刻的表現性質、強烈的悲劇意識、豐厚的象徵意
蘊、審美的純粹性，使得這兩部作品都超越了『歷史的外在現象的個別定性』
而具有一種『普遍性意蘊』（黑格爾語）──這種『共相性』，正是《斷》、《少》
能夠經受時間跨度的考驗，且爲不同時代不同民族的讀者所欣賞的深層原
因。」〔註 67〕個人與社會的衝突、傳統思想與近代意識的衝突、理智與情感

〔註 64〕丁帆：《20 世紀後半葉中國文學研究的價值立場》，見《重回「五四」起跑線》，
　　　　人民文學出版社 2004 年。
〔註 65〕黑格爾：《美學》，第 1 卷，第 206 頁，商務印書館 1981 年版。
〔註 66〕柳無忌：《蘇曼殊研究的三個階段──〈蘇曼殊文集〉序》，見馬以君編：《蘇
　　　　曼殊文集》。
〔註 67〕邵迎武：《〈斷鴻零雁記〉與〈少年維特的煩惱〉》，見《蘇曼殊新論》，第 171
　　　　頁，百花文藝出版社 1990 年版。

的衝突，構成了蘇曼殊小說男女主人公悲劇生涯和個體孤獨感的最終根源。這種新的生活圖景、人生觀念和情緒感受標誌著蘇曼殊在自我意識覺醒的同時悲劇意識的蘇生。這就為後來的五四新文學奠定了以更敏感更複雜的心靈去抒寫文化轉型期的人生與愛情體驗的基礎。

當然，無論怎麼強調西方悲劇觀念對中國現代文學悲劇意識形成的影響，我們也並不能完全漠視在中國傳統文論中所固有的一些悲劇因素。透視蘇曼殊哀情小說對「悲哀之美」的藝術追求和審美指向，以及對「為愛的死亡」的鍾情，我們分明感悟到傳統美學的質素廣泛地參與了蘇曼殊文本的悲劇建構。《昭明文選》顯然以哀傷為特色，其以「悲哀之美」所建立的審美範式奠定了中國文學的美學基調之一，魏晉文藝和晚唐詩歌代表了中國悲劇審美意識的潛在形態。蘇曼殊小說通過愛情小說這個形式，使時代的情緒和悲哀之美的審美傳統找到了契合之點。小說中的人物形象是蘊納了幾千年歷史中某類文化內涵的符號，也是中國民眾某類情感的代言者。《斷鴻零雁記》等哀情小說以詩化和雅化的手段強化了才子和佳人的悲哀，達到了本質意義上的悲哀之美。

隨著歷史的腳步邁進了中西文化大碰撞、大交流的五四時代，從傳統文化營壘中衝闖出來的青年深刻地意識到封建傳統文化及其民族審美意識強大的歷史惰性，採取「矯枉必先過正」的戰略，對傳統的中國文學特別是對佔據著主導地位的中和美學觀念及其文藝上的「團圓主義」進行徹底清理，還通過對中國人文化心理結構的剖析來追溯產生「大團圓」情結的社會歷史根源。胡適指出：

> 中國文學最缺乏的是悲劇觀念。……「團圓的迷信」乃是中國人思想薄弱的鐵證。做書的人明知世上的真事都是不如意的居大部分，他明知世上的事不是顛倒是非，便是生離死別，他偏要使「天下有情人都成了眷屬」，偏要美惡分明，報應昭彰。他閉著眼睛不肯看天下的悲劇慘劇，不肯老老實實寫天公的顛倒慘酷，他只圖說一個紙上的大快人心。這便是說謊的文學。更進一層說：團圓快樂的文字，讀完了，至多不過能使人覺得一種滿意的觀念，決不能叫人有深沉的感動，決不能引人到徹底的覺悟，決不能使人起根本上的思量反省。〔註68〕

〔註68〕胡適：《文學進化觀念與戲劇改良》，載《新青年》第 5 卷第 4 號（1918 年 10 月 15 日）。

魯迅更進一步分析：中國的文人，對於人生，至少是對於社會現象，向來就多沒有正視的勇氣。然而敏感的文人，雖不正視、卻要身受由本身的矛盾或社會的缺陷所生的苦痛，於是在作品中，有些人會表達一些不滿。可是一到快要顯露缺陷的危機千鈞一髮之際，他們總即刻閉上眼睛，假裝無事，聊以自欺。〔註69〕五四文學家還對悲劇理論問題做出了自己的理解和探討。周作人認爲現代人「生的意志與現實之衝突，是這一切苦悶的基本；人不滿足於現實，而復不肯遁入空虛，仍就這堅冷的現實之中，尋求其不可得的快樂與幸福」〔註70〕。對悲劇意識的熱情呼喚和自覺的理論建構，是五四作家正視社會存在和個體存在悲劇現實的表現，是民族覺醒精神和自我意識在文學藝術領域的反映。不僅是對悲劇意識自覺的理論建構，而且從五四到二十年代中期的中國新文學作家在觀察生活的角度、認識生活的參照系和評判生活的價值標準等方面都出現了根本性的變化，創作主體將悲劇意識與自己對社會人生的悲劇體驗相融合，創造出跟傳統中國文學迥然相異的悲劇作品，即便那些非自覺創作的悲劇甚至是喜劇的作品，悲劇意識也深深地蘊含其內。無論是對封建宗法專制主義及其社會文化心理極端漠視個體存在價值與殘酷虐殺個體生命的歷史與現實的強烈關注，還是對歷史——文化轉型期思想先覺者既與傳統對立又與傳統聯繫的歷史命運的嚴峻審視，抑或是對中華民族蛻舊變新的悲劇性感受和對人類生存悲劇問題的哲學探詢，都不僅說明王國維的理論呼喚和蘇曼殊的藝術追求第一次在中國文學史上變爲活生生的現實，而且還標誌著中華民族的審美意識眞正開始它艱難的歷史性蛻變。

當然，張定璜在評價《狂人日記》時所說的話我們這裡也有重提的必要，他說：「兩種的語言，兩樣的感情，兩個不同的世界！在《雙秤記》、《絳紗記》和《焚劍記》裏面我們保存著我們最後的舊體的作風，最後的文言小說，最後的才子佳人的幻影，最後的浪漫的情波，最後的中國人祖先傳來的人生觀。讀了他們再讀《狂人日記》時，我們就譬如從薄暗的古廟的燈明底下驟然間走到夏日的炎光裏來，我們由中世紀跨進了現代。」〔註71〕悲劇意識的普遍覺醒，使創作主體獲得了不同於中國古代作家的嶄新的藝術思維方式，具體

〔註69〕參見魯迅：《論睜了眼看》，載《語絲》週刊第38期（1925年8月7日），這裡錄自嚴家炎編：《二十世紀中國小說理論資料》（第2卷），第403頁。
〔註70〕參見仲密（周作人）：《沉淪》，載《晨報副鎸》（1922年3月26日），本書錄自嚴家炎編：《二十世紀中國小說理論資料》（第2卷），第214頁。
〔註71〕張定璜：《魯迅先生》，《現代評論》1925年第1卷第7、8期。

的表現即為創作主體大膽正視悲劇衝突的藝術思維方式內化在其精神產品中，使五四新文學表現出不同於前此文學的嶄新的美學風格。中國文學開始真正意義上與推崇悲劇意識的西方文學對話交流。但是，對於普通民眾來說，這種悲劇審美仍是異質的精神現象。在審美意識上企圖與傳統全面決裂的五四新文學並不代表最終完成了重鑄民族審美意識的歷史任務，更不代表中國審美意識的未來方向。世代相沿的傳統中和審美意識雖然經過本世紀初期那場歐風美雨的衝擊刷洗，但它已經內化並積澱在中華民族的集體無意識之中，仍然繼續規約著創作主體和創作風貌。當歷史的腳步邁進 21 世紀的門檻，在全球化與民族化拉拔的語境中，我們反觀蘇曼殊在文藝領域的「不土不洋、又中又西」的審美探索，思考中國文學從蘇曼殊以來的審美追求的波折和成效，我們究竟該怎樣把腳步邁得更為穩健和灑脫？一往情深地關注中國文化前進步履的文學批評界無疑擔當著「思」的重任，要實現「中國傳統的創造性轉化」，重鑄中華民族新的審美意識不可能畢於一役，審慎地總結並理智地面對我們民族的審美傳統，在中外文化斷裂、碰撞與更生中建立中國特色的審美批評話語體系應該說是文學審美建構的當務之急。

第五章　蘇曼殊與清末民初研究的文化反思

　　1980 年代以前，中國新文學史的寫作機械遵照「新民主主義論」對新文學的性質闡釋和歷史分期，具體體現爲以政治革命立場、階級鬥爭理論和階級分析方法爲特徵的主導性的觀念建構，1951～1953 年出版的王瑤的《中國新文學史稿》是以這一文學史觀念爲統帥的抗鼎之作，稍後出版的丁易的《中國現代文學史略》等史著在以政治審美、道德批評替代文學審美的路子上走得更遠。這種文學史觀給新文學研究所帶來的功過是非已經爲學界所公認。1980 年代中期，學界以撥亂反正的姿態提出「20 世紀中國文學」的整體性概念，試圖打通「近代文學」、「現代文學」與「當代文學」研究狀態的人爲分割，使「文學史從社會政治史的簡單比附中獨立出來」〔註1〕。「20 世紀中國文學」的思路以一個預設的五四文學價值座標重新體認和強調五四啓蒙文學立場，把五四啓蒙文學「國民性改造」的主題推衍成 20 世紀以來中國文學的總主題。這種以「文化啓蒙主義」爲基點的宏觀歷史敘事的視角和框架開闢了一條富有新意的研究思路，也是許多學者所追趨的方向。不過，這種基於五四文學模式的線性文學史觀忽略了作爲五四「啓蒙」主題預演的始自梁啓超時代的「開啓民智」，其設置的打通以往文學史時空局限的理想也只能落爲空談，也不可能對 20 世紀中國文學整體發展中的諸種纏繞、分裂、變異的深層關係做出更切近於史實的辨析和整合，更無力對歷史——文化——文學運

〔註1〕　黃子平、陳平原、錢理群：《論「20 世紀中國文學」》，《文學評論》1985 年第
　　　　5 期。

行的內在機制進行有效尋繹。以政治革命和文化啓蒙爲認知和評價模式的兩種史學觀念有著內在理性規範的深刻相悖,不過,它們都是從所選擇的歷史行爲的單向度上探究文學在某一階段歷史進程中的同構性價值意義,「在中國歷史現代轉型的過程中,文化啓蒙和政治革命雖屬兩種不同的歷史行爲,解決歷史問題的聚焦點、價值建構和行爲方式也各不相同,但在民族自救、棄舊圖新的深在歷史性目的上卻是一致的,只不過是歷史轉型變革之諸種訴求在悖論性結構裏對不同行爲方式和手段的選擇變換而已」,這兩種思維模式都「把文學設定在服務其歷史選擇的工具層面上加以理解」。〔註2〕1990 年代,學界在「20 世紀中國文學」概念的基礎上對 20 世紀文學發生發展的辨證性結構作出了具有史學品格的梳理和描述,指出了歷史乃至文學的基本變動形式決不是單一的線性脈絡,而是複雜而多元的動態結構,揭示了「歷史結構的悖論性與文學的補償式調整和發展」的文學史圖式。這種文學史重構思路提倡以文化——文學的「現代轉型」作爲價值重建和文學史重構的新視點,完全打通「近代」、「現代」和「當代」的條塊分割,把新文學的起點確定在 19 世紀末到 20 世紀初的時空範疇,使 20 世紀中國文學史研究獲得了完整的歷時性標尺;在關注歷史現代性、啓蒙現代性的同時,把審美的現代轉換納入評價體系,將雅俗文學形態拉回文學史視野,爲 20 世紀中國文學研究提供了共時性多元空間對象。

學界要重新釐清中國文學現代轉型的道路,重新肯認 20 世紀文學史上一些文學流派和社團的文學價值觀念,就必須破除長久形成的狹隘、封閉的「二元對立」的文學史觀,確立文學研究的現代理性精神,消除文學史研究從結構形態到話語方式上依然存在的「整體敘事」的元話語性質和意識形態敘述形成的線型結構造成的現代文學研究中的諸多「盲點」,從而在新的歷史視野中建構現代文學史的新結構、新形態,使許多曾經在中國文學現代轉型的發展過程中影響深遠的「非主流」作家和流派進入文學史的「結構性存在」。面對鄉土中國現代化的艱難嬗變,在今天的文學研究中,我們非常明瞭文化啓蒙依然任重而道遠,而我們又不得不正視新文學的現代化既有文學市場的需求,也有審美向度的追求,亦有思想啓蒙的歷史要求,歷史功利性文學、現代都市通俗小說、「爲藝術而藝術」的文學一起構成了新文學史多邊對峙的文

〔註2〕 孔範今:《論中國文學的現代轉型與文學史重構》,《文學評論》2003 年第 4 期。

學空間。本書從選題到構思都是依照這一文學史整合的思路，把在 1990 年代以前政治革命和文化啓蒙文學史範型內隸屬於「近代文學」的蘇曼殊置於 20 世紀中國文學的宏大歷史背景中，以「中國文學現代轉型」爲理論依據，考察和闡釋蘇曼殊的翻譯和創作在中國古典文學向現代文學審美轉換之初的重要驛站作用。「現代轉型」研究尊重在文學發展過程中的任何有價值的創造，相對來說不再偏重對某一種文學範式的研究和價值執著，正是從這一原則出發，筆者歸納整合了蘇曼殊文學翻譯、詩歌和小說創作在引進新的文學價值觀念和批評思路、開啓五四浪漫抒情文學以及對鴛鴦蝴蝶派哀情小說最終確立的獨特價值。正如柳亞子所言：蘇曼殊是清末民初文壇「不可無一」的文學家〔註3〕——在中國文學現代轉型的起點，從創作實踐上體現文學現代審美價值訴求的蘇曼殊成爲研究中國文學現代轉型一條不可逾越的風景帶，他的文本對於歷史的雙向叩問豐富了中國文學的歷史維度。在本章，我們再進一步從宏觀的文化史整體性視角對蘇曼殊其人其文所包容的歷史價值內蘊做些臚陳歸納。

第一節　由蘇曼殊看 20 世紀初文化生態

　　蘇曼殊留給我們的除了文學史意義向度上的價值以外，還有另一份寶貴的文化遺產，這是我們以往的研究或語焉不詳或言不由衷甚至忽略不計的一份歷史眞實——那就是我們透過他放達的人生姿態和艱難的生存抉擇看到了 20 世紀初文化——文學空間的多元化生態，它所打開的歷史的包容性和複雜性豐富了 20 世紀中國文學的思想內涵。我們在把蘇曼殊作爲一個帶有啓蒙意識的審美主義者分析打量時看到：他公然以陰冷顫抖的線條來表現自己的情慾苦悶和感情頹波，以崇尙個性、肯定自我的浪漫精神，來對抗一個扼殺個性的社會。確實，曼殊有一切追求精神自由的知識分子的個性力量，不過我們透過蘇曼殊的言語織體和行爲線索恰恰看到了一個充滿個性張揚的、多元的文化空間，也看到了文學現代性追求的繽紛頭緒。

　　我們在第一章曾經談到，與文學史的剪裁截然相反，當時自由不羈的蘇曼殊在文化圈可謂如魚得水，在筆者的行文中對蘇曼殊與陳獨秀、章太炎、

〔註3〕　柳亞子：《〈蘇曼殊大師紀念集〉序》，見柳無忌編：《蘇曼殊研究》，第 435 頁，上海人民出版社 1987 年版。

劉師培、周作人、南社等的報緣、佛緣、譯緣、詩緣等 20 世紀初的文壇佳話
屢有述及。蘇曼殊性格上有不少怪僻，軼事頗多，羅建業說蘇曼殊「潔其志
而穢其跡，清其志而穢其文」，可謂解語。章太炎爲曼殊作有《〈初步梵文典〉
序》、《〈曼殊畫譜〉序》、《〈曼殊遺畫〉弁言》、《爲曼殊題〈師梨集〉》、《書蘇
元瑛事》等，他認爲曼殊的本性始終是一個天眞未泯、行事浪漫的人。其實，
這也正是浪漫主義者的典型特徵。浪漫主義要求形式上的絕對自由，他們偏
愛自然，崇尚任性放達，他們裝瘋賣傻、招搖過市的奇行怪舉都是與他們追
求個性自由的精神相關聯的。蘇曼殊出入於各種領域、各個階層，大家都沒
有把他的難捨情愛和出世爲僧作爲「污點」而疏遠他，而我們都清楚，中國
歷史的大多時期是決不容忍「革命」與「遁世」、「情愛」與「和尚」共存一
體的。

　　在易代之際，士人常常有兩種人生目的：一者避世守節，「其無關於天下
者，乃其有關於後世者也」；一者入世弘道，爲當世道德楷模。這兩種人都是
「見道之大」者〔註4〕，士與隱、通與窮，幾千年來中國文人對生存生態的選
擇變化微弱。而在外患日逼、內亂頻仍、人心日非、世衰道喪的晚清時空之
下，一代文人驟然遭遇了從歷史慣性中甩出的劇痛，歷史的詩意與的荒唐結
伴而至，逢緣時會的狂熱和英雄失路的悲涼相映而生。面臨急劇動蕩和分裂
的世界，這代知識者不得不在困惑、痛苦與焦躁之中建立起自己的價值標尺，
社會上出現了各種各樣的價值觀、人生觀，而任何形式的抉擇都必然面臨糾
纏和圍剿。蘇曼殊與劉師培、章太炎均爲最早期的革命者，劉、章交惡，蘇
曼殊受到很大打擊，最後劉師培附逆、章太炎事功，蘇曼殊依然「行雲流水」。
蘇與劉的差異是思想觀點與文化選擇上的差異，而蘇與章的不同是處世方式
上的不同。蘇曼殊在他同代人的眼中，很難釐定爲「避世守節」或是「入世
弘道」。他的卓然自潔的品格（所謂「避世守節」）是有道德感的知識者最可
貴的精神資源，他的對於世間諸事的不能忘情（所謂「入世弘道」）實在是每
一個有良心的學者的人間情懷。1905 年，蘇曼殊在南京陸軍小學與趙伯先、
伍仲文談論佛學，曼殊說：「世人學佛，注重經典文字。究其實際，即心即佛。
我輩讀經，祈求增長智慧。……能無執著而後心無所依戀。這就是佛經上說
的無我相、人相、眾生相、壽者相那一番道理。只有眞正認識到這一點，才

〔註4〕 黃宗羲：《壽徐掖青六十序》，見《南雷詩文集》（下），第 64 頁，浙江古籍出
　　　　版社 1993 年版。

可以談到革命。……茫茫苦海，誰是登彼岸者？像那些蚩蚩者氓，實在缺乏人類應有的常識。如果世人能夠各親其親，仁其人，愛其國，那社會就會無不安寧，國家就沒有治理不好的。」〔註5〕聽到武昌起義勝利的消息，他致柳亞子等人的書信大有杜甫「聞官軍收河南河北」時的「漫捲詩書喜欲狂」之態，這是中國文人在對政治的疏離中的念掛，確實類儒者禪的「本色」。在辛亥革命勝利後發表的《討袁宣言》中，他道透了這種曲折的心聲：「衲等雖託身世外，然宗國興亡，豈無責耶？今直告爾，甘爲元兇，不恤兵連禍結，塗炭生靈，即衲等雖以言善習靜爲懷，亦將起而褫爾之魄！爾諦聽之！」一個弱勢民族兵荒馬亂年代的青年，把生命希冀歸於沉默和無奈，但有時又自覺自願地在瘋狂中把人生的意義抵押給時代的命運，那麼擯棄先在的理想，現實打動他的要素是什麼？是爭取「惡」退潮後眞善美的曙光。他在自審中實現了兩個「我」的對話，裎露出社會現實與個人精神間令人驚歎的矛盾邏輯。章太炎在蘇曼殊圓寂後曾經說：「香山蘇元瑛子谷，獨行之士，不從流俗。……凡委瑣之事，視之蔑如也。雖名爲革命者，或不能得齒列。……可謂厲高節、抗浮云者矣。」〔註6〕葉楚愴也說：「近世片珍，我數曼殊，非惟其文，行亦足以療末世病症也，有日月之昭明，乃可與語，揮浮雲，口襄妖星而目眯沈霾者，我見之矣，讀此片書，瑞霞繞吾廬矣。」〔註7〕通過這些來自不同的「文化陣營」代表人物的言論，我們可以發現在中國現代性誕生之初對於「歧義的寬容」。

以文學創作論，上世紀初也並非新小說和革命文學的一統天下，而是一個多樣並存的空間。就拿詩歌論，在以後的文學史模式中，世紀初只有南社詩人一筆，其實直到五四新詩誕生，「同光體」等詩派一直佔據著詩壇要位，五四運動的驍將魯迅、陳獨秀等都依然把古體詩作得很順手，曼殊詩在五四以前即便在五四落潮之後依然獲得了許多作家和讀者的偏愛。白話新詩在新文化運動開始根本不顯山不露水，直到1920年胡適的《嘗試集》出版，也不過是一次大膽的「嘗試」而已。以小說論，在新時期文學史模式中屢遭撻伐的蘇曼殊的抒情小說《碎簪記》在世紀初卻能大搖大擺、堂堂正正地刊登在《新青年》上，而且是《新青年》第一篇創作小說；同時也可以發表在作爲

〔註5〕 李蔚：《蘇曼殊評傳》，第116頁，社會科學文獻出版社1990年版。
〔註6〕 章太炎：《書蘇元瑛事》，見《蘇曼殊全集》（四），第134頁。
〔註7〕 見1913年7月14日《民立報》《與某公書》信末葉楚愴《題記》。

通俗文學陣地的《小說大觀》和後來被貶爲「保守主義」「國粹派」的章士釗的《甲寅》上，這充分說明了新文化運動在初始階段並不是「一刀切」地對於一切當時所謂的「舊文學」。

對那個時代的曲解和遮蔽還有不少。魯迅在給日本朋友的信中屢次談到曼殊，稱「曼殊是我的朋友」〔註8〕，可惜在以後政治革命和文化啓蒙的史學模式中，我們過濾掉了中國文化——文學現代轉型初這些很有價值的存在。長期以來的文學研究和文學教學輸入給了我們慣性的思維，二元對立的結構模式決不允許把「革命家、思想家」的魯迅與蘇曼殊並置考察，其實「蘇曼殊這個名字，在早年的文化人士中，幾乎無人不知。以至後來重建的光復會，也鄭重其事地追認他爲與『思想導師』魯迅並列的『文化導師』」〔註9〕。陳方競在《多重對話：中國新文學的發生·自序》中說：「在中國近現代之交最足以顯現魯迅之爲『魯迅』的，在『五四』人物中，最足以顯現魯迅與其他人的不同的，是他在早期論文中反覆提到並作爲立論根基的『神思』和『白心』。」〔註10〕而借助眞誠、豐富的藝術想像、「不累於俗、不飾於物、不苟於人、不怵於眾」，直白心聲，也是蘇曼殊終其一生而不移的文藝觀和文學實踐，這也正是當初在文化語境混亂、價值虛無主義盛行與文明失範下蘇曼殊和魯迅能夠共謀《新生》的基礎，也是他們共同傾情於西方「摩羅詩人」的精神相通處。蘇曼殊在1907～1909年以大量的浪漫主義詩歌的翻譯、魯迅以《河南》上的論文表明了他們「文學家」對文藝共同的見解：以本於誠之「天性」，剛健不撓、抱誠求眞、不媚於群，「人各有己」，「聲發自心」。〔註11〕他們差不多與王國維同時共同關注了「純文學」觀念。蘇曼殊的基於彰揚個性、崇尚主觀的浪漫主義的純文學觀念我們曾詳細論述過，同樣的意見也鮮明地出現在魯迅的《摩羅詩力說》中，他寫道：「由純文學上言之，則以一切美術之本質，皆在使觀聽之人，爲之興感怡悅。文章爲美術之一，質當亦然，與個人及邦國之存，無所繫屬，實例離盡，究理弗存。」正是由於文藝的本質

〔註8〕 增田涉：《蘇曼殊是魯迅的朋友》，見《魯迅的印象》（鍾敬文譯），湖南人民出版社1980年版。

〔註9〕 馬以君：《蘇曼殊文集·前言》。

〔註10〕 陳方競：《多重對話：中國新文學的發生·自序》，人民文學出版社2003年7月版。

〔註11〕 魯迅：《集外集拾遺補編·破惡聲論》，《魯迅全集》第8卷，人民文學出版社1981年版。

與個人實利、國家興亡沒有直接關係，「固其爲效，益智不如史乘，誡人不如格言，致富不如工商，弋功名不如卒業之券。」但是，文藝的功用卻決不次於「衣食、宮室、宗教、道德」，因爲它能夠「涵養吾人之神思……使聞其聲者，靈府朗然，與人生即會」。〔註12〕這種對「純文學」價值的肯認和蘇曼殊對文學翻譯「必關正教」和「志不在文字」的批評異曲同工。

　　以「文學革命」或者「革命文學」的單向度標準評價蘇曼殊並非肇始於1949 年以後。蘇曼殊生前的「寂寞」和身後的「熱鬧」所形成的強烈反差是一個耐人尋味的話題，「寂寞」並不代表受冷落，恰恰昭示了文化環境的包容與寬鬆；「熱鬧」並不代表多元空間的充分展開，恰恰因爲文化——文學多元共存受到了威脅，文學的審美性價值受到了踐踏。在蘇曼殊去世僅僅兩年的1920 年，便有蔡哲夫所輯的《曼殊上人妙墨》、王德鍾編的《燕子龕遺詩》和沈尹默選的《曼殊上人詩稿》出版，但「曼殊熱」眞正的導火索是胡適 1922年發表的《五十年來中國之文學》對蘇曼殊隻字不提，引起當時愛好文學的青年學生極大不滿，大量的紀念文章和評論文字出現在《語絲》等雜誌上。1925 年上海商務印書館刊行了梁社乾《斷鴻零雁記》的英譯本，也就在當年，黃嘉漠、鄭江濤又將該小說改編成劇本，交思明出版社出版。接著在 1927 年，《蘇曼殊年譜及其他》、《曼殊逸著兩種》、柳亞子和柳無忌於 1928～1929 年《曼殊全集》5 卷本由北新書局出版，1933 年開華書局又出版了《普及本曼殊全集》。在上海淪爲孤島期間，柳亞子又將收集到的有關曼殊的材料和大量考證文章編成手錄的 13 冊《曼殊余集》行銷全國，位列當時暢銷書榜首。1930年代初，日本漢學界召開「曼殊研究會」，魯迅在回答增田涉信中說：「對漢學大會，請盡力參加。研究曼殊和尚確比研究《左傳》、《公羊》等更饒有興味。……最近此地曼殊熱，已略爲降溫了，全集出版後，拾遺之類，未見出現。北新已無生氣。」〔註13〕這一階段的「曼殊熱」更看中他的多爲「浪漫風度」，正如郁達夫在《雜評曼殊的作品》中所謂「他的浪漫風度比一切都好」。在狂飆猛進的啓蒙歲月和革命年代，民族生存的迫問、政治的擠壓，生命個體完全遮蔽在時代狂潮中，個體是缺位的，人們渴望尋找個體的位置，「個人」

〔註12〕　魯迅：《集外集拾遺補編·摩羅詩力說》，《魯迅全集》第 8 卷，人民文學出版社 1981 年版。
〔註13〕　《魯迅致增田涉書信選》，第 147 頁，一九三四年九月十二日信，文物出版社1975 年 1 月編輯、出版。《曼殊全集》由北新書局出版，魯迅開始與李小峰關係比較密切，支持李開設該書局。魯迅著作多在該書局出版。

的發現也正是現代性的要義。於是,「曼殊熱」成爲一部分知識分子對抗主流文化——文學的一種姿態。

對文化——文學多元形態的扼殺有其深刻的歷史動因。鴉片戰爭以後中國內憂外患的歷史事實使晚清和五四兩代知識分子歷史性地投入現代文化啓蒙運動的狂潮中,五四人所提倡的文化啓蒙運動和梁啓超在戊戌變法失敗後逐漸走出今文經學的籠罩、發動的以「新民」爲主題的文化啓蒙一脈相承,都是通過對本土傳統價值觀念和民族文化心理的根本性否定、以西方文化價值觀念的全面替代爲目標的。他們大部分人眼中的西方是一個統一的、進步的西方,他們渴望通過向大眾灌輸西洋「先進」的理論,通過社會改造使中國走向富強民主的現代化之路。文學既是文化變革的一個重要方面,也是實現啓蒙藍圖的重要手段。要實現這一歷史目的,就要求有合乎目的的文學觀念和文學範式。自然地,蘇曼殊感傷、憂鬱、典雅的抒情文字怎麼也不合乎胡適的審美理想,把蘇曼殊排除在五十年文學史外並不偶然。任何歷史功利性的文學目的都會「袪魅」,而一味袪魅的結果卻不能不傷害到文學的感性特徵和作爲審美文化生成的特質——這實在是中國現代文學進程中一個難以疏解的悖論。在啓蒙運動落潮後,曾於啓蒙高漲時指點江山、激揚文字的青年意識到文藝救國是在有著太濃的書生意氣,如果說梁啓超時代出現的多是知識信仰危機,此刻他們出現了倫理信仰危機,抒發個人性情、鬱悶的文字成了風潮,純文學社團和刊物得以創辦,如創造社、沉鐘社、湖畔詩社等。這便是 1923 年前後曼殊熱的原因,這股「曼殊熱」伴隨著創造社浪漫抒情文學風起雲湧的輝煌和現代文學多元化格局的初顯。

1927 年左右新文學界對曼殊的評價和 1923 年有著很大不同。1927 年文學革命已經向革命文學轉向,20 世紀文學從所謂的「資產階級文學」開始一步步走向深化的「無產階級文學」。跟隨這一思潮轉換,蘇曼殊的身價也在變動。即便像郁達夫這樣和蘇曼殊在稟性氣質、天賦才情、審美追求上頗爲相類且在創作上深受曼殊文藝薰染的作家,在 1927 年「革命文學」高揚而「曼殊熱」高漲時,他也以「比較隨便」〔註 14〕的態度批評蘇曼殊小說「許多地方太不自然,太不寫實」。郁達夫明明知道蘇曼殊最足以留世的是他的浪漫氣質,卻爲什麼以寫實主義來框定浪漫主義的曼殊小說呢?他的理由是「因爲

〔註14〕譚桂林:《二十世紀中國文學與佛學》,第 64 頁,安徽教育出版社 1999 年 12 月版。

近來有一般殉情的青年，讀了他的哀艷詩句，看了他的奇特的行為，就起了狂妄熱誠，盲目地崇拜他，以為他做的東西，什麼都是好的，他的地位比屈原李白都要高，所以我想來做一點批評，指點指點他的壞處，倒反可以把他的真價闡發出來」。〔註 15〕我們便明白了郁達夫用心並非純粹的文學審美批評。在 1927 年革命文學正如火如荼、大行其道的前夜，郁達夫作為當時這場文學運動的參與者，試圖引導文學向革命方向靠攏，其良苦用心可見一斑。

在「革命文學」成為主流話語，有人指責蘇曼殊「給予青年以不良的影響」時，同樣作為「五四人」的語絲社的周作人站出來說「我與先生意見不同」，他抱定「並沒有一個固定的要宣傳或打倒的東西，大家只在大同小異的範圍內各自談談」。他指出：「現今的青年多在鴛鴦胡蝶化，這恐怕是真的。但我想其原因當別有在，便是（1）上海氣之流毒，（2）反革命勢力之壓迫，與革命前後很有點相像。總之，現在還是浪漫時代，凡浪漫的東西都是會有的」〔註 16〕。這種更為自由和寬泛的文藝觀在以後對五四文學的書寫中被遮蔽了。南社革命詩人柳亞子在五四後也很清醒，他認識到：「我們以為值得介紹的是曼殊在文學上的工作，……我們是把他當作歌德拜倫等一流人物，享受他的詩文，闡揚他在文學史上的貢獻。維特出版後自殺者紛紛，然而其在文學界地位並不以此降低，更況曼殊的思想亦沒有那樣頹蕩。（我始終主張『文學為文學』的主義，亦所以始終不贊成現今亂嚷的所謂革命文學，血淚文學，甚至於投機文學也。文學一成工具，這樣像什麼文學？）」〔註 17〕

生命的哲學本質上就是藝術的，是通過藝術才能完整地予以表現的。它是欲望、情感、理性和行為表現的綜合體，而不是純粹理性的選擇，不是理性的語言所能夠充分闡述的。可惜直到 1990 年代，史學家仍然緣木求魚似的企圖在蘇曼殊浪漫抒情的詩歌、翻譯和小說中尋找現實主義的因素，他們從作品中尋找支支離離的片段，例如《斷鴻零雁記》的行文中間穿插明末抗清義士陸秀夫和朱舜水在南粵和海外的遺跡、點綴當年革命志士狂熱的拜倫的《贊大海》，強調他的主觀情緒、個人理想乃至他的烏托邦似的夢幻都打著現實主義的烙印，與現實社會有著不可分解的關係，因為《斷》「抒寫了在舊家族制度和婚姻制度壓迫和損害下一個天資俊爽的青年的淒苦身世和愁苦情

〔註15〕郁達夫：《雜評曼殊的作品》，見《蘇曼殊全集》（五）。
〔註16〕周作人：《答芸深先生》，見《蘇曼殊文集》（五）。
〔註17〕柳亞子：《蘇和尚雜談》，見《蘇曼殊文集》（五）。

懷，雖然不能說已具有徹底的反封建性質，但畢竟尖銳地批評了製造婚姻悲劇的舊家族制度，批評了與新思潮勢不兩立的封建主義道德觀念」；《碎簪記》「把自由戀愛和用情專致在一定的政治、家庭背景下結合起來，以一椿婚姻誤死三條人命的悲劇，抨擊封建主義倫理觀和婚姻制度的腐朽、野蠻和殘酷」。這種努力把浪漫主義文學貼上現實主義標籤的原因在於我們的文學批評已經把「現實主義倫理化」了，這我們可以從批評家所言「蘇曼殊受時代限制，不可能提出切實地改造社會的方案」〔註18〕中看出端倪，這無疑是一種以現實主義的鬥爭精神框定浪漫抒情文學審美訴求的夫子自道。現實主義與中國現當代小說有著宿命的契合，從五四的「為人生」的小說派，到革命文學風潮中的「新寫實主義」，再到 1930～40 年代「社會主義現實主義」的提出和政令化，到十七年文學現實主義成為文學創作的典律範式，以至到 1980 年代中後期的「現實主義衝擊波」，「現實主義」在中國被深刻的「倫理化」了。正是由於現實主義的倫理化取向，在政治意識形態與文學本體爭奪話語權的過程中，文學創作遭逢了蛻變與斷裂，「審美」成為一種道德評判，以「倫理的態度」代替「審美的批評」制約了現代文學的美學立場。剔梳這些正反批評，我們發現蘇曼殊最值得肯定的依然是蘊涵在其文本之內的清新的現代意識和浪漫氣息——郁達夫所謂「不太寫實，不太自然」的批評正成為曼殊文本審美價值的注解。

當然，這裡我們應該強調的是對於審美主義的辨證立場，只把文藝作為「自我的私事」，單向度地強調其本體的美學意義也未必就是好事。例如周作人在五四後文藝觀的急轉直下也並非沒有其問題，他為郁達夫和蘇曼殊的辯護也明顯的出於對於自己轉向「自己的園地」、閉起眼睛躲在苦雨齋裏靜品苦茶的「閒適風」的自衛。針對當下的文學生態講，「為藝術而藝術」、形式主義至上走得過火可能消泯了人文學者對當下的關注意識和批判立場，縱容了文藝者放棄職業操守和專業志趣，委身於全裸的文化娛樂信息市場。在對蘇曼殊文學價值的梳理中，我們雖然一貫強調把文學的純審美立場從歷史功利的鉗制中釋放出來，反對拿現實主義的標準來評定蘇曼殊的浪漫主義創作，還原作為文學家的蘇曼殊的真相，但並不是取其反，孤立強調藝術的審美功能，換言之，浪漫主義是另一形式的現實人生。文學終究是「人學」，講究審

〔註18〕參閱楊義：《二十世紀中國小說史》第 1 卷第 1 章第 3 節，人民文學出版社 1998 年版。

美價值不代表不關涉「當下」,「去政治化」或者說「返魅」的本質並不意味著「反啟蒙」,卻正在於知識者獨立自主的人文精神的張揚。正如人不能完全脫離社會而存在,孤立的文藝審美走向極端也是對文學本質的毀滅,作家如果只沉醉於形式主義的花樣翻新,放棄言說「主體」高邁恒定的價值立場,那麼文學只能淪為個人感官體驗或隱私展覽的展板,沒有了普世關懷功能的文學審美終究要消失在欲望和消費的劫持下——這無關於它是現實主義還是浪漫主義。釐清蘇曼殊對審美轉型的意義在於那是在中國純文藝觀念的萌芽時代,我們有必要尋找現代文學這個端緒。當中國的浪漫抒情小說從蘇曼殊走向創造社的時候,我們能清晰地感到它參與文化歷程的願望,但是到創造社後期的張資平和葉靈鳳,這條線路無疑是誤入了歧途。

從以上分析可以看出,20 世紀初文化生態和文藝形式的寬容,我們也應該明確,正是在寬鬆和豐富間,我們看到了蘇曼殊文化選擇的艱難和生命形態的蕭索,我們透過蘇曼殊所展開的歷史空間的豐富看到了一個世紀前中國知識分子在思想文化抉擇上的艱窘。這不能不讓人反思。實際上人生抉擇的兩難境地決不只存在於曼殊一代「佛與愛」、「革命與逃遁」、「文化啟蒙與審美創造」的對立中,也存在於我們每一個平凡人的日常生活中。蘇曼殊在兩種誘惑間的徘徊和掙扎,他的一切苦痛和尷尬,是我們在追求生存價值之實現和生命意義之飽滿的過程中難免的困境。蘇曼殊的人生圖式跨越了時代和國界的局限,切入人類生命的本質,引起我們心靈的強烈共鳴,所以「曼殊熱」在 1990 年代才會重新蒞臨。

第二節 蘇曼殊與清末民初研究熱的文化動因辨析

1990 年代以來的蘇曼殊熱與清末民初研究熱深刻的文化動因是一個值得學界深入思考的論題,我想可以從幾個方面討論:

(一)蘇曼殊作為一個言說對象,他所生活的時代存活了百年滄海桑田的變遷,它是中國走向「現代」的童年經驗,正因如此,蘇曼殊作為一個文化符號,他的「家國想像」可以導引對中國政治歷史的文化批判。

清末民初,以強調文化的轉型性而成為一個承上啟下的關鍵性歷史階段,當代中國幾乎所有政治、經濟、文化問題的癥結都可以在那裡找到探索的源頭,整整一個世紀的幾代知識分子幾乎一直未能擺脫 20 世紀初的餘蔭。

如果我們能夠說康德曾以他的思維方式，以他強烈而鮮明的對於個人價值的肯認規範了近現代西方的人文人格走向，把人類的智慧表達式提高到前所未有的高度，那麼五四一代知識分子以狂飆式的氣魄動搖了東方傳統的思維之樹，顛覆了古老的生存童話，把人的存在秩序引上了現代之路，而我們更不能忘記的是清末民初的文化探索者的艱難找尋。那是一個以多元性、含混性見稱的時期，它對西方文化的吸納和排斥、對民族前景的想像與盲動、對傳統文化的批判和依戀、對現代性的追求和誤讀，一個世紀以來依然是彌久不更的歷史敘事語境。舉一個簡單的例子，1915 年蘇曼殊曾因在東京城外小廟「解衣覓虱」與日本人起爭執，感歎「吾是弱國之民，無顏以居，無心以寧」〔註 19〕，郁達夫在日本因為自己是弱國子民，在感情上很受歧視，覺得「支那或支那人這個名詞，在東鄰的日本民族，尤其是妙年少女的口裏被說出來，聽取者的腦裏心裏，會起怎麼樣的一種被侮辱、絕望、悲憤、隱痛的混合作用，是沒有到過日本的中國同胞，絕對想像不出來的。」〔註 20〕郭沫若把留學日本的生活總結為「讀的是西洋書，受的是東洋氣」〔註 21〕。可見得，兩代知識者面對的是多麼雷同的文化語境，而直到今天，我們依然感同身受他們的處境。中國現代化的步伐邁了一個世紀，為什麼我們依然沒有走進一個清朗的圖景？我們不得不反省我們曾經走過的彎路甚至倒退。由此，清末民初那個歷史階段的文人如容閎、王韜、康有為、梁啓超、章太炎、劉師培、魯迅等等作為一個個文化符號，他們的「家國想像」可以導引後來的知識者對中國政治歷史的參與意識和批判精神。洋務運動、維新變法、佛學救國、三界革命、辛亥革命、新文化運動、五四文學革命……一撥撥知識精英們展開和收束了一次次悲壯的嘗試，美國新歷史主義理論家路易·芒特羅斯說：「我們的分析和我們的理解，必然是以我們自己特定的歷史、社會和學術現狀為出發點的；我們所重構的歷史，都是我們這些作為歷史的人的批評家所作的文本建構。」〔註 22〕我們正是在對於這些悲劇不斷的反芻之中，尋找著我們切入國家民族政治歷史的話語路徑和方式。

（二）在我們向西方尋經問典一個多世紀後的今天，越來越多的學者意

〔註 19〕蘇曼殊：《致鄭桐蓀、柳亞子》，見《蘇曼殊文集》，第 613 頁。

〔註 20〕郁達夫：《雪夜》，載 1936 年 2 月《宇宙風》第 11 期。

〔註 21〕郭沫若：《致宗白華信》（1920 年 3 月 3 日），見《三葉集》，安徽教育出版社 2006 年版。

〔註 22〕盛寧《二十世紀美國文論》，第 258 頁，北京大學出版社 1994 年版。

識到「說自己的話」的必要——不管是從何種文藝價值觀爲出發點，但是作爲我們研究者主體，我們無論如何都要受制於文化語境的制約，我們從對蘇曼殊行雲流水的浪漫和冥鴻物外的放達的解讀中來感受我們今天作爲認識主體所依然存在的巨大的非自足性，這也是一個頗有興味的研究入口。

　　20 世紀初所鏤刻的文人志士繁複的精神創傷，永遠給我們構成一種深層文化語境，這就形成了研究對象與研究者之間的精神紐帶，研究者主體與被研究對象交互作用。蘇曼殊作爲那個時代的代表性人物，他身上所具有的兼容性的文化景觀即使在今天看來也是令人興奮不已、願意思忖的。「最偉大的歷史學家總是著手分析他們文化中的『精神創傷』事件」〔註 23〕，在克羅齊「一切歷史都是當代史」的大膽論斷下，歷史的回憶構成了人們自身生存的一種基本元素。從精神分析學講，當我們在 21 世紀的初陽中追思作爲文藝家的蘇曼殊在上個世紀初湧動的心潮，精神上的滄桑感不禁油然而生。蘇曼殊的新文學朋友周作人、劉半農的一生是逐漸由叛徒走向隱士的，巨大的複雜性體現在蘇早年的朋友魯迅身上。在堅定地做出社會批評、文明批評時，魯迅對自我生命的關注充滿了矛盾和痛苦，充滿了反抗絕望的悲劇性。《野草》是非常邊緣化的文體，其《朝花夕拾》更是魯迅從「紛擾」中尋出「閒靜」、由對國民性的批判轉爲對「永逝韶光的悲哀弔唁」。而天不假年、生命短暫的蘇曼殊沒有那麼優裕的時間來到五四後完成這個轉變，他成年後匆匆忙忙的闖蕩間心裏即並藏著叛徒和隱士兩個「鬼」。無論是晚清還是五四的文化革新，在文學上促生的新意義就是人的主體的發現。只有有了主體自我的發現，然後文學的範圍、思想、形式也才能相跟著豐富起來。作爲新文學的始作俑者，蘇曼殊將「自我」置於各類文體的軸心位置，充分展現自我精神追求，肯定和弘揚獨立意識，我所看重的正是他這一點——雖然我們能看到在作爲審美主義藝術家、啓蒙主義者抑或佛子之間他矛盾重重，他的主體性建構顯示著無法克服的虛症；而我們也正是在這重重疊疊的悖論中，看到了從晚清到五四的那些文人對主體意志的強烈渴望和維護意識。

　　作爲研究者主體，我們無論如何都得受制於文化語境的制約，主體意識的介入無疑需要一種巨大的解放精神與勇氣。但是，越來越多的學者還是意識到了「說自己的話」的必要，因爲「要克服『文化滯差』所帶來的人文理

〔註 23〕海登・懷特：《作爲文學虛構的歷史文本》，見張京媛主編：《新歷史主義與文學批評》，第 167 頁，北京大學出版社 1993 年版。

論困惑，僅僅期望於人文主義與物質主義的協和共存是不夠的」〔註24〕，正如卡西勒所言：認知主體「必須而且應該拒絕來自上面的幫助；他必須自己闖出通往眞理的道路，只有當他能憑藉自己的努力贏得眞理，確立眞理，他才會佔有眞理」〔註25〕，那麼我們審視、敘述蘇曼殊，在不同的時期可能強化他不同的側面，或啓蒙，或審美，或革命，或宗教，我們通過自己的敘述參與了歷史的重構，爲後來的歷史敘事提供了新的話語資源。

　　（三）1990 年代的「曼殊熱」包括整個清末民初研究熱也是建立在全球化語境下的現代化反思基礎上的，建立在一種對人與自然的緊張關係的恐懼上的。

　　面對著工業化的急劇發展和人類對自然不理性的掠奪，地球作爲人類的家園正遭遇著日益嚴重的生態危機，人們尋找的不再是民族的「根」，而是整個人類所面臨的「失根」的威脅，以心物、主客二元對立爲前提的本體論、認識論的探索被撇開，代之而起的是存在論的追問——繞了一個世紀，我們又回到了「存在」的追問中。西方思想界試圖從東方哲學思維中找尋救世的良方，他們發現了儒學和佛學，特別是中國佛學禪宗。其實，不僅曼殊，不少具有逃禪意識的文人或逃向禪悅的佛子都受到前所未有的關注，例如寒山，寒山詩體現了山居樂道的禪學思潮，不過也正是他最早涉及日常生活中求佛得道的主題，不論山居野處還是混跡市廛，詩僧始終能夠將「禪家本色」即如寒山的話「可貴天然無價寶」貫穿在藝術創作中。他對於「天然」的標榜既符合禪家的生活原則，又符合禪家的審美理想，但是他的詩通俗無典、粗俚不訓，正統的封建士大夫一向推崇趣味典雅，對其不感興趣。在 20 世紀50～60 年代，不登大雅之堂的寒山詩竟然成爲美國文學研究的熱門話題，美國青年一代特別是 Beat Generation（垮掉的一代）和 Hippies（嬉皮士）甚至將其作爲崇拜的偶像。無疑，對於在現代高科技、物質文明擁擠下生活的人們來說，任運自由、天然無價的人性精神具有原始主義的魅力，這些詩作的審美意境滿足了讀者對於自然和人性的呼喚。這也許就是蘇曼殊詩文在當今引起更多關注和愛戴的原因之一，也體現了蘇曼殊表現的清新、天然、本色在現代的深刻意義。

　　蘇曼殊給人們留下了開掘不盡的言說空間，他複雜的精神意象所散發出

〔註24〕丁帆：《重回「五四」起跑線・自序》，第 4 頁，人民文學出版社 2004 年版。
〔註25〕卡西勒：《啓蒙哲學》，顧偉銘譯，第 131 頁，山東人民出版社 1996 年版。

的諸種不確切性的光芒常常使他成爲令人困惑的現象之謎。在官方和民間，在孤獨的藝術家與學院的思想者那裡，這個有著豐富的心理層次的短命文學家被撕扯著、被組合著：有人從他身上解讀浪漫，有人闡釋愛情，有人附會革命，有人尋繹啓蒙，有人感喟生之艱窘，有人慨歎佛義之深邃，有人看到人性之磊落，有人探尋文學現代化之源流……，而在文壇上，無論你讚揚還是否定，無論你怎麼肢解、誤讀或者還原著蘇曼殊，實際上在中國人精神的現代化之旅中，至今爲止人們也無法躲避開蘇曼殊所曾經遭遇的價值困惑，這是被困在了漫長的歷史隧道裏的中國現代文人之宿命。這裡有一個深刻的關於中國如何在西方夾擊下、「被現代化」過程中確立中國人生存意義的話題，也即是一個「精神」的話題。蘇曼殊在入世與出世、真愛與絕情間的艱難掙扎穿透了歷史的時空，成爲一種民族生存和個人生存的基本圖景。大而言之，如中國「現代性」的實現。新舊文化模式的轉換需要反觀與遠瞻，我國傳統的文化模式的主導動機是以客觀意志支配個體的生命意志，注重共性整體的統一諧和，國家、民族、家族或社團的意願完全取代個我的主體性，蔑視個性獨立、激情衝突和超越欲望。這種政治倫理化或倫理政治化的文化模式有其獨特的優越性，使中國「井然有序」地運作了 2000 多年。在西方人眼裏，這簡直是人類史上的奇蹟，因爲在他們看來，中國是一個沒有多大宗教情結的國度，沒有上帝和信仰，一個國家的正常運轉是不可思議的，他們曾經試圖把他們的基督信仰推廣到中國來，他們忽略了中國文化模式對社會具有的強大的整合能力。但是這種「整合」到了晚明，當中國處身世界之中，就無法適應現實的要求。晚明以來，從中國文化內部誕生的對傳統社會約束機制叛逆的力量，和近世從西方傳來的人文思潮在晚清強烈撞擊，立即爆發出強勁的毀滅攻勢。經過清末民初到五四新文化運動，整個社會的文化價值取向開始走向開放，打破常規界限和生存限制，追求永恒無限的超越，渴望個我情感的宣洩和價值的張揚，越來越成爲一種社會習尚。而蘇曼殊的言與行其實也正是這種開放習尚的推動者以及邏輯結果。

　　我們認爲蘇曼殊遺產的廣闊性與深邃性，至今尚是一個文化之謎。也許，蘇曼殊文本的「敘述語態」使他不能夠矗立在歷史的源頭而成爲不盡的光源，如果說從古今中外的文化夾擊中抽繹出多元意識下的健全理性，或者說抽象出一套沉重的人文話語，蘇曼殊很是力不從心，我們甚至無法用一些光度較亮的眩目詞彙來解說他，而單是從蘇曼殊詩文小說的審美特徵言，也暴露著

過渡時期新舊混雜的特徵。但是在蘇曼殊文化牴牾的痛苦裏，在他啓蒙與藝術獨立的悖論式抉擇中，既有五四式的對人的本體價值的形而上的渴望，又有對個體生存意義的深切懷疑，使他的文本呈示出一個現代知識分子人文精神和人道主義的拷問，雖然這個問題直到五四時期的魯迅才眞正成爲歷史話語的巨響。如果說魯迅的偉大在於他對中國人靈魂的審視中，在於他對人類苦難的洞悉上，在於他那種在沒有路的地方踏出新路的悲壯之舉，他的《吶喊》與《彷徨》對於國民性的深刻批判、他那「兩間餘一卒，荷戟獨彷徨」的理性執著顯示了一個啓蒙主義者的決絕和對於啓蒙命運的深層認知，那麼蘇曼殊的不凡在於他上接歐洲浪漫詩學傳統，旁及印度、日本等古國的傳統文化時空，他自敘的、感性的筆觸並不妨礙他爲五四新文學家做一些精神內省的準備，即便在當今的文化語境下，蘇曼殊作爲一個清醒而無奈的先行者，他對自我人格的維護、自我價值的一次次悲情尋找和失落，仍然在昭示著無盡的思索。「歷史不是一元的線性發展，歷史進步行爲與人文文化尤其是具有生命豐富內涵的人文精神傳統常常表現爲一種逆向的複調結構。歷史的進步常以人文精神傳統不同程度的淪落爲代價，而要保持人們生存或曰歷史行進的健全發展，就須找回失落的東西作當代的強調。」〔註 26〕我們後人盡可以帶著遺憾或感喟去批評蘇曼殊「既沒有梁啓超那種建立世界文化理想的宏願，也沒有嚴復那種構築新的政治結構的民族精神、文化心理和價值觀念的主動意識，更無魯迅那種重塑國人的深層文化結構的卓識和哲學意義上的懷疑精神」〔註 27〕，但是在東方與西方文化、傳統與現代文化的衝突中，蘇曼殊以自己的方式找到了一種新的融合點和立足點，那就是以文學審美的方式切入現代性個人價值的道德肯認，以自己的姿態投入文化去承擔過渡時代所賦予的除舊佈新和自我啓蒙的雙重任務：以中國傳統文化之重要部分的佛學中的精粹「我心即佛」「見性成眞」去拯救世道即「同圓種智」，以西方浪漫主義人文精神的「愛和自由」去重建人心——儘管是力所不能及的。還是陳平原說得好——雖然他的話惹人心痛，他說：

> 在中國，再也不會有那樣毫不造作的「不僧不俗、亦僧亦俗」
> 的奇人；即使有這樣的奇人，也不會有那樣絢爛瑰麗的「不僧不俗、

〔註 26〕孔範今：《論中國文學的現代轉型與文學史重構》，載《文學評論》2003 年第4 期。

〔註 27〕邵迎武：《蘇曼殊新論》，第 84 頁，百花文藝出版社 1990 年版。

亦僧亦俗」的作品；即使有這樣的作品，也不會有那樣熱情眞摯的
「不僧不俗、亦僧亦俗」的讀者！〔註28〕

我們探索過往的文學、過往的文學家的審美理想，歸根結底在於當下文藝生態的健康多元發展和中國文化模式的重建。但是新的文化模式的娩出也必將伴隨著痛苦的掙扎和摸索，任何重建都包含解構和建設，也就意味著意義的增殖或者丟失。一個多世紀以來的中國文化就是在這種中西衝撞、融合的過程中尋求並重建新的秩序，直到今天，一個適合於中國的文化模式的涅槃也並不可能一蹴而就。如今的文藝傳播比起百年前的文壇，確實絢麗極了，有種種的樣式，種種的旗號，表現著、批評著、沉溺著、慵懶著，文學的獨立性或曰文學的生存空間似乎獲得了歷史未有的廣闊，但總覺得缺少些什麼。是因知識分子的「邊緣化」促使創作主體遠離「中心」後躲進了泛文化的怪圈，還是正企圖以社會批評、文化批評打破思想界的沉悶與渾濁？是知識分子的人格矛盾在當今文學與經濟的熱烈媾和中顯得更為深刻和複雜，還是大眾消費文化的狂潮下文藝的良心越走越遠？20世紀末的中國文學終於擺脫了歷史強加的沉重負荷，但決不是走上了文學前行的康莊大道。作為一個歷史階段性事件，視覺傳媒的後果是意味深長的。文學，還有文學批評，需要摸索的路還有很長。作為一位所謂的文化人，我猛然有一種無所歸依的危機感，我甚至有些恐懼，這是否一個世紀前的蘇曼殊曾經體悟過的？我們可以從現代理性的批判視角出發，探究蘇曼殊文本思想性的脆弱和文學性的不足，卻無法求全責備，否則顯得對中國歷史、或者只是對文學是多麼苛刻。正如魯迅所說：「我以為就是聖賢豪傑，也不必自慚他的童年；自慚，倒是一個錯誤。」〔註29〕所以我們毫不誇張地說：五四醞釀階段的蘇曼殊為我們打開了歷史的豐富性，在啓蒙文學變革和革命文學訴求的場域外，他展現給了我們歷史轉折過程的複雜性和悖論性。我們通過聆聽他向歷史所發出的抑鬱的叩問，通過對他所留下的文化資源的開掘，窺得了歷史面目的多姿多彩、玄奧神妙，這也正是「現代轉型」的文學史觀建構所看重的多維度因素介入的結構性意義所在。而我們也不能不認為，在中國邁進「現代」的初途，蘇曼殊和王國

〔註28〕陳平原：《論蘇曼殊、許地山小說的宗教色彩》，見《中國現代文學研究叢刊》1984年第3期。

〔註29〕魯迅：《中國新文學大系・小說二集・導言》，吳福輝：《二十世紀中國小說理論資料》（第3卷），第352頁，北京大學出版社1997年版。

維、魯迅等文人一樣，以他們文學中不懈的歷史追問和生存玄思度過了悲劇
式的人生，他們是人類史上曠古的孤獨者，其高邁孤絕的靈魂至今在中國文
化史、文學史上汹渡！無論是思想性還是從藝術性，他們悲壯激烈的理想絕
唱和文學悟解也必將是一代又一代知識分子的精神資源。

參考文獻

一、文化史與思想史類

1. 季羨林編：《中印文化關係史論文集》，北京：生活・讀書・新知三聯書店 1982 年版。
2. 〔美〕費正清、劉廣京編：《劍橋中國晚清史》，北京：中國社會科學出版社 1985 年版。
3. 〔法〕尼采：《悲劇的誕生》，周國平譯，北京：生活・讀書・新知三聯書店 1986 年版。
4. 〔德〕海德格爾：《存在與時間》，北京：生活・讀書・新知三聯書店 1987 年版。
5. 〔美〕馬斯洛：《人的價值和潛能》，北京：華夏出版社 1987 年版。
6. 〔美〕貝爾：《資本主義文化矛盾》，北京：生活・讀書・新知三聯書店 1989 年版。
7. 〔美〕費正清編：《劍橋中華民國史》，北京：中國社會科學出版社 1994 年版。
8. 熊月之：《西學東漸與晚清社會》，上海：上海人民出版社 1994 年版。
9. 高瑞泉：《中國近代社會思潮》，上海：華東師範大學出版社 1996 年版。
10. 高峰、鄧紹基：《禪宗十日談》，上海：上海書店，1996 年版。
11. 〔英〕阿倫・布洛克：《西方人文主義傳統》，上海：三聯書店 1997 年版。
12. 傅謹：《感性美學：一種人性的美學觀》，長春：東北師範大學出版社 1997 年版。
13. 劉小楓：《現代性社會理論》，上海：三聯書店 1998 年版。
14. 葉舒憲主編：《文學與治療》，北京：社會科學文獻出版社 1999 年版。

15. 李澤厚：《中國思想史論》（上、中、下），合肥：安徽文藝出版社 1999 年版。

16. 劉小楓：《沉重的肉身》，上海：上海人民出版社 1999 年版。

17. 趙園：《明清之際士大夫研究》，北京：北京大學出版社 1999 年版。

18. 陳福康：《民國文壇探隱》，上海：上海書店 1999 年版。

19. 〔美〕愛德華‧W‧薩義德：《東方學》，王宇根譯，北京：生活‧讀書‧新知三聯書店 1999 年版。

20. 馮友蘭：《中國哲學史》，上海：華東師範大學出版社 2000 年版。

21. 〔美〕李歐梵：《現代性的追求》，北京：生活‧讀書‧新知三聯書店 2000 年版。

22. 周憲：《現代性的張力》，北京：首都師範大學出版社 2001 年版。

23. 〔加〕查爾斯‧泰勒：《現代性之隱憂》，北京：中央編譯出版社 2001 年版。

24. 〔美〕泰德‧彼得斯、〔香港〕江丕盛、〔美〕格蒙‧本納德：《橋：科學與宗教》，北京：中國社會科學出版社 2002 年版。

25. 吳冠軍：《多元的現代性》，上海：三聯書店 2002 年版。

26. 陳平原、王德威、商偉編：《晚明與晚清：歷史傳承與文化創新》，武漢：湖北教育出版社 2002 年版。

27. 羅琤：《金陵刻經處研究》，上海：上海社會科學出版社 2010 年版。

二、文學史與文學理論類

1. 胡適：《胡適選集》，臺北：傳記文學出版社 1970 年版。

2. 郭紹虞：《中國文學批評史》（上、下），上海：上海古籍出版社 1979 年版。

3. 夏志清：《中國現代小說史》，臺北：傳記文學出版社 1979 年版。

4. 阿英：《晚清小說史》，北京：人民文學出版社 1980 年版。

5. 增田涉：《魯迅的印象》，鍾敬文譯，長沙：湖南人民出版社 1980 年版。

6. 宗白華：《美學散步》，上海：上海人民出版社 1981 年版。

7. 魏紹昌、吳承惠編：《鴛鴦蝴蝶派研究資料》，上海：上海文藝出版社 1984 年版。

8. 錢鍾書：《談藝錄》，北京：中華書局 1984 年版。

9. 《翻譯通訊》編輯部編：《翻譯研究論文集 1894～1948》，《翻譯通訊》編輯部 1984 年版。

10. 陳平原：《在東西方文化碰撞中》，杭州：浙江文藝出版社 1987 年版。

11. 楊義：《中國現代小說史》，北京：人民文學出版社 1988 年版。

12. 陳平原：《中國小說敘事模式的轉變》，上海：上海人民出版社 1988 年版。

13. 范伯群：《禮拜六的蝴蝶夢——論鴛鴦蝴蝶派》，北京：人民文學出版社 1989 年版。

14. 嚴家炎：《中國現代小說流派史》，北京：人民文學出版社 1989 年版。

15. 方錫德：《中國現代小說與傳統文學》，北京：北京大學出版社 1992 年版。

16. 陳福康：《中國譯學理論史稿》，上海：上海外語教學出版社 1992 年版。

17. 溫儒敏：《中國現代文學批評史》，北京：北京大學出版社 1993 年版。

18. 王堯：《鄉關何處——20 世紀中國散文的文化精神》，北京：東方出版社 1996 年版。

19. 孔範今：《走出歷史的峽谷》，濟南：山東文藝出版社 1997 年版。

20. 孔範今：《20 世紀中國文學史》，濟南：山東文藝出版社 1997 年版。

21. 陳伯海：《近四百年中國文學思潮史》，上海：東方出版中心 1997 年版。

22. 楊義：《中國敘事學》，北京：人民出版社 1997 年版。

23. 陳平原：《二十世紀中國小說史》（第一卷），北京：北京大學出版社 1997 年版。

24. 陳平原、夏曉虹編：《二十世紀中國小說理論資料》（第一卷），北京：北京大學出版社 1997 年版。

25. 嚴家炎編：《二十世紀中國小說理論資料》（第二卷），北京：北京大學出版社 1997 年版。

26. 吳福輝編：《二十世紀中國小說理論資料》（第三卷），北京：北京大學出版社 1997 年版。

27. 〔丹麥〕勃蘭兌斯：《十九世紀文學主流》（第三分冊），北京：人民文學出版社 1997 年版。

28. 劉揚體：《流變中的流派——「鴛鴦蝴蝶派」新論》，北京：中國文聯出版公司 1997 年版。

29. 〔法〕波德萊爾：《波德萊爾美學論文選》，郭宏安譯，北京：人民文學出版社 1987 年版。

30. 胡適：《胡適文集》，北京：北京大學出版社 1998 年版。

31. 程文超：《1903 前夜的湧動》，濟南：山東教育出版社 1998 年版。

32. 錢理群、溫儒敏、吳福輝：《中國現代文學三十年》（修訂本），北京：北京大學出版社 1998 年版。

33. 劉納：《嬗變——辛亥革命時期至五四時期的中國文學》，北京：中國社會科學出版社 1998 年版。

34. 南帆：《文學的維度》，上海：三聯書店 1998 年版。

35. 葛兆光：《中國宗教與文學論文集》，北京：清華大學出版社 1998 年版。

36. 郭延禮：《中國近代翻譯文學概論》，武漢：湖北教育出版社 1998 年版。

37. 譚桂林：《20 世紀文學與佛學》，合肥：安徽教育出版社 1999 年版。

38. 〔美〕李歐梵：《鐵屋中的吶喊》，長沙：嶽麓書社 1999 年版。

39. 陳國恩：《浪漫主義與 20 世紀中國文學》，合肥：安徽教育出版社 1999 年版。

40. 孔慧怡：《翻譯・文學・文化》，北京：北京大學出版社 1999 年版。

41. 錢鍾書：《七綴集》，北京：生活・讀書・新知三聯書店 2002 年版。

42. 范伯群主編：《中國近現代通俗文學史》，南京：江蘇教育出版社 2000 年版。

43. 徐德明：《中國現代小說雅俗流變與整合》，北京：社會科學文獻出版社 2000 年版。

44. 〔美〕李歐梵：《上海摩登——一種新都市文化在中國》，北京：北京大學出版社 2001 年版。

45. 胡適：《白話文學史》，天津：百花文藝出版社 2002 年版。

46. 胡適、周作人：《論中國近世文學》，海口：海南出版社 2002 年版。

47. 陳子展：《中國近代文學之變遷》，上海：上海古籍出版社 2002 年版。

48. 〔美〕王德威：《被壓抑的現代性——晚清小說新論》，臺北：臺灣麥田出版社 2003 年版。

49. 王曉明主編：《20 世紀中國文學史論》修訂版，上海：東方出版中心 2003 年版。

50. 陳方競：《多重對話：中國新文學的發生》，北京：人民文學出版社 2003 年版。

51. 王義軍：《審美現代性的追求——論中國現代寫意小說與小說中的寫意性》，上海：上海文藝出版社 2003 年版。

52. 孫之梅：《南社研究》，北京：人民文學出版社 2003 年版。

53. 陳炎、李紅眞：《儒釋道背景下的唐代詩歌》，北京：崑崙出版社 2003 年版。

54. 丁帆：《重回「五四」起跑線》，北京：人民文學出版社 2004 年版。

55. 孔範今：《孔範今自選集》，濟南：山東文藝出版社 2004 年版。

三、作品資料類

1. 任公：《飲冰室合集》，上海：中華書局 1936 年版。

2. 阿英編：《晚清文學叢鈔》，北京：中華書局 1961 年版。

3. 林以亮編選：《美國詩選》，香港：今日世界社 1972 年版。

4. 季羨林譯：《羅摩衍那》，北京：人民文學出版社 1978 年版。

5. 趙家璧主編：《中國新文學大系》，上海：上海文藝出版社 1980 年影印本。

6. 魯迅：《魯迅全集》，北京：人民文學出版社 1981 年版。

7. 郁達夫：《郁達夫文集》，廣州：花城出版社 1983 年版。

8. 郭沫若：《郭沫若全集》，北京：人民文學出版社 1983 年版。

9. 郭沫若：《郭沫若文集》，成都：四川人民出版社 1984 年版。

10. 歸莊：《歸莊集》，上海：上海古籍出版社 1984 年版。

11. 玄奘：《大唐西域記》，北京：中華書局 1985 年版。

12. 黃宗羲：《黃宗羲全集》，杭州：浙江古籍出版社 1985 年版。

13. 嚴復：《嚴復集》，北京：中華書局 1986 年版。

14. 魯迅：《魯迅致增田涉書信選》，北京：文物出版社 1975 年版。

15. 陳獨秀：《獨秀文存》，合肥：安徽人民出版社 1988 年版。

16. 梁啟超：《飲冰室合集》，北京：中華書局 1989 年版。

17. 荀子：《荀子》，上海：上海古籍出版社 1989 年版。

附錄一：蘇曼殊創作年表 [註1]

1903 年（光緒二十九年癸卯）二十歲

《留別湯國頓》（畫）

《兒童撲滿圖》（贈包天笑）

《吳門聞笛圖》（授課畫稿）

《敬告日本廣東留學生》（雜論），刊於《國民日日報》

《以詩並畫留別湯國頓》（詩二首），刊於 10 月 7 日《國民日日報》

《女傑郭耳縵》（雜論），連載於 10 月 7、8、12 日《國民日日報》

《慘世界》（翻譯雨果小說），連載於 10 月 8 日至 12 月 1 日《國民日日報》

《嗚呼廣東人》（雜論），刊於 10 月 24 日《國民日日報》

1904 年（光緒三十年甲辰）二十一歲

《贈西村澄圖》

《參拜衡山圖》（又名《登祝融峰圖》）

《龍華歸棹圖》（贈少芳）

《遠山孤塔圖》（李昭文戲奪之）

《嶽麓山圖》

1905 年（光緒三十一年乙巳）二十二歲

《落花不語空辭樹，明月無情卻上天》（授課畫稿）

〔註1〕 備註：本年表不含書信部分，書信可參閱柳亞子編《蘇曼殊全集》和馬以君編《蘇曼殊文集》。

《遊同泰寺與伍仲文聯句》（詩）

《莫愁湖寄望》（詩）

《終古高雲圖》（爲趙伯先繪）

《登雞鳴寺觀臺城後湖圖》（贈劉三），後刊於《天義報》16、17、18、
19 合卷

《白門秋柳圖》（贈劉三）

《爲劉三繪紈扇》（贈劉三）

《西湖泛舟圖》（又名《挐舟金牛湖圖》，贈陳獨秀），

《住西湖白雲禪院》（詩）

《劍門圖》（被香客盜）

1906 年（光緒三十二年丙午）二十三歲

《晨起口占》（詩）

《花朝》（詩）

《春日》（詩）

《渡湘水寄懷金鳳圖》

《須磨海岸送水野氏南歸圖》

《遲友》（詩）

《莫愁湖圖》（贈劉師培）

《絕域從軍圖》（贈趙伯先）

1907 年（光緒三十三年丁未）二十四歲

《過馬關圖》

《代柯子柬少侯》（詩），刊於 6 月 19 日《民呼日報》

《梵文典》（譯著）

《獵胡圖》，刊於 4 月 25 日《民報・天討》

《岳鄂王遊池州翠微亭圖》，刊於 4 月 25 日《民報・天討》

《徐中山王莫愁湖泛舟圖》，刊於 4 月 25 日《民報・天討》

《陳元孝題奇石壁圖》，刊於 4 月 25 日《民報・天討》

《太平天國翼王夜嘯圖》，刊於 4 月 25 日《民報・天討》

《女媧圖》，刊於 6 月 10 日《天義報》第 1 卷

《孤山圖》，刊於 6 月 25 日《天義報》第 2 卷

《鄧太妙秋思圖》，刊於 7 月 10 日《天義報》第 3 卷

《江干蕭寺圖》（擬贈缽邏罕，轉贈周柏年），刊於 7 月 25 日《天義報》第 4 卷

《海哥美爾氏名畫贊》（贊），刊於 7 月 25 日《天義報》第 4 卷

《長松老衲圖》（即《贈西村澄圖》重繪，贈沈尹默）

《靈山振衲圖》（贈何合仙）

《東來與慈母相會，忽感劉三、天梅去我萬里，不知涕泗之橫流也》（詩）

《代何合母氏題〈曼殊畫譜〉》（詩），刊於 8 月 10 日《天義報》第 5 卷

《〈曼殊畫譜〉序》（序），刊於 8 月 10 日《天義報》第 5 卷

《代何合母氏撰〈曼殊畫譜序〉》（日文，周作人譯），刊《天義報》第 5 卷

《清秋弦月圖》，刊於 8 月 10 日《天義報》第 5 卷

《〈秋瑾遺詩〉序》（序），刊於 8 月 10 日《天義報》第 5 卷

《白馬投荒圖一》

《〈梵文典〉自序》（序），刊於《天義報》第 6 卷

《梵文典》啓事》，刊於《天義報》第 6 卷

《儆告十方佛弟子啓》（雜論，與章太炎合著）

《告宰衣白官啓》（雜論，與章太炎合著），與《儆告十方佛弟子啓》合印散發

《松下聽琴圖》

《夕陽掃葉圖》（贈黃晦聞）

《露伊斯·美索爾遺像贊》（論），刊於 10 月 30 日《天義報》第 8、9、10 合卷

《爲高吹萬繪摺扇》

《登峰造極圖》（贈鄧秋馬）

《江山無主圖》

《茅庵偕隱圖》（又名《悼亡友念安圖》）

《寄鄧繩侯圖》，後刊於《天義報》第 16、17、18、19 合卷

《臥處徘徊圖》，後刊於《天義報》第 16、17、18、19 合卷

《寄缽邏罕圖》，後刊於《天義報》第 16、17、18、19 合卷

1908 年（光緒三十四戊申年）二十五歲

《萬梅圖》（贈高旭）

《潼關圖》（1 月贈何合若子），後刊於《文學因緣》和《河南》第 3 期

《洛陽白馬寺圖》，刊《河南》雜誌第 3 期

《〈嶺海幽光錄〉自序》（序），刊於 4 月 25 日《民報》第 20 號

《嶺海幽光錄》（輯錄），刊於 4 月 25 日《民報》第 20 號

《天津橋聽鵑圖一》，5 月刊《河南》第 4 期

《嵩山雪月圖》，6 月刊《河南》第 5 期

《婆羅海濱遁跡記》（原署印度人瞿沙「筆記」，實爲小說），刊於 7 月、8 月《民報》第 22、23 號

《〈文學因緣〉自序》（序）

《文學因緣》在日本出版

《阿輸迦王表彰佛誕生碑》（譯文），載《文學因緣》

《〈沙恭達羅〉頌》（譯歌德詩），載《文學因緣》

《拜倫詩選》（譯詩集），10 月在日本出版

《星耶峰耶俱無生》（譯拜倫詩），載《拜倫詩選》〔註 2〕和《文學因緣》，1911 年併入《潮音》

《去國行》（譯拜倫詩），載《拜倫詩選》，1911 併入《潮音》

《贊大海》（譯拜倫詩），載《拜倫詩選》，1911 併入《潮音》，題爲《大海》

《哀希臘》（譯拜倫詩），載《拜倫詩選》，1911 併入《潮音》

《答美人贈束髮髻帶詩》（譯拜倫詩），載《拜倫詩選》，1909 年刊於 6 月 26 日《民呼日報》，1911 併入《潮音》

《古寺禪聲圖》（9 月贈意周和尚）

《深山松澗圖》（又名《贈得山山水橫幅》）

《西湖韜光庵夜聞鵑聲柬劉三》（詩）

《天津橋聽鵑圖二》

〔註 2〕　《拜倫詩選》出版時間一直聚訟頗多，筆者在論文中以現存的最早版本 1914 年版底頁「注」：「戊申（1908 年）九月十五日初版發行，壬子（1912 年）五月初三日再版發行，甲寅（1914 年）八月十七日再版發行。」「九月十五日」即公曆 10 月 19 日。

《南浦送別圖》

《樓觀滄海日，門對浙江潮圖》（贈石井生）

1909 年（宣統元年己酉）二十六歲

《久欲南歸羅浮不果，因望不二山有感，聊書所懷，寄二兄廣州，兼呈晦聞、哲夫、秋枚三公滬上》（詩）

《風絮美人圖》（贈黃晦聞）

《文姬圖》

《題〈靜女調箏圖〉》（詩）

《次韻奉答懷寧鄧公》（詩）

《去燕》（1909 年譯豪易特詩），1911 年載《潮音》

《潁潁赤牆靡》（1909 年譯彭斯詩），1911 年載《潮音》

《樂苑》（1909 年譯陀露哆詩）

《贈張卓身山水立軸》

《華羅勝景圖》

《讀晦公見寄七律》（詩）

《遊不忍池示仲兄》（詩）

《櫻花落》（詩）

《為劉三繪摺扇》

《束金鳳兼示劉三》（詩二首），刊於 6 月 19 日《民呼日報》

《冬日》（譯雪萊詩），刊於 6 月 19 日《民呼日報》，

《本事詩》（詩十首），6 月 19 日《民呼日報》

《落日》（詩），6 月 19 日《民呼日報》

《澱江道中》（詩），6 月 19 日《民呼日報》

《過平戶延平誕生處》（詩），6 月 19 日《民呼日報》

《集義山句懷金鳳》（詩）

《失題》（詩二首）

《水戶觀梅有寄》（詩）

《西京步楓子韻》（詩）

《過若松町有感示仲兄》（詩），刊於 6 月 26 日《民呼日報》

《金粉江山圖》（贈百助眉史）

《調箏人將行，出絹囑畫〈金粉江山圖〉，題贈二絕》，6 月 26 日《民呼

日報》

　　《題〈雪萊集〉》（詩），刊於 6 月 26 日《民呼日報》

　　《一顧樓圖》（贈張傾城）

　　《寄廣州晦公》（詩）

　　《過莆田》（詩）

　　《〈拜倫詩選〉自序》

　　《〈潮音〉自序》（英文）

　　《題〈擔當山水冊〉》（詩）

　　《題〈拜倫集〉》（詩）

1910 年（宣統二年庚申）二十七歲

　　《步元韻敬答雲上人》（詩三首）

　　《耶婆提病中，末公見示新作，伏枕奉答，兼呈曠處士》（詩）

　　《牧童銜笛騎牛圖》（贈鄭元明）

　　《為屠仲谷繪摺扇》

　　《孔雀圖》（贈蘇金英）

1911 年（宣統三年辛亥）二十八歲

　　《莫愁湖圖》（贈許紹南）

　　《束裝歸省，道出泗上，會故友張君雲雷亦歸漢土，感成此絕》（詩）

　　《燕子箋》（漢文戲曲英譯）

　　《斷鴻零雁記》（小說），秋期連載於爪哇《漢文新報》，

　1912 年 5 月 12 日至 8 月 7 日重刊於上海《太平洋報》，

　1919 年上海廣益書局刊印單行本，

　1924 年商務印書館出版英文版

　　《南洋叢書》（編輯）

　　《〈潮音〉跋》

　　《潮音》（詩歌翻譯集），在日本出版

1912 年（民國元年壬子）二十九歲

　　《南洋話》（雜論），刊於 4 月 7 日《太平洋報》

　　《春郊歸馬圖》（贈邵元沖）

　　《雲岩松瀑圖》（贈邵元沖）

《飲馬荒城圖》（4 月囑友焚趙伯先墓前）

《馮春航談》（雜論），4 月 20 日《太平洋報》

《汾堤弔夢圖》（5 月贈葉楚愴），刊《太平洋報》

《華洋義賑會觀》（雜論），刊於 5 月 28 日《太平洋報》

《夢謁母墳圖》（5 月，贈黃侃）

《題〈雪萊詩選〉贈季剛》（題辭，6 月贈黃侃）

《柬法忍》（詩），刊於 6 月 9 日《太平洋報》

《黃葉樓圖》（6 月贈劉三）

《爲陸靈素繪摺扇》（6 月）

《枯柳寒鴉圖》（6 月）

《爲鄭佩宜繪紈扇》（6 月）

《爲鄭繡亞繪紈扇》（6 月）

《爲姚錫鈞繪紈扇》（6 月）

《爲朱少屏繪紈扇》（6 月）

《蓬瀛饗史》（6 月贈孫伯純）

《以胭脂爲某君題扇》（詩）

《碧闌干》（詩）

《東居》（詩十九首），後刊於 1914 年《南社》第 13 集

1913 年（民國二年癸丑）三十歲

《贈易白沙山水立軸》（1 月）

《爲鄭式如繪紈扇》（1 月）

《贈張傾城畫》（1 月）

《爲玉鸞女弟繪扇》

《爲玉鸞女弟繪扇》（詩）

《葬花圖》（贈鄧以蟄）（夏）

《江湖滿地一漁翁圖》（夏）

《吳門》（詩十一首），後刊於 1914 年 5 月《南社》第 9 集

《討袁宣言》（雜論），刊於 8 月 22 日《民立報》

《海上》（詩八首），後刊於 1914 年 5 月《南社》第 9 集

《何處》（詩）

《南樓寺懷法忍》（詩）刊於 11 月 3 日《生活日報》

《彥居士席上贈歌者賈碧雲》（詩）

《燕子龕隨筆》刊於 11 月 7 日至 12 月 10 日《生活日報》

《燕影劇談》（雜論），刊於 11 月 17 日《生活日報》

《東行別仲兄》（詩），後刊於 1914 年 5 月 10 日《民國》雜誌第 1 號

《芳草》（詩）

1914 年（民國三年甲寅）三十一歲

《高士煎茶圖》

《古墟漁隱圖》

《佳人》（詩）

《雪蝶倩影圖》，刊於《中國近代文學研究》第 2 集

《憩平原別邸贈玄玄》（詩），刊於 5 月 10 日《民國》雜誌第 1 號

《天涯紅淚記》（小說），刊於 5 月 10 日《民國》雜誌第 1 號

《偶成》（詩），刊於 7 月《民國》雜誌第 3 號

《〈雙枰記〉序》，刊於 8 月 27 日《甲寅》雜誌第 1 卷第 4 號

《拜倫詩選》（翻譯詩集），在日本出版

《漢英三昧集》（翻譯詩集），在日本出版

1915 年（民國四年乙卯）三十二歲

《〈三次革命軍〉題辭》（序）

《絳紗記》（小說），刊於 7 月 10 日《甲寅》第 1 卷第 7 號

《焚劍記》（小說），刊於 8 月 10 日《甲寅》第 1 卷第 8 號

1916 年 9 月上海亞東圖書館刊印《絳紗記》《焚劍記》合本。

1916 年（民國五年丙辰）三十三歲

《碧伽女郎傳》（小傳）（初夏）

《碎簪記》（小說），刊於 11 月 1 日、12 月 1 日《新青年》第 2 卷第 3、
4 期

1917 年（民國六年丁巳）三十四歲

《送鄧、邵二君序》（序），刊於 2 月 11 日《國民日報》

《非夢記》（小說），刊於 12 月《小說大觀》第 12 期

附錄二：蘇曼殊研究資料彙編

一、蘇曼殊文集、畫集及研究論著類

1. 段庵旋編：《燕子山僧集》，長沙：湘益出版社 1926 年版。
2. 柳亞子編：《蘇曼殊全集》，上海：北新書局 1928 年版，北京書店 1985 年影印本。
3. 柳亞子編：《曼殊全集》（普及版），上海：北新書局 1933 版。
4. 柳無忌編：《曼殊大師紀念集》，重慶：重慶正風出版社 1944 年版。
5. 黃鳴岐：《蘇曼殊評傳》，上海：百新書店 1949 年版。
6. 〔美〕李歐梵：*The Romantic Ceneration of Modern Chinese Writers*, Harverd University, 1973。
7. 〔臺灣〕朱傳譽主編：《蘇曼殊傳記資料》，臺北：天一出版社 1979 年版。
8. 〔臺灣〕唐潤鈿：《革命詩僧蘇曼殊傳》，臺北：近代中國出版社 1980 年版。
9. 劉斯奮注：《蘇曼殊詩箋注》，廣州：廣東人民出版社 1981 年版。
10. 裴效維編選：《蘇曼殊小說詩歌集》，北京：中國社會科學出版社 1982 年版。
11. 陳平原：《蘇曼殊小說集》，浙江文藝出版社 1983 年版。
12. 馬以君注：《燕子龕詩箋注》，成都：四川人民出版社 1983 年版。
13. 〔臺灣〕劉心皇：《蘇曼殊大師新傳》，臺北：近代中國出版社 1984 年版。
14. 中國人民政治協商會議珠海市委員會編：《蘇曼殊誕生一百週年紀念專刊》，1984 年編。
15. 陳平原編：《蘇曼殊小說全編》，珠海：珠海出版社 1985 年版。
16. 曾德珪編注：《蘇曼殊詩文選注》，太原：山西人民出版社 1986 年版。

17. 〔美〕柳無忌編：《蘇曼殊研究》，上海：上海人民出版社 1987 年版。

18. 宋益喬：《情僧長恨——蘇曼殊》，太原：北嶽文藝出版社 1987 年版。

19. 李蔚：《蘇曼殊評傳》，北京：社會科學文獻出版社 1990 年版。

20. 〔日〕飯冢郎：《詩僧蘇曼殊》，甄西譯，太原：山西教育出版社 1990 年版。

21. 邵迎武：《蘇曼殊新論》，天津：百花文藝出版社 1990 年版。

22. 馬以君編：《蘇曼殊文集》，廣州：花城出版社 1991 年版。

23. 〔美〕柳無忌：《蘇曼殊傳》，王晶垚、李芸譯，北京：生活・讀書・新知三聯書店 1992 年版。

24. 張國安：《紅塵孤旅——蘇曼殊傳》，臺北：業強出版社 1992 年版。

25. 朱少璋：《蘇曼殊散論》，香港：下風堂文化事業出版公司 1994 年版。

26. 陳星：《孤雲野鶴蘇曼殊》，濟南：山東畫報出版社 1995 年版。

27. 陳星：《多情乃佛心——曼殊大師傳》，臺北：佛光出版社 1995 年版。

28. 王長元：《沉淪的菩提——蘇曼殊傳》，長春：長春出版社 1995 年版。

29. 毛策：《蘇曼殊傳論》，北京：中國人民大學出版社 1995 年版。

30. 〔香港〕慕容羽軍：《詩僧蘇曼殊評傳》，香港：當代文藝 1996 年版。

31. 〔香港〕朱少璋：《燕子山僧傳》，香港：獲益出版事業有限公司 1997 年版。

32. 邵盈午：《蘇曼殊傳》，北京：團結出版社 1998 年版。

33. 姜靜楠編著：《蘇曼殊評傳作品集》，北京：中國文史出版社 1998 年版。

34. 黃永健：《蘇曼殊詩畫論》，北京：中國社會科學出版社 2001 年版。

35. 汪樹東、龍紅蓮選編：《蘇曼殊作品精選》，武漢：長江文藝出版社 2002 年版。

36. 劉誠、盛曉玲：《情僧詩僧蘇曼殊》，上海：學林出版社 2004 年版。

二、蘇曼殊研究資料論文類

1. 柳無忌：《蘇曼殊的年譜》，《清華週刊》第 27 卷第 12、13 號。

2. 楊鴻烈：《蘇曼殊傳》，《晨報附鐫》1923 年 11 月 23-26 日。

3. 柳棄疾：《蘇玄瑛傳》，《小說世界》第 13 卷第 19 期，1926 年 5 月。

4. 章炳麟：《蘇玄瑛傳》，《小說世界》第 13 卷第 19 期，1926 年 5 月。

5. 柳亞子：《關於段庵旋〈燕子山僧集〉的我見種種》，《語絲》第 101 期，1926 年 10 月。

6. 趙景深：《關於曼殊大師》，《語絲》第 105 期，1926 年 11 月。

7. 柳亞子：《蘇曼殊之我觀》，《語絲》第 108 期，1926 年 12 月。

8. 柳無忌：《日本僧飛錫〈潮音跋〉及其考證》，《語絲》第 109 期，1926 年 12 月。

9. 柳亞子：《對於飛錫〈潮音跋〉的意見》，《語絲》第 109 期，1926 年 12 月。

10. 柳亞子：《蘇曼殊〈絳紗記〉之考證》，《語絲》第 112 期，1927 年 1 月。

11. 玄瑛：《曼殊大師遺牘（三通）》，《語絲》第 119 期，1927 年 2 月。

12. 學昭：《關於曼殊大師的卒年》，《語絲》第 124 期，1927 年 3 月。

13. 沈燕謀：《談曼殊弄玄虛》，《世界日報副刊》1927 年 5 月 3 日。

14. 羅建業：《曼殊研究草稿》，《世界日報副刊》1927 年 5 月 3 日。

15. 盧冀野：《曼殊研究草稿》，《世界日報副刊》1927 年 5 月 3 日。

16. 柳無忌：《曼殊及其友人》，《語絲》第 131、132、135 期，1927 年 5、6 月。

17. 柳無忌：《關於焚劍記等》，《語絲》第 140 期，1927 年 7 月。

18. 何世玲：《關於曼殊大師的幾句話》，《語絲》第 140 期，1927 年 7 月。

19. 亞子：《蘇曼殊年譜後記》，《北新月刊》第 3 卷第 1 號，1929 年 1 月。

20. 林曉：《曼殊作品及其品質之評價》，《益世報》1929 年 8 月 20 日。

21. 柳亞子：《重訂蘇曼殊年表》，《文藝雜誌（滬）》第 1 卷第 2 期，1931 年 7 月。

22. 柳亞子：《蘇曼殊略傳》，《文藝茶話》第 1 卷第 4 期，1932 年 11 月。

23. 諸宗元：《曼殊逸事》，《珊瑚》第 5 卷第 3 期，1933 年 9 月。

24. 楊霽雲：《曼殊詩出封神榜考》，《逸經》第 12 期，1936 年 8 月 20 日。

25. 孫湜：《關於蘇曼殊之點點滴滴（附柳亞子考證函）》，方紀生譯，《逸經》第 12 期，1936 年 8 月 20 日。

26. 溫一如：《曼殊遺事》，《逸經》第 12 期，1936 年 8 月 20 日。

27. 馮自由：《蘇曼殊之真面目》，《逸經》第 21 期，1937 年 1 月 5 日。

28. 丁丁：《詩僧曼殊》，《作家》1942 年第 2 卷第 4 期，《中國近代文學論文集 1919～1949》（概論、詩文卷），牛仰山編，中國社會科學出版社，1988 年。

29. 補拙：《關於蘇曼殊的二三事》，《文藝學習》1957 年第 1 期。

30. 徐敏：《蘇曼殊的遺物〈室利詩集〉》，《光明日報》1961 年 7 月 15 日。

31. 北京大學中文系一九五五級《中國小說史稿》編輯委員會：《中國小說史稿》，人民文學出版社，1973 年。

32. 徐重慶：《魯迅論蘇曼殊》，《語文教學研究》1978 年第 3 期。

33. 錫金：《魯迅與蘇曼殊》，《東海》1979 年第 9 期。

34. 游國恩等主編：《中國文學史》（第4卷），人民文學出版社，1979年。

35. 臺灣：《有關蘇曼殊的詩文》，《中國詩季刊》1980年第1期。

36. 任訪秋：《蘇曼殊論》，《河南師大學報》，1980年第2期。

37. 楊天石、劉彥成：《南社》，中華書局，1980年。

38. 曹旭：《蘇曼殊詩歌簡論》，《上海師院學報》，1981年第4期。

39. 馮自由：《革命逸史‧蘇曼殊之眞面目》，中華書局，1981年。

40. 魯迅：《魯迅全集（第一卷）‧雜憶》，人民文學出版社，1981年。

41. 張如法：《略論蘇曼殊的創作中州學刊》，1982年第1期。

42. 姜樂賦：《蘇曼殊》，《天津師大學報》，1982年第5期。

43. 時萌：《蘇曼殊詩漫評》，《南京大學學報》1983年第4期。

44. 林辰：《評新編兩種蘇曼殊詩集》，《文學遺產》1983年第1期。

45. 裴效維：《蘇曼殊作品辨誤二則》，《藝譚》1983年第4期。

46. 馬以君：《生母‧情僧‧詩作——蘇曼殊研究三題》，《中國近代文學研究第一輯》，中山大學中文系中國近代文學研究編輯部》，廣東人民出版社，1983年。

47. 黃懺華：蘇曼殊的生平》，《文化史料叢刊》第4輯1983年1月。

48. 林崗之：《彷徨於兩個世界之間——蘇曼殊小說淺評》，《光明日報》1983年8月9日。

49. 周荷初：《古典之美與近代之美的巧妙結合——蘇曼殊詩歌詩論》，《零陵師專學報》1984年第2期。

50. 張如法：《《河南》雜誌上蘇曼殊的畫及畫跋》，《中州今古》1984年第3期。

51. 蘇曼殊：《《潮音》序》，王晶垚譯，《社會科學戰線》1984年第4期。

52. 柳無忌：《蘇曼殊研究的三個階段》，《華南師大學報》1984年第3期。

53. 陸草試：《論蘇曼殊的詩》，《中州學刊》1984年第2期。

54. 柳亞子：《曼殊佚詩存疑》，《社會科學戰線》，1984年第4期。

55. 任訪秋：《蘇曼殊》，《中國近代文學作家論》，河南人民出版社，1984年。

56. 王玉祥：《蘇曼殊的感時憂國詩》，《北方論叢（哈爾濱師大學報）》1984年第5期。

57. 章明壽：《古代第一人稱小說向現代發展的橋梁——談蘇曼殊的〈短鴻零雁記〉》，《淮陰師專學報1984年第3期。

58. 柳無忌：《蘇曼殊與拜倫「哀希臘」詩——兼論各家中文譯本》，《佛山師專學報》1985年第1期。

59. 克石：《千秋絕筆曼殊畫》，《華聲報》1985年6月4日。

60. 潘受（新加坡）：《題蘇曼殊任務立軸〈雪蝶倩影〉七絕八首》,《中國近代文學》（第二輯）,廣東人民出版社,1985 年。

61. 裴效維：《蘇曼殊研究中的幾個問題》,時萌編《中國近代文學研究論集》,中國文聯出版公司,1986 年。

62. 時萌：《晚清文壇論翻譯》,《中國近代文學論稿》,上海古籍出版社,1986 年。

63. 時萌：《蘇曼殊詩漫評》,《中國近代文學論稿》,上海古籍出版社,1986 年。

64. 邵迎武：《「凡心」與「禪心」的搏擊——論蘇曼殊的愛情詩》,《徐州師院學報》1986 年第 2 期。

65. 裴效維：《蘇曼殊研究中的幾個問題》,中國社科院文學研究所近代文學研究組編《中國近代文學研究文集》,中國文聯出版公司 1986 年出版。

66. 陳平原：《論蘇曼殊、許地山小說的宗教色彩》,《陳平原自選集》,廣西師範大學出版社,1997 年。

67. 鄧經武：《芒鞋破缽無人識——記傳奇人物蘇曼殊》,《文史雜誌》1987 年第 2 期。

68. 毛策：《蘇曼殊〈斷鴻零雁記〉最初發表時地考》,《中國文學研究》,1987 年第 3 期。

69. 王霆：《詩僧蘇曼殊》,《中國近代文學論文集 1919～1949》（概論、詩文卷）,牛仰山編,中國社會科學出版社,1988 年。

70. 陸惠雲：《其哀在心,其豔在骨——簡談曼殊的愛情詩》,《昆明師專學報》,1989 年第 4 期。

71. 毛策：《蘇曼殊史事考辨五題》,《中國文學研究》,1989 年第 3 期。

72. 王永福：《蘇曼殊研究述評》,《廣東社會科學》,1990 年第 2 期。

73. 臺靜農：《酒旗風暖少年狂》,《聯合報》（臺灣）1990 年 11 月 10 日。

74. 徐重慶：《陳獨秀與蘇曼殊》,《香港文學》1990 年第 10 期。

75. 李存煜：《蘇曼殊論》,《徐州師範學院學報》1991 年第 1 期。

76. 馬以君：《蘇曼殊年譜（十）》,《佛山大學、師專學報》1991 年第 1 期。

77. 蔚江：《章太炎與蘇曼殊在東京》,《名人傳記》1991 年第 2 期。

78. 朱小平：《曼殊大師在香港》,《團結報》1991 年 3 月 9 日。

79. 蔚江：《秋月夜曼殊悲歌》,《西湖》1991 年第 4 期。

80. 王遼生：《灼見緣情——邵迎武和他的〈蘇曼殊新論〉》,《文藝學習》1991 年第 5 期。

81. 王永福：《水雲深處著吟身——南社作家蘇曼殊藝術風格初探之一》,《廣東社會科學》1991 年第 5 期。

82. 荻楓：《性格怪異　文章千古——讀〈蘇曼殊評傳〉》，《博覽群書》1991年第 6 期。

83. 林辰：《趙伯先與蘇曼殊》，《團結報》1991 年 11 月 27 日。

84. 張目寒：《江樓話曼殊遺事》，《流暢》（臺灣）第 4 卷第 9 期。

85. 裴效維：《略論蘇曼殊作品的愛國主義》，郭延禮主編《愛國主義與近代文學》，山東教育出版社，1992 年。

86. 孫之梅：《論蘇曼殊詩歌的近代性現代味》，郭延禮主編《愛國主義與近代文學》，山東教育出版社，1992 年。

87. 王建明：《蘇曼殊的小說看他的愛情婚姻理想》，《中國文學研究》1992年第 4 期。

88. 張如法：《處於中西文化夾流中的蘇曼殊小說》，馬以君主編《南社研究》（2），中山大學出版社，1992 年。

89. 郭長海：《蘇曼殊集外書信一則》，馬以君主編《南社研究》（2），中山大學出版社，1992 年。

90. 朱少璋（香港）：《〈蘇曼殊年譜〉補遺》，馬以君主編《南社研究》（2），中山大學出版社，1992 年。

91. 朱少璋（香港）：《蘇曼殊詩格律與聲律的特點》，馬以君主編《南社研究》（2），中山大學出版社，1992 年。

92. 朱少璋（香港）：《兩份雷同的蘇曼殊史料》，馬以君主編《南社研究》（2），中山大學出版社，1992 年。

93. 馬以君：《蘇曼殊與南社》，馬以君主編《南社研究》（2），中山大學出版社，1992 年。

94. 丁賦生：《蘇曼殊詩歌新探》，《南通師專學報》1992 年第 3 期。

95. 宋益喬：《論佛教對王國維、蘇曼殊、李叔同思想和創作的影響》，《徐州師院學報》，1992 年第 4 期。

96. 陳重：《無計逃禪奈有情——漫論蘇曼殊的詩》，《貴州大學學報》，1993年第 2 期。

97. 蔣淑賢：《蘇曼殊的悲劇與創作》，《貴州師大學報》，1993 年第 1 期。

98. 王建明：《戰友‧文友‧畏友》，《中國現代文學研究叢刊》，1993 年第 4期。

99. 袁荻湧：《蘇曼殊與英國浪漫主義文學》，《昭通師專學報》1993 年第 2期。

100. 李康化：《荒野孤魂——論蘇曼殊對生命價值真實的追求》，《棗莊師專學報》，1994 年第 3 期。

101. 金勇：《情與佛：走不出的生存困境——蘇曼殊小說新論》，《河南大學學

報》，1994 年第 1 期。

102. 何建明：《清末蘇曼殊的振興佛教思想簡論》，《華中師範大學學報》1994 年第 5 期。

103. 袁凱聲：《文化衝突・二元人格・感傷主義——蘇曼殊與郁達夫比較片論》，《江海學刊》1994 年第 1 期。

104. 李炳華：《柳亞子〈蘇曼殊之我觀〉考》，馬以君主編《南社研究》（6），中山大學出版社，1994 年。

105. 朱少璋（香港）：《曼殊研究瑣記》，馬以君主編《南社研究》（6），中山大學出版社，1994 年。

106. 馬以君：《陳去病與蘇曼殊》，馬以君主編《南社研究》（6），中山大學出版社，1994 年。

107. 程翔章：《近代翻譯詩歌論略》，《外國文學研究》1994 年第 2 期。

108. 靳樹鵬：《詩人陳獨秀和他的詩》，《新文學史料》1994 年第 1 期。

109. 譚桂林：《郁達夫與佛教文化》，《東嶽論叢》1994 年第 2 期。

110. 李堅：《柳亞子——與南社廣東社友》，《嶺南文史》1994 年第 2 期。

111. 鄭逸梅：《我所知道的劉三》，《民國春秋》1994 年第 3 期。

112. 柳無忌：《姚鵷雛詩詞集》序，《南京理工大學學報》（社會科學版）1994 年第 6 期。

113. 譚桂林：《陳獨秀與佛教文化》，《青海師範大學學報》（哲學社會科學版）1994 年第 2 期。

114. 駱寒超：《論中國詩歌向現代轉型前夕的格局》，《浙江學刊》1994 年第 5 期。

115. 伍立場：《參盡情憚空色相》，《時代潮》1994 年第 12 期。

116. 馮坤：《多才多藝的南社作家——蘇曼殊》，《百科知識》1994 年第 5 期。

117. 許淇：《淇竹齋隨筆三題》，《朔方》1994 年第 11 期。

118. 袁荻湧：《蘇曼殊與英國浪漫主義文學》，《嶺南文史》1995 年第 1 期。

119. 陳平原：《關於蘇曼殊小說》，《杭州師院學報》1995 年第 2 期。

120. 丁賦生：《陳獨秀對蘇曼殊文學創作的貢獻》，《南通師範學院學報》1995 年第 2 期。

121. 張國安：《蘇曼殊的生平及與鴛鴦蝴蝶派之關係論考》，《通俗文學評論》，1995 年第 1 期。

122. 伍立楊：《風簷展書讀》，《當代文壇》1995 年第 4 期。

123. 陳建中：《詩歌翻譯中的模倣和超模倣》，《外語教學與研究》1995 年第 1 期。

124. 王寶童：《也談英詩漢譯的方向》，《外國語》（上海外國語學院學報）1995年第 5 期。

125. 區鉷：《敞開歷史的襟懷——評〈嶺南文學史〉》，《學術研究》1995 年第 1 期。

126. 徐劍：《初期英詩漢譯述評》，《中國翻譯》1995 年第 4 期。

127. 武華：《綠柳深處佛子歸》，《佛教文化》1995 年第 5 期。

128. 臺益燕：《杖藜原爲文字交——陳獨秀與臺靜農》，《江淮文史》1995 年第 2 期。

129. 王爾齡：《柳亞子「孤島」詩五首考述——因校讀而鈎稽史事》，《天津師大學報》（社會科學版）1995 年第 1 期。

130. 楊天石：《蘇、陳譯本〈慘世界〉與近代中國早期的社會主義思潮》，《中國社會科學院研究生院學報》1995 年第 6 期。

131. 魯德俊：《論舊格律的新影響》，《常熟高專學報》，1995 年第 2 期。

132. 周安平：《天國的斷想——梵蒂岡散記》，《世界博覽》1995 年第 12 期。

133. 余平：《名人怪癖》，《心理世界》1995 年第 4 期。

134. 任廣田：《論蘇曼殊的思想》，《西北大學學報》1996 年第 1 期。

135. 劉勇：《對現實人生與終極人生的雙重關注——試論中國現代文學的一個重要特徵》，《北京師範大學學報》（社會科學版）1996 年第 5 期。

136. 郭長海：《試論中國近代的譯詩》，《社會科學戰線》1996 年第 4 期。

137. 郭延禮：《中國近代文學翻譯理論初探》，《文史哲》1996 年第 2 期。

138. 朱徽：《20 世紀初中英詩在中國的傳播與影響》，《外國語》（上海外國語學院學報）1996 年第 5 期。

139. 鍾楊：《從〈慘世界〉到〈黑天國〉——論陳獨秀的小說創作》，《安慶師範學院學報》（社會科學版）1996 年第 4 期。

140. 賀祥麟：《跑馬看花：文學翻譯今昔談》，《南方文壇》1996 年第 5 期。

141. 晏立豪：《「南方才子」何諏與〈碎琴樓〉》，《文史春秋》1996 年第 1 期。

142. 任廣田：《論蘇曼殊的思想》，《西北大學學報》（哲學社會科學版）1996 年第 1 期。

143. 沈潛：《烏目山僧黃宗仰與南社》，《常熟高專學報》1996 年第 3 期。

144. 史雯：《一代詩僧蘇曼殊的愛情足跡》，《中國電視戲曲》1996 年第 3 期。

145. 李河新：《與時俱進 精益求精——評彭斯詩〈一朵紅紅的玫瑰〉不同時期的幾個版本》，《大同職業技術學院學報》1996 年第 1 期。

146. 陳九安：《試論珠海近代名人思想之成因》，《廣東史志》1996 年第 4 期。

147. 武在平：《柳亞子與毛澤東、魯迅、蘇曼殊》，《黨史博採》1996 年第 3 期。

148. 符家欽：《拜倫詩最早譯者》，《譯林》1996 年第 2 期。

149. 符家欽：《曼殊月旦英詩壇》，《譯林》1996 年第 2 期。

150. 符家欽：《譯詩之妙在傳神》，《譯林》1996 年第 2 期。

151. 非文：《佛家的級別》，《領導文萃》1996 年第 5 期。

152. 王建平：《〈斷鴻零雁記〉藝術得失談》，《閱讀與寫作》1996 年第 5 期。

153. 章培恒、駱玉明主編：《清代文學第八編》，復旦大學出版社，1996 年。

154. 裴效維：《蘇曼殊作品雜考・晚清民國文學研究集刊》（4），張正吾主編，灕江出版社，1996 年。

155. 馬以君：《關於劉三與蘇曼殊的兩組唱和詩》，《華南師範大學學報》1996 年第 6 期。

156. 張徵聯：《蘇曼殊審美心理與創作》，《廣西師範大學學報》1997 年增刊。

157. 丁賦生：《蘇曼殊小說中的少女形象》，《南通師範學院學報》1997 年第 3 期。

158. 陳世強：《蘇曼殊與南京》，《紫金歲月》1997 年第 5 期。

159. 馬以君：《論蘇曼殊》，《文藝理論與批評》1997 年第 5 期。

160. 武潤婷：《「鴛鴦蝴蝶派」小說與明清「以情抗理」的文學思潮》，《山東大學學報》1997 年第 4 期。

161. 余傑：《論蘇曼殊小說〈碎簪記〉中尷尬的敘述者》，《海南大學學報》1997 年第 4 期。

162. 袁荻湧：《蘇曼殊——翻譯外國詩歌的先驅》，《中國翻譯》1997 年第 2 期。

163. 晏立豪：《〈碎琴樓〉作者何諏考評》，《明清小說研究》1997 年第 3 期。

164. 孫玉石：《讀林庚的〈秋之色〉》，《名作欣賞》1997 年第 3 期。

165. 許淇：《弘一和曼殊》，《文學自由談》1997 年第 1 期。

166. 子雲：《自笑禪心如枯木　花枝相伴也無妨——讀〈燕子龕隨筆〉》，《中國圖書評論》1997 年第 3 期。

167. 陶爾夫：《〈中國古典詩歌的自我審視〉序》，《北方論叢》1997 年第 4 期。

168. 陳思和：《雨果及其作品在中國》，《中國比較文學》1997 年第 4 期。

169. 李長林：《中國對莎士比亞的瞭解與研究——〈中國莎學簡史〉補遺》，《中國比較文學》1997 年第 4 期。

170. 張家康：《陳獨秀的五次日本之行》，《黨史縱覽》1997 年第 1 期。

171. 袁荻湧：《蘇曼殊與中外文化交流》，《嶺南文史》1998 年第 1 期。

172. 袁荻湧：《蘇曼殊與印度文學》，《貴州文史叢刊》1998 年第 6 期。

173. 丁賦生：《論蘇曼殊的「難言之恫」》，《齊齊哈爾大學學報》1998 年第 4 期。

174. 袁荻湧：《蘇曼殊與中外文化交流》，《嶺南文史》1998 年第 1 期。

175. 石在中：《論蘇曼殊與佛教——兼與弘一大師（李叔同）比較》，《華中師範大學學報》1998 年第 4 期。

176. 石在中：《論拜倫對蘇曼殊的影響》，《培訓與研究——湖北教育學院學報》1998 年第 3 期。

177. 袁荻湧：《蘇曼殊與印度文學》，《貴州文史叢刊》1998 年第 6 期。

178. 一勺：《蘇曼殊‧章太炎‧陳獨秀》，《瞭望》1998 年第 17 期。

179. 余傑：《尷尬的敘述者：蘇曼殊〈碎簪記〉細讀》，《中國現代文學研究叢刊》1998 年第 1 期。

180. 程文超：《〈慘世界〉的「亂添亂造」》，《南方文壇》1998 年第 2 期。

181. 紫衣：《「牧師」與「神父」的不同》，《瞭望》1998 年第 21 期。

182. 石在中：《試論日本私小說對蘇曼殊的影響》，《外國文學研究》1998 年第 2 期。

183. 劉納：《說說〈新青年〉的關係稿》，《書屋》1998 年第 4 期。

184. 吳澄：《主體價值的凸現——評邵盈午的〈蘇曼殊傳〉》，《上海師範大學學報》（哲學社會科學版）1998 年第 4 期。

185. 張家康：《陳獨秀的日本之行》，《文史精華》1998 年第 6 期。

186. 陳世強：《葉楚傖與〈汾堤弔夢圖〉》，《南京理工大學學報》1999 年第 1 期。

187. 丁賦生：《〈斷鴻零雁記〉：佛教文學的一朵奇葩》，《南通師範學院學報》1999 年第 1 期。

188. 金建陵、張末梅：《「南社」小說的勃興和創作成就》，《南京理工大學學報》1999 年第 2 期。

189. 孫宜學：《斷鴻零雁蘇曼殊的感傷之旅》，《中國文學研究》1999 年第 2 期。

190. 王萌：《無法超越的自卑——淺析蘇曼殊小說的創作心理》，《中州學刊》1999 年第 1 期。

191. 吳學：《詩僧蘇曼殊還畫債》，《文史精華》1999 年第 4 期。

192. 余傑：《狂飆中的拜倫之歌——以梁啓超、蘇曼殊、魯迅爲中心探討民初文人的拜倫觀》，《魯迅研究月刊》1999 年第 9 期。

193. 陳平原：《關於蘇曼殊小說》，《文學史的形成與建構》，廣西教育出版社，1999 年。

194. 金梅：《文壇隨感錄（續）》，《文學自由談》1999 年第 2 期。

195. 肖向明：《論郁達夫文藝觀對傳統詩學的認同及轉化》，《廣東社會科學》1999 年第 6 期。

196. 李海珺：《〈新黎裏〉報風波》，《民國春秋》1999 年第 6 期。

197. 李繼凱：《趨向主動接受的文化姿態——略論清末民初的翻譯文學》，《咸陽師範專科學校學報》，1999 年第 5 期。

198. 朱少璋：《舞臺上的蘇曼殊——簡報〈小謫紅塵〉的排演點滴》，《紀念南社成立 90 週年暨學術討論會論文集》，1999 年。

199. 寇加：《彭斯〈紅紅的玫瑰〉漢譯評述》，《湖州師範學院學報》2000 年第 5 期。

200. 范伯群：《袈裟點點疑櫻瓣》，半是脂痕半淚痕——近代哀情小說先驅者蘇曼殊》，《中國近現代通俗文學史》，江蘇教育出版社，2000 年。

201. 陳世強：《論蘇曼殊的繪畫》，《南京理工大學學報》2000 年第 3 期。

202. 沈慶利：《從〈斷鴻零雁記〉看蘇曼殊獨特的文化心理衝突》，《中國現代文學研究叢刊》2000 年第 4 期。

203. 孫緒敏：《蘇曼殊詩文中的佛教意識》，《南京師範大學學報》2000 年第 2 期。

204. 王向陽、易前良：《轉型期的小說敘事——蘇曼殊〈絳紗記〉細讀》，《婁底師範專科學校學報》2000 年第 3 期。

205. 武潤婷：《論蘇曼殊的哀情小說》，《河北師範大學學報》2000 年第 2 期。

206. 金梅：《柳亞子詩中的李叔同》，《文學自由談》2000 年第 4 期。

207. 袁獲湧：《蘇曼殊與日本私小說》，《畢節師範高等專科學校學報》2000 年第 2 期。

208. 王曉初：《中西悲劇藝術之比較與中國悲劇藝術的發展》，《重慶大學學報》（社會科學版）2000 年第 2 期。

209. 金克木：《自撰火化銘》，《民主與科學》2000 年第 5 期。

210. 陳東林、薛賢榮：《柳亞子編輯生涯論要》，《南京理工大學學報》（社會科學版）2000 年第 3 期。

211. 金建陵、張末梅：《南社與五四運動》，《南京理工大學學報》（社會科學版）2000 年第 5 期。

212. 常景忠：《蘇曼殊與華夏國學名學》，《西安電子科技大學學報》（社會科學版）2000 年第 3 期。

213. 朱曦：《達夫情結與新文學浪漫主義的流變》，《雲南師範大學學報》（哲學社會科學版）2000 年第 3 期。

214. 吳清波：《亦詩亦畫亦情的蘇曼殊》，《民國春秋》2001 年第 5 期。

215. 王向遠：《近百年來我國對印度古典文學的翻譯與研究》，《北京師範大學學報》2001 年第 3 期。

216. 郭延禮：《蘇曼殊、馬君武和辜鴻銘》，《中國近代文學發展史》（第三卷），

高等教育出版社，2001 年。

217. 王少傑：《斷鴻零雁：佛光學影裏的彌天幽恨》，《新疆大學學報》2001 年第 3 期。

218. 陳世強：《末世異才，恨海悲歌——論蘇曼殊的繪畫》，《美術研究》2001 年第 2 期。

219. 陳世強：《早期南社畫家行狀考》，《東南文化》2001 年第 1 期。

220. 胡青善：《論蘇曼殊的悲劇精神》，《嶺南文史》2001 年第 1 期。

221. 丁賦生：《蘇曼殊文章署時點評》，《齊齊哈爾大學學報》2001 年第 1 期。

222. 李詮林：《論蘇曼殊對中國 20 世紀通俗小說發展的影響》，《甘肅教育學院學報》2001 年第 4 期。

223. 楊麗芳：《論蘇曼殊在中西文化衝撞中的心靈眩暈》，《晉東南師範專科學校學報》2001 年第 2 期。

224. 袁荻湧：《蘇曼殊研究三題》，《貴州師範大學學報》2001 年第 2 期。

225. 袁荻湧：《蘇曼殊與外國文學》，《青海社會科學》2001 年第 5 期。

226. 實藤惠秀：《魯迅與日本歌人——論〈集外集〉中的詩》，《魯迅研究月刊》2001 年第 9 期。

227. 許海燕：《論〈巴黎茶花女遺事〉對清末民初小說創作的影響》，《明清小說研究》2001 年第 4 期。

228. 樂黛雲：《眞情　眞思　眞美——我讀季羨林先生的散文》，《中國文化研究》2001 年第 3 期。

229. 陳星：《弘一大師交遊四題》，《杭州師範學院學報》2001 年第 6 期。

230. 王少傑：《城市旅居與留學生作家的精神個性》，《蘇州鐵道師範學院學報》（社會科學版）2001 年第 1 期。

231. 游友基：《超越鴛蝴派 走向浪漫抒情——蘇曼殊小說論》，《漳州師範學院學報》（哲學社會科學版）2001 年第 3 期。

232. 蒲昭和：《蘇曼殊英年早逝的教訓》，《心理與健康》2001 年第 3 期。

233. 唐月琴：《蘇曼殊塑造的女性形象及他的女性觀》，《閱讀與寫作》2001 年第 5 期。

234. 李詮林：《論蘇曼殊對中國 20 世紀通俗小說發展的影響》，《甘肅教育學院學報》2001 年第 4 期。

235. 游友基：《古典向現代的轉型——蘇曼殊小說論》，《福建師專學報》2002 年第 3 期。

236. 陳永標：《論蘇曼殊及其文學創作》，《中國近代文學評林》，華南師範大學中文系《中國近代文學》研究室編，廣東人民出版社，2002 年。

237. 丁賦生：《〈潮音跋〉的作者就是蘇曼殊》，《南通師範學院學報》2002 年

第 3 期。

238. 龔喜平：《南社詩人與中國詩歌近代化》，《蘭州大學學報》2002 年第 2 期。

239. 李金濤、李志生：《蘇曼殊詩歌的現代特徵》，《河北學刊》2002 年第 1 期。

240. 游友基：《古典向現代的轉型──蘇曼殊小說論》，《福州師專學報》2002 年第 3 期。

241. 盧文芸：《愛情、死亡與革命──論蘇曼殊小說及其他》，《南京理工大學學報》2002 年第 1 期。

242. 馬以君：《詮詩反疑》，《廣東廣播電視大學學報》2002 年第 1 期。

243. 聶鑫森：《中國老玩意》，《文史天地》2002 年第 9 期。

244. 曾遠鴻：《蘇曼殊詩歌的「情」「佛」衝突及意義》，《淮北煤師院學報》（哲學社會科學版）2002 年第 2 期。

245. 倪正芳：《國內近二十年來拜倫研究述評》，《婁底師專學報》2002 年第 3 期。

246. 劉立：《權力話語理論和晚清外國詩歌翻譯》，《山東師範大學外國語學院學報》（基礎英語教育）2002 年第 4 期。

247. 熊羅生：《守護心靈》，《書屋》2002 年第 1 期。

248. 林威：《蘇曼殊：一個失落精神家園的漂泊者》，《江西教育學院學報》2003 年第 5 期。

249. 丁富生：《悲苦身世的藝術再現──論蘇曼殊小說人物形象的主觀色彩》，《前沿》2003 年第 11 期。

250. 戴從容：《拜倫在五四時期的中國》，《蘇州大學學報》2003 年第 1 期。

251. 白忠懋：《暴飲暴食惹的禍──詩人蘇曼殊之死》，《科學養生》2003 年第 5 期。

252. 王世家：《林辰先生書信箋──讀箚記往之一》，《魯迅研究月刊》2003 年第 8 期。

253. 龔喜平：《南社譯詩與中國詩歌近代化簡論》，《外國文學研究》2003 年第 1 期。

254. 鄭波光：《20 世紀中國小說敘事之流變》，《廈門大學學報》（哲學社會科學版）2003 年第 4 期。

255. 李怡：《〈甲寅〉月刊：五四新文學運動的思想先聲》，《中國現代文學研究叢刊》2003 年第 4 期。

256. 夏新宇：《英國浪漫主義詩歌對五四時期中國新詩的影響》，《重慶工學院學報》2003 年第 1 期。

257. 唐月琴：《論蘇曼殊的小說創作》，《湖南社會科學》2003 年第 3 期。

258. 倪正芳、唐湘從：《〈哀希臘〉在中國的百年接受》，《湖南工程學院學報》（社會科學版）2003 年第 2 期。

259. 袁獲湧：《雨果作品在近代中國的譯介》，《貴州師範大學學報》（社會科學版）2003 年第 2 期。

260. 伍立楊：《愁如大海酒邊生——論郁達夫的舊體詩》，《海南師範學院學報》（社會科學版）2003 年第 4 期。

261. 林威：《蘇曼殊作品的感傷之因》，《南通師範學院學報》（哲學社會科學版）2003 年第 4 期。

262. 王珂：《論新詩詩人誤讀西方浪漫主義詩歌的原因及後果》，《首都師範大學學報》（社會科學版）2003 年第 6 期。

263. 高志林：《蘇曼殊與李叔同的玄妙人生》，《文史精華》2003 年第 4 期。

264. 李特夫：《詩歌翻譯的社會屬性》，《雲南師範大學學報》（哲學社會科學版）2003 年第 6 期。

265. 鄭歡：《關於翻譯的對話性思考——從巴赫金的超語言學看翻譯》，《樂山師範學院學報》2003 年第 5 期。

266. 張家康：《陳獨秀與蘇曼殊的真摯友情》，《黨史博採》2003 年第 11 期。

267. 唐月琴：《特立獨行　始終如一——論蘇曼殊小說的人物設置》，《廣東青年幹部學院學報》2003 年第 3 期。

268. 黃永健：《蘇曼殊詩畫的禪佛色彩》，《深圳大學學報》（人文社會科學版）2003 年第 6 期。

269. 唐月琴：《特立獨行　始終如一——論蘇曼殊小說的人物設置》，《廣東青年幹部學院學報》2003 年第 3 期。

270. 李詮林：《談蘇曼殊作為世界華文文學學科研究對象的可行性——兼論該學科的研究範疇》，《華文文學》2004 年第 4 期。

271. 黃軼：《蘇曼殊與中國文學現代轉型》，《南都學壇》2004 年第 4 期。

272. 達亮：《走近大師蘇曼殊》，《甘露》2004 年第 1 期。

273. 龔喜平：《南社譯詩與中國詩歌近代化簡論》，《中國近代文學學會第十二屆年會暨翻譯文學與中國文學近代化學術研討會詩文集》，2004 年。

274. 羅嘉慧：《悲哀之美的歷史投影——重讀民初哀情小說》，《中山大學學報》（社會科學版）2004 年第 1 期。

275. 劉納：《研究的根據》，《學習與探索》2004 年第 1 期。

276. 高珊：《論蘇曼殊小說的悲劇性》，《青海師專學報》2004 年第 2 期。

277. 楊聯芬：《逃禪與脫俗：也談蘇曼殊的「宗教信仰」》，《中國文化研究》2004 年第 1 期。

278. 楊聯芬：《蘇曼殊與五四浪漫文學》，《陝西師範大學學報》（哲學社會科學版）2004 年第 3 期。

279. 梁濤：《煙雨人生：迷茫在探尋之後——蘇曼殊情感歷程探析》，《呂梁高等專科學校學報》2004 年第 1 期。

280. 陳國恩：《20 世紀中國浪漫主義文學思潮概觀（上）》，《四川外語學院學報》2004 年第 3 期。

281. 達亮：《解讀曼殊五部曲》，《五台山研究》2004 年第 2 期。

282. 童然星：《詩僧‧畫僧‧情僧‧革命僧——記蘇曼殊》，《檔案與史學》2004 年第 4 期。

283. 盧天玉：《走不出的情與佛——從〈降紗記〉看蘇曼殊的思想矛盾》，《廣東工業大學學報》（社會科學版）2004 年第 3 期。

284. 李詮林：《談蘇曼殊作為世界華文文學學科研究對象的可行性——兼論該學科的研究範疇》，《華文文學》2004 年第 4 期。

285. 吳冠民：《談談蘇曼殊的絕句》，《紀念南社成立 90 週年暨學術討論會論文集》1999 年。

286. 達亮：《解讀曼殊五部曲（續）》，《五台山研究》2004 年第 4 期。

287. 王平：《論古今「自敘傳」小說的演變》，《文學評論》2004 年第 5 期。

288. 左文：《蘇曼殊：無法救贖的自我——兼與李叔同比較》，《湖南文理學院學報（社會科學版）》2004 年第 4 期。

289. 丁磊：《邊緣世界的呻吟——蘇曼殊詩歌淺論》，《重慶工學院學報》2004 年第 5 期。

290. 嚴家炎：《論 20 世紀中國文學的現代性——兼〈晚清至五四：中國文學現代性的發展〉序》，《東方論壇》2004 年第 3 期。

291. 龍應台：《詩人剛走，馬上回來》，《福建論壇》（社科教育版）2004 年第 5 期。

292. 王衛民：《古代戲曲考辨三題》，《戲曲藝術》2004 年第 4 期。

293. 邱冠：《蛻變、逆轉中的現代曙光——論蘇曼殊小說的現代性品格》，《玉林師範學院學報》2004 年第 2 期。

294. 董豔：《論蘇曼殊愛情小說中的佛性》，《韶關學院學報》2004 年第 11 期。

295. 丁富生：《蘇曼殊「難言之恫」新解》，《南通大學學報》（哲學社會科學版）2004 年第 4 期。

296. 李金濤：《略論蘇曼殊詩歌的藝術創新》，《青年思想家》2004 年第 1 期。

297. 廖楚燕：《從創作及翻譯作品對比看蘇曼殊翻譯思想》，《韶關學院學報》2005 年第 11 期。

298. 王本道：《韋負韶光二月天——漫說蘇曼殊》，《鴨綠江》（上半月版）2005

年第 7 期。

299. 王向陽:《孤獨・頹廢・情愛世界——蘇曼殊、郁達夫情愛小說比較論》,《吉首大學學報》2005 年第 2 期。

300. 劉紀新:《以小說抒情——評蘇曼殊小說的抒情化追求》,《哈爾濱學院學報》2005 第 6 期。

301. 李金濤:《蘇曼殊詩歌的藝術創新》,《河北師範大學學報》(哲學社會科學版)2005 年第 1 期。

302. 張恩和:《林辰〈跋涉集〉書後》,《魯迅研究月刊》2005 年第 1 期。

303. 武延康:《太虛大量與祇洹精舍》,《法音》2005 年第 2 期。

304. 王開林:《尚留微命做詩僧》,《書屋》2005 年第 2 期。

305. 韓雪濤:《透過精神分析的鏡片解讀蘇曼殊人格之謎 (一)》,《醫學心理指導》(校園心理) 2005 年第 2 期。

306. 韓雪濤:《透過精神分析的鏡片解讀蘇曼殊人格之謎 (二)》,《醫學心理指導》(校園心理) 2005 年第 3 期。

307. 邢博:《解讀蘇曼殊的人格之謎》,《臨沂師範學院學報》2005 年第 1 期。

308. 丁磊:《矛盾的獨行者——蘇曼殊思想管見》,《成都教育學院學報》2005 年第 4 期。

309. 夏雨清:《詩僧西湖》,《風景名勝》2005 年第 3 期。

310. 王向陽:《文化價值取向・個性主義・情愛世界——蘇曼殊、郁達夫情愛小說比較論 (四)》,《淮北煤炭師範學院學報》(哲學社會科學版)2005 年第 2 期。

311. 王瓊:《雨果作品在舊中國的譯介和研究》,《同濟大學學報》(社會科學版) 2005 年第 2 期。

312. 吳穎:《無端狂笑無端哭——蘇曼殊與魏晉風度》,《成都教育學院學報》2005 年第 6 期。

313. 陳捷:《接受與過濾:審視蘇曼殊與拜倫之間的傳承關係》,《龍岩師專學報》2005 年第 2 期。

314. 楊洪承:《傳統與現代的抉擇——中國現代文學文化資源的精神尋蹤之一》,《內蒙古師範大學學報》2005 年第 3 期。

315. 吳松山:《論蘇曼殊小說的悲劇意識及其形成原因》,《廣東行政學院學報》2005 年第 3 期。

316. 袁獲湧:《蘇曼殊的比較文學研究及其特點》,《貴州師範大學學報》(社會科學版)2005 年第 4 期。

317. 王向陽:《個性主義與情愛世界——蘇曼殊、郁達夫情愛小說比較論 (三)》,《廣西社會科學》2005 年第 7 期。

318. 孫聆波：《蘇曼殊的絕筆畫》，《鍾山風雨》2005 年第 4 期。

319. 孫盛仙：《「半」字詩趣》，《語文天地》2005 年第 15 期。

320. 劉紀新：《以小說抒情——評蘇曼殊小說的抒情化追求》，《哈爾濱學院學報》2005 年第 12 期。

321. 吳松山：《論蘇曼殊小說的悲劇意識》，《廣州大學學報》（社會科學版）2005 年第 6 期。

322. 張琴鳳：《個性‧矛盾‧悲鳴——論蘇曼殊的感傷之旅》，《江西教育學院學報》2005 年第 5 期。

323. 李麗：《從意識形態的視角看蘇曼殊翻譯的〈悲慘世界〉》，《外國語言文學》2005 年第 4 期。

324. 廖楚燕：《從創作及翻譯作品對比看蘇曼殊翻譯思想》，《韶關學院學報》2005 年第 11 期。

325. 陳星：《蘇曼殊圖話（一）》，《榮寶齋》2005 年第 6 期。

326. 李金濤：《蘇曼殊詩歌的藝術創新》，《河北師範大學》2005 年第 1 期。

327. 王向陽：《文化價值取向‧個性主義‧情愛世界——蘇曼殊、郁達夫情愛小說比較論（四）》，《淮北煤炭師範學院學報》2005 年第 2 期。

328. 趙煥：《論蘇曼殊對拜倫的接受》，《福建論壇》2005 年 S1 期。

329. 張家康：《陳獨秀與蘇曼殊》，《黨史文苑》2005 年第 17 期。

330. 李威：《王國維、蘇曼殊的文本創作與中國文化現代性轉向之初的個性化思潮》，《河北師範大學學報》2005 年第 6 期。

331. 劉運峰：《〈蘇曼殊全集〉為魯迅所擬考》，《魯迅研究月刊》2006 年第 1 期。

332. 盧晶：《從審美活動的自律性和他律性看蘇曼殊對拜倫詩的譯介》，《天津外國語學院學報》2006 年第 1 期。

333. 吳福輝：《「五四」白話之前的多元準備》，《中國現代文學研究叢刊》2006 年第 1 期。

334. 張琴鳳：《論蘇曼殊的感傷之旅》，《青海師專學報》2006 年第 2 期。

335. 陳星：《蘇曼殊圖話（二）》，《榮寶齋》2006 年第 1 期。

336. 高力夫：《名園與名剎》，《散文百家》2006 年第 3 期。

337. 代亞松：《蘇曼殊與無政府主義》，《臺聲‧新視角》2006 年第 1 期。

338. 張家庚：《陳獨秀與蘇曼殊》，《文史天地》2006 年第 3 期。

339. 張文舉：《笑對人生》，《江淮》2006 年第 4 期。

340. 丁富生：《蘇曼殊：〈慘世界〉的譯作者》，《南通大學學報》（社會科學版）2006 年第 3 期。

341. 張靜：《自西至東的雲雀——中國文學界（1908～1937）對雪萊的譯介與接受》，《中國現代文學研究叢刊》2006 年第 3 期。

342. 黎小冰：《從蘇曼殊的小說看情僧之「情」》，《湛江海洋大學學報》2006 年第 2 期。

343. 王玉祥：《詩僧蘇曼殊的自傷身世詩》，《海內與海外》2006 年第 7 期。

344. 王向陽：《悲劇人生與情愛世界——蘇曼殊、郁達夫情愛小說比較論》，《湖南社會科學》2006 年第 5 期。

345. 陳亞平：《從蘇曼殊到郁達夫的現代感傷》，《中國現代文學研究叢刊》2006 年第 6 期。

346. 黃軼：《蘇曼殊與〈拜倫詩選〉》，《文藝報》2006 年 3 月 30 日。

347. 黃軼：《對「意譯」末流的抵制——蘇曼殊譯學思想論》，《鄭州大學學報》2006 年第 6 期。

348. 黃軼：《蘇曼殊小說的悲劇意識及其意義》，《山東大學中國小說通識國際研討會論文集》，2006 年 9 月。

349. 黃軼：《蘇曼殊思想新論》，《中州學刊》，2006 年第 6 期。

350. 丁富生：《〈慘世界〉的譯作者》，《南通大學學報》2006 年第 3 期。

351. 胡翠娥：《拜倫〈贊大海〉等三詩譯者辨析》，《南開學報》2006 年第 6 期。

352. 張淑君：《近代浪漫主義文學的先驅——蘇曼殊》，《時代文學》2006 年第 6 期。

353. 劉運峰：《〈蘇曼殊全集〉為魯迅所擬考》，《魯迅研究月刊》2006 年第 1 期。

354. 張家廉：《陳獨秀與蘇曼殊》，《文史天地》2006 年第 3 期。

355. 陳星：《蘇曼殊圖話（三）》，《榮寶齋》2006 年第 6 期。

356. 張松才：《論蘇曼殊小說的漂泊感和孤獨感》，《番禺職業技術學院學報》2006 年第 4 期。

357. 黃軼：《蘇曼殊印度文學譯介論》，《中國比較文學》，2007 年第 1 期。

358. 黃軼：《蘇曼殊與五四浪漫抒情文學的勃興》，《文藝理論與批評》，2007 年第 1 期。

359. 黃軼：《重論蘇曼殊與鴛鴦蝴蝶派之關係》，《江蘇社會科學》，2007 年第 3 期。

360. 黃軼：《審美視野的開拓——論蘇曼殊文本自敘性及文學轉型意義》，《鄭州大學學報》2007 年第 6 期。

361. 黃軼：《尋繹新文學的精神資源——論蘇曼殊翻譯的史學意義》《鄭州大學學報》2007 年第 6 期。

362. 黃軼：《出入古典與現代間的浪漫絕句——蘇曼殊詩論》，《福建論壇》，2007 年第 12 期。

363. 黃軼：《抱慰生存悖論中的個體生命——蘇曼殊文學審美論》，《語文知識》2007 年第 2 期。

364. 黃紅春：《情佛兩難的茅盾與天性自然的和諧——蘇曼殊〈斷鴻零雁記〉與汪曾祺〈受戒〉文化意識比較》，《南昌大學學報》2007 年第 1 期。

365. 徐軍新：《蘇曼殊的性格與其小說創作》，《甘肅政法成人教育學院學報》2007 年第 5 期。

366. 鄧慶周：《翻譯他者與建構自我——論拜倫、雪萊對蘇曼殊的影響》，《河南社會科學》2007 年第 3 期。

367. 李玉華、趙述穎：《蘇曼殊的佛學思想與其人格》，《蘭臺世界》2007 年第 18 期。

368. 胡方紅：《「情「爲核心的生命之旅——以〈絳紗記〉爲例重讀蘇曼殊》，《重慶工學院學報》2007 年第 3 期。

369. 廖七一：《現代詩歌翻譯的「獨行之士」——論蘇曼殊譯詩的「晦」與價值取向》，《中國比較文學》2007 年第 1 期。

370. 盧晶晶、張德讓：《「文化過濾」在蘇曼殊的〈哀希臘〉譯本中的體現》，《合肥工業大學學報》2007 年第 2 期。

371. 張晴：《論蘇曼殊的拜倫情結》，《湖南工業職業技術學院學報》2007 年第 4 期。

372. 黎小冰：《「孤憤」與「酸情」——蘇曼殊詩歌論》，《成都大學學報》2007 年第 2 期。

373. 彭映豔：《論佛學思想對蘇曼殊詩歌的影響》，《湖南學院學報》2007 年第 1 期。

374. 熊龍英：《情與佛的衝突——蘇曼殊小說的情感探析》，《湖南科技學院學報》2007 年第 10 期。

375. 戴惠：《蘇曼殊小說新論》，《學海》2008 年第 3 期。

376. 陳慶妃：《士大夫理想的現代變異——論蘇曼殊的社會人格》，《重慶工學院學報》2008 年第 7 期。

377. 倪進：《蘇曼殊的文學翻譯與英國浪漫主義》，《南京理工大學學報》2008 年第 3 期。

378. 倪進：《論蘇曼殊與英國浪漫主義》，《徐州師範大學學報》2008 年第 4 期。

379. 馮新華：《蘇曼殊與印度文化》，《懷化學院學報》2008 年第 8 期。

380. 鹿義霞：《蘇曼殊：近代浪漫主義文學的先行者》，《語文知識》2008 年

第 4 期。

381. 黃軼:《蘇曼殊文本的自敘性及文學轉型意義》,《鄭州大學學報》2008 年第 1 期。

382. 陳春香:《蘇曼殊的外國詩歌翻譯與日本》,《長江學術》2008 年第 4 期。

383. 齊瑞成:《論〈茶花女〉對〈斷鴻零雁記〉創作的影響》,《山東省青年管理幹部學院學報》2008 年第 4 期。

384. 馮永玲:《論蘇曼殊〈碎簪記〉的敘事藝術》,《鹽城師範學院學報》2008 年第 6 期。

385. 李萱:《殊途卻同歸——蘇曼殊〈斷鴻零雁記〉與郁達夫早期小說比較》,《廣東廣播電視大學學報》2008 年第 1 期。

386. 向貴雲:《〈斷鴻零雁記〉之轉型期敘事特徵》,《滄桑》2008 年第 4 期。

387. 陳慶妃:《蘇曼殊禪詩的士大夫品味》,《安徽文學》(下半月)2008 年第 4 期。

388. 劉雪琪:《譯介主體的「前理解」和蘇曼殊對愛情詩的譯介》,《吉林省教育學院學報》2008 年第 7 期。

389. 李金鳳:《〈斷鴻零雁記〉與五四浪漫小說——以「飄零者」形象爲例》,《濮陽職業技術學院學報》2009 年第 4 期。

390. 蔣芬:《從政治審美到文學審美——論蘇曼殊的翻譯》,《玉林師範學院學報》2009 年第 1 期。

391. 毛閭宇:《詩僧蘇曼殊軼事》,《世紀》2009 年第 2 期。

392. 彭林祥:《輯佚當求證據——〈《蘇曼殊全集》爲魯迅擬考〉質疑》,《博覽群書》2009 年第 11 期。

393. 丁富生:《蘇曼殊:〈娑羅海濱遁跡記〉的創作者》,《南通大學學報》2009 年第 4 期。

394. 孫鑫熠:《現代意識與傳統觀念的碰撞——蘇曼殊思想觀念上的兩重性》,《河北經貿大學學報》2009 年第 3 期。

395. 李慧娟、劉洪亮:《試論蘇曼殊的革命文化活動及業績》,《長春師範學院學報》2009 年第 11 期。

396. 李紅梅:《主客觀因素驅動下譯者的創造性叛逆——馬君武、蘇曼殊〈哀希臘〉譯本對比分析》,《遼寧工業大學學報》2009 年第 4 期。

397. 李敏傑、朱薇:《近代外國文學譯介的先驅——蘇曼殊》,《長春工業大學學報》2009 年第 3 期。

398. 顧玉鳳、丁富生:《蘇曼殊對譯介外國文學文本的選擇》,《安徽文學》(下半月)》,2009 年第 3 期。

399. 劉茉琳:《戴著鐐銬跳舞的蘇曼殊》,《名作欣賞》2010 年第 12 期。

400. 苟歡：《生命真實與人格理想的分野——蘇曼殊創作與譯詩》,《漢陽職業技術學院學報》2010 年第 4 期。

401. 黃元軍、覃軍：《蘇曼殊翻譯實踐述評》,《佛山科學技術學院學報》2010 年第 1 期。

402. 敖光旭：《蘇曼殊文化取向析論》,《歷史研究》2010 年第 5 期。

403. 譚君華：《由詩文看蘇曼殊的傳奇人生》,《科教導刊（中旬刊）》2010 年第 8 期。

404. 林進桃：《論蘇曼殊性格的複雜性與矛盾性》,《赤峰學院學報》2010 年第 10 期。

405. 劉雲：《〈慘世界〉：啟蒙文本的根本性闕失》,《明清小說研究》2010 年第 4 期。

406. 謝穎：《從〈慘世界〉看蘇曼殊翻譯選材的動機》,《寧波工程學院學報》2010 年第 3 期。

407. 薛祖清：《蘇曼殊和郁達夫早期小說中的「哭泣」意象之比較》,《福建論壇》2010 年第 6 期。

408. 李莉：《文學翻譯中譯者的目的性——蘇曼殊翻譯〈悲慘世界〉的個案研究》,《湖北廣播電視大學學報》2010 年第 2 期。

409. 鄧紅順：《論意識形態對蘇曼殊翻譯的影響》,《鄭州航空工業管理學院學報》2010 年第 1 期。

410. 蕭曉陽：《蘇曼數十個的現代情韻》,《衡陽師範學院學報》2010 年第 1 期。

411. 羅文軍：《最初的拜倫譯介與軍國民意識的關係》,《中國現代文學研究叢刊》2010 年第 2 期。

412. 廖七一：《〈哀希臘〉的譯介與符號化》,《外國語（上海外國語大學學報)》2010 年第 1 期。

413. 李公文、羅文軍：《論清末「拜倫」譯介中的文學性想像》,《西南大學學報》2010 年第 2 期。

414. 潘豔慧、陳曉霞：《〈哀希臘〉與救中國——從翻譯的角度喀中國知識分子對拜倫的想像》,《浙江工業大學學報》2010 年第 1 期。

415. 李莉：《文學翻譯中譯者的讀者意識——蘇曼殊翻譯的個案研究》,《吉林省教育學院學報》2010 年第 5 期。

416. 戴海光：《論蘇曼殊小說中的戀母仇父情結》,《銅仁學院學報》2011 年第 4 期。

417. 曹曉麗：《詩意的悲哀——論蘇曼殊小說的悲哀之美及其成因》,《名作欣賞》2011 年第 23 期。

418. 肖賽輝：《從詩學角度看蘇曼殊譯作〈慘世界〉》，《宿州教育學院學報》2011 年第 3 期。

419. 肖賽輝：《論意識形態對蘇曼殊翻譯〈悲慘世界〉的影響》，《湖北廣播電視大學學報》2011 年第 5 期。

420. 孫放遠、趙亞宏：《蘇曼殊「三次出家」考及出家深層原因探析》，《通化師範學院學報》2011 年第 9 期。

421. 尹穗瓊：《舊瓶新酒話心聲——曼殊譯雪萊的描寫性研究》，《北京第二外國語學院學報》2011 年第 8 期。

422. 陳巧玲：《唐寅與蘇曼殊比較淺論》，《齊齊哈爾師範高等專科學校學報》2011 年第 1 期。

423. 李俊麗：《蘇曼殊的浪漫主義情懷》，《電影文學》2011 年第 16 期。

424. 古明惠：《蘇曼殊及〈蘇曼殊全集〉散議》，《河南工業大學學報》2011 年第 3 期。

425. 羅蘭：《論蘇曼殊翻譯的政治性》，《興義民族師範學院學報》2011 年第 1 期。

426. 陳楊桂：《孤僻怪異的蘇曼殊軼事》，《文史天地》2011 年第 2 期。

427. 孫宜學：《「婆須蜜多」：蘇曼殊的涅槃情結》，《同濟大學學報》2011 年第 2 期。

428. 徐旭水：《蘇曼殊愛情詩的現代審美意蘊》，《劍南文學》2011 年第 2 期。

429. 江南：《我再來時君已去》，《文史月刊》2011 年第 8 期。

430. 佚名：《貪吃害死蘇曼殊》，《文史博覽》2011 年第 8 期。

431. 趙葦：《論蘇曼殊繪畫的現代感傷》，《文藝研究》2011 年第 9 期。

432. 王雪琴、彭靜飛：《拜倫〈哀希臘〉四篇譯文的比較分析》，《長春理工大學學報》2011 年第 9 期。

433. 郭建鵬：《覺世與規避：南社小說的愛情觀》，《安慶師範學院學報》2011 年第 8 期。

434. 謝錦文：《蘇曼殊〈吳門依易生韻〉詠史懷古詩中的愛國情懷》，《北方文學》2011 年第 5 期。

435. 伍麗雲、張汨：《從語言順應論看蘇曼殊翻譯的創作型叛逆》，《湖南工業職業技術學院學報》2011 年第 4 期。

436. 王恒展：《近代「新體文言小說」散論》，《山東師範大學學報》2011 年第 4 期。

437. 王東風：《一首小詩撼動了一座大廈：清末民初〈哀希臘〉之六大名譯》，《中國翻譯》2011 年第 5 期。

438. 錢雯：《「五四」新小說與蘇曼殊資源》，《文學評論》2011 年第 6 期。

439. 唐麗麗：《從斯坦納闡釋翻譯理論看〈別雅典女郎〉的漢譯》,《內蒙古農業大學學報》2011 年第 5 期。

440. 肖霞：《論〈絳紗記〉的自敘性及悲劇意蘊》,《天水師範學院學報》2011 年第 6 期。

441. 朱興和：《論蘇曼殊筆墨中的忠烈與移民意象》,《中山大學學報》2012 年第 2 期。

442. 敖光旭：《文學革命與蘇曼殊之文壇境遇》,《學術研究》2012 年第 8 期。

443. 敖光旭：《蘇曼殊與早期新文化派》,《中山大學學報》2012 年第 4 期。

444. 孟暉：《蘇曼殊傳記研究探析》,《忻州師範學院學報》2012 年第 4 期。

445. 夏蓮：《作為一個革命者和佛教徒的翻譯——蘇曼殊翻譯作品解讀》,《名作欣賞》2012 年第 9 期。

446. 葛勝君：《論蘇曼殊小說的張力構成》,《通化師範學院學報》2012 年第 11 期。

447. 羅春磊：《淺論〈紅樓夢〉對蘇曼殊小說的影響》,《廣西職業技術學院學報》2012 年第 2 期。

448. 司聃：《試論蘇曼殊對李商隱詩風的繼承與創新》,《理論界》2012 年第 10 期。

449. 向陽：《蘇曼殊詩歌翻譯選材原因探析》,《湖南工程學院學報》2012 年第 3 期。

450. 閆曉昀：《「新文學之始基」——從小說創作看蘇曼殊的文學史意義》,《中國現代文學研究叢刊》2013 年第 9 期。

451. 李靜、屠國元：《人格像似與鏡像自我——蘇曼殊譯介拜倫的文學姻緣論》,《湖南科技大學學報》2013 年第 6 期。

452. 陳春香：《蘇曼殊早期文學活動與日本》,《山西大學學報》2013 年第 5 期。

453. 王念益：《論蘇曼殊對民歌、愛情類詩歌的關注》,《科技風》2013 年第 20 期。

454. 盧文婷、何錫章：《從「哀希臘」的譯介看晚清與「五四」時期的浪漫主義革命話語建構》,《外國文學研究》2013 年第 6 期。

455. 李靜、屠國元：《人格像似與鏡像自我——蘇曼殊譯介拜倫的文學姻緣》,《湖南科技大學學報》2013 年第 6 期。

456. 王娟娟：《女性意識與蘇曼殊小說中的女性建構》,《湖北廣播電視大學學報》2013 年第 3 期。

457. 付貴貞：《字字珠璣 聲聲哀婉——蘇曼殊〈斷鴻零雁記〉初探》,《安徽文學》2013 年第 9 期。

458. 伍麗雲、張汨:《從布迪厄社會學理論視角看蘇曼殊〈慘世界〉的翻譯動機和策略》,《井岡山大學學報》2013 年第 4 期。

459. 蔡報文:《徘徊在新舊之間的感傷——蘇曼殊的美學風格初探》,《中共珠海市委黨校珠海市行政學院學報》2014 年第 1 期。

460. 曹豔豔:《蘇曼殊翻譯實踐與翻譯成就述論》,《蘭臺世界》2014 年第 13 期。

461. 張更禎:《淒苦人生的藝術再現——試論蘇曼殊小說中的男性形象》,《甘肅廣播電視大學學報》2014 年第 6 期。

462. 張更禎:《蘇曼殊小說中的人物形象》,《蘭州文理學院學報》2014 年第 2 期。

463. 喬佳:《蘇曼殊佛教改革思想探析——以〈儆告十方佛弟子啓〉和〈告宰官白衣啓〉爲例》,《青藏高原論壇》2014 年第 3 期。

464. 姚明明:《嶺南近代文學研究綜述 (1919～1979)》,《西華大學學報》2014 年第 4 期。

465. 唐珂:《兼譯而作的互文系統——再論蘇曼殊的詩歌翻譯》,《信陽師範學院學報》2014 年第 4 期。

466. 唐珂:《論蘇曼殊小說的空間表意實踐——一種地志符號學的考察》,《齊魯學刊》2014 年第 5 期。

467. 李靜、屠國元:《近代拜倫〈哀希臘〉譯介的救國話語書寫》,《文藝爭鳴》2014 年第 7 期。

468. 孫宜學:《中國的雪萊觀與雪萊的中國觀》,《上海師範大學學報》2014 年第 4 期。

469. 張晶、鍾信躍:《從生態翻譯學視角看蘇曼殊的外國詩歌翻譯》,《寧夏大學學報》2014 年第 4 期。

470. 彭松:《文明危機年代的全球體驗與空間重塑——論晚清文學中的海洋書寫》,《中國文學研究》2014 年第 4 期。

471. 宋慧平:《蘇曼殊的小說創作摭談》,《文學教育（上）》2014 年第 11 期。

472. 陶禹含:《以情求道的哀婉和以理入禪的沖淡——蘇曼殊〈斷鴻零雁記〉與廢名〈橋〉之比較》,《景德鎮高專學報》2014 年第 4 期。

473. 鄧若文:《論蘇曼殊小說的價值體現——以〈碎簪記〉爲例》,《安陽師範學院學報》2014 年第 4 期。

474. 王桂妹、林棟:《論〈甲寅〉月刊中的小說》,《長江學術》2014 年第 3 期。

475. 李靜、屠國元:《借譯載道:蘇曼殊外國文學譯介論》,《東疆學刊》2015 年第 3 期。

476. 常洪歡：《論蘇曼殊小說中的女性觀》，《淄博師專學報》2015 年第 3 期。

477. 孫嘉雯：《蘇曼殊的文學翻譯與英國浪漫主義》，《普洱學院學報》2015 年第 2 期。

478. 梁春麗：《衝突標準，力臻完美：談蘇曼殊詩歌翻譯風格》，《語文建設》2015 年第 23 期。

479. 鄒本勁、藍色：《從生態翻譯學視角看蘇曼殊的翻譯實踐》，《河池學院學報》2015 年第 3 期。

480. 韓旭：《淺析蘇曼殊詩歌翻譯思想》，《赤子》（上中旬）2015 年第 6 期。

481. 朱興和：《論蘇曼殊小說的〈斷鴻零雁記〉中的水雲意象及其生成原因》，《河南師範大學學報》2015 年第 5 期。

482. 黃軼、張楊：《從〈哀希臘〉四譯本看清末民初文學變革》，《江蘇社會科學》2015 年第 6 期。

3、學位論文類

1. 易前良：《論蘇曼殊、郁達夫的情愛小說》，湖南師範大學 2001 年碩士學位論文。

2. 倪正芳：《拜倫悲劇精神論》，湘潭大學 2002 年碩士學位論文。

3. 李麗：《蘇曼殊譯作的多維度描述性研究》，廣東外語外貿大學 2003 年碩士學位論文。

4. 左文：《二十世紀中國文學與佛教應對苦難的三種方式》，湖南師範大學 2003 年碩士學位論文。

5. 陳慶妃：《論蘇曼殊的多元人格與藝術的多元選擇》，華僑大學 2004 年碩士學位論文。

6. 李敏傑：《蘇曼殊翻譯的描述性研究》，華中師範大學 2004 年碩士學位論文。

7. 張松才：《蘇曼殊小說創作病態心理論》，華南師範大學 2004 年碩士學位論文。

8. 林威：《頹廢與抗爭的雙重變奏——論蘇曼殊》，山東師範大學 2004 年碩士學位論文。

9. 朱晨：《蘇曼殊與英國浪漫主義》，華中科技大學 2005 年碩士學位論文。

10. 黃軼：《蘇曼殊文學論》山東大學 2005 年博士學位論文。

11. 黃進：《文化遷移、文本誤讀與翻譯策略》，西南交通大學 2005 年碩士學位論文。

12. 張娟平：《拜倫的形象：從歐洲到中國》，首都師範大學 2006 年碩士學位論文。

13. 鄧晶華：《和漢合璧蘇曼殊》，四川大學 2007 年碩士學位論文。

14. 程月利：《朦朧的覺醒——論民初言情小說中情與理的衝突》，河北師範大學 2007 年碩士學位論文。

15. 鄧慶周：《外國詩歌譯介對中國新詩發生的影響研究》，首都師範大學 2007 年博士學位論文。

16. 熊娟：《情佛困境下的詩性矛盾——蘇曼殊文學研究》，華中科技大學 2008 年碩士學位論文。

17. 郝長柏：《「難言之恫」與「悲欣交集」——蘇曼殊與李叔同比較論》，蘇州大學 2009 年碩士學位論文。

18. 萬文嫻：《蘇曼殊小說「六記」之研究》，復旦大學 2009 年碩士學位論文。

19. 肖賽輝：《論意識形態、詩學對蘇曼殊翻譯〈慘世界〉的影響》，中南大學 2009 年碩士學位論文。

20. 尹巍：《蘇曼殊與中國文學的現代轉型》，延邊大學 2009 年碩士學位論文。

21. 張晴：《翻譯詩歌與近代詩歌革新研究》，西北師範大學 2009 年碩士學位論文。

22. 夏維紅：《翻譯他者　構建自我》，四川外語學院 2010 年碩士學位論文。

23. 張弄影：《從操縱角度看蘇曼殊譯拜倫詩歌》，長沙理工大學 2010 年碩士學位論文。

24. 陳毅清：《宗教視域中的審美世界》，陝西師範大學 2011 年碩士學位論文。

25. 黃朵朵：《譯者主體性發揮與蘇曼殊詩歌翻譯》，湘潭大學 2011 年碩士學位論文。

26. 陳雪梅：《蘇曼殊小說中的女性崇拜和死亡意識》，廣西師範大學 2011 年碩士學位論文。

27. 賈國寶：《傳統僧人文學近代以來的轉型》，復旦大學 2011 年博士學位論文。

28. 蘇金玲：《蘇曼殊及他的「六記」在中國小說史上的影響研究》，西北大學 2012 年碩士學位論文。

29. 陳孟清：《從改寫理論看蘇曼殊譯作〈拜倫詩選〉》，蘇州大學 2012 年碩士學位論文。

30. 馬爾克：《論蘇曼殊作品中的佛教精神》，杭州師範大學 2013 年碩士學位論文。

31. 劉建樹：《印度梵劇〈沙恭達羅〉英漢譯本變異研究》，陝西師範大學 2013 年博士學位論文。

32. 蘆海燕：《論蘇曼殊「六記」中的女性恐懼意識》，廣西師範大學 2014 年碩士學位論文。

33. 吳丹丹：《論蘇曼殊的悲劇意識及其小說創作》，陝西師範大學 2014 年碩士學位論文。

34. 劉晨：《論詩歌的漢譯與詩體移植問題》，天津商業大學 2014 年碩士學位論文。

35. 陳志華：《宗教視野中的文學變革（1915～1919）》，山東師範大學 2015 年博士學位論文。

36. 唐珂：《重訪蘇曼殊：一種語言符號學的探索》，復旦大學 2015 年博士學位論文。

後　記

　　《由蘇曼殊看晚清民初文學轉型》一書是在我的博士學位論文《蘇曼殊文學論》基礎上修訂而成書的，導師孔範今先生惠澤頗多。彈指一揮間，成稿至今已經十餘年了！期間，此書曾經以《中國現代啓蒙語境下的審美開創──蘇曼殊文學論》爲題出版，贏得學界關注和好評，而關於蘇曼殊與中國文學現代轉型的話題仍有待深入探討。今天，修訂後的小書有機緣在臺灣出版，這是這本小書的福分，更是我的福分，感謝叢書主編李怡先生及出版方花木蘭文化事業有限公司的惠愛。

　　十餘年間，或讀書或教學，走過了幾座城市，鄭州、濟南、南京、蘇州、上海，每座城市都令我難以忘懷，每一段人生也都踩下了無憾的腳印，而憶起來更多的是對命運的感恩──感恩那麼多相伴與鼓勵，感恩辜負的和被辜負的，感恩天性中的執著和愚頑，感恩那些「玫瑰之手」，感恩每一寸陽光和風雨……記得在小書《中國當代小說的生態批判》結稿時，我寫下不倫不類、有悖常理的「後記」──《自然的恩寵》。在那裡，我幻想自己是一棵樹，一棵嫁給秋光的樹，在夕陽下，從容地，看細水長流。一位朋友讀後，毫不理性地點贊：「多麼不羈！多麼唯美！」有一點吧，那裡有我對生命恩典無限的珍重，有我對歲月靜好殷殷的期許，也有神經質般的倔強和不可理喻的偏執。此刻，爲這本小書點下句號的瞬間，我依然願意自己內心「不羈與唯美」！

　　在初版「後記」中，我曾經說：「路還很長，願『立此存照』，並以此爲起點繼續前行。」今天，新年伊始，我仍然以此自勉。

2018 年 1 月 1 日